KB049900

버릴 것과 지킬 것

시작비평선 0016 오세영 평론집 버릴 것과 지킬 것

1판 1쇄 펴낸날 2017년 12월 18일
지은이 오세영
펴낸이 이재무
책임편집 박은정
디자인 이영은
펴낸곳 (주)천년의시작
등록번호 제301-2012-033호
등록일자 2006년 1월 10일
주소 04618 서울시 중구 동호로27길 30, 413호(묵정동, 대학문화원)
전화 02-723-8668
팩스 02-723-8630
홈페이지 www.poempoem.com
이메일 poemsijak@hanmail.net

ISBN 978-89-6021-351-7 04810
978-89-6021-122-3 04810(세트)

값 22,000원

*이 도서의 국립중앙도서관 출판시도서목록(CIP)은 서지정보유통지원시스템 홈페이지(http://seoji.nl.go.kr)와 국가자료공동목록시스템(http://www.nl.go.kr/kolisnet)에서 이용하실 수 있습니다.
(CIP 제어번호: CIP2017031521)

버릴 것과 지킬 것

오세영 평론집

천년의 시작

서 문

오랜만에 평론집을 상재하자니 그때 그 시절이 생각납니다.

내가 1985년, 단국대를 그만두고 서울대에 부임했을 때는 전두환 권위주의 정권 시기였습니다. 그리고 당시 대학은 학문의 전당이라기보다 이데올로기적, 민중주의적, 정치 운동 혹은 투쟁의 장場이었지요. 학생들은 대부분 순수문학 강의를 배척하고 마르크스주의, 주체사상, 민중문학을 배우는 데 열을 올렸습니다.

그러니까 강의실에서의 강의가 제대로 될 리 없었습니다. 학생들은 강의실 밖에서 선배 운동권들의 학회와 독서 토론을 통해 문학을 배우고 실천했습니다. 교수들도 이 같은 추세에 부응하여 학생들의 환심을 사고 이에서 더 나아가 인기와 지명도 얻기에 급급한 경우가 적지 않았지요. '미제국주의……' 운운하면서 모두들 마르크시즘이나 소셜리스트 리얼리즘을 브랜드로 달고 다녔습니다. 그러자니 본격문학 혹은 순수문학은 그 설 자리를 잃게 되고 그 같은 강의에 매달리는 교수는 시대적 소명과 역사의식이 결여된 어용교수로 몰리기 십상이었습니다. 적어도 대학의 경우에 있어서만큼은 마치 중국의 문화혁명의 시기나 진배없었던 기간이었습니다. 지나놓고 보니 참 우울한 시대였죠.

저는 이 시기를 감당하기가 참으로 어려웠습니다. 그것은 내가 친여적이었거나 당대 정권의 지지자였기 때문이 아니라 적어도 대학, 특히 문학의 기초를 배우는 학부만큼은 이념과 거리를 두고 본격문학을 강의해야 한다는 학자적 소신 혹은 양심을 지키고 싶었기 때문이었지요. 그러나 그보다 더 중요한 이유가 하나 있었습니다. 제 전공이 바로 '시'였다는 사실입니다.

시는 본질상 현실참여나 정치의 도구화가 어려운 문학 장르입니다. 이에 대해서는 보다 심오한 학문적 논의가 필요하겠으나 상식적인 차원에서 말하자면 시는 존재의 언어를 본질로 하므로 도구의 언어(전달의 언어 혹은 일상의 언어)를 본질로 하는 소설과 근본적으로 다른 문학장르이기 때문입니다. 그런 까닭에 문학의 현실참여를 부르짖었던 사르트르 자신도 시만큼은 거기서 제외시켰던 것 아닙니까.

그러므로 제가 강의실에서 시의 본질을 이야기하면 할수록 그것은 당시의 추세와는 거리가 먼 발언일 수밖에 없었고 당연히 학생들에겐 인기 없는 교수 혹은 배척되는 교수가 될 수밖에 없었지요. 그렇다고 해서 제가 다른 일부 동료들처럼 학문의 실체를 외면한 채 시의 본질이 정치의 도구화 혹은 현실참여에 있다고 말할 수는 없지 않겠습니까? 물론 나도 그런 시대적 추세에 부응했더라면 인기도 얻고 교수 생활에 득도 많다는 사실을 모르지는 않았지만요.

더욱이 시인이기도 했던 나의 경우는 문단에서도 마찬가지였습니다.

그런 관점에선 그 당시 소설이나 평론을 전공했던 교수들은 시를 전공했던 교수들보다 시대를 견디는 데 있어 훨씬 수월했을지도 모릅니다. 그때 그 시절에 공부했던 학생들—이제는 대부분 대학에서 부교수, 정교수급이 되어 있겠지만—그리고 그들을 부추겼던 인기 교수들이 과거를 돌아보면서 지금 어떤 생각들을 하고 있을지 궁금합니다. 학문은 끊임없는 자기 성찰로부터 비롯한다 하지 않습니까?

보잘 것 없는 글을 모아 한 권의 책으로 묶어주신 시작사에 감사를 표합니다.

2017년 겨울

안성安城의 농산재聾山齋에서

차 례

서 문 … 4

제1부

시와 종교 그리고 과학 … 10
서정시에 대한 오해 … 22
문학과 스포츠의 상동성相同性 … 38
마이너리티 문학과 한국의 이민문학 … 52
동유럽에 있어서 한국문학 수용 … 73
한국문학이 나아갈 길 … 106
삶의 지표종指標種으로서의 시 … 114

제2부

가람 이병기의 시사적 위치와 '시름'의 의미 … 124

민족시의 한 지평 이은상 … 137

신석정의 현실 인식과 '부정의 변증법' … 151

저항정신으로 본 김영랑의 시 … 169

창조적 전통으로서의 박목월 문학 … 188

이어령, 천재와 시인 사이 … 213

문덕수와 인간회복의 길 … 230

선시조의 효시 조오현 … 249

제3부

한국 현대시사를 보는 틀 … 272
일제강점기하 문인들의 저항과 훼절 … 297
바보야, 문학 교육이 문제다 … 305
현대시조의 위상과 그 가능성 … 317
사실의 시와 망상의 시 … 326
국보에서 발견한 성聖과 속俗의 양가성 … 344
한국의 근현대시와 정치 … 362

제1부

시와 종교 그리고 과학

1

저는 일찍이 시詩란 신神이 없는 종교라고 말한 적이 있습니다(졸저, 「나의 시 나의 삶」, 『시의 길, 시인의 길』, 시와시학사, 2002). 그것은 시와 일반 종교가 한편으로는 서로 공통되면서도 다른 한편으로는 상반하는 측면이 있다는 사실을 지적하기 위해서였습니다. 이 양자의 공통성이란 시와 종교 모두 이성(과학)으로서는 해결할 수 없는 문제를 해결하고자 노력한다는 점이며 이 양자의 상반성이란 그럼에도 불구하고 종교는 이를 전적으로 신神이라는 어떤 절대적 존재에 의지해서 이루려 하지만 시의 경우는 어디까지나 인간의 자유의지를 존중하는 차원에서 이루려 한다는 점입니다.

물론 여기에는 몇 가지 전제되는 주장들이 있습니다. 첫째, 인간은 신의 창조물이어서 인간의 자유의지 역시 궁극적으로는 신의 산물이며 그런 까닭에 신이 부재하는 문학 혹은 신을 부정하는 문학이란 근본적으로 있을 수 없다(신을 부정하는 행위조차도 신의 뜻에 속하는 영역이므로)는 주장이고, 둘째, 인간이 향유할 수 있는 '자유의지' 가운데는 신의 실재를 믿을 수 있는 '자유'가 있는 것과 똑같이 신을 부정할 수 있는 '자유'도 있는 까닭에 시가 지향하는 곳이 전적으로 신이 주관하는 세계에만 있는 것이 아니라는 주장입니다. 즉 신을 부정하는 문학도 존재할 수 있다는 것입니다.

그러므로 이 세상에는 각 개인의 인생관에 따라 시가 신 즉 종교에 종속되는 사람도 있을 것이며 종교를 초월하는 사람도 있을 것입니다. 그러한 관점에서 제가 '제게 있어서 시는 신이 없는 종교'라고 말했을 때, 이는 공인된 문학의 어떤 보편적 명제를 이야기한 것이라기보다 분명 제 자신의 시론을 공표한 것이라고 말할 수 있습니다. 그러나 논의를 보다 확장하자면 꼭 그렇지만은 않을 것입니다. 그것은 최소한 저를 포함해서 모든 무신론적 세계관을 지닌 사람들, 비록 유신론적 종교를 믿는 사람들이라 할지라도 종교와 문학을 구분해서 생각하는 사람들, 19세기 사상가들에 의해 신의 죽음이 선언된 이후, 오늘의 문명사적 의미를 받아들인 모든 사람들에겐 누구나 통용될 수 있는 문학관이라고 생각합니다. 그것은 이 명제가 참다운 문학이란 무엇인가 하는 문제와 관련되어 있기 때문입니다.

참다운 문학이란 무엇인가. 이는 이 한정된 지면에서 간단히 해명될 수 없고, 이 글의 목적에 부합되지도 않는 명제이므로 여기서 논외로 하겠습니다. 그러나 한 가지 분명한 것은 그 어떤 문학도 본질적으로 인간을 인간답게 혹은 가치 있게 함양하는 데 기여하지 않는다면 참다운 문학이 될 수 없다는 것과 이 참다운 문학을 달성하기 위해서는 그 무엇보다 기존의 이념이나 지배 가치들을 포함하여 모든 과거적인 것으로부터 해방된, 시인의 자유로운 사고와 상상력 없이는 불가능하다는 사실입니다. 왜냐하면 인간이란 유한한 존재, 불완전한 존재인 까닭에 이 세상에서 인간이 만든 그 어떤 것도 근본적으로는 완전할 수 없기 때문입니다.

그렇습니다. 과거 인류가 — 오늘의 마르크시즘이나 여러 가지 유형의 종교적 신념을 포함해서 — 창안한 이념이나 사상치고 완전한 것은 없었습니다. 종교를 예 들어 설령 그것을 믿는 사람들의 편에 서서 어떤 특정한 종교적 성전聖典을 신의 말씀으로 받아들인다 하더라도 그 성전의 해석 역시 전적으로 인간의 몫이었습니다. 따라서 바람직한 인간 발전을 위해서라면 우리는 항상 그것을 비판, 감시하고 또 극복하는 노력을 기울여야 하는데 이 역할을 맡은 자가 시인입니다. 우리가 문학 행위를 창작이라 하고 문학의 본질이 자유에 있다고 말하는 이유도 여기에 있습니다. 다 아는 바와 같이 시의 어원인, 그리스어 'Poesis'는 원래 '만든다' 혹은 '제작한다'는 뜻이지만 여기에는 잠재적으로 '자유'라는 의미가 내포되어 있습니다. 진정한 의미의 제작 즉 창작은 자유 없이 이루어질 수 없기 때문입니다.

이렇듯 문학의 본질이란 근본적으로 '자유'에 있습니다. 앞서도 지적했듯 자유가 없이는 그 어떤 것도 진정한 창작이 불가능하고 진정한 창작이 없이는 과거의 그 어떤 미숙성도 극복할 수 없기 때문입니다. 그런데 진정한 자유란 무엇입니까. 그것은 문자 그대로 — 물론 어느 수준의 기본적인 윤리적 책임은 필히 따라야 하겠으나 — 그 어디에도 구속되지 않음을 의미합니다. 시가 이념이나 이데올로기로부터 자유스러워야 하는 이유, 나아가 어떤 절대적 신념이나 신과 같은 존재로부터 자유스러워야 하는 이유가 여기에 있습니다.

2

그러나 비록 시에서 신의 존재를 추방한다 하더라도 시란 결코 과학이 될 수는 없습니다. 그는(산문보다도 특히 시는) 본질적으로 종교적인 세계를 지향해야 합니다. 그것은 과학이 부분적 진리(partial truth)를 추구하는 가치임에 비해서 시는 총체적 진리(whole truth)를 추구하는 가치인데 이는 종교의 영역에 속하는 문제이기 때문입니다.

부분적 진리란 한마디로 논리적인 진리를 뜻하는 말입니다. 그것은 어디까지나 하나는 하나이며 둘은 둘이라는 진실입니다. 하나 보태기 하나는 둘이며 둘 보태기 둘은 넷일 뿐입니다. 그러한 관점에서 죽음은 죽음이고 삶은 삶이며, 가는 것은 가는 것이며, 오는 것은 오는 것, 비극은 비극이며 희극은 희극입니다. 이는 이 세계를 이성에 바탕을 두고 이해하는 데서 비롯하는 진실이기 때문입니다. 그러한 관점에서 모든 과학적 진실은 이성에 바탕을 둔 부분적 진실이라 할 수 있습니다. 만일 하나 보태기 하나가 둘이 아니라 하나가 된다면 그것을 어찌 과학이라 할 수 있겠습니까. 과학—수학의 관점에서 그것은 '거짓'일 따름이지요. 따라서 이 같은 부분적 진실의 추구는 결코 시가 될 수 없습니다.

그렇다면 시가 될 수 있는 진실은 어떤 진실입니까. 그것은 물론 과학으로만은 해결할 수 없는 인간 삶의 진실 즉 과학의 한계성이나 불완전성을 극복할 뿐만 아니라 과학이 저지르는 오류를 바로잡는 어떤 본질적인 진실이어야 합니다. 따라서 그것은 당연히 과학의 논리성을 초월한 모순의 진실 즉 총체적인 진실일 수밖에 없습니다. 그것은 감성적 진실이든지, 최소한 이성과 감성이 하나로 통합된 어떤 진실을 뜻합니다. 일상적 관점에선 대립되고 적대적인 가치들이 그 궁극에서 하나로 조화 통일되는 진실 말입니다. 그것이 그럴 수밖에 없는 것은 인간의 삶 그 자체가 그렇기 때문입니다. 이 세상에 태어나고 죽는 것, 누굴 사랑하고 미워하는 것, 아니 삶 그 자체가 어디 논리와 이성대로 되는 것입니까.

이렇듯 우리의 삶은 본질적으로 부분적 진실 즉 과학적 진실을 뛰어넘어 그 자체가 모순이 되는 어떤 총체적 진실의 영역에도 주거하고 있습니다. 아니 부분적 진실보다는 오히려 이 총체적 진실의 지배를 받고 있다고 말하는 것이 더 자연스럽습니다. 하나 보태기 하나는 둘이 되는 진실이 아니라 하나 보태기 하나가 하나가 될 수도 있는 진실입니다. 예컨대 내게 만년필이 하나 있는데 누군가로부터 만년필을 하나 더 선물 받았다면 그것은 당연히 두 개가 되겠지요. 이와 같은 진실을 우리는 부분적 진리라고 합니다.

그러나 관점을 바꾸어 한 처녀가 한 청년을 사랑해서 결혼을 하게 된 사건을 두고 이야기하자면 이에 내재한 진실은 분명 하나 보태기 하나는 둘이면서 동시에 하나가 되는 모순을 지니고 있습니다. '부부夫婦 일심동체一心同體'라는 말이 있지 않습니까? 진정한 부부란 한마음 한 몸체이기 때문입니다. 이는 모순의 진실 즉 총체적 진실이 지배하는 영역에 속하는 문제입니다.

이와 같은 총체적 진실의 관점에선 비극은 그 자체가 희극일 수 있으며, 죽음은 곧 삶이 될 수 있으며, 가는 행위는 곧 오는 행위가 될 수도 있습니다. 예컨대 '새옹지마塞翁之馬'로 일컬어지는 고사나, 누구든 죽는 자는 살게 되며 나중 된 자가 처음 된다는 그리스도의 가르침과 같은 것들이 그것을 웅변해줍니다. 불교에서도 팔불중도八不中道라 하여 죽음과 삶이 한가지이며, 찰나와 영원이 한가지이며, 가는 것과 오는 것이 한가지이며, 하나와 여럿[多]이 한가지라 합니다. 이렇듯 인간의 삶을 지배하는 진리에는 부분적인 것도 있으며 총체적인 것도 있습니다. 그러나 이 중에서 보다 본질적인 것을 들라 한다면 말할 것도 없이 총체적 진리이겠지요. 부분적 진리는 삶의 편의성에 국한되지만 총체적 진리는 삶의 본질 그 자체를 지배하는 진리이기 때문입니다.

물론 과학적 진리의 결과로 안락한 주거 시설에 사는 것도 중요합니다. 그러나 그렇다고 해서 그것이 곧 행복을 가져다주는 것은 아닙니다. 인간은 왜 태어나고 죽는 것인가, 살되 어떻게 살아야 가치 있게 사는 것인가 등 보다 근원적인 문제들이 해결되어야 행복합니다. 고대광실 화려한 저택에서 사는 사람보다도 쓰러져가는 오막살이에서 사는 사람이, 고도의 문명을 누리는 현대인보다도 원시의 자연 속에 사는 중세인이 더 행복할 수 있다는 것을 우리는 여러 가지 사례에서 찾아볼 수 있지 않습니까?

그렇다면 왜 이 세계에는 이렇듯 두 가지 종류의 진실이 존재하게 되었을까요. 그것은 이 세계를 바라보는 두 가지 유형의 패러다임 때문입니다. 하나는 이 세계를 전체성으로 바라보는 패러다임이며 다른 하나는 이 세계를 부분적인 측면으로 바라보는 패러다임입니다. 그런 까닭에 전자의 경우 그 파악된 진실은 모순에, 후자는 논리에 토대할 수밖에 없게 되지요. 전체를 구성하는 각개 부분은 논리적이지만 그것이 이루어놓은 전체는 모순의 조화 속에 존재하기 때문입니다.

원래 이 세계란 모순으로 구성되어 있습니다. 가령 삶과 죽음은 한 존재를 구성하는 두 측면이며 사랑과 증오 역시 마찬가지입니다. 삶이 있음으로 죽음이 있는 것이며 누구를 사랑하고 있는 까닭에 그 결과로 미워하는 일이 생기게 됩니다. 물리적인 실재의 경우 역시 마찬가지입니다. 위가 있으면 아래가 있고 앞이 있으면 뒤가 있는 것 아닙니까. 그러므로 우리가 세계를 구성하는 그 각 부분을 바라볼 때 진실은 논리적입니다. 앞은 항상 앞이며 뒤는 항상 뒤이고 죽음은 항상 죽음이며 삶은 항상 삶이기 때문입니다.

그러나 이 각 부분이 구성하는 전체를 놓고 볼 경우 이 세계는 모순으로 존재합니다. 죽음과 삶이 한가지이며 앞과 뒤가 한가지인 것입니다. 서울에서 뉴욕으로 가는 비행기는 그저 간다고 말할 수 있으나 서울에서 뜬 비행기가 어떤 목적지 없이 계속 동쪽으로 항진한다면 그것은 가는 것이자 오는 행위입니다. 동쪽으로 계속 가다 보면 결국 다시 서울로 돌아오기 때문이지요.

시와 종교는 이렇듯 과학으로 해결할 수 없는 삶의 어떤 총체적 진실을 탐구하는 인간 정신의 노력입니다. 그러한 관점에서 그들은 적어도 과학에 대응해서는 같은 세계를 지향하는 가치들이라 할 수 있습니다. 그러나 시와 종교는 분명 또한 다르기도 합니다. 앞 장에서 제가 언급했듯 시는 신의 존재에 구속되지 않지만 종교는 본질적으로 신(만일 실재로서의 신(Dieu)을 전제하지 않을 경우 최소한 신성성(Divinité)만큼은 전제되어야 하겠지요)을 통해 그 문제를 해결하고자 하기 때문입니다. 그런 까닭에 시를 신에 귀속시키고자 하는 문학이 있다면 그것은 바로 문학의 독자성을 포기한 문학 곧 종교 그 자체 혹은 수단이 되어버립니다. 이제 여러분들은 이 글의 서두에서 왜 제가 시는 신이 없는 종교라고 말했던가 그 의도를 이해하실 수 있으리라 믿습니다.

3

시가 총체적 진실을 추구하는 인간 정신의 노력이라면 말할 것 없이 시란 그 본질이 모순의 원리에 존재할 것입니다. 실제로 아리스토텔레스의 『시학』 이후 오늘날에 이르기까지 대부분의 시론가들은 시의 본질을 모순의 조화라는 개념에서 찾아왔습니다. 구조나 상상력 혹은 언어적인 차원 등에서 시를 설명하는, 가령 '아이러니', '역설', '텐션(tension)', '통합(unity)', '이원적 대립(binary opposition)', '전도(conversion)', '공간적 형식(spatial form)', '등가성의 반복(repetition of equivalence)'과 같은 개념들이 모두 그러합니다. 각개 시론의 독특한 개성이 있음에도 불구하고 그들은 이처럼 원칙적으로 시란 서로 이질적인 것 혹은 모순되는 것들이 하나로 조화되는 질서에 있다는 사실만큼은 모두 공인하고 있는 것입니다. 그렇다면 이와 같은 시의 본질이 그 시를 향유하는 인간의 삶에 어떤 영향을 미칠 수 있을까요. 이는 물론 넓은 의미에서 시가 인간의 삶에 끼치는 효용성, 즉 시의 기능이라는 문제와 관련 됩니다.

"이질적이거나 적대적인 요소 혹은 가치들의 조화"라는 시의 본질은 그 수용자 혹은 향유자들이라 할 인간의 삶을 갈등과 대립의 관계로부터 화해와 사랑의 원리로 통합시키는 기능을 갖습니다. 그것은 시의 이 같은 원리가 그 수용자인 인간의 정신을 깨우쳐 지금까지 부분적 삶의 진실 속에 함몰되어 이기적이고도 도구적인 삶—하이데거의 용어를 빌리자면 일상인(Das Man)으로 사는 삶—에 도취된 인간을 보다 총체적이고도 실존적인 삶의 경지로 향상시킬 수 있음을 의미합니다. 즉 지금까지 삶의 총체적 진실에 대해 무지 혹은 무관심했던 일상인들에게 크든 작든 혹은 직접적이든 간접적이든 하나의 깨우침 혹은 충격을 줌으로써 그들로 하여금 부분적 진리가 지배하는 세계로부터 총체적 진리가 지배하는 세계로 초극하게 만든다는 사실입니다. 우리는 그와 같은 정신현상을 '감동'이라 부르는지도 모르겠습니다.

앞에서 설명했듯이 부분적 진리란 논리적입니다. 그것은 대립된 가치들을 하나로 조화 혹은 통합시킬 수 없습니다. 앞은 항상 앞이며 뒤는 항상 뒤입니다. 미움은 항상 미움이며 사랑은 항상 사랑입니다. 원수는 항상 원수, 친구는 항상 친구입니다. 그러므로 부분적 진리가 지배하는 세계는 삶의 갈등과 분열을 근본적으로 치유할 수 없습니다. 그러나 총체적 진실이 지배하는 세계는 다릅니다. 본질이 그러하듯 거기에서는 대립되고 적대적인 모든 것들이 하나로 조화 통일되기 때문입니다. 사랑과 미움이, 적과 친구가, 분노와 용서가 하나로 일원화됩니다. 그러므로 이 같은 총체적 진실을 본질로 한 시가 인간의 분열되고 대립된 삶을 화해와 용서와 사랑의 삶으로 승화시킬 수 있다는 것은 너무도 당연하지 않겠습니까?

그것은 한 편의 시를 이루어내는 본질적 요소들, 즉 사유, 상상, 언어, 정서 등이 자연스럽게 그 향유자의 삶에 스며들어 이를 사회적, 존재론적으로 변혁시키는 데서 가능합니다. 말리노프스키(Malinowski)는 이를 문학의 원형이라 할 신화를 통해서 해명하였으며 리처즈(Richards)나 하르트만(Hartmann) 같은 20세기의 주요한 비평가들은 그것을 이미 시의 효용성으로 설명한 바 있습니다. 구체적으로 전쟁과 관련된 경우를 예로 든다면—특별한 목적시나 어용시가 아닌 한—시란 그 어떤 것도 반전시反戰詩나 휴머니즘의 노선에서 벗어나지 않는다는 것도 그러한 예 가운데 하나일 것입니다.

그러한 관점에서 일반적으로 시는 그 안에 내용으로 반영 혹은 언급된 이념이나 메시지의 차원을 논하기 전에 이미 그 존재 자체가 인간의 삶을 분열과 대립과 적대의 관계로부터 화해와 사랑과 평화의 삶으로 나아가게 만드는 데 결정적으로 기여하고 있습니다. 시적인 사고, 시적인 상상력, 시적인 정서, 그리고 시적인 언어가 지닌 효용성의 하나가 여기에 있는 것입니다.

4

현대 물질문명의 위기와 더불어 심심치 않게 거론되고 있는 것이 시의 존재성에 대한 회의입니다. 심지어 어떤 이는 시라는 문학의 장르 그 자체가 머지않아 소멸될지도 모른다는 전망조차 내놓고 있습니다. 실제로 오늘날 시의 독자는 물질문명이 야기시킨 도구적 가치관이나 디지털 영상매체의 괄목할 만한 발전으로 인해 그 수가 절대적으로 줄어들고 있는 것이 사실입니다.

그러나 저는 시가 결코 그 같은 비극적 운명을 맞게 되리라고 생각지는 않습니다. 그는 비록 다른 모습, 다른 형태의 변화를 지향하기는 하겠지만 우리의 미래 삶에도 여전히 큰 영향을 끼칠 것입니다. 그것은 — 니체나 마르크스, 다윈과 같은 현대의 선구자들이 선언한 바와 같이 — 이미 신을 잃어버림으로써 종교 그 자체가 무의미해진 현대 사회에서 그 신이 해왔던 역할 즉 인간 삶의 총체적 통합은 '신이 없는 종교'라 할 시 혹은 시적인 것 이외에 다른 대안이 아직 특별하게 나서지 않기 때문입니다. 그것은 좁은 의미의 시이든 넓은 의미의 시든 마찬가지입니다. 그래서 우리는 이 대목에서 시의 이념을 이야기할 필요를 느낍니다.

오늘날 크리스처니즘에 토대해서 발전해온 서구의 물질문명이 위기에 봉착해 있다는 것은 세계 대부분의 지성들이 동의하고 있는 사실입니다. 특히 르네상스 이후 서구 문명사를 지배해온 소위 '이성중심적 세계관(logo-centrism)'과 이로부터 타락한 '도구적 이성(instrumental reason)'이 문제가 되고 있는 것도 다 아는 바와 같습니다. 그리하여 서구의 지성들은 미래 문명사의 건설을 위한 새로운 이념의 탐구에 몰두하고 있습니다. 나는 이 같은 이념 탐구의 한 대안으로서 이제 불교적인 세계관을 들 수 있을 것이라고 생각합니다. 그 이유는 다음과 같습니다.

하나는 신의 존재가 이미 무의미해졌음에도 불구하고 오히려 종교적 역할의 요구가 증대되고 있는 오늘의 시대에서 신이 없는 종교 즉 불교가 시대적 이념에 기여할 수 있으리라는 것과, 다른 하나는 각 개체의 존재성을 존중하면서도 전체적으로 우주적 통합을 이루어낼 수 있는 불교 존재론이 이성중심적 세계관에서 비롯된 현대의 도구적 삶을 극복하는 데 큰 역할을 맡을 수 있으리라 믿기 때문입니다. 예컨대 오늘날 세계 도처에서 일어나고 있는 전쟁 가운데서도 가장 참혹한 것은 — 팔레스타인 분쟁이나 이라크 전쟁에서 볼 수 있듯 — 종교와 종교 혹은 문명과 문명의 충돌에서 기인하고 있는데 역사적으로 불교는 이 같은 충돌을 일으킨 사실이 거의 없습니다. 기독교의 십계명에서 가르친 바 '내 앞에서 다른 신을 섬기지 말라'와 같은 신이 불교에는 없기 때문입니다.

이제 관점을 바꾸어 시와 그것이 반영하고자 하는 이념에 대해 이야기하자면 오늘의 우리 시 역시 불교적인 세계관에서 그 도움을 크게 받을 수 있으리라는 것이 저의 생각입니다. 그것은 오늘의 물질문명을 대신해 새로운 문명사의 이념을 주도하는 것 가운데 하나가 바로 문학이라는 사실과 더불어 앞서도 밝힌 바처럼 시와 불교는 양자 모두 '신이 없는 종교'라는 점에서 서로 공유하는 영역이 크기 때문입니다.

이제 이 글의 주제라 할 평화, 즉 '여러 이질적인 것과 적대적인 것의 조화를 통한 삶의 완성'이라는 관점에서 불교가 현대시에 공헌할 수 있는 측면을 살펴보겠습니다.

첫째, 인간을 포함해 모든 생명, 나아가 이 우주의 사물 전체를 동등하게 존중하고 함께 더불어 살라는 가르침입니다. 불교나 힌두교에서 말하는 소위 아힘사(ahimsa: 비폭력, 비살생)의 정신이 그것입니다. 기독교에서도 살생은 금하고 있지만 그것은 인간에 국한된 금기이지 이 우주만물까지도 포함해서 하는 이야기는 아닙니다. 그러나 불교에서는 이 세상 우주만물 모든 것을 부처처럼 여기라고 합니다. 『화엄경華嚴經』의 가르침과 같이 우주만물의 모든 것에는 그 자체에 부처가 될 수 있는 본성을 지녔다고(森羅萬象 悉有佛性) 보기 때문입니다.

그러므로 불교의 수행자들은 길을 걷다가 행여 자신도 의식하지 못한 사이에 길가의 미물을 밟아 죽이지 않을까 염려하여 신도 바닥의 올이 성긴 짚신을 신고 다닙니다. 이와 같은 불교의 만물 평등 정신, 생명 존중 정신은 분명 오늘의 물화된 인간의 삶뿐만 아니라 — 요즘 크게 문제되고 있는 바 — 물질문명에서 야기된 생태 위기를 극복하는 데 있어서도 하나의 해답을 줄 수 있을 것입니다.

둘째, 불교의 소위 삼법인三法印의 하나인 제법무아諸法無我의 존재관입니다. 불교에서는 개체로서의 아我(Ātman)를 버린, 무아無我(Anātman)로서의 '나'를 강조합니다. 그런데 불교의 이 '아'의 개념은 원래 고대 인도의 우파니샤드 철학에서 발전한 것으로 이 철학에 의하면 '아'에는 두 가지가 있어 우주의 근본원리가 되는 '대아大我(Brahmatman)'와 현상계의 각 개체인 '소아小我(Jivatman)'를 구분하고 있습니다. 따라서 이 같은 '대아'의 개념과 조응된다고 할 수 있는 불교의 '무아'는 개체로서의 '아'가 아닌 전체로서의 '아', 내가 곧 너인 '아', 이 우주만물이 바로 나인 평등상平等相으로서의 '아', 그러니까 일상적인 의미에서 '나'라고 부를 수 없는 '나'를 가리키는 말입니다. 불교에서는 존재가 바로 이 '무아'의 경지에 도달할 때 비로소 깨달음의 세계에 도달한다고 합니다. 불교의 수행자들이 끊임없이 일상적, 이기적인 '나' 즉 아상我相을 버리고 무의 경지에 들려고 노력하는 이유가 여기에 있습니다. 이렇듯 자신을 지워 우주와 한 몸이 되고자 하는 불교 존재관 역시 오늘의 문명사가 배태한 분열과 대립과 이기적인 삶을 극복해줄 수 있는 하나의 예지가 될 수 있을 것입니다.

셋째, 삼법인의 다른 하나인 제행무상諸行無常의 세계관에서도 우리는 같은 가르침을 배울 수 있습니다. 불교에서는 우리의 일상적 삶 즉 현상계는 한낱 허망하고 덧없는 세계라고 봅니다. 그것은 흡사 풀잎에 맺혀 있는 아침 이슬이나 바위에 부딪혀 속절없이 스러지는 물거품과도 같습니다. 모든 것은 마음의 소산일 뿐입니다(三界唯心所作). 따라서 불교적 인생관에 있어서 중생이 물질에 집착하고 그것을 소유코자 하는 행위는 무의미합니다. 불교가 항상 무소유를 권하고 남을 위해 베푸는 삶을 최상의 윤리로 가르치는 것도 이 때문입니다. 보살행菩薩行은 불교의 수행 중 으뜸가는 덕목인 것입니다. 이처럼 자신을 버리고 남을 위해서 모든 것을 베푸는 삶, 물질적 — 나아가서는 정신적인 것까지 — 인 것에 대한 집착 즉 소유욕을 끊고 무소유로 사는 삶의 양식이 또한 도구적 이성의 지배에서 비롯한 오늘의 문명사적 위기를 극복할 수 있는 하나의 방안이 될 수 있을 것입니다.

이렇듯 동양적 세계관 특히 불교적 세계관은 오늘날 생태 환경문제를 포함하여 서구 물질문명의 위기를 극복할 수 있는 하나의 이념적 대안이 될 가능성이 큽니다. 우리는 현실적 종교로서 신이 없는 불교, 또는 '신이 없는 종교'로서의 시가 오늘의 문명사적 소명에 부응할 수 있는 이유를 여기서 찾을 수 있습니다.

* 이 글은 2005년 8월 11일~15일 만해사상실천선양회 주최로 신라호텔에서 열린 세계평화시인대회(International Poetry Festival for World Peace)의 세미나 「평화와 화해로서의 시의 기능(The Function of Poetry as Maker of Peace and Reconciliation)」에서 「평화와 화해로서의 시의 기능」이라는 제목으로 발표한 주제문임.

서정시에 대한 오해

1

오늘의 우리 문단에선 — 특히 '현대시'를 쓴다고 주장하거나 그 나름으로 인정을 좀 받는다고 생각하는 젊은 시인들 가운데 — 공연히 혹은 막연히 '서정시'에 대해 거부감을 갖거나 또는 거부감을 갖는 것 같은 제스처를 해보여야 무언가 의식이 있는 시인으로 평가를 받을 것이라고 믿는 사람들이 많은 것 같다. 그리하여 그들은 독자나 평자들로부터 그들의 시가 서정시로 규정받을까 봐 노심초사하며 혹시 그 같은 상황이 닥칠 경우 심한 불쾌감을 보이거나 자신은 '서정시'와 같은 낡아빠진 시를 쓰는 시인이 절대 아니라는 변명을 늘어놓기 일쑤이다.

그럴 때 그들이 항용 자신을 '변호하는' 논리는 대체로 이렇다. 첫째, 자신은 '현대시' 혹은 '민중시'를 쓰는 시인이지 '서정시'를 쓰는 시인이 아니라는 것, 둘째, '낡은' 시를 쓰는 시인이 아니라 '새로운' 시를 쓰는 시인이라는 것, 셋째, '서정抒情'이나 '감상感傷'을 내용으로 담는 시가 아니라 지성이나 현대의 어떤 내면의식內面意識을 표출하는 시인이라는 것, 넷째, 전통적 규범에 구속되는 시가 아니라 이를 깨부순 시를 쓰는 시인이라는 것 등이다.

그러한 관점에서 그들이 생각하는 바 '서정시'란 결국 전근대적인 시, 낡은 시, 서정이나 감상이 주 내용이 되는 시, 형식에 얽매인 시를 가리키는 용어일 수밖에 없다. 실체가 과연 그러하다면 현대인으로서 그 누군들 서정시를 긍정적으로 옹호할 수 있겠는가.

문제는 그것이 사실과 다르다는 점이다. 서정시란 과거의 시도, 낡은 시도, 현대의식을 기피하는 시도, 전통적 규범을 맹목적으로 추수하는 시도 아니다. 서정시 역시 — 그들이 쓰고 있는 시를 그들 자신이 무엇이라 부르건 — 그들이 옹호하는 시와 똑같은 현대시이며, 새롭고 신선한 시, 현대의식을 반영한 시, 전통적 규범을 날로 갱신하고자 하는 차원을 지향하는 시이기 때문이다. 그러므로 그들이 이처럼 서정시에 뒤집어씌운 '낡고, 전근대적이고, 감상적이고, 규범 예속적'이라는 혐의는 사실 서정시의 본질과 아무 상관없이 그들만이 만들어낸 망상 혹은 착시 현상이다. 아니라면 일반적으로 — 서정시가 아닌 — 다른 어떤 '나쁜 시' 혹은 '열등한 시'를 가리키는, 잘못된 명칭일 것.

그것은 구구한 문학이론을 들기 전에 구체적 실천에서 이미 우리 문학사가 반증해주고 있다. 예컨대 우리 근대시사를 대표하는 — 이들을 제외시키고서는 우리 시사詩史 자체가 성립될 수 없는 — 가령 김소월, 한용운, 정지용, 백석, 서정주, 유치환, 박목월, 김영랑 등이 한결같이 모두 서정시인들 아닌가. 이에 대하여 물론 혹자는 이렇게 반문할 수도 있다. 그들의 시대와 현대 즉 우리가 사는 시대는 다르지 않은가? 그들은 이미 타계한 시인들이 아닌가? 그렇다면 이에 대해서 또 이렇게 대답할 수 있을 것이다. 지금 우리 문단의 젊은 세대를 대변하는 문태준, 공광규, 장석남, 박형준, 유홍준, 손택수, 정일근, 이재무, 나희덕, 정끝별, 김선우 같은 시인들 역시 서정시인들이 아니라면 무슨 시인인가.

그럼에도 불구하고 그들이 여전히 앞서 지적한 바와 같이 서정시를 '전근대적인 시, 낡은 시, 서정이나 감상이 주 내용이 되는 시, 형식에 얽매인 시'로 굳이 규정하여 나쁜 시의 대명사로 낙인찍으려 하는 이유는 무엇일까.

그것은 아마도 다음과 같은 이유들 때문일지도 모른다.

첫째, 무식의 소치이다. 서정시가 무엇인지를 모르니 나름대로 짐작하여 그렇게 규정해버렸을 것이다. 무식하면 어찌할 수 없지 않겠는가?

둘째, 문학적 성취를 이루지 못한 시 혹은 저열한 시들을 무단히 서정시라 호칭하여 이를 희생양 삼아 자신들의 문학적 입지를 과시하고자, 혹은 자신들의 우월성을 강조코자 하려는 차별화의 전략이다. 그 논리는 다음과 같다. 현재 시단에는 아마추어 수준을 벗어나지 못하는 수만 명의 시인들이 시인 행세를 하면서 서정시를 쓰고 있다. 따라서 '문학적 성취를 이루지 못한 시 혹은 저열한 시들'을 일반 서정시로 낙인찍어 두고 자신은 서정시인이 아니라고 주장한다면 자연스럽게 자신의 시는 '문학적 성취를 이루지 못한 시 혹은 저열한 시들'과는 차별화되는 시 즉 훌륭한 시가 된다는 것이다.

이처럼 그들은 제 자신의 문학적 미숙성을 호도하기 위한 방편으로 이 '문학적 성취를 이루지 못한 서정시'와 자신의 시는 다르다는 억지 주장을 늘어놓고 이로써 무언가 자신의 시는 훌륭하다는 궤변의 단서로 삼는 것이다. 그러나 우리는 이 대목에서 중요한 속임수 하나를 간과해선 안 된다. '문학적 성취를 이루지 못한 서정시'를 서정시 그 자체와 동일시하는 그들의 논리가 논리학에서 지적하는 이른바 '일반화의 오류'에 해당된다는 사실이다.

셋째, 지난 70, 80, 90년대의 30년 동안 우리 시단을 지배해왔던 소위 '민중시'의 후유증이다. 사실 '민중시'라는 것도 본질적으로는 물론 '서정시'의 하나이다(그러니까 이 '민중시'라는 용어는 일반 문예학에서도, 세계 어느 나라 민족문학에서도 찾아볼 수 없는 우리만의 독특한 용어이다). 다만 서정시를 하위구분下位區分 할 수 있다면 서정시 가운데서도 특히 사회의식이나 어떤 특정한 이념에 목적을 둔 시를, 다른 일반적인 서정시 — 예컨대 개인적 혹은 존재론적 삶의 의미를 표출한 시 — 와 구분해 그런 용어로 부를 수 있을지는 모르겠다. 그럼에도 불구하고 당시 민중문학 계열이 굳이 자신들이 쓰는 민중시는 서정시가 아니라 했던 것, 그리고 '서정시'란 음풍농월吟諷弄月이나 사랑 타령을 토로하는 시라고 매도하면서 '서정시'와 자신들이 쓴다고 주장하는 이른바 '민중시'를 변별하고자 했던 것은 일반 서정시를 중시하고서는 자신들이 목적 삼은 시의 정치수단화가 어렵기 때문이었을 것이다.

그러나 서정시의 본질이 어찌 음풍농월이나 사랑 타령에 있을 것인가. 대명천지 밝은 문예학의 공간에서 어찌 이같이 생사람 잡는 문학론이 오랫동안 우리 문단에서 내통될 수 있다는 말인가. 지나고 보니 참으로 웃기지도 않은 지적 폭력 혹은 문학의 문화혁명이 우리 문단을 휩쓸었던 한 시대의 아이러니가 아니었던가 싶다. 그러나 그 남긴 후유증은 적지 않아서 — 가령 '서정시'에 국한된 문제만을 살펴본다 하더라도 — 지난 30여 년 동안 문학을 공부하는 우리 젊은 세대들의 머리에 서정시란 '음풍농월이나 사랑 타령'을 노래하는 시라는 편견을 꾸준히 그리고 확고하게 심어놓은 것만큼은 그중 대미大尾라 할 것이다.

그러한 관점에서 앞서 지적한 바, 오늘날 서정시에 대한 우리 문단의 그릇된 편견은 상당 부분 이 시기 민중시 계열의 서정시 격하 운동에서 심화되었다(그들 스스로가 알면서 그랬는지 모르면서 그랬는지는 모르겠으나 그들 자신이 서정시인임에도 불구하고)는 것은 두말할 필요가 없다.

2

'서정시'를 비하하는 상당수의 시인들이 대개 자신은 '서정시'가 아니라 '현대시'나 '민중시'를 쓰는 시인이라고 주장한다는 것, 그리고 이 중에서도 특히 후자의 경우 — '민중시'도 본질적으로는 서정시인 까닭에 — 그들의 주장 자체가 자가당착에 빠진 것이라는 사실은 앞서 살펴본 바와 같다.

그렇다면 '현대시'와 서정시는 어떤 관계에 있는가? 이를 대립관계로 보는 것 또한 어불성설이다. 서정시 그 자체가 현대시이기 때문이다. 따라서 '서정시는 현대시가 아니라'는 그들의 편견은 비유적으로 마치 백인종과 황인종(자신들이 쓰는 시 — 모더니즘 시나 민중시)은 사람(현대시)이지만 흑인종(서정시)

은 사람이 아닌 짐승과 같은 것이라는 유아독존적 발상과 다르지 않다. 이에 대해서는 자세하게 후술될 터이다.

많은 논자들은 '현대시'라는 것을 모더니즘 시나 아방가르드 시 혹은 포스트모던한 경향의 시들(예컨대 무의미의 시, 우리 문단에서 5년도 채 버티지 못한 소위 '미래파'라는 요상스러운 명칭의 시, 해체시, 포스트모더니즘 시 등으로 불려지는 시들)을 가리키는 말로 생각하는 것 같다. 그러나 그 같은 편견은 이들 시를 호칭하는 아펠레이션에서 오는 것이지 사실이 그런 것은 아니다. '모더니즘 시'나 '아방가르드 시' 혹은 '포스트모던한 경향의 시'들이 현대 혹은 근대시의 일부인 것은 확실하나 오로지 그들만이 현대시를 전유하는 것은 물론 아니며 그들 역시 다른 유형의 시(예컨대 서정시)들과 더불어 현대시의 일부를 구성한 하나이기 때문이다.

그것은 마치(낭만주의 시나 상징주의 시 또한 본질적으로 서정시이지만) 낭만주의 시대에는 낭만주의적 경향을 띤 시와, 상징주의 시대에는 상징주의 시적 경향을 띤 시가 대부분 모두 서정시인 것과 같다. 왜냐하면 '모더니즘 시'나 '아방가르드 시' 혹은 '포스트모던한 경향의 시'와 같은 것들은 한 시대의 **문학사조사적 용어**라는 점에서 **공시적共時的(paradigme)**인 명칭이지만 '서정시'란 역사상 모든 시대를 꿰뚫어온 **장르적 용어라는 점에서 통시적通時的(syntagme)**인 명칭인 까닭이다.

따라서 '서정시'란 낭만주의 시나 상징주의 시 혹은 모더니즘 시와 같이 어떤 특정한 시대의 시만을 한정해서 가리키는 용어가 아니다. 그것은 인류 문학사의 모든 시대에 걸쳐 사용되어 온 시의 장르적 명칭일 따름이다. 즉 서정시는 각 시대에 있어 그 시대의 조류를 반영한 낭만주의 시, 상징주의 시, 모더니즘 시 등과 같은 문학사조로 변용되어 표출되었던 까닭에 시대에 따라 낭만주의 시, 상징주의 시, 모더니즘 시 등으로 불릴 수 있다. 그 어느 시대나 시는 본질적으로 서정시였던 것이다. 따라서 굳이 구분해야 한다면 보편적인 서정시(정통적인 서정시)와 시대적 서정시(낭만주의시, 상징주의 시, 모더니즘 시)로 나뉠 수 있을 뿐이다. 그렇지 않다면 — 세계 문학사는 항상 매 시기를 지배한 문예사조가 있었으니 — 서정시란 이 용어가 생긴 고대 그리스 시대 이후에는 이미 사라지고 오늘날은 아예 없어졌어야 하지 않겠는가?

그렇다면 '현대시'란 또 무엇인가. 그것은 한마디로 '현대(modern)'라는 시대의식을 반영한 시의 한 유형을 가리킨다(엄밀히 말하면 '근대'와 '현대'는 다른 시대의식을 지닌 용어로서 구체적으로 서구의 경우는 르네상스에서 19세기 말(자본주의의 형성)까지를 '근대', 19세기 말에서 20세기 중반(제2차 세계대전의 종식)까지를 현대 그 이후를 탈현대(post-modern)라 하지만 여기서 필자는 편의상 19세기 말 이후의 시대를 가리키는 용어로 사용하고자 한다). 그런데 이 시기의 시대이념은 정치적으로는 민주주의와 세계주의, 경제적으로는 자본주의(더 적극적으로는 다국적 자본주의), 세계관으로는 이성에 토대한 계몽주의의 한계성 극복, 윤리관으로서는 휴머니즘의 한계성 극복에 있으므로(졸저, 『문학이란 무엇인가』, 서정시학사, 2014, 15-26쪽 참조.) 현대시란 이 같은 이념을 문학적으로 반영한 모든 시를 지칭한 말이라 할 수 있다. 따라서 여기에는 물론 모더니즘 시나 포스트모던한 경향의 시들과 더불어 '이 같은 이념'을 반영하거나 지향하는 모든 서정시가 또한 포함되어야 한다. 현대라는 이념은 오로지 모더니즘 시나 포스트모던한 경향 시만의 전유물이지는 않은 것이다.

건강한 서정시는 현대시의 일부라는 점에서 과거의 시도 아니요, 현대이념을 지향한다는 점에서 물론 낡은 시도 아니다. 그런 까닭에 그들이 비난한 '낡은 시'라는 족쇄 역시 서정시에 해당하는 말이 아니라 — 서정시든 모더니즘이나 포스트모던한 경향의 시든 관계없이 모든 — 문학적 성취에 있어 실패한 시를 가리키는 용어가 될 수밖에 없다. 그럼에도 불구하고 문제는 그들이 하필 서정시만을 지칭해 이 혐의를 뒤집어씌웠다는 점이다.

자칭 '현대시'라는 것을 쓴다고 주장하는 사람들은 습관적으로 또한 자신들은 '서정抒情'이나 '감상感傷'을 내용으로 담는 시가 아니라 지성이나 현대의 어떤 내면의식內面意識을 탐구하는 시를 쓴다고 말한다. 아마도 '서정'이나 '감상' 같은 정서는 언뜻 모더니즘이나 아방가르드 시 같은 유형에는 없을 듯해서 일 것이다. 그러나 이를 천편일률적으로 부정하는 태도는 옳지 않다. 외국의 시 역시 마찬가지이지만 우리 시사에서도 누구나 공인하는 모더니스트, 예컨대 김광균이나 김기림, 박인환 심지어는 김수영에게서조차 발견할 수 있는 시적 정서인 까닭이다. 시에서 감상(sentiment) 역시 — 적절히 수용할 경우 — 시를 감정적으로 더 풍요롭게 만들어줄 수도 있다는 점에서 의외로 가치 있는 시적 재보의 하나인 것은 두말할 필요가 없다.

문제는 '서정'이라는 용어이다. 이는 다음 장에서 자세히 설명되겠으므로 이 대목에서 간단히 언급하자면 이렇다. 역사적으로 모든 시대를 망라하여 '시'는 본질적으로 서정성에 바탕을 두고 있다. 왜냐하면 이 서정성의 유무야말로 시와 산문(고대엔 서정시와 서사시)의 구분되는 기준이 되기 때문이다. 헤겔이 그의 『미학』에서 규정하고 있듯 '서정'이란 한마디로 서사시(소설)가 세계를 객관화하는 것과 대조해, 세계를 주관화하는 인식 즉 이 세계를 감성적으로 인식하는 것을 뜻하는 말이다. 그러므로 그 어떤 것도 서정성이 없는 글은 결코 시가 될 수 없다. 이는 근대 이전이나 오늘의 시대나 통틀어 마찬가지이므로 시에서 서정성을 부정한다는 것은 곧 시 그 자체를 부정하는 행위와 다름없는 것이다.

물론 오늘의 극단적인 전위시인들 가운데는 '시를 부정하는 시' 즉 '반시反詩'를 쓴다는 식의 자기 합리화를 꾀하면서 그런 까닭에 서정성이란 폐기해야 할 대상이라고 주장하는 일이 없지는 않다. 그러나 이 같은 태도에는 중요한 두 가지 문제가 성찰되어야 한다. 하나는 이들이 주장하는 논리가 시의 일반적 규준이 될 수 있는가, 다른 하나는 이런 태도로 쓰인 시가 과연 가치 있는 시인가 하는 점이다. 보편적 감수성으로 이해할 때 우리는 '시를 부정하는 시'를 결코 우리 문학이 지향해야 될 시의 어떤 전범으로 생각할 수는 없을 것이기 때문이다.

백번을 양보한다 하더라도 '시를 부정하는 시'라는 것은 일종의 문제작의 범주에 들 수 있을지는 모르겠지만 그 자체가 명작이나 훌륭한 문학작품이 될 수는 없다. 가령 이상李箱 — 물론 그를 한마디로 '반시의 시인'이라 규정할 수도 없겠으나 — 의 예를 하나 들어보자. 누구나 인정하고 있듯 그의 작품은 난해하다. 그런데 시가 난해해서 어떻다는 것인가. 난해한 작품이 해독되었다 해서 그 작품이 난해하지 않은 작품보다 더 감동을 준다는 것인가. 시 해독이 무슨 수수께끼 푸는 행위인가. 따라서 비록 이상의 작품이 유명하고 그의 작품을 빌려 수많은 박사들이 배출되었다 하더라도 — 혹시 그가 문제 시인으로 불린다면 몰라도 — 결코 훌륭한 시인이 될 수 없는 소이연이 여기에 있다.

뿐만 아니다. 훌륭한 서정시는 항상 그 내면에 현대 삶의 진실 혹은 철학이 내면화되어 있다. 서정과 철학은 상호 배타적인 관계에 있는 것이 아니다. 가령 잘 알려진 서정시 한 편을 인용해본다.

나의 지식이 독한 회의를 구하지 못하고
내 또한 삶의 애증을 다 짐지지 못하여
병든 나무처럼 생명이 부대낄 때
저 머나먼 아라비아 사막으로 나는 가자

거기는 한번 뜬 백일白日이 불사신같이 작렬하고
일체가 모래 속에 사멸한 영겁의 허적虛寂에
오직 알라의 신만이
밤마다 고민하고 방황하는 열사의 끝

그 열렬한 고독 가운데
옷자락을 나부끼고 호올로 서면
운명처럼 반드시 나와 대면하게 될지니
하여 '나'란 나의 생명이란
그 원시의 본연의 자태를 배우지 못하거든

차라리 나는 어느 사구砂丘에 회한 없는 백골을 쪼이리라.

—유치환, 「생명의 서」 전문

본론에서 벗어나는 일이어서 상세하게 분석하는 일은 삼가겠으나 우리는 이 작품에 20세기 문명사에서 발원한 무신론적 실존주의의 허무주의가 내면화되어 있다는 것을 누구나 쉽게 읽어낼 수 있을 것이다. 이 한 가지 예만 보더라도 서정시에서의 철학성 혹은 시대성이 다른 유형의 시들(아방가르드나 모더니즘 등) 이상으로 중요하다는 것은 두말할 필요가 없다. 서정시에서 '서정성'은 필요조건이지 충분조건이 아닌 것이다. 따라서 서정시를 비하하는 논자들이 언필칭 서정시는 서정과 감상에 함몰되어 있다고 비난하는 것은 서정시에 국한되는 문제가 아니라 — 자신들이 옹호하는 시를 포함하여 — 그 어떤 것이든 훌륭하지 못한 시에 대한 공격 혹은 자살 행위에 지나지 않은 것이다.

이와 더불어 또 다른 주장도 있다. 서정시는 전통적 규범에 구속되는 시이므로 바람직하지 않다는 것이다. 물론 '전통적 규범에 구속되는 시이므로 바람직하지 않다'는 말은 그만으로는 옳다. 모든 훌륭한 시는 전통의식에 기초해야 마땅하지만 항상 과거의 틀 혹은 과거의 규범으로부터 벗어나 새로운 지평을 개척하는 데 그 가치가 있기 때문이다. 그것은 물론 장르적 차원이나, 개인의 시작에서도 그러하다. 예컨대 같은 서정시라 하지만 종래의 정형시, 운문시의 규범에 얽매어 있던 서정시가 오늘날에 와서 자유시나 산문시로 변화한 것, 시대의 추이에 따라 고전주의 시, 낭만주의 시, 상징주의 시 역시 각각 다르게 변용되어 나타났다는 것 등을 들 수 있다.

그뿐만이 아니다. 당대의 서정시들 역시 시인의 개성에 따라 그 형상화의 기법, 상상력의 전개, 시의 구조, 시어의 조사措辭(poetic diction) 등에서 모두 차이를 드러낸다. 정지용의 시가 다르고, 서정주의 시가 다르고, 박목월의 시가 다르다. 그러니 서정시인들 어찌 전통적 규범에 항상 구속되어 있다고 하겠는가. 훌륭한 서정시 역시 과거의 규범을 재창조하려는 의식을 기초로 해서 쓰인다. 모더니스트라 할 엘리엇조차 개인의 시 창작은 전통에 대한 의식이며 그 전통의 질서를 바꾸어놓는 작업이라고 말하지 않았던가.

그럼에도 불구하고 그들이 전통적 규범의 고수라는 잣대로 서정시를 비난하는 이유는 무엇일까. 그것은 20세기에 등장한, 파격적 전위시들이 시를 상식적인 수준의 규범 이탈 혹은 전통의 극복이라는 정도의 차원이 아니라 — 앞서 예를 든 바 — '시를 부정하는 시' 즉 시 그 자체를 포기하는 차원에서 규정하고자 했다는 점에 있다. 시를 평가함에 있어 단순한 규범 혹은 관습의 혁신이라는 차원이 아니라 장르 자체의 부정, 시 그 자체의 부정이라는 차원을 기준으로 삼았던 까닭에 그러한 것이다.

뷔르거(Peter Bürger)가 아방가르드(이 아방가르드를 미국적으로 계승한 것이 포스트모더니즘이니까 원칙적으로 포스트모더니즘 역시 마찬가지이다.)의 본질적 특성을 새로움(newness), 우연(chance, Zufall), 알레고리(allegory), 몽타주(montage) 등으로 설명했을 때, 아도르노가 그들에게 있어서 '새로움'이란 단지 예술적 기법이나 스타일, 장르의 원리를 거부하는 수준이 아닌, 그 이전의 예술적 전통 전체를 거부 혹은 파괴하는 수준이라고 비판했던 것도 바로 이를 지적한 것이라 할 수 있다. 따라서 그들이 전통과 규범이라는 차원에서 서정시를 비판했던 것은 서정시가 새로움을 추구하지 않는다는 데에 있는 것이 아니라 자신들의 기준 즉 서정시가 과거의 예술적 전통이나 장르 자체를 거부 혹은 파괴하지 않는다고 보는 데 있었던 것이다.

그러므로 여기서 남겨진 문제는 우리가 문학 혹은 문학작품을 평가할 때 그 평가의 기준을 어느 쪽에 두느냐 하는 선택뿐이다. 즉 과거의 전통을 인정하고 그것을 끊임없이 혁신 극복해가면서 새로운 세계를 탐색하느냐, 과거의 전통과 장르 규범을 일시에 깡그리 부정 파괴하는 허무주의 혹은 미학의 아노미 현상을 추구하느냐 하는 것의 선택이다. 이는 문학작품을 수용하는 독자들의 감수성과 세계관이 결정할 문제이므로 필자 자신이 답을 내놓지는 않겠다. 다만 확실한 것은 다음과 같은 세 가지 측면이다.

첫째, 앞서 지적한 바와 같이 '과거의 예술적 전통이나 장르 자체의 거부 혹은 파괴'라는 데 본질을 둔 문학은 최소한 — 문제적인 문학이라면 몰라도 — 훌륭한 문학의 반열에 들 수 없다는 것, 둘째, 우리나라뿐만 아니라 세계 그 어디에서도 이 같은 문학작품이 명작으로 남은 경우는 없다는 것, 셋째, 그 전통의 파괴나 장르 규범의 부정이라는 것도 이미 시간상의 시효가 지나 이미 20세기 초 서구에서 시도했던 작업을 21세기의 한국에서 재탕, 삼탕하고 있어 그 자체가 낡아빠진 모방, 내지는 — 역설적으로 — 구태의 답습이라는 것이다.

물론 문학적 전통과 시 자체를 부정하는 이들의 행위에 나름의 필연성과 의미가 전혀 없는 것은 아니다. 오늘의 우리 시대는 도구적 이성理性의 폭력에 의해 생명적인 것은 물론 모든 가치 있는 것들이 무의미해져 가고 있기 때문에 '삶의 모방'인 문학이 그 같은 현실을 있는 그대로 반영해야 한다는 주장이다. 그러나 보다 바람직한 것은 그같이 물화物化된 세계를 단순히 반영하는 것으로 끝나기에 앞서 이를 극복, 새로운 세계를, 새로운 문명사의 이념을 건설하는 일이 더 바람직하지 않겠는가?

3. 서정시와 시의 관계

'시'와 '서정시'라는 용어는 자주 혼동을 일으킨다. 그런 까닭에 우리는 이 자리에서 먼저 '시(넓은 의미 poesis)', '시(좁은 의미 poetry)', '서정시(lyric)'들의 관계를 분명히 해두어야 할 필요가 있다.

㉠ 고대 동양에서 그랬던 것처럼 고대 그리스에서도 '시(poesis)'란 원래 문학을 뜻하는 말이므로 이 경우 서정시는 '시(문학)'의 하위 장르가 된다. 이때의 '시'란 물론 문학을, 서정시란 서사시, 극시와 더불어 이 같은 문학의 한 하위 장르를 가리키는 명칭이 되기 때문이다. 이 경우 '서정시'는 당연히 '문학(시)'의 하위개념이다.

ⓛ '시'를 오늘날 '소설', '드라마' 등과 등가를 이루는, 즉 현대문학의 3대 장르의 하나를 지칭하는 개념으로 사용할 경우 '서정시'는 오늘날의 '시'와 동일한 뜻을 지닌 명칭이 되기도 하고 오늘날의 '시'의 하위 장르 명칭이 되기도 한다. 먼저 전자의 논리가 가능한 것은 오늘의 '시'가 고대의 '서정시'를 계승 발전하여 현대라는 시대에 정착한 한 문학양식이라는 점 때문이다. 고대의 서정시는 오늘날 — 그 명칭이 비록 '시'(소설, 드라마와 같은 등가 개념인)라는 용어로 전환되기는 했지만 — 고대 서정시의 현대적 변용이라는 점에서 본질적으로는 고대 서정시의 현대화 그 자체이다. 고대의 서정시가 곧 오늘의 '시'인 것이다.

반면 후자의 논리가 가능한 것은 마치 드라마의 하위 양식으로 '비극', '희극', '희비극', '멜로드라마', '소극' 따위가, 소설의 하위 장르로 '교양소설', '역사소설', '애정소설', '사회소설', '농촌소설', '프롤레타리아소설', 'SF소설'…… 등이 있는 것처럼 **오늘의 '시'가 된 고대 '서정시'의 하위 양식에 '찬가', '발라드', '소네트', '오드', '에피그램', '철학시' 따위 등과 함께 좁은 의미의 '서정시'가 또 있고 그것이 오늘의 '시'의 하위 양식들 가운데서도 오늘의 시를 대표하는 하위 양식이 되어버렸다는 데 있다.**

그러므로 명칭상 중복되기는 하지만 '서정시(lyric)'에는 두 가지가 있다. 하나는 상위 장르로서 — 오늘의 시로 정착한 — 그리스 시대의 '서정시'이며 다른 하나는 그 '서정시'의 현대적 변용이라 할 오늘의 '시'의 하위 장르의 하나로, 오늘의 시를 대표해 꽃피우고 있는 동명의 '서정시'이다. 따라서 필자는 이 동음이의어同音異議語에서 오는 혼동을 피하기 위해 고대 그리스에서 서사시, 드라마와 등가를 이루는 서정시 그리고 오늘날의 '시'를 넓은 의미의 서정시, 그들 시의 하위 장르의 하나인 서정시를 좁은 의미의 서정시로 일단 구분해서 부르기로 한다. 이 경우 전자는 장르 유類, 상위 장르의 개념으로 고대 그리스 서정시(고대 그리스에서 '시(문학)'를 서정시(서정문학), 서사시(서사문학), 극시(극문학)으로 나눌 때의 서정시. 이는 오늘날 '시'로 정착하였다)를 가리키며 후자는 장르 종種, 하위 장르의 용어로 고대 그리스 서정시나 오늘의 시의 하위 장르를 구성하는 여러 양식들 중의 하나인 동명의 서정시를 가리키는 말이 된다.

이를 요약정리하면 이렇다.

첫째, 오늘의 시의 하위 장르와 고대의 서정시 하위 장르에는 — 오늘의 시가 고대 서정시를 그대로 계승한 까닭에 — 다른 하위 양식들과 더불어 동명의 '서정시'(좁은 의미의 서정시)가 또 있다.

둘째, 오늘의 시의 하위 장르에는 당연히 '서사시'가 없다는 사실이다. '서사시'란 고대 그리스 문학의 한 장르를 가리키는 말로 근대에 이르러서는 그것이 소설로 정착해 버렸기 때문이다. 그럼에도 불구하고 현대시의 하위 장르에 마치 서사시가 있는 것처럼 여기게 된 착각은 앞서 검토한 것처럼 '서구어poesis'의 번역어라 할 우리말 '시'의 혼란된 용어 사용에서 기인한다. 즉 '서사시'의 어미에 붙은 '시'라는 말(문학)을 오늘날 우리가 지칭하는 바 소설, 드라마와 등가를 이루는 시라는 말과 혼동해 사용하는 데서 빚어진 오해의 결과이다.

그리스 시대부터 서정시(넓은 의미)에는 여러 하위 장르들이 있었다. 그 대표적인 것들이 '찬가(hymn)', '송가(ode)', '디디램(dithyramb)', '전승가戰勝歌(paean)', '풍자시(psogos, iambos)', '장송가葬送歌(dirge)', '비가(elegy)', '**좁은 의미의 서정시**(lyric)' 등이다. 그리고 중세를 거쳐 근대에 이르기까지 여기에는 이외에도 '결혼축시(epithalamium)', '애가哀歌(threnody)', '서간체시(epistle)', '찬미가(psalm)', '소네트(sonnet)', '발라드(ballad)', '전원시(pastoral)', '에피그램(epigram)', '철학시(philosophic poem)', '독백시(dramatic monologue)', '서경시(descriptive nature poem)' 등이 포함되었다. 이는 물론 소네트와 같은 몇 가지를 제외할 때 — 고대의 서정시가 오늘의 시로 정착한 까닭에 — 오늘의 시에도 그대로 존재하는 것들이다.

그런데 여기서 우리가 주목할 것은 이 중 이미 그리스 당대부터 존재해왔던 하위 장르 즉 좁은 의미로서의 이 '서정시'가 수천 년 동안 면면히 그 생명을 유지해오다가 근대적 감성에 맞추어 급기야 오늘의 시의 하위 양식을 대표하는 시가 되었다는 사실이다. 따라서 이 좁은 의미의 서정시는 비록 하위 장르이기는 하나 — 다른 하위 양식의 시들은 거의 쓰이지 않으므로 — 실질적으로는 20세기의 시를 대표하는 시 양식이 되어버렸다. 그런 까닭에 이 하위 장르로서의 '서정시'를 우리는 그저 단순히 '시'라고 불러도 큰 문제가 되지 않는다. 이를 도식으로 제시하면 다음과 같다.

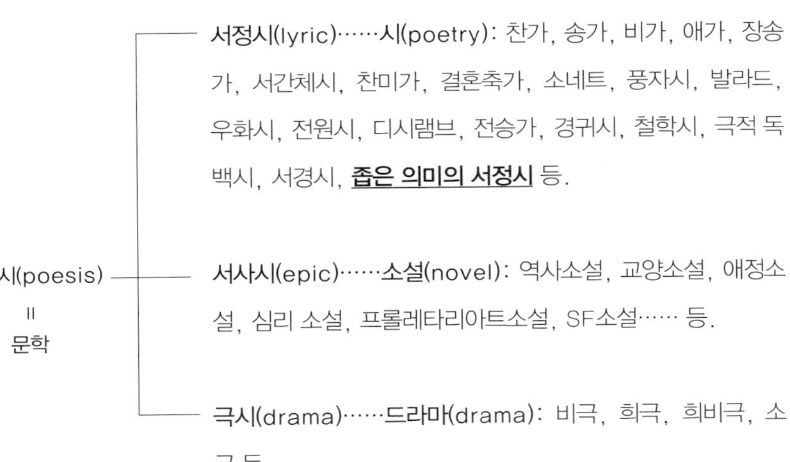

고대 그리스……현대

시(poesis) = 문학

- **서정시(lyric)……시(poetry)**: 찬가, 송가, 비가, 애가, 장송가, 서간체시, 찬미가, 결혼축가, 소네트, 풍자시, 발라드, 우화시, 전원시, 디시램브, 전승가, 경귀시, 철학시, 극적 독백시, 서경시, **좁은 의미의 서정시** 등.
- **서사시(epic)……소설(novel)**: 역사소설, 교양소설, 애정소설, 심리 소설, 프롤레타리아트소설, SF소설…… 등.
- **극시(drama)……드라마(drama)**: 비극, 희극, 희비극, 소극 등.

이 좁은 의미의 서정시는 고조된 감정을 짧은 진술에 함축시킨 일인칭 독백체 형식의 시로 앞서 언급한 바와 같이 고대 서정시(넓은 의미)와 오늘날의 '시'의 하위 장르를 구성하는 시 양식의 하나이다. 그리고 그것은 현대에 들어 세계적으로 — 아방가르드 경향의 전위적인 실험시나 포스트모던한 시를 제외할 때 — 시의 대표성을 지니고 있다. 가령 한국에서도 이상이나 조향과 같은 쉬르레알리슴 계보의 시 그리고 요즘 젊은 시인들이 실험시라고 주장하며 쓰는 시(그들의 주장을 따르면 해체시 혹은 포스트모던한 시, 무의미한 시, 혹은 미래파의 시—이들은 시 자체를 부정하므로, 특별히 서정시만을 선택해 부정하는 태도와는 구분되어야 할 것이다.)들을 제외할 경우 대부분의 시인들은 이 좁은 의미의 서정시 이외에는 거의 쓰지 않는다. 따라서 특별하고도 예외적인 경우를 배제한다면 오늘날 이 좁은 의미의 서정시는 바로 '시' 그 자체라고 말할 수 있다.

이를 다시 요약정리하면 다음과 같다.

① 고대 상위 장르로서의 넓은 의미의 서정시(lyric)는 오늘날 현대적으로 수용되어 '시(poetry)'라는 명칭으로 정착되었다.

② 고대 상위 장르로서 서사시, 극시와 등가를 이루는 넓은 의미의 서정시와 그것을 계승한 오늘의 시의 하위 양식들 가운데에는 같은 이름의 '서정시(좁은 의미의 lyric)'가 또 있다. 그런 까닭에 넓은 의미의 서정시는 이 좁은 의미의 서정시와 혼동되기 쉽다.

③ 고대 서정시의 하위 양식들이자 오늘의 시의 하위 양식이기도 한 많은 하위 양식의 시들 가운데서 오늘날 주로 창작되는 것은 유독 이 좁은 의미의 서정시뿐이다. 따라서 이 좁은 의미의 서정시는 오늘의 시를 대표한다.

④ 그런 까닭에 오늘날 '좁은 의미의 서정시'는 비록 '시(poetry)'의 하위 개념이기는 하지만 상위개념인 '시' 그 자체를 뜻하는 말이 되어버렸다.

오늘의 우리 학계나 문단의 일각에서는, 현대시는 서정시가 아니라는 편견에 사로잡혀 있는 것 같다. 20세기에 등장한 실험시 혹은 전위시의 관점에서 시의 개념을 접근하기 때문이다. 그러나 이상에서 살펴본 바와 같이 좁은 의미의 서정시는 '시' 그 자체이며 그것이 바로 현대시이다. 한편 20세기의 실험시나 전위시는 문자 그대로 실험시이자 과도기적인 시인 까닭에 본질적으로 서정시(넓은 의미)의 하나임에도 불구하고 아직은 시학에서 어떤 장르적 위치를 명확하게 규정짓기가 어렵다.

결론적으로 오늘의 시는 넓은 의미에서는 물론 좁은 의미에서도 20세기 전위시를 제외할 때 모두 서정성에 바탕을 둔 문자 그대로 서정시이다. 넓게는 오늘의 시가 본질적으로 고대 서정시에 모태를 두었다는 점에서, 좁게는 이 좁은 의미의 서정시 즉 하위 양식의 서정시 이외엔 다른 어떤 유형의 시들도 실제 창작에서는 거의 쓰이지 않는다는 점에서 그러하다.

문학과 스포츠의 상동성相同性

1

문학과 스포츠는 물론 서로 다른 인간의 활동 영역이다. 그럼에도 불구하고 이 양자가 공유하는 부분은 적지 않다. 그것은 단순히 '유사하다' 혹은 '공통점이 있다'는 차원을 벗어나 본질적인 면에서도 일치되는 특성도 많이 있다는 뜻에서 그러하다.

서구어 영, 독, 불어에서 같은 스펠로 표기되고 있는 'sports'는 어원적으로 고古 불어佛語 'desport'에서 왔다. 'desport'에서 앞의 두 음절 'de'가 생략된 것이다. 그런데 'desport'는 원래 '목적'이라는 뜻을 지닌 'port'에 그것을 부정하는 접두사 'des'가 붙어 만들어진 합성어이므로 '아무 목적 없이 그저 즐거워서 하는 행위' 곧 '유희(play)'나 '여가(recreation)'와 같은 뜻의 말이었다.

시를 지칭하는 고대 그리스어 'poesis(poetry)' 역시 이와 유사하다. poesis란 어원적으로 '만들다' 혹은 '창작한다'는 뜻의 'poiein'에서 온 말이고 창작이란 — 일정한 목적을 위해 반복적, 의무적으로 하는 노동(work)과 달리 — 오직 그 자체로 즐거운 유희 활동에서만 가능한 작업이기 때문이다. 지금도 서구어에선 '여가' 또는 '유희'라는 말은 '재창조(re-creation)'라는 말로 대신해 사용한다. 그러한 관점에서 스포츠와 문학은 그 출발 지점 내지 행위의 동기가 서로 일치한다고 말할 수 있다.

우리는 이 대목에서 문득 칸트(I. Kant)가 예술이란 원래 유희 활동이며 그 본질은 '무목적無目的의 목적目的'에 있다고 한 언급에 주목하게 된다. 칸트는 우주적 현상을 먼저, 벌이 정교한 정육각형 입방체의 집을 짓는다든가 바람이 호수에 아름다운 파문을 만든다든가 하는 따위에서 볼 수 있는 것과 같은 작위(agere)와 인간의 의식에 따라 이루어지는 행위(facere)로 구분하였다. 그리고 다시 후자를 노동(Arbeit)과 유희(Spiel)로 나누었는데 일정한 목적과 대가를 위해 벌리는 작업은 노동, 아무런 목적과 보수에 대한 기대 없이 그 자체를 즐기기 위해서 하는 행위는 유희이다. 칸트에 의하면 이 경우 예술이란 유희를 통해서 얻어진 어떤 산물이다. 소위 '유희충동설'이라 부르는 예술 발생 이론이다. 그러한 관점에서 예술(art)은 자연(nature)과 대립된 인위적인 행위이자 동시에 어떤 강제와 목적을 벗어난 유희의 한 표현이라고 할 수 있다.

그러나 예술은 — 행위 자체가 유희라는 점에서 — 언뜻 맹목의지의 표현 같아 보이지만 궁극적으로는 우주적 합목적성에 귀일한다. 인간이 시도하는 그 어떤 창조적 자유도 — 그가 바로 유한한 인간인 까닭에 — 그 막다른 지점에선 우주적 끈의 필연성을 놓칠 수 없는 것이다. 예술은 자연의 소산인 작용(effectus)과 달리 본질적으로 이성적 의지력의 활동이 지배하는 작품(opus) 세계를 지향하기 때문이다. 칸트는 이를 일러 '무목적의 합목적성(purposeless purposiveness)'이라 지칭했는데 예술작품이 지닌 형식(form: 질료(matter)에 대립하는 개념, 헤겔의 용어)이 그 대표적인 예의 하나이다. 우리는 바로 이 대목에서 일차적으로 문학과 스포츠의 일원성을 확인한다. 앞서 그 어원론적 해명에서도 밝혔듯이 문학과 스포츠는 모두 유희의 산물이자 유희 그 자체의 행위이며 — 문학은 물론 재론할 여지가 없지만 — 스포츠에서도 칸트의 소위 '무목적의 합목적성'이라는 원리가 존중된다고 생각되기 때문이다.

물론 스포츠의 경우 프로페셔널한 영역은 일정한 경제적 보상을 전제하고 있다. 그러나 넓은 의미에서 보면 오늘날의 자본주의 사회의 문학작품도 하나의 상품으로 팔리고 있는 것 또한 사실 아닌가. 다만 한 가지 귀담아 둘 것은 스포츠에 대한 논의에서는 아직 많은 논자들이 프로페셔널리즘을 순수 스포츠의 영역으로 받아들이기를 거부하고 있다는 점이다.

여기서 우리는 일차적으로 문학과 스포츠의 상동성相同性(homology)을 발견해낼 수 있다. 앞서 그 어원론적 해명에서도 밝혔듯이 문학과 스포츠는 모두 유희의 산물이자 유희 그 자체의 행위이며 — 문학은 물론 재론할 여지가 없지만 — 스포츠에서도 칸트가 지적한 바 '무목적의 합목적성(purposeless purposiveness)'이라는 원리 또한 존중되고 있다고 보임으로 이 양자 모두 무작정 아미노 상황을 지향하는 것만은 아니라고 말할 수 있기 때문이다. 비록 문학과 같이 창의적이고 가변적인 자율성 혹은 열린 형식이라고까지는 말할 수 없으나 물론 스포츠에도 문학의 형식에 준하는 나름의 룰은 필수적이지 않은가.

2

이렇듯 본질적으로 인간 행위의 같은 영역에 주거하는 문학과 스포츠는 그 표현 형식과 원리 그리고 기능에 있어서도 일치하는 측면이 많다.

첫째, 모두 가상의 공간을 지향한다. 문학이 현실이 아닌 허구의 세계에서 일어난 일들을 보여준다는 것은 누구나 아는 사실이지만 스포츠 역시 일상이 아닌 별도의 공간에서 연출 가능한 유희라는 사실을 의식하고 있는 사람들은 의외로 많지 않은 것 같다. 문학이 언어라는 관념적인 공간에서 이야기하는 형식을 취하는 데 반해 스포츠는 물리적 공간에서 구체적 행위로 연출되는 형식을 취하는 까닭에 일상 인간 행위의 그것과 외견상 달라 보이지 않기 때문이다. 그러나 문학적 공간에서의 인물(주인공)들의 행위나 스포츠 공간에서의 인물(선수)들의 행위는 현실이 아니라 모두 기호적 차원에서 일어나는 일들이라는 점에서 본질적으로 동일하다. 예컨대「메밀꽃 필 무렵」의 동이나 월드컵 경기에서 뛰고 있는 박지성(영국 맨체스터 팀 소속의 세계적인 한국 축구선수)은 — 운동장에서 뛰고 있는 그 순간만큼은 — 모두 일상적 삶 속의 자연인이 아니라 가상공간 속에서만 실재할 수 있는 인물들이다. 모두 현실 속의 자연인이 아니라 가상의 세계에서 만들어진 인위적 캐릭터들인 것이다. 그러므로 이 양자들이 사는 세계와 현실 세계 사이에는 뛰어넘을 수 없는 하나의 단절(discontinuum), 즉 불연속이 놓여 있다. 그들의 세계와 현실의 세계는 결코 연속될 수 없는 것이다.

그러므로 문학작품이 그러하듯 스포츠를 지배하는 원리에도 현실에서는 통용될 수 없는 그들만의 '관습(convention)'이 중요하다. 왜냐하면 문학작품이나 스포츠가 현실 원리에 지배를 받게 되면 그들만의 정체성, 달리 말해 그들의 존재를 담보해주는 허구 세계의 존립이 불가능해지기 때문이다. 따라서 문학과 스포츠는 모두 비현실임에도 불구하고 그것을 현실인 것처럼 만들어주는 그들만의 약속 혹은 가정假定이 필수적일 수밖에 없다.

예컨대 일상 세계에서 어떤 사람이 주먹을 휘둘러 상대방을 죽게 했다면 그것은 중대한 살인 범죄 행위에 해당하고 행위자는 그에 합당한 징벌을 받아야 한다. 그러나 복싱 경기장의 링 위에서 권투 선수들 사이에서 일어난 일이라면 사정이 전혀 다르다. 그것은 어디까지나 경기의 일환이기 때문이다. 그가 시합의 룰을 범하지 않는 한 그의 주먹이 비록 상대의 목숨을 앗아갔다 하더라도 현실법의 구속을 받지는 않는다. 그것은 마치 칼에 찔린 카르멘이 죽어가면서도 큰 목소리로 아리아를 부르는 행위와도 같다. 그것은 오직 '오페라'라는 한 특수한 가상의 공간에서만 있을 수 있다는 묵계가 성립되어 있기 때문이다. 그러나 이 같은 현실 논리가 만일 오페라에도 그대로 적용되어야 한다면 오페라의 성립은 그 자체가 불가능해질 것이다.

둘째, 문학에 있어서의 스토리와 스포츠에 있어서의 경기 진행은 그 내용 전개에 유사성이 많다. 그것은 아마 크게 두 가지 원리로 설명될 수 있을 것이다. 하나는 두 세력의 갈등에 얽힌 이야기가 내용을 만들어간다는 점이요 다른 하나는 그 내용 전개의 핵심을 이루는 요체가 '반전反轉(reverse)'에 있다는 점이다.

모든 문학작품의 내용이 서로 상반하는 가치의 추구에서 야기되는 두 세력의 갈등에 관한 이야기라는 것은 문예학의 일반적인 전제이다. 그리고 여기서 긍정적인 가치를 추구하는 세력이 주동主動(protagonist), 부정적인 가치를 추구하는 세력은 반동反動(antagonist)이라 불린다. 모든 산문 문학은 이 주동의 중심인물인 주인공이 반동세력과 어떤 갈등에 빠지고 그것을 어떻게 해결하는가 하는 문제에 초점을 맞춘다. 그리하여 이 주동과 반동에는 각각 그들 세력의 각자 역할에 합당한 인물들의 그물망이 촘촘히 엮어지기 마련이다. 일인칭 독백 형식으로 형상화되는 시의 경우는 어쩔 수 없이 이 같은 인물들의 갈등 대신 정서 혹은 의미의 갈등이 본질을 이루기 마련이지만 이 역시 원리상으로는 크게 다를 바 없다.

이는 스포츠에서도 동일하다. 특히 구기종목球技種目의 경우는 예외 없이 문학작품의 이 같은 구도와 일치한다. 가령 모든 구기종목은 — 축구나 야구같이 팀으로 구성된 종목이든, 테니스나 탁구같이 일인 행위로 된 종목이든 — 그 내용이 모두 양 세력의 대결 구도로 되어 있다. 말하자면 스포츠에 있어서 우리 팀과 상대 팀은 서사 구성에서 그것은 각각 주동과 반동에 해당된다. 다만 다른 특성이 있다면 소설의 이 양대 세력이 가치지향적임에 반해 스포츠는 가치중립적이라는 점일 것이다. 그러나 크게 문제될 것은 없다. 표현매체의 특성에서 오는 차이라 말할 수도 있기 때문이다. 가령 언어매체가 아닌 회화나 음악의 경우도 스포츠처럼 가치중립적이지 않은가.

한편 관점을 두 세력의 갈등전개 즉 내용 제시의 측면으로 볼 때 문학의 경우 플롯 구성은 매우 복잡한 기법들이 작동될 수 있음에도 불구하고 요체는 사건의 발견 그리고 그로 인해 야기되는 주인공의 운명의 반전(reverse)에 있다. 일찍이 아리스토텔레스가 이를 그의 『시학』에서 'Peripetia'라 불렀고 오늘의 시학에서 '아이러니(극적 아이러니 : dramatic irony)'라 규정한다는 것은 다 아는 바와 같다. 즉 작품 속의 인물들은 여러 사건들의 중첩 속에서 많은 갈등과 작은 반전들을 되풀이하지만 대단원은 결정적인 사건을 통해 예전에 없던 큰 반전이 이루어지면서 대미를 장식하는 것이 보통이다.

이와 같은 스토리의 전개 원리는 구기종목의 경우에서도 마찬가지이다. 가령 축구의 경우 골 득점은 곧 반전을 의미한다. 물론 예외적으로 실력이 압도적인 팀이 주도적으로 경기를 이끌어 일방적으로 대량 득점해서 승리하는 경우도 없진 않겠으나 그것은 마치 반전이 없는 내용의 소설을 훌륭한 소설이라 평가할 수 없는 이치와도 같다. 예컨대 우리가 훌륭한 경기라고 생각하는 것은 패배로 몰리던 팀이 경기 종료 직전 구사회생하여 실점을 만회하거나 이에서 더 나아가 예상 밖으로 한 골을 더 넣어 최종 승리를 거두게 되는 경우이다. 실로 구기종목을 관전하는 포인트는 이 같은 반전을 보는 재미에 있다고 할 것이다. 여기서 느끼는 스릴을 문학에서는 서스펜스(suspense)라 부르는데 스포츠 역시 이와 크게 다르지 않다.

셋째, 문학작품은 여러 가지 장르로 나뉘어진다. 시(poetry)와 산문(prose)의 구분은 가장 단순한 경우이나 일반적으로 시, 소설, 드라마로 나누는 것은 보편적이다. 같은 문학작품이라도 그 관습이나 내용을 짜맞추는 틀로 보자면 각각 그 양식이 다른 것이다. 예컨대 시는 일인칭 자기고백체(monologue)임에 비해 소설은 3인칭 서사체(narrative), 드라마는 이인칭 대화체(dialogue) 양식으로 쓰인다. 이렇듯 허구의 공간에서 연출하는 유희도 나름대로 양식의 통제를 받으며 그 양식에는 보편적 자율성이 수반되기 마련이다. 이는 같은 가상공간의 유희라는 점에서 스포츠 역시 마찬가지일 터이다. 가령 스포츠에는 육상 종목, 구기종목, 격투기 등이 있으며 그것은 그 유사성에 있어 문학의 장르 구분과 크게 다르지 않다.

그런데 이 양자는 단지 양식의 차이에 따르는 장르 구분이 가능하다는 점에서만 끝나지 않는다. 더 나아가 문학과 스포츠 사이에 구조적으로 일종의 상동관계(homology)를 성립시킨다. 문학에 시와 소설이 있듯 스포츠에서도 이에 준하는 개인 종목과 구기종목이 있는 것이다. 그 대표적인 예가 체조나 피겨스케이팅과 같은 단독 연출과 축구나 야구 같은 팀워크 연출이다. 필자의 상상력으로 말하자면 이 중 체조나 피겨스케이팅은 시에, 축구나 야구 같은 경기는 소설에 해당하는 장르라 하겠다.

피겨스케이팅이나 체조는 시와 유사한 특징들을 지니고 있다. 우선 단독 연출이라는 점에서 그러하다. 이 경우 피겨스케이팅이나 체조의 경기자는 물론 시의 화자와 같은 역할을 담당한 사람일 것이며 그의 몸짓은 화자의 독백에 해당되는 표현일 것이다. 뿐만 아니다. 시의 언어 즉 화자의 독백이 여러 가지 수사법과 미학적 장치에 의하여 형상화되는 것과 같이 체조나 피겨스케이팅에서도 화려한 미학적 연기의 수반은 필수적이다. 그러한 관점에서 김연아와 같은 피겨스케이팅 선수는 언어 대신 몸으로 자신을 표현한 시인이기도 하다. 그에게 있어서 빙상 위의 몸짓은 바로 시 그 자체인 것이다.

이에 반해 축구나 야구 같은 팀워크 플레이는 분명 소설적이다. 일반적으로 소설에는 다수의 인물들이 등장하기 마련인데 축구나 야구 역시 복수의 선수들이 등장하고, 전자의 모든 등장인물들이 주동과 반동으로 나뉘듯 후자도 상호 대결하는 '우리 팀'과 '상대 팀'으로 나뉜다. 소설이나 축구, 야구 모두 그 내용이 주동과 반동의 중첩되는 갈등 즉 연속되는 사건으로 전개되는 것도 같다. 그뿐 아니다. 체조나 피겨스케이팅이 지향하는 바, 시적 차원의 절제된 미학적 연출에 비해 축구와 야구의 거칠고 야성적인 자기표현은 또 얼마나 산문적인가. 체조나 피겨스케이팅의 여성적 취향과 시가 지닌 여성성, 그리고 야구나 축구가 지닌 남성적 취향과 소설의 남성성 역시 분명 같은 맥락에 서 있다고 할 것이다.

넷째, 기능적 측면에서도 문학과 스포츠는 동일한 부분이 많다. 즉 문학이 독자에게 주는 효과와 스포츠가 관전자에게 주는 효과는 의외로 일치한다. 한마디로 그것은 카타르시스(catharsis)라 부를 만한 심리적 자아 방위기제(defense mechanism)이다. 다 아는 바와 같이 '카타르시스'론은 수천 년 동안 문학의 기능 나아가 본질 해명에 있어서 하나의 교과서적 지침이었다. 문학작품은 그 자신이 유발한 어떤 특정한 감정을 통해 독자들이 지닌 불순한 내부 감정들을 배설시킨다는 견해이다. 이는 스포츠의 경우에서도 마찬가지이다. 문학 독자들이 작품에서 얻은 감동으로 자신의 억압된 감정을 해소하고 정신적으로 자유스러워져 새로운 인간으로 거듭날 수 있듯 스포츠 애호가 역시 경기 관전에서 경험한 감정적 희열과 충격을 통해 새로운 자아를 확립시킬 수 있기 때문이다. 속된 표현으로 스포츠 관전이 스트레스를 해소시킨다고 말할 때의 의미도 아마 같은 맥락일 것이다.

이는 물론 문학작품의 독자나 스포츠 관전자가 각각 문학작품의 주인공이나 스포츠 경기자와 상호 동일화(identification)에 빠져 무의식적으로 '자신(ego)'이 바로 '그(소설의 주인공이나 경기장에서 뛰는 스포츠 선수)'라는 환상 즉 감정이입 상태에 든 것을 전제한 데서 가능한 심리적 현상이지만 그렇다고 해서 나는 스포츠 관전자가 경험한 그 정서적 충격이 아리스토텔레스가 지적한 바 소위 '공포(fear)'와 '연민(pity)'이나 혹은 그에 가까운 감정과 꼭 일치하는 것이라고 말하려는 것은 물론 아니다. 문학작품과 달리 스포츠에서는 '공포'나 '연민'이라는 감정 유발이 거의 불가능하기 때문이다. 그러므로 여기서 필자가 사용하고 있는 '카타르시스'라는 용어는 문예학의 전문적 용어라기보다 단지 '억압된 심리의 해방'이라는 정도의 보다 상식적, 편의적인 뜻의 단어임을 밝혀둔다.

3

문학과 스포츠는 양식적인 측면에서만 구조적인 반영관계에 놓여 있는 것이 아니다. 문학은 구체적으로 스포츠를 대상화하여 하나의 작품을 형상화시키기도 한다. 즉 스포츠는 —문학이 삶의 다른 어떤 분야에서도 그리하는 것과 같이— 문학 창작에 있어서 좋은 소재거리가 될 수 있다. 비록 우리 시사에서 스포츠를 소재로 하여 쓰인 작품들이 흔치 않다고는 하나 이

제 구체적으로 그중 몇 편을 골라 살펴보려 한다.

2002년 서울 월드컵은 전 세계인들의 이목을 집중시킨 지구촌의 대축제였다. 이 대회에서 네델란드인 거스 히딩크가 감독한 한국 축구 대표팀이 스포츠 역사상 처음으로 4강에 진출했던 것은 한국인이라면 누구나 하나의 감격으로 기억하는 일대 사변이었다. 그것은 한국 근대사가 이룩한 경제적(국민총생산액에 있어 세계 제12대 강국이라는), 정치적(제2차 세계대전 이후 후발도상국 가운데 유일하게 민주화를 달성한 국가라는) 기적이 전 세계적으로 공인받은 하나의 국제적 의식儀式이었으며 더불어 한국 사회가 평화 복지국가로서, 지금부터는, 세계 문화 선진국과 함께 어깨를 나란히 한다는 사실을 만천하에 공표한 국제적 이벤트였다. 그러한 의미에서 한국의 대표적인 문학 정기간행물이라 할『문학사상』지가 이를 놓치지 않고 이 해 7월호에 '2002년 서울 월드컵' 특집 시단을 마련하고 유경환, 김후란, 유안진, 이가림, 오세영, 신달자, 문정희, 노향림, 나태주, 송수권, 최동호 등 11명의 시인 작품들을 게재한 것은 우연이 아니었다. 한국민의 자부심과 민족적 긍지가 고조될 대로 고조된 그만큼 당대 삶의 반영이라 할 문학이 이에 부응치 않을 수 없었기 때문이다. 이 중 한 편의 시를 인용해본다.

> 오늘은 기쁜 날
> 무슨 말을 어떻게 해야 할까? 기쁘고 기뻐서
> 더듬더듬 말이 잘 나오지 않는 날
> 오직 한국 사람이 한국 사람인 것만이 자랑스럽고
> 태극기가 태극기인 것만이 가슴 벅차고
> 아리랑이 아리랑인 것만이 가슴 울렁거리던 날
> 언제 우리에게 이렇게
> 기쁘고 자랑스럽고 가슴 벅차고
> 가슴 울렁이던 날이 있었던가!
> …(중략)…

태극전사 그들은 모두가 우리의 영웅이었다.
한 사람 한 사람 그들은 모두가
우리 민족의 빛나는 별이었고 영웅이었다.
삼일운동의 만세 소리, 만주벌판의 말발굽 소리,
4월 학생 혁명의 외침 소리, 6월 항쟁의 울림에 더하여
그들은 또 하나의 영웅이었다.
…(중략)…
자! 축배를 들자
우리는 축배를 들기에 충분하고 충분하다.
우리 자신이 애국자가 되고 영광스러운 조국 한국의 백성들임을
축하하자.
자! 세계로 나아가자.
우리는 세계로 나아가기에 충분하고 충분하다.
우리는 이제 무슨 일이든 할 수 있는 자랑스러운 한국인임을
축하하자.

—나태주, 「울음의 물결」 부분

이렇듯 문학은 스포츠와 더불어 국민정신을 건강케 하고 민족 역량을 역동적으로 함양시키는 데 기여한다. 이 말은 문학이 스포츠의 힘을 배가시키는 데 공헌할 수 있다는 뜻이 되지만 그와 반대로 문학이 있음으로 스포츠 또한 그 존재 의의가 더 확실해질 수 있다는 뜻이 될 수도 있다.

다음과 같은 시는 스포츠를 통해 소시민의 삶의 아픔을 여실히 고백한 작품의 하나이다.

공휴일을 깨우려 사람들 모여 허공을 차고 있다.
흰 종아리에 짧은 양말
축구화를 신은 외로운 남자들

앞으로 나아가려는 의지보다 움직여주지 않는 몸,
헛발질로 어지럽게 뛰어다니느라 김이 서린 얼굴
공은 너무 높이 차올려졌다가 천천히 내려오면서
노오랗고 빨간 나뭇잎을 우수수 쏟아놓기도 한다.
와, 와, 와, 잠시 여분의 시간도 견디지 못하고
첨가물을 넣지 않은 고함소리 마른 잎에 부서진다.
한 번도 당당하지 못했던
많이 비겁했던 일들이었으므로
거친 몸짓들 공을 쫓아 그만둘 자세가 아니다.
득점 없이 하루해가 저물도록
멀리 걷어차 내려는 빗나가는 열정들
정면 태클, 녹록하지 않은 일상이므로
롱 패스, 빠르게 배신당하는 공격,
한쪽 다리를 끌며 느리게 걷고 있거나
각각의 고독에 쑥, 잠겨 있는 사람들 사이로
슛, 어림없어
공휴일은 너무 높이 차올려지고
수비수가 달려나가는 그때
골라인 안쪽은 노랗고 빨갛게 아슬하다.

—조영순, 「빗나간 공휴일」 전문

인용시의 소재는 동네마다 보급되어 있는 조기 축구회 혹은 일요 축구회의 공휴일 경기 풍경이다. 동네 축구단이란 누구나 알고 있듯 친숙한 일상인— 소시민들이 축구를 통해 건강증진과 친목을 도모코자 결성한 일종의 동호회적 성격의 모임이다. 그런데 시인은 공휴일에 개최된 동네 축구 경기라는 이 평범한 레크리에이션(recreation)에서 날카롭게도 우리 시대 삶의 아픈 모습들을 통찰한다. 그것은 축구가 나와 타인(우리 팀과 상대 팀) 간에 승패를 겨루는 일종의 싸움 놀이라는 전제하에, 매일매일 생존경쟁의 장으로 내몰리는 우리의 일상적 삶 역시 축구의 그것과 크게 다를 바 없다는 인식을 보여주고 있다.

경기 중에는 물론 누구나 스포츠맨십을 지켜야 한다. 그러나 그것은 다만 하나의 이상일 뿐, 승리를 위해서는 가지가지 숨은 전략과 술수 예컨대 태클이나 할리우드 액션이나, 파울 등 전술을 기피하지 않은 것 또한 현실이다. 그러나 이 대목에서 시인은 이렇게 말하고 있다. 축구만이 그런 것은 아니다. 축구 경기가 보여주는 이 같은 속된 실상이야말로 사실은 자본주의 사회를 살아가는 우리들의 현실이라고…… 우리는 이 시의 결말이 "슛, 어림없어/ 공휴일은 너무 높이 차올려지고/ 수비수가 달려나가는 그때/ 골라인 안쪽은 노랗고 빨갛게 아슬하다."로 끝나는 데 주목해야 할 것이다. 거기에는 공휴일의 안식조차 보장받을 수 없는 삶이 우리 일상의 가혹한 현실이라는 시인의 메시지가 담겨 있기 때문이다.

다음과 같은 시도 스포츠를 통해 자본주의 삶의 비인간성을 고발한 작품이다.

왜
주고서 받지 않으려는 것일까.
내 코트에 볼을 던져넣고
스매싱 자세로 버티고 선
그.
말로 주면 말로 받고
되로 주면 되로 갚는
그 공정한 시장 경제가 좋은데
너와 나
분명한 선을 그어 놓고선
한사코 준 빚을 받지 않으려 한다.

몇 푼의 물질을 담보 삼아
내 평등을 사려는, 너는
천민, 자본주의자.
나는 너의 속셈이 싫다.
다시 힘껏 쳐서 그의 코트로
되넘기는 볼.
뺨에 뺨을 대주기보다
눈에는 눈으로 지키는 나의
평등.

—오세영, 「테니스」 전문

오늘날 우리들이 사는 삶의 공간이란 하나의 큰 시장에 지나지 않는다. 여기서는 인간을 포함한 모든 사물들이 하나의 상품에 불과하며 그 가치는 당연히 화폐로 계산된다. 물신 숭배, 인간도 화폐로 계산되어 그 값어치만큼 팔려가고 또 사들이는 것이 바로 오늘의 시대인 것이다. 위의 시는 바로 그와 같은 오늘의 인간이 처한 상황 즉 교환가치가 지배하는 자본주의 삶의 한 국면을 고발한 작품이다. 이렇듯 스포츠는 문학작품 속에서 현대라는 삶의 본질을 해독시켜 주는 하나의 기호로 작용할 수도 있다.

4

문학과 스포츠는 여러 가지 국면에서 상호 조응한다. 우선 같은 유희적 산물이면서도 유희 그 자체를 즐긴다는 점에서 그러하다. 그만이 아니다. 양식적 측면이 상동적이다. 즉 표현 매체가 다를 뿐 체계의 원리가 동일하다. 문학이 '언어'를 매재로 표현한 인간의 가치 영역이라면 스포츠는 '몸'이라는 매재로 표현한 인간의 가치 영역이라 할 수 있기 때문이다. 그러한 관점에서 문학의 장르 구분이 가능하듯 스포츠 역시 장르 구분이 가능하다. 예컨대 시는 체조나 피겨스케이팅에, 소설은 축구나 야구에 대응되는 양식이다. 김연아는 몸으로 쓴 시의 화자이며 박지성은 몸으로 쓴 소설의 주인공인 셈이다.

한편 스포츠 역시 문학이 독자에게 그러하듯 관전자에게 일종의 카타르시스 효과를 준다. 스포츠를 보면 스트레스가 해소된다고 할 때의 심리적 해방감이 바로 그것이다. 그 심리적 해방감을 가리켜 엄밀한 의미의 카타르시스라 부를 수는 없겠으나 확실히 스포츠는 문학작품이 독자들에 주는 것과 같은 정서 및 감정적 배설작용을 불러일으킨다고 말할 수 있다.

스포츠는 또한 문학의 소재로서도 유용한 가치를 지닌다. 시인들은 스포츠를 소재로 하여 당대 사회나 정치를 비판할 수도 있고 삶의 예지나 인생론적 진실을 이야기할 수도 있다. 그러한 관점에서 스포츠는 당대 삶의 거울이며 문학은 그 거울에 비친 기호들의 해독자이기도 하다.

스포츠는 문학이 그러하듯 국민정서를 건강하게 하고 민족혼을 일깨우거나 승화시키는 데 매우 역동적인 힘을 발휘한다. 우리는 그것을 지난 2002년 서울 월드컵에서 이미 경험한 바 있다. 그런데 이 같은 스포츠의 기능은 문학과 결합하고 문학의 힘에 의존할 때 더욱 배가되고 더욱 숭고해질 것이다.

문학이 정신으로 표현된 인간의 가치라면 스포츠는 육신으로 표현된 인간의 가치이다. 그러므로 보다 완전한 인간 삶의 이상은, 고대 그리스 문명이 보여주듯, 이 양자의 상호 결합과 균형 있는 발전에 의해서 실현될 수 있으리라 생각한다.

* 이 글은 2007년, '2002년 서울 월드컵' 개최를 기념한 펜클럽 세미나에서 발표한 발제문發題文임.

마이너리티 문학과 한국의 이민문학

1

역사적으로 한국은 자타가 공인하는 바 단일민족으로 형성된 국가이다. 따라서 지금까지 인종적 마이너리티란 존재하지 않았다. 다만 20세기에 들어 한국이 근대 산업국가로 발돋음하게 되자 최근 20여 년 외국인의 한국 유입도 점차 증대되고 있는 것만큼은 사실이다. 2009년 현재 한국에 90일 이상 체류하고 있는 외국인은 92만 5470명(불법체류자 제외)으로 추산되고 있으며 주종을 이루는 중국인을 제외할 경우 몽골, 방글라데시, 캄보디아, 베트남, 필리핀, 파키스탄, 스리랑카, 카자흐스탄, 우즈베키스탄 등 동남아시아인들과 중앙아시아인들이 대부분이다. 대개 기업체에 종사하는 근로자들이거나 한국의 농촌 지역으로 시집온 여성들이다.

그러나 이들 외국인 체류자들은 아직 그들만의 문화적 정체성으로 한국 사회에 어떤 영향을 끼치지는 못하는 것 같다. 특히 문학의 분야에서 그러하다. 그것은 각개 민족어 구성에 있어 그들이 문학적 자생성을 갖출 만큼

양적, 질적인 면에서 충분히 성장하지 못했기 때문이다.[1] 예컨대 이들 소수 집단 가운데 가장 많은 인구수를 지닌 중국인의 경우도 이제 겨우 집단 취락 지구가 형성되어 가는 와중이어서 아직 그들만의 시각 및 청각 언어 매체를 소유하는 단계까지로는 이르지 못하고 있다. 다만 그들 사이에서 부정기적으로 간행되는 얄팍한 소식지 정도가 있을 뿐인데 여기에는 한국어든 중국어든 문학작품이 발표될 공간이 없다. 그러므로 한국에는 유사 이래 지금까지 인종적 마이너리티 문학이란 존재해 오지 않았다.

다만 문자적 측면에서만큼은 사정이 좀 다르다. 다 알다시피 한국은 세종대왕世宗大王이 한글 즉 훈민정음訓民正音을 창제(1446)하기 전까지는 — 비록 이두吏讀나 향찰鄕札같이 한자의 음音과 훈訓을 이용해서 표기하는 방법이 없었던 것은 아니지만 — 체계적인 국자國字를 지니지 못한 까닭에 당시 동아시아 공용 문자라 할 한자漢字를 빌려 시각적인 공적 언어 및 문학 활동을 해왔던 것이 사실이다. 따라서 한글 창제 이전까지의 한국문학은 지식인이 중심이 된 한문문학漢文文學: 한자 표기의 문학과 다수의 문맹이 구어口語로 활동했던 구비문학口碑文學으로 양분되어 있었다. 후자는 세종대왕이 한글을 창제한 이후 그 일부가 한글로 채록되어 오늘날 기록문학으로 전해지고 있으므로 그 이전의 소위 이두 및 향찰로 기록된 문학과 구비문학은 언어적인 관점에서 이 시기의 한국 마이너리티 문학이라 할 수 있을 것이다.

한글 창제 이후의 양상은 크게 두 시기로 나뉘어진다. 하나는 한글 창

1 2009년 5월 1일 현재 한국 법무부의 공식 발표(《연합뉴스》, 2009년 8월 6일)에 따르면 90일 이상의 합법적인 외국인 체류자 92만 5470명 가운데 유학생(7만 7322명), 국내 체류 재외교포(4만 3703명), 상사주재원 기타(10만 3115명)를 제외한 국내 생활자는 70만 1330명이다. 그런데 이 중 가장 숫자가 많은 중국인이 62만 4994명이고 기타 외국인들은 10여 개 국가에서 이입된 8만 6336명에 불과하다. 그러므로 한국 내 외국인들 중 문화적 자생성이 가능한 외국인들은 중국인밖에 없다고 할 것이다. 그러나 이 중국인 역시 70%를 차지하는 조선족 44만 3566명을 제외하면 순수 중국인 즉 한족은 18만 1428명이고 그 대부분 또한 단기 체류 근로자이거나 결혼 이민자들인 까닭에 아직까지 한국 내 거주하는 외국인 마이너리티 문학의 발생은 시기상조라 할 수 있다.

제에서부터 — 정부의 칙령으로 모든 공적 문자 활동에서 한글을 사용하게 된 — 갑오경장甲午更張, 1894까지의 시기이며 다른 하나는 갑오경장 이후부터 오늘에 이르기까지의 시기이다. 그 획기적인 한글 창제에도 불구하고 전자의 경우 한글로 쓰여진 문학의 지위가 그 전 시기의 구비문학에 비해 크게 달라진 것은 없었다. 그것은 일반 민중의 한글문학 창작과 수용이 비록 양적으로 우세해졌다 하더라도 기득권층에 복속된 언어권력言語權力이나 정부나 지식인들의 모든 공적 언어 활동이 여전히 한문의 사용에 있었기 때문이다. 따라서 한글문학 활동은 당연히 그 가치를 평가받지 못하는 마이너리티 문학에 속해야 했다.

한국 역사상 오랫동안 언어적으로 마이너리티에 속했던 한글문학이 메이저리티로, 메이저리티에 속해 있던 한문문학이 마이너리티로 주객이 전도된 것은 갑오경장에서 비롯한다. 갑오경장의 정부 칙령에 모든 국가의 공식 및 비공식 언어 및 문자 활동은 한문 대신 한글을 전용해야 한다는 항목이 들어 있었기 때문이다. 그러므로 국민의 문자 활동에 있어서 공식적으로 한문이 배제되기 시작한 것은 이때부터이다. 이후 소위 신문학의 시대에 들어 근대적 서구 출판 및 인쇄 문화가 도입되자 한국문학은 과도기적으로 국한문國漢文이 병용되는 시기를 거쳐 이제는 모두 한글을 전용하기에 이르렀고 그 결과 공적 문학 활동에서 소외된 한문문학은 점차 그 세력이 위축되어 일부 노인 지식인층 사이에서 겨우 명맥만을 유지하는 처지가 되었다. 즉 몇천 년 동안 한국에서 메이저리티 문학의 지위를 누려왔던 한문문학은 20세기에 들어 드디어 마이너리티 문학으로 전락해버린 것이다.

이상의 논의를 다시 정리하자면 이렇다. 문자적인 측면에서 한국의 마이너리티 문학은 역사적으로 세 개가 있었다. 하나는 세종대왕의 한글 창제 이전의 이두 표기 및 구비문학이요. 다른 하나는 그 이후 갑오경장의 시기까지에 쓰인 한글문학이요. 또 다른 하나는 갑오경장 이후 오늘에 이르기까지 그 명맥만을 간신히 유지하고 있는 한문문학이다.

그러나 여기서 우리는, 역사적으로 짚고 넘어가야 할 문제 하나를 더 지적해야 한다. 일제강점기 시대의 한국문학이다. 1910년 대한제국이 일본에 의하여 강점당한 이후 한국어문학 역시 한국문학으로서의 독립성을 상실한 채 일본문학에 복속되어야 했기 때문이다. 그것은 한국어문학이 한국문학으로서의 정체성을 잃어버리고 일본문학의 일부를 구성하는 소수 민족문학(national literature)의 하나로 전락해버렸음을 의미한다. 즉 한국문학은 일본이라는 나라를 구성하는 일본인의 일본어민족문학, 오키나와인의 오키나와어민족문학, 아이누인의 아이누어민족문학, 타이완인의 중국어민족문학과 더불어 일본 전체문학의 일부, 그러니까 일본 안에 존재하는 여러 다양한 민족문학 가운데 하나가 되어버린 것이다. 그것은 일제강점기하 한국문학이 국권의 상실과 더불어 한국인의 일본화라는 일본 국책에 따라 일본 국민으로서의 작품 활동을 할 수밖에 없었다는 점에서 그러하다.

이와 같은 상황의 악화는 특히 태평양전쟁이 발발한 1941년을 전후하여 절정으로 치닫는다. 이때부터 일본 제국주의가 소위 '내선일체內鮮一體'와 한국인의 '황국신민화皇國臣民化'를 강요하면서 공적, 사적으로 한국어 이름과 한국어의 사용을 전면 금지시키기 때문이다. 따라서 그 이후 1945년 일제가 전쟁에서 패망하여 한국이 독립을 쟁취하기까지의 4~5년간, 한국에는 — 한국어로 쓰인 일본 내의 한국어민족문학까지도 사라지고 — 오직 한국인이 쓴 일본어문학만이 존재하게 된다. 이러한 관점에서 일제강점기하 한국어문학은 인종적으로나 언어적으로 일본의 마이너리티 문학 이외 다른 것이 아니었다. 즉 1910년 일본의 한국 강점에서부터 1941년 태평양전쟁 발발 때까지의 한국어문학은 일본의 인종적, 언어적 마이너리티 문학이었으며 일본이 한국어 사용을 금지한 1941년부터 1945년까지는 아무것도 있을 수 없었다.

1945년 일본으로부터 독립한 이후 한국의 사정은 — 앞서 지적한 바와 같이 — 인종적 측면에서나 언어적 측면에서의 마이너리티 문학이란 존재하지 않는다. 다만 국외에서의 경우 몇몇 나라에서 한국인에 의하여 한국어로 쓰인 문학작품이 활발하게 발표되고 있는데 이를 그들 거주지 국가의 입장에서 그 나라 마이너리티 문학으로 규정하는 것은 당연하다 할 것이다. 그러나 모국의 입장에서는 엄밀히 말해 이민문학이다.

원래 이민문학이라는 용어가 생긴 것은 1917년 초 러시아에서 볼셰비키의 2월 혁명이 일어나면서부터였다. 레닌이 주도한 이 공산주의 혁명이 성공을 거두자 당시 러시아의 많은 자유주의 문필가들은 종래와는 다른 진로를 선택할 수밖에 없었다. 그리하여 일부는 해외로 도피하여 국외에서 러시아어문학 활동을 재개하였고, 일부는 혁명 주도 세력에 편승하여 상황을 저울질하였고, 일부는 종래의 신념을 버리고 이데올로기에 가담하였다. 문예학에서는 이들을 각각, 이민문학(immigrate literature), 동반문학(companion Literature), 전향문학(conversion literature)이라는 용어로 부르고 있다(물론 끝끝내 자신의 소신을 지키며 혁명에 동조하지 않다가 볼셰비키들에게 숙청을 당했던 문인들도 다수 있었다).

어떻든 이 같은 유래로 생겨난 '이민문학'이라는 말이 오늘날에는 정치적 입장과는 무관하게 국외에서 전개되는 모국어 문학 활동을 지칭하는 용어로 사용하게 된 것은 이제 누구나 알고 있는 사실이다. 그러므로 현재 외국에 체류하고 있는 한국인이 한국어로 쓴 문학작품은 그가 거주한 나라의 입장에서는 마이너리티 문학이라고 해야 하겠지만 한국문학의 입장에선 한국의 이민문학이라고 불러야 할 것이다.

현재 세계에서 해외에 거주하는 동족이 가장 많은 민족은 중국인, 유대인이고 그 다음으로 한민족이라고 한다.[2] 그리고 다수의 한민족이 거주하

---

2 1995년 1월 1일 현재 국내외에 거주하는 한국인들의 숫자는 다음과 같다(자료: 외교통상부, 『해외동포현황』, 1995).
남한: 4,485만 명, 북한: 2,296만 명, 일본: 696,811명, 중국: 1,940,398명, 독립국가연합: 461,145명, 미국: 1,801,684명, 캐나다: 73,032명, 중남미: 90,034명, 아시아 태평양 지역: 86,711명, 유럽: 66,086명, 중동: 9,356명, 아프리카: 3,316명.

는 국가치고 한국의 이민문학이 활성화되지 않은 곳은 없다. 그것은 해외의 한민족이 다른 민족의 이민자들과 달리 역사적, 민족적 특수성으로 인해 아직까지 그 정체성을 잘 지켜내고 있기 때문이다. 예컨대 미국의 한국 이민문학, 캐나다의 한국 이민문학, 중국의 한국 이민문학, 구소련(독립국가연합)의 한국 이민문학, 기타 남미 및 호주의 한국 이민문학 등이다. 물론 과거 일본에서도 전후의 시기에 한국의 이민문학은 상당히 활발하였다. 그러나 현재 거의 사라지고 없다는 것은 다 아는 바와 같다. 이주 3, 4대를 거치는 동안 일본 거주 한국인들의 모국어에 대한 감성과 의식이 이미 너무 쇠퇴해버렸기 때문이다. 그러한 의미에서 한국의 이민문학은 오늘날 세계적으로 그 유례를 찾아보기 힘든 그들만의 특이성을 보여주고 있다 하겠다.

2

한국인의 해외 이민자 수는 전 세계에 걸쳐 약 530만여 명으로 추산된다. 이 중 200여만 명 가까이가 '조선족'이라는 이름으로 중국 — 그중에서도 동북東北 삼성三省이라 불리는 길림성, 요녕성 및 흑룡강성에서 살고 있는데 그 중심은 조선족의 ⅓이 밀집하여 일찍이 중국 정부가 조선족 자치주로 선포한 연변지역延邊地域이다. 오늘날 이처럼 이 지역에 다수의 조선족이 몰려 살게 된 경위는 한국인의 간도間島 이주사移住史에서 그 이유를 찾을 수 있다.

오늘의 연변지역은 오랫동안 조선朝鮮과 청淸이 '간도間島'라 부르던 — 원래 주인 없이 버려져 있어 일찍이 조선의 함경도咸鏡道 사람들이 두만강을 월강越江하여 개척해서 누대로 살아왔던 — 만주滿洲의 한 황무지였다. 그런 까닭에 조선의 외교권을 박탈해 가진 일본이 한국을 배제한 채 일방적으로

1909년 청나라와 소위 '간도협약間島協約'[3]을 맺어 오늘의 한중국경을 확정짓기 전까지는 새로운 경작지가 필요한 조선의 이주민들이 적극적으로 개척해 살아왔던 땅이다. 실제로 1860년부터 약 10년에 걸친 함경도 지방의 대흉년은 굶주리고 헐벗은 조선의 농민들로 하여금 새로운 경작지를 찾아 두만강과 압록강을 건너 만주 지역에 대대적인 이주를 감행토록 만들었다. 따라서 이들은 단순 이민자라고 할 수만은 없는 조선 변방의 주거민의 개념에 가까운 사람들이다.[4]

그런데 일본이 19세기 말 대한제국을 강제 합병하고 만주에 영향력을 행사하자 한국인의 만주 이주는 간도를 중심 삼아 더욱 적극적으로 이루어진다. 한 통계를 보면 이 지역의 한인 이주자들은 1869년에 77,000명, 1910년에 22,000명이었던 것이, 1920년에 459,427명, 1930년에 607,119명, 1940년에 1,050,384명 그리고 독립 직전인 1944년에는 1,658,572명으로 급속히 늘어나고 있다.[5] 그렇다면 이처럼 일본의 한국 강점기에 대대적으로 한국인의 중국 이주가 본격화된 것은 무슨 까닭일까. 그것은 다음과 같다.

첫째, 합병 직후 실시된 일제의 토지 등록제로 경작지를 상실한 농민의 생활난

---

3 1909년 9월 청清나라와 일본이 간도의 영유권 등에 관하여 맺은 조약. 청나라는 19세기 말부터 간도가 자국의 영토라 주장하여 군대를 투입하고 지방관까지 두었으나 한국도 그에 강력히 맞서 영토권을 주장하였으므로 간도 영유권 문제는 한국과 청의 오랜 계쟁문제係爭問題였다. 그런데 일제는 1905년 한국과 을사늑약乙巳勒約을 강제로 맺어 한국 대신 청나라와 간도 문제에 관해 교섭을 벌여오다가 남만주철도의 부설권과 푸순撫順 탄광개발 등 4대 이권을 얻는 대가로 한국의 영토인 간도를 제 마음대로 청나라에 넘겨주는 협약을 체결하였다.

4 요동지역의 조선인 이주는 명나라와의 문물교류에 힘입어 이미 조선 세종 연간에 요동지역 전체 인구의 30%에 해당하는 4만여 명 이상이었다(주성화, 『중국 조선인 이주사』, 한국학술정보, 2007, 51쪽). 간도지역의 경우 기록상 이곳에 한국인이 이주하기 시작한 것은 1860년경이다(권태환, 『세계의 한민족 중국』, 통일원, 1996, 43쪽).

5 권태환, 위의 책, 47쪽.

둘째, 일제의 정치적 탄압으로부터의 피난과 독립운동

셋째, 일제의 만주 침략과 만주 경영에 조선인(당시 용어로 반도인)을 동원한 것

넷째, 1929년부터 일기 시작한 세계적인 대공황의 영향

다섯째, 일본 제국주의의 수탈로 인한 조선 농민들의 경제적 파탄

여섯째, 일본 내 조선인의 유입 억제를 위한 한 방편

일곱째, 정책적으로 조선의 농민들을 만주로 이주시키고자 했던 일제의 식민통치

그러나 이 같은 이유에서 대대적으로 감행되었던 한국인의 만주 이주는 일제의 패망과 더불어 끝난다. 그리고 이후 그 이주자의 상당수는 독립된 한국으로 귀국하지만 이미 그곳에서 삶의 뿌리를 내린 대부분의 이주자들은 중국 내의 조선족으로 정착하여 오늘에 이르게 된 것이다. 현재 중국 내에는 이들 이주자인 극소수의 1, 2세대와 그 후예(3, 4세대)로 구성된 약 200만 명 내외가 중국 정부의 소수민족 지원정책에 힘입어 아직까지 한민족으로서의 문화적 정체성을 잘 유지하며 살고 있다. 그들이 이처럼 오랜 세월 모국을 떠나 있으면서도 한국어를 잊지 않고 잘 지켜낼 수 있었던 이유는 무엇일까? 아마도 다음과 같은 사실들을 고려해볼 수 있지 않을까 한다.

첫째, 조선인으로서의 민족의식이 강했다. 구성원의 상당수가 일제에 항거한 독립운동가 내지 독립군, 그리고 일제의 한국 강점에 저항했던 민중들과 일제의 경제수탈로 인해 변방으로 밀려 뿌리 뽑힌 자들이거나 그 후예들이어서 누구보다도 철저하게 반일감정과 민족애로 무장하고 있었기 때문이다. 그런 이유로 그들은 남달리 모국어에 대한 애착이 강했다. 언어는 그 무엇보다도 민족 형성의 핵심에 놓인 가치인 것이다. 정치학이나 역사학에서 민족의 정의를 언어에 두고 심지어 언어를 민족혼(national Seele) 혹은 국가정신(natinal Geist)이라고까지 규정한 것도 이를 두고 하는 말이다. 일제강점기하에서 일본이 한국어를 이 지구상에서 영원히 말살하고자 했던 것도 이

때문이라 할 수 있다. 그러므로 민족의식이 남다르게 강한 중국 내 한국 이주자들이 그들의 모국어인 한국어를 소중히 지키려 했던 것은 당연한 일이라 할 수 있을 것이다.

둘째, 중국 내 한인 이주자들은 중국의 전 지역에 흩어져 살지 않고 만주—동북 삼성, 특히 연변지역에 집중적으로 모여 살았던 까닭에 한국어 사용만으로도 큰 불편을 겪지 않았다. 분산된 개인들로 전체 중국인들에게 흡수되지 않았던 것이 중국어라는 큰 용광로에 녹아나지 않고 그들만의 언어 공동사회를 지키게 된 한 요인이었다.

셋째, 한인 이주자들이 모여 살던 간도 즉 오늘의 연변지역이 지닌 특수성이다. 이 지역은—앞서 지적한 바와 같이 비록 당시 한국을 강제 합병한 일본이 청국과 소위 간도협약을 맺은 이후 청국의 소유가 되기는 했지만—역사적으로 오랫동안 한국인이 이주해 살아 한국에서는 한국 영토의 일부로 주장하고 있는 땅이다. 따라서 한국 이주자들이 이곳을 심정적으로나 관습적으로 조국의 국토라 생각했을 것은 충분히 가능한 일이다. 그러므로 모국에서 모국어를 사용하는 것과 같이 이 지역에서의 한국어 사용도 극히 자연스러운 일일 수밖에 없었다.

넷째, 동북 삼성의 한국 이주자들은 거의 모두가 이곳의 황무지를 개간한 개척 농민들이었다. 따라서 도시의 기업인이나 월급 생활자들처럼 중국 내 각지로 떠도는 삶을 살지 않고 한곳에 정착해 몇 세대 동안 집단 취락을 이루고 살아왔다. 이 농민으로서의 정착성이 중국에 살면서도 상대적으로 한국어 사용의 실용성을 높였던 것으로 생각된다.

다섯째, 유달리 강한 한국인 교육열이다. 지금도 한국인의 교육열은 세계가 인정하고 있는 사실이지만 당시 중국의 한국 이주자들에게 있어서 그것은 국권회복을 위한 장기적 독립운동의 하나이기도 했다. 그래서 그들은 일찍부터 교육기관을 많이 설립하여 이주자들과 그 후손의 한국어 교육

에 심혈을 기울였다.[6]

여섯째, 중국 정부의 지원이다. 그것은 대륙에서 일본침략군을 격퇴하기 까지는 중국 내 조선족의 도움이 필요했기 때문이며 중화인민공화국 건국 이후는 소수민족 우대정책 때문에 그러했다. 실제로 중국의 항일전에는 다수의 조선족들이 전방과 후방에서 적극 지원했다. 그런 까닭에 중국 정부는 지금도 연변지역을 조선족 자치주로 선정하여 이 지역 내에서는 한국어 교육과 공용어로서 한국어의 사용을 공식 허락하고 있는 것이다.

이렇게 다수의 한국인들이 집단을 이루며 한곳에 정착해 살고 그들의 한국어 사용이 본국인 이상으로 유창한 이상 이곳 이주자들 사이에서 한국어 문학이 발생하고 그것이 또 활발히 전개된다는 것은 하나도 이상스러운 일이 아니다. 언어는 삶의 표현 그 자체인 까닭이다. 그리하여 중국에서는 일찍부터 다수의 한국어 문학매체들이 생겨났고 이를 통해 헤아릴 수 없을 만큼의 많은 문학작품들이 발표되었다.[7]

---

6 기록상 최초로 세워진 교육기관은 연변의 용정에서 독립운동가 이상설이 세운 서전의숙瑞甸義塾이다. 한 통계에 의하면 1916년 말까지 중국의 동북부 지역에 설립된 조선족 사립학교 수는 239개소에 달한다(1916년 일본 영사관통계). 권철, 「제1부 형성과정 개관」, 소재영蘇在英외 3인, 『연변지역 조선족문학연구』, 숭실대학교 출판부, 1992.

7 예컨대 1945년 이전에 창간된 한국어 잡지들을 열거하면 다음과 같다.

(ㄱ) 1920년 이전

1909년 간민교육회間民敎育會에서 간행한 『월보月報』를 시작으로 남만南滿 은양보경학사간 『한족신문韓族新聞』, 용정대동협신회龍井大同協信會간 『대진大震』 통화의 신흥학교新興學校의 『학우보學友報』, 1919년 3·1운동 전후 간행된 『조선도립신문朝鮮道立新聞』, 기타 『일민보一民報』, 『조선민보朝鮮民報』 등.

(ㄴ) 1920~1930년

『붉은별』, 『기적소리』, 『민중』, 『횃불』, 『공산共産』, 『혁명의 길』, 『벽력霹靂』, 『노력청년』, 『농군農軍』, 『대동일본大同日本』, 『농보農報』, 『광명』, 『천고天告』, 『진단震檀』, 『민성보民聲報』 등.

(ㄷ) 1931~1945년

항일유격대의 기관지: 『반일보反日報』, 『화전민』, 『서광瑞光』, 『전투일보』, 『반일투쟁』 광복회와 항일 의용대의 기관지: 『천고天告』, 『한국청년』, 『광복光復』 등 20여 종.

1945년 이전의 중국 이주자 문학은 대략 3시기로 나누어 고찰할 수 있다. 제1기는 1920년 이전으로 이 시기의 시가문학은 창가와 시조의 창작이 주종을 이룬다. 대표적인 작품으로는 당시 사립학교의 교가를 중심으로 널리 불려진「학도가學徒歌」,「권학가勸學歌」등과 반일무장 세력의「독립군가」,「행진곡」,「병사의 노래」그리고 문명개화, 여성 해방, 인권확립, 자주 평등 등을 노래한「동심가童心歌」,「자유가」등을 들 수 있다. 대부분 계몽적 성격을 띤 리얼리즘 경향의 노래들이다. 산문 문학으로는 신채호申采浩의 소설「꿈하늘」,「백세 노승老僧의 미인담美人談」과 김택영의 영웅전기「안중근전安重根傳」,「이준전李儁傳」등이 대표적인데, 대개 민족의식을 고취하고 항일독립투쟁을 선동하는 내용으로 되어 있다.

제2기는 1921년에서 1930년까지의 시기로「붉은 봄이 돌아왔다」,「총동원가」,「계급전가階級戰歌」등 작자 미상의 수백 편 혁명가요와 민족의 자주독립과 고국에 대한 향수를 표출한「조선심朝鮮心」(백두산인작),「단오절」(초래생),「백색테러」(남문룡) 등의 수많은 자유서정시들이 노래로 불려지거나 작품으로 발표되었다. 이 시기의 산문 문학은 신채호로 대변된다.「용龍과 용龍의 대격전」은 우화적인 내용으로 상제上帝 등 통치배들이 지배하는 천국天國과 드래곤을 위시한 민중들이 사는 지국地國 사이의 전쟁을 통해 당시 제국주의의 약소국가 침략을 비판하면서 민중의 자유 쟁취와 해방을 역설한 야심작이다.

제3기는 1931년에서 1945년까지이다. 이 시기 역시「전가戰歌」,「어둠을 뚫고」(김학철 작),「진군가進軍歌」등 항일가요가 많이 불렸으며 한편으로는 유명 무명이 시인들에 의해「어머니를 그리며」(운청 작),「광복과 부흥의 길로」(여전 작),「이별가離別歌」,「추억의 고향」,「망향가望鄕歌」등 많은 서정시들이 쓰여졌다. 이 시기를 대표한 문인으로는 시인 이욱(1907~1984)과 소설가 김창걸(1907~1984)이 있다. 이욱은 이 시기에 시집『북두성北斗星』,『북륙北陸의

일제 어용신문:『간도일보間島日報』,『만몽일보滿蒙日報』,『만선일보滿鮮日報』
동인지:『북향北鄕』, 가톨릭 소년잡지:『가톨릭소년』

서정』 등을 출판하였는데 암흑한 현실에서 자유와 진실을 추구하는 시편들을 씀으로써 혁명가나 항일가요 같은 목적시들에서는 찾아볼 수 없는 미학적 완성도를 보여주었고 김창걸은 처녀작 「무빈골의 전설」을 발표한 후 단편소설 「암야暗夜」, 「산중기山中記」, 「수난의 한토막」, 「두번째 고향」, 「도망」 등에서 중국 이주 한국인의 고난에 찬 개척사를 리얼하게 묘사했다. 한편 이 시기에는 많은 희곡들도 쓰여 연극으로 공연되었다. 「싸우는 밀림」, 「복수」, 「유언을 받들고」 등이 대표적인 것으로 대부분 항일독립투쟁과 공산혁명을 고취하는 내용들이다.

이 시기에 간행된 시선집으로는 『재만조선인시집在滿朝鮮人詩集』(1942), 『만주시인집滿洲詩人集』(1942)이 있고 소설선집으로는 『싹트는 대지』(1941), 수필 및 산문집으로는 『재만조선문예선在滿朝鮮文藝選』(1939) 등이 있다.[8]

1951년에는 흑룡강, 목단강 지역의 김례삼, 임효원 등과, 항일독립운동기지였던 태항산 지역의 김학철, 정길운 등이 연길에 모여 이곳의 이욱, 김창걸 등과 함께 연변문학예술일꾼연합회를 결성한 뒤 오늘날까지 중국 조선족문학을 대표하는 문학지 『연변문예延邊文藝』(1959년 『연변문학延邊文學』으로 개칭)를 간행하였다. 그리고 이러한 업적으로 인해 「연변문학예술일꾼연합회」는 1956년 중국의 여러 소수민족 가운데서는 최초로 중국작가협회에 정식 가입하게 된다. 그리하여 오늘날 연변지역에는 『민족단결』, 『문학과 예술』, 『연변문예』, 『장백산』, 『은하수』, 『도라지』, 『송화강』, 『천지天池』, 『해란강』, 『아리랑』, 『진달래』, 『북두성』, 『연변여성』, 『소년아동』, 『청년생활』 등 20여 개 이상의 순수 문예지 및 일반 종합잡지들이, 동북 삼성에는 조선어 신문과 라디오 텔레비전 방송국들이 들어서 있다. 특히 조선족 대학이 설립된 연길延吉은 많은 조선족 지식인들이 몰려들어 문화 활동이 활발하다.

8 이상 중국 내 조선족문학에 대한 자료는 권철權哲, 「제1부 형성과정개관」, 소재영蘇在英 외 3인, 『연변지역 조선족문학연구』, 숭실대학교출판부, 1992를 참고한 것임.

이와 같은 분위기에 힘입어 신중국新中國: 중화인민공화국 건국 이후 1965년까지 시 분야에서는 시사화집 『해란강』, 『청춘의 노래』, 『들끓는 변강』 등과 개인 창작 시집 40여 권 이상이 간행된다. 종전의 항일투쟁과는 다른 조선인으로서의 자긍심과 행복감, 향토애, 민족의 단결 및 혁명전통의 확립 등과 같은 주제의 작품들이다.

산문의 경우에는 김학철의 『해란강아 말하라』, 이근전의 『범바위』 등 장편소설과 「번영」, 「호랑이」 등 중편소설이 이 시기를 대표하는 작품들이다.

물론 희곡 및 드라마 분야에서도 많은 작품들이 쓰였다. 1965년에 연변연극단의 창립과 더불어 황봉룡과 박영일이 쓴 희곡 「장백의 아들」은 연극으로 공연되어 큰 호응을 받았다. 평론 분야에서는 정철, 박상봉 등의 활동이 활발하다.

그러나 중국 내 조선어문학 즉 한국 이민문학이 항상 평탄한 길만을 걸어왔던 것은 아니다. 1949~1966년 사이의 반우파투쟁, 대약진운동, 인민공사화운동, 민족정풍운동, 반우경투쟁, 문예비판운동, 문화혁명 등 중국대륙에 정변이 있을 때마다 조선족문학과 예술은 항상 비판의 대상이 되었다. 특히 1966년에 발발한 문화혁명 시기에는 조선족문학을 대표했던 김학철, 김철, 김삼례, 임효원 등과 같은 문인들이 투옥되기도 했고 한때는 조선족문학이 거의 말살되는 지경에 이르기까지 했다.

그러나 1976년 문화혁명이 끝나면서 중국의 조선족문학은 제2차 해방기를 맞는다. 1978년 10월 중국작가협회 연변분회가 회복되었고, 1980년 연변지역 이외에도 새롭게 문학 예술단체가 만들어졌으며, 1979년 연변문학예술연구소가 설립되어 양적, 질적으로 중흥의 계기를 맞게 된 것 등이다. 문화혁명 이전에 100명에 채 미치지 못했던 연변분회 회원도 1985년에는 300여 명으로 그 수가 늘어났고 단 몇 명에 지나지 않았던 조선족 중국작가총회의 회원도 30여 명으로 불어났다. 이러한 시대적 분위기에 따라 많은 문학잡지 역시 속속 창간되었다. 연변지구의 『문학과 예술』, 『아리랑』, 『장백산』, 길림지구의 『도라지』, 통화지구의 『장백산』, 장운지구의 『북두성』,

심양지구의 『갈매기』, 하얼빈지구의 『송화강』 등이 그것이다.[9]

3

한국인의 미국 이주는 1882년 대한제국과 미국 사이에 맺어진 조미수호조약朝美修好條約, 그중에서도 "조선국 상민常民으로서 미국에 가는 자는 미국 전 지역에서 대지를 임차할 수 있으며 토지를 매수하여 주택이나 창고를 건축할 수 있다"는 제6조에 의해 가능했다. 그러나 실제 이민의 실현은 양국간의 현실적 요구가 맞아 떨어진 1902년에 이루어진다. 왜냐하면 당시 미국사회에서는 자국인이 꺼리는 직종의 노동력을 외부에서 들여오는 일이 절실히 필요했고 한국인의 경우는 거듭되는 흉년과 부패한 관리들의 폭정으로 국내에서의 삶이 가혹했기 때문이다.[10]

그리하여 고종황제는 주한 미국공사 알렌(Allen)의 요청을 받아들여 1902년 3월 31일 드디어 한국인의 미국 이민을 허용하고 먼저 집조執照: 오늘의 여권에 해당하는 증명서의 발급을 담당할 수민원綏民院을 세운 뒤 이민자들을 선발하게 되는데 그 첫 이민자들이 하와이의 호놀룰루에 상륙한 것은 다음해 1월 13일이었다. 이후 대한제국은 일본과 체결된 강제적 을사늑약乙巳勒約: 일본에서는 이를 을사보호조약乙巳保護條約이라 칭함에 의해 외교권이 박탈당한 1905년까지 3년 동안 무려 66회에 걸쳐 총 7394명의 이민자들을 하와이 사탕수수밭의 노동자로 보냈다.

---

9 이상 중국 내 조선족문학에 대한 자료는 권태환, 『세계의 한민족 중국』, 통일원, 1996, 133-137쪽을 참고한 것이다.

10 『고종실록』 1901년 10월 16일조에 보면 "한발이 너무 심해 농작農作이 무망無望하므로 급하지 않은 토목공사는 일제 정지하고 모든 항구에 미곡의 반출을 금한다"는 방곡령을 내리고 있다. 그리고 안남미 30석을 들여왔지만 백성들의 주린 배를 채울 수 없었다.

이 초기의 미국 이민은 대한제국이 국권을 상실하자 전면적으로 중단되었다. 그러나 그 후 다시 재개되어 그 이민자 수가 급속히 팽창하게 된 것은 대한민국이 건국되고서 수십 년이 지난 1965년 이후부터이다.[11] 이 해 미국이 새 이민법을 제정하여[12] 이민의 수용을 종전의 유럽 중심에서 아시아 중심으로 바꾸었기 때문이다. 이에 따라 한국은 매년 거의 2만여 명에 가까운 이민자들을 미국에 송출하여 1995년 현재 미국에는 1,801,684명(시민권자와 영주권자 모두 포함)의 한국인이 살고 있다.

이처럼 미국 내 거주 한국인의 숫자가 급속히 불어나 로스앤젤레스, 샌프란시스코, 시카고, 댈러스, 뉴욕 등 대도시에 각각 수십만 명을 헤아리는 한국인의 집단 거주 지역이 형성되자 자연스럽게 한국어 매체들이 등장하기에 이르고 이에 따라 한국인 이민자들의 문화 활동도 점차 활성화되었다. 예컨대 현재 미국에는 다수의 한국어 라디오와 텔레비전 방송국들이 설립되어 있을 뿐만 아니라 본국의 중앙일간지들과 연계된 수십 종의 한국어 신문들이 발간되고 있다. 이 외에도 정기 혹은 부정기적으로 간행되는 문학지나 동인지 그리고 종합잡지 역시 그 수가 적지 않다. 그러므로 이와 같은 오늘의 미국 이민사회의 상황은 — 극소수의 이민자들(7394명)이 전단지 수준의 소식지를 통해 작자 미상의 「독립가」나 「애국가」 정도를 소수 발표하던 — 초창기 대한제국 시절과는 사뭇 다르다고 할 수 있다.

이제 미국 내 한인 사회의 문학 활동과 관련된 몇 가지 자료들을 살펴보면 다음과 같다. 먼저 한인문학단체이다.

---

11 물론 독립 후 1965년까지 한국인의 미국 이민이 전혀 없었던 것은 아니다. 예컨대 소위 '전쟁신부법(War Brides Act)'과 '병사애인법(GI Fiancees Act)'에 따라 한국전쟁 기간 미국 병사와 결혼한 한국 여자, 유학생, 전쟁 고아를 포함한 입양 아동 15,049명이 있었다. 이광규, 『세계의 한민족 총관』, 통일원, 1996, 128쪽.

12 새로운 이민법이란 이른바 1965년에 제정된 '하트 셀러법(Hart-Celler Act)'을 가리키는 말이다. 이 법에 따라 미국은 매년 동양에서 17만, 서양에서 12만의 이민자들을 받아들이게 된다.

미주한국문인협회: 1981년 한국인이 제일 많이 거주하는 로스앤젤레스에서 소설가 송상옥, 시인 김호길 등이 주도하여 만든 미주 최초의 문인단체. (1992년 현재 102명의 회원)

미주기독교문인협회: 로스앤젤레스에서 1983년 강달수, 이윤희 등이 결성한 기독교 신자로서의 문학 동호인 단체. (1992년 현재 48명의 회원)

재미한국시인협회: 1987년 로스앤젤레스에서 최연홍, 전달문 시인 등이 결성한 시문학단체. (1992년 현재 33명의 회원)

기타 뉴욕에는 뉴욕문인협회(미국동부문인협회), 시카고에는 시카고문인협회, 샌프란시스코에는 상항桑港문인협회, 워싱턴에는 워싱턴문인협회 등이 별도로 구성되어 있다.

미국 내 한인 사회에서 발간되는 문학 매체로는 다음과 같은 것들이 있다.

『미주문학』: 계간으로 발간되는 미주한국문인협회의 기관지로 2009년 겨울 현재 통권 48호.

『크리스찬 문학』: 미주기독교문인협회의 기관지.

『뉴욕문학』: 뉴욕문인협회(동부문인협회)의 기관지로 2009년 겨울호 통권 19집을 발간.

『외지外地』: 재미한국시인협회의 기관지.

그리고 기타 꾸준히 간행되고 있는 동인지 및 준문학지 성격의 『문학세계』, 『울림』, 『나성문학』, 『미국생활』 등도 주목의 대상이다. 한편으로 미주의 각 지역에서 본국의 중앙일간지들과 연계해 발간되고 있는 《한국일보》, 《중앙일보》, 《동아일보》, 《조선일보》, 《세계일보》 등의 일간 및 주간지 역시 시와 산문 등 각 장르의 문학작품 발표에 상당한 지면을 할애하여 미주의 한국 이민문학을 활성화시키는 데 큰 도움을 주고 있다.

재미 한인 시인의 시적 경향은 크게 세 갈래로 나누어 살펴볼 수 있다. 첫째, 이민 생활에서 오는 고달픔과 현실 생활에 대한 성찰 및 보고이다. 여기에는 한두 가지 단서가 붙는다. 60년대 이후 본격적으로 진출한 한국의 미국 이민자들이 중국이나 러시아 이주자들과 달리 대개 중산층 이상의 경제력을 확보하고 지적으로는 고등교육을 받은 계층이라는 점이다. 그들은 본국에서의 삶이 궁핍해서가 아니라 질적으로 더 나은 생활을 영위하기 위해 이민을 결행한 사람들이다. 따라서 그들이 이국에서 경험하는 이민자로서의 고통은 — 중국이나 러시아 이주자들이 겪는 그것에 비해 — 본국에서의 그것보다 훨씬 더 크게 느껴졌을 것이다.

둘째, 그래서 그런지 이들의 작품에는 고국에 대한 향수와, 현지 삶의 고달픔을 토로하는 내용이 유달리 많다. 현실이 고통스러운 만큼 그와 반비례해 고국에서 누렸던 생활의 편안함이 보다 행복한 것으로, 이국 생활에서 겪는 외로움이 쉽게 본국의 친지들을 그리워하는 감정으로 승화될 수 있었기 때문이다.

셋째, 고국의 사회현실에 대한 비판과 참여이다. 다 아는 바와 같이 한국은 독립 이후 전쟁을 치루고 산업화를 이루는 과정에서 오랫동안 권위주의 정부의 통치를 경험하였다. 그리고 이 과정에서 많은 사람들이 정치적으로나 경제적으로 고통과 시련을 받았고 이로 인해 고국을 등진 사람들 또한 적지 않았다. 그런 사람들이 세계에서 가장 발달된 민주주의를 체험하며 살고 있으니 고국의 정치 및 사회현실에 관심을 갖지 않는다면 오히려 이상한 일일 것이다.

넷째, 서구 모더니즘 혹은 아방가르드 계열의 작품 창작이다. 이는 특별히 모국에 대한 의식 없이 그들 자신이 생활을 영위하고 있는 미국 문단의 경향을 추수한 결과로 보인다. 원래 그 발원지가 유럽이나 미국이기 때문이다.

물론 문학이 인간의 본질을 폭넓게 탐구하는 언어적 노력이라는 점에서 이외에도 삶의 본원적인 서정을 노래한 작품이나 인생론적, 자연탐구적 작품도 상당수 쓰이고 있음은 굳이 지적할 필요가 없다.

미주 한국 이민문학에서 소설의 영역은 그 양이나 질적인 면에서 시의 영역보다 훨씬 협소하다. 작품 창작의 양도 상대적으로 적다. 그 소수의 작가 역시 여성이 대부분인 것은 이민자로서의 남성들의 경제활동이 여성들보다 더 촉박했기 때문이 아닌가 한다.[13] 즉 경제활동으로 인한 남성의 시간적 제약은 그만큼 소설 창작보다 시 창작에 기울어질 수밖에 없었을 것이다.

소설의 내용 역시 시와 크게 다르지 않다. 장편소설이건 단편소설이건 대체로 작가가 체험한 이민사회와의 갈등과 조화의 문제를 다루고 있다. 다만 미시적 관점에서 다른 것이 있다면 시가 대체로 고국에 대한 향수를 표출하는 데 비해 소설은 현실 생활의 문제를 보다 많이 다룬다는 점이다.

4

앞서 밝힌 바와 같이 한국의 해외 이민문학은 — 독립국가연합만을 제외한다면 — 중국과 미국 이외에도 여러 나라 가령 캐나다, 중남미, 호주 및 뉴질랜드 등지에서 약진하고 있다. 그러나 이 글에서 필자는 지면 관계상 중국과 미국의 두 이민문학만을 한정해서 논의하였다. 그것은 이 두 이민문학의 성격이 한국 전체 이민문학을 대변한다고 생각했기 때문이다.

한국인의 본격적인 해외 이주 혹은 이민은 크게 두 가지 유형으로 나뉘어진다. 하나는 일제강점기하에서 이루어진 이주요, 다른 하나는 독립된 한

13 윤명구, 「재미한인의 문학활동에 대한 연구」, 『인하대학교인문과학연구소 논문집』 19집, 1992.

국에서 1965년 이후에 이루어진 이민이다. 전자는 당시 일본 점령지 내의 주거 이동이나 불확실한 국경의 월경 혹은 개척을 위한 무주지無主地 선점先占이라는 점에서 '이민'이라기보다 '이주'라는 개념에 가깝고 후자는 양국 간의 합법적 절차에 따른 이동이라는 점에서 '이민'이라 할 수 있다. 이들의 이주 혹은 이민의 이유 역시 다르다.

전자는 식민지 치하 일제의 경제적 수탈과 정치적 압제를 모면하기 위해, 혹은 일제의 강제 이주 정책에 따라 모국을 등진 사람들이지만 후자는 — 권위주의 정권하에서 정치적 망명의 성격을 띤 부류가 일부 없었던 것은 아니나 — 대개 경제적으로 어느 정도의 수준에 올라 있는 계층들이 보다 더 나은 삶을 영위하기 위하여 모국을 떠난 사람들이다. 따라서 전자는 사회 변방의 뿌리 뽑힌 자, 개척자, 극빈자, 정치적 망명자들이라 할 수 있고 후자는 대체로 중산층 이상의 자유주의자들이라 할 수 있다. 오늘날 중국의 동북 삼성(만주)과 독립국가연합(러시아)으로의 이주는 전자에 속하며 그 외의 이민 즉 미국, 캐나다, 호주, 뉴질랜드, 중남미 등으로의 이민은 후자에 속한다. 그리고 이 양자의 유형을 대변하는 것이 각각 중국과 미국으로의 이민이라 할 수 있다.

따라서 이 양자의 이민문학 역시 여러 면에서 대조적이다. 앞서 살펴본 바와 같이 이민자들의 성격이 판이하게 다르기 때문이다.

첫째, 문학작품의 주제의식이 다르다. 양자 모두 고국에 대한 향수를 노래해도 미국의 경우 이민 생활의 감회와 현실적 문제들을 고발하는 내용이 주종을 이루는 반면 중국의 경우 민족의식의 고취, 항일독립투쟁과 공산혁명의 선동이 일반적이다. 그런 관점에서 일반적으로 미국의 이민문학이 순수문학을 지향한다면 중국의 이민문학은 정치적 의도 혹은 특별한 이념을 지향한다고 말할 수 있다.

둘째, 정서 면에서 다르다. 전자가 현대 도시 정서에 기반하여 주로 현실적 내용을 담고 있는 반면 후자는 전통적, 향토적 정서에 기반하여 회고적 내용을 많이 담고 있다.

셋째, 그 형식에 있어서 전자는 서구의 자유분방한 실험 양식들을 많이 차용하였으나 후자는 한국의 민요나 민담 혹은 시조와 같은 전통 문학양식을 반영한다.

넷째, 언어에서의 차이다. 전자는 현대 한국인들이 모국에서 사용하는 한국어를 그대로 사용하고 있지만 후자는 19세기 한국어에 오늘날의 북한어와 중국어 발음이 가미된 독특한 언어를 구사하고 있다. 이는 그 동안 미국 이민자들과 모국의 한국인 사이에는 항상 문호가 개방되어 교류가 활발해왔지만 중국 이민자들의 경우 역사적으로 신중국이 공산화된 이래 수십 년 동안 한국과의 교류는 단절된 반면 같은 공산국가인 북한과의 교류는 꾸준히 증진되어 온 결과가 아닌가 생각된다.

그러한 의미에서 오늘날 중국의 한국 이민문학은 미국의 한국 이민문학은 물론 모국의 한국문학과도 다른 독특한 그들만의 정체성을 지니게 되었다. 그것은 비록 중국의 조선족문학이 한국어로 쓰였다 하더라도 모국 문학과는 여러 면에서 구분된다는 점에서 그러하다. 물론 현재 중국의 한국 이민문학은 몇 가지의 도전을 받고 있다. 하나는 중국과 한국 사이에 국교가 트이고 중국의 한국 이주사회와 모국인 한국과의 교류가 점차 빈번해지면서 그들만의 정체성을 지닌 언어와 문화가 차츰 한국화되고 있다는 점이요, 다른 하나는 중국의 산업화와 소수민족 동화정책에 따라 중국화가 급속도로 진전되고 있다는 점이다.

한국의 근대사는 어느 민족도 경험하기 힘든 시련의 점철이었다. 그것은 오랫동안 지정학적으로 한국이 제국주의 열강의 침탈 각축장이었기 때문이다. 그리하여 20세기 초에 들어서 마침내 한국이 일본에게 국권마저 빼앗기는 비운을 겪게 된 것은 누구나 아는 바와 같다. 현재 한국이 세계 3위의 해외이주민을 갖게 된 근본 원인도 사실은 여기서 찾을 수 있다. 그러나 세계화를 새로운 가치로 추구하게 된 오늘의 국제사회의 질서로 볼 때 아이러니하게도 이 많은 해외 이민은 한편으로 한국의 소중한 자산이 될 것임에 틀림없다. 이와 더불어 필자는 세계에서 그 유례를 찾기 힘든 오늘날 한국의 이민문학 역시 앞으로 한국문학의 세계화를 위해 크게 공헌할 것이라 믿는다.

* 이 글은 2010년 일본의 나고야대학이 주최한「'마이너리티 문화'에 대한 국제학술심포지엄」에서 필자가 발표한 주제문임.

동유럽에 있어서 한국문학 수용

1. 머리말

체코는 과거 동유럽의 대표적인 공산주의 국가였다. 그러나 1989년에 들어 소위 '벨벳 혁명(Velvet Revolution)'을 통해 민주주의 정부를 수립하게 된 것은 누구나 아는 바와 같다. 이러한 변화는 한국과 체코의 관계에도 새로운 전기를 가져와 양국은 지난 1990년 3월 공식적으로 국교를 수립하고 정치, 경제, 사회, 문화 등 다양한 부문에서 상호 협력하는 시대에 접어들었다. 물론 북한과의 수교를 아직 끊지 않았다는 점에서 형식상으로 체코는 남, 북한과 등거리 외교를 펼치고 있는 나라이다. 그러나 경제 면에서의 교역량, 국제무대에 있어서의 한국 지지도, 문화, 교육, 학술적 차원의 교류, 인적 사회적 교환 등에서 체코와 한국의 상호 협력은 이미 북한과는 비교할 수 없을 정도로 진전되어 있는 것이 사실이다.

그러한 관점에서 이제 체코 공화국(Czech Republic)은 오늘날 한국과 떼려야 뗄 수 없는 동반자 관계에 있다. 그리고 그 관계는 해를 거듭할수록 발전하고 있으며 그 발전이 또한 양국의 상호 국익에 보탬이 된다는 것도 누구도 부인할 수 없게 되었다. 참고로 양국 국교 수립 이후 각 분야에서 이루어진 교류의 성과를 살펴보면 다음과 같다.

첫째, 국교 수립 이전에는 거의 전무했던 교역량이 대폭 증대되어 2003년 한 해만 해도 11월 현재 2억 3천7백만 불을 달성했고 2004년에는 이를 상회하여 2억 8천~3억 불 정도가 될 것으로 추산된다. 한국의 경우 이 중 수출이 1억 4천3백만 불, 수입이 9천4백만 불로 4천9백만 불의 흑자를 보았다. 또한 체코에는 대우 아비아, 엘지 필립스 디스플레이(LG-Philips Displays)사 그 외 각종 한국의 종합상사 지사 등이 설립되어 2003년 기준 약 2억 5천만 불 상당의 한국 자본이 투자되어 있는 상태이다.

둘째, 학술 교육 부분에서 체코와 한국은 각각 상대국 학과를 개설한 대학을 갖고 있으며 교수 및 학생의 교류도 빈번해졌다. 중부 및 동부유럽 대학에서 가장 일찍 한국학과를 설립한 나라는 체코 공화국이다. 1950년, 북한 도움으로 개설한 찰스대학교(Charles University)가 그것이다. 그런데 남한과의 국교를 튼 이후엔 양국 간의 학술 교류가 그 이전(북한과의 교류)보다 더욱 활발해졌다. 특히 한국 학술진흥재단과 국제 교류재단의 지원은 양국 학생과 교수들의 상호 교환, 유학, 어학연수, 학회 참여 등의 분야에서 이를 크게 진작시키고 있다.

셋째, 문화 교류가 활발하게 추진되고 있다. 2003년 한 해 동안 체코의 수도 프라하에서 개최된 한국의 문화 예술 행사는 공식적으로 11건인데[1] 그

---

1 여기서 공식적이라 함은 주 체코 한국대사관에 보고되어 협조가 요청된 행사를 말한다. 행사는 다음과 같다.
1월 10일 최인훈 작 희곡(연출 신호) 연극 「둥둥 낙랑 둥」 체코어 공연, 1월 13일 아주 소년소녀합창단의 공연(체코 라디오 소년소녀합창단과의 합동공연), 1월 24일~31일 제10회 'Febiofest 2003' 영화제에 한국 영화 7편(「버스정류장」, 「반칙왕」, 「와이키키 브라더스」, 「고양이를 부탁해」, 「박하사탕」, 「공동경비구역」, 「초록 물고기」 등) 소개, 4월 6~10일 제13회 프라하 작가 페스티벌에 한국작가 이문열 초청, 6월 19일 제10회 'PQ2003(10th Prague Quardrennial)' 행사에 장혜숙 상명대 교수 및 공연예술 전공학생 150명 참가, 6월 24일 중립국감독위원회 설치 50주년 기념 한국전통무용공연, 6월 29일 삼성전자 주최 'Open-Air음악회' 소프라노 조수미 초청 공연, 8월 9일 제12회

외 사적, 비공식적인 행사는 그보다 훨씬 많으리라 추측된다.

넷째, 국제 관계에서 체코는 이제 중요한 한국의 파트너가 되었다. 현재 체코 공화국은 핵 위기, 남북대화 등 한반도 문제와 유엔 기구의 임원 선출이나 기타 각종 국제 행사 개최 등에 있어 적극적으로 한국을 지지하는 입장이다. 무엇보다 KEDO 13번째 회원국이기도 하다.[2] 역사적으로도 체코 공화국은 휴전 후 40년간 중립국 감독 위원회 위원국의 일원으로 활동했던 나라이다.

다섯째, 한 발표에 의하면—2003년에 체코를 방문한 한국인 수는 공식적 집계(유럽 여행 중 일시로 체코를 경과한 사람은 제외하고)로 20,000여 명에 달한다.[3] 이는 상대국에 대한 양국의 상호 관심과 관광의 수요에 힘입어 앞으로도 계속 늘어날 추세이다.

이와 같은 한국 · 체코 간의 급속한 관계 발전에 비추어 이제 양국 국민의 상호 이해와 우호 증진의 필요성은 새삼 강조할 필요가 없게 되었다. 그런데 일반적으로 국가 간의 상호 이해와 우호의 증진은 무엇보다 먼저 상대국의 문화 예술 그중에서 특히 문학작품의 수용과 교류를 통해서 시작되는 것이 일반적이다. '이해' 혹은 '우호'라는 것은 인간의 한 정신 행위인데 한 나라의 민족문학은 그 민족의 정신이라 할 언어가 최상의 수준에서 집합된 결정체이기 때문이다. 가령 한 번도 가본 적이 없는 나라이지만 셰익스피어의 비극에 감동한 한국의 독자는 영국을 좋아하고 괴테의 서정시에 감동

'Cesky Krumlov 국제음악페스티벌' 소프라노 신영옥 초청 공연, 8월 30일 '수원시립합창단공연', 9월 6일 제16회 'Emmy Destinn 음악페스티벌' 소프라노 조수미 초청공연, 9월 8일 체코 인형극단 'Minor' 어린이용 인형극「대모험」한국어 공연 등 체코 주재 한국대사관 제공(2003년도 문화행사 개최 현황).

2 2003년 12월 13만 불의 재정 기여를 하였다.

3 2003년 한 해 통계에 의하면 체코 입국 아시아인으로는 일본이 약 39,000명, 그 외 아시아인이 32,000명인데 이 중 한국인은 20,000명으로 추정된다(체코 주재 한국대사관 대외 브리핑 통계). 뿐만 아니라 한국 · 체코 간의 협정 조인으로 대한한공(KAL)의 서울-프라하 직항편이 2004년 5월 2일 개설되었다. 유럽에서 파리, 런던, 취리히, 암스테르담, 프랑크푸르트에 이어 6번째이다.

한 독자는 독일을 사랑한다. 한국과 체코의 상호 관계 역시 이와 같은 원칙에서 벗어나지 않을 것이다.

그러한 관점에서 우리는 가능한 한국의 문학작품을 체코의 독자들에게 읽히도록 노력하지 않으면 안 되리라 생각한다. 그렇다면 체코에 있어서 한국문학은 얼마만큼 수용되고 있으며 그와 같은 수용을 위해서 우리는 얼마나 노력하고 있을까?

2. 한국문학 수용 과정과 내용

서로 언어가 다른 이민족 간의 문학작품 수용은 대개 세 가지 단계로 이루어진다. ① 상대방 국가의 문학작품에 대한 개념적인 이해, ② 구체적인 번역 출판, ③ 학교 교육과 체계적인 학술 연구에 의한 수용이다.

첫째는 양국의 문화 교섭에 있어서 초기에 나타나는 현상으로 상대 국가에 대한 관심 혹은 우호적 감정에 기인하여 그 국가의 특별한 문학작품이나 일반적인 문학 개요를 추상적으로 소개 도입하는 과정이다. 여기에는 상대 민족의 문화 혹은 문학에 대한 간략하고도 관념적인 설명, 신화 전설과 특별한 작품 등의 간추린 초역抄譯, 상대방 문학작품의 번안飜案 등이 포함된다. 대체로 그 나라 역사와 문화를 소개할 때 곁들이는 형식을 취하는 경우가 많다. 기행문, 신문, 잡지, 라디오나 텔레비전 등 매스미디어를 통해 발표된 대중적인 글, 혹은 가벼운 에세이 등을 들 수 있다.

그러나 여러 가지 이유에서 상대국을 하나의 연구 대상으로 놓고 — 이 경우 상대국의 학學 예컨대 중국학, 한국학, 미국학 등의 성립도 가능할 것이다 — 이를 문학적인 관점에서 접근할 때 상대 민족어의 이해와 습득, 그 민족어로 쓰인 문학작품의 전문적 연구 분석 등은 필수적이다. 따라서 이제 이와 같은 의도적 목적으로 상대방 민족문학작품을 번역하고 그에 대한 학술적 연구를 하게 된다면 두 번째 단계에 진입한 것이라고 말할 수 있다.

예컨대 홍보용, 학술용 도서, 대학의 교육용 텍스트, 상대 민족 연구의 전문요원 양성을 위한 필독서 등의 번역 단계이다.

셋째는 상대 민족문학의 구체적인 문학작품들을 순수한 문화적 수용의 욕구에서 번역 소개하는 단계이다. 이때 번역은 상대 민족어를 이해하고 있는 자국의 전문가가 할 수도 있고, 번역 대상국의 언어를 이해하는 상대 국가의 전문가가 할 수도 있으며 이 양자가 합동할 수도 있다. 물론 그중에서도 양자 합동의 번역이 바람직하다는 것은 두말할 필요가 없다. 상대 문학작품의 구체적인 번역은 다시 두 가지로 나뉘어진다. 하나는 앞서 언급한 바(둘째항) 상대방 민족문학 혹은 문화를 소개, 이해, 학문하기 위하여 의도적으로 번역하는 경우이고 다른 하나는 순수한 상업적 목적에 따라 자생적으로 번역 출판하는 경우이다. 그러므로 한나라의 문학은 이 세 번째 과정의 번역이 일반화될 때 진정한 의미에서 비로소 상대국의 문화 일부로 수용된다고 말할 수 있을 것이다.

1) 한국 문화와 문학에 대한 관심

그 첫째 단계 즉 체코의 지식 사회가 풍문 혹은 우연한 전파에 의해서 자연스럽게 한국을 수용하기 시작한 단계는 시기적으로는 19세기 후반에서부터 체코의 찰스대학교에 한국문학과가 설치된 1950년까지의 기간이라고 말할 수 있다.

공식적으로 체코의 문헌에 '한국'이라는 이름이 등장한 것은 아직 체코가 오스트리아 헝가리 제국의 지배 아래 있었던 1847년, 체코의 부호이자 문화 예술의 중요한 후원자였던 보이테치 나프르스테크(Vojtěch Náprstek, 1826~1894)[4]의 일기장에서 'Korea'에 대한 동경과 여행 계획을 언급한 것이 처

4 이 무렵 그가 수집한 아시아, 아프리카 민속 예술품은 다른 수집품들과 함께 그의 후원으로 만들어진 프라하의 아시아, 아프리카 라틴 박물관 즉 Náprstek박물관에 소장되어 있다.

음이다.[5] 이후 1920년대까지 체코인들에게 알려진 한국은 소수의 여행자들이 쓴 단편적인 이야기들이나 백과사전[6]과 같은 책에 기술된 간단한 지식을 통해서였다. 예컨대 1895년 오스트리아 헝가리 제국의 우호 통상 사절의 일원으로 군함 즈리니(Zrinyi)호에 승선하여 한국을 방문한 요세프 코레스키(Josef Kořeský), 1876년 중국 방문 길에 한국을 잠깐 들렀던 브라즈(E. S. Vráz) 등의 글[7]들이 그것이다.

그러나 이 같은 글들은 한국을 편견, 무관심 혹은 친일적인 관점으로 접한 까닭에 체코에 한국을 인식시키는 데 있어 정당한 역할을 하지 못한 것이 사실이다. 가령 요세프 코레스키는 '중국에서 일본으로의 문화전파자'로서의 한국을 인정하고 있음에도 불구하고 단순한 풍광이나 생활 묘사의 수준을 넘어서지 못했고 브라즈 역시 한국에 대한 사진을 처음으로 체코에 제공했다는 의미 이외엔 단지 한국의 경치나 샤머니즘에 대해 보여준 이국적

5 이는 1896년 그의 친구이자 당대의 시인이었던 Zeyer가 그의 탄생 70주년을 추모하여 행한 강의로 세상에 밝혀지게 된다. 그러한 의미에서 체코의 문화계에 '한국'이라는 이름이 두 번째 등장한 것은 1896년이라 할 수 있다. Dr. Zdenka Klöslová, "Introducing Korea in Bohemia and Czechoslovakia: From the Mid-19th Century to the 1950s", Melanges offerts a Li Ogg et Daniel Bouchez, *Cahiers d'etudes Coreennes*, Paris: College de France, 2000.

6 Dr. Frant, Lad & Rieger, ed., *Encyclopaedia*(1860), *Otto's Encyclopaedia*(1888~1908) 등. 전자는 몇 줄의 기술로 끝나고 오류도 많았으며(예컨대 조선의 군대가 64만 명이라는 등) 후자는 7페이지에 걸쳐 조선의 지리, 지하자원, 기후, 민속, 정치제도, 역사 등을 기술하였지만 역사는 주로 19세기(당대)에 집중하면서도 명성황후의 시해에 대해 언급이 없는 등, 내용이 부적절한 것이었다. Dr. Zdenka Klöslová, Ibid.

7 Josef Kořenský, "Z královstvi korejeského(『조선 왕국으로부터』)", *Asia Kulturní obrázhy promládež*(『젊은이를 위한 아시아 문화사진첩』), 1895에 쓴 간단한 글과 *Žaponsko*, 1896~1897(일본)에서 한국을 간단히 언급한 글. 역시 같은 Zrinyi호에 함께 승선한 헝가리아인 해군 상사 Dr. Frenz Gáspár의 헝가리어 저작, *Negyvenezer mérföld viorlával és gözzel*(『철도 여행과 항해의 4천 마일』), Praha: Borový, 1926, pp.546-562 등. Dr. Zdenka Klöslová, Ibid.에서 재인용.

관심이 전부였다.

체코 지식인들이 한국을 보다 구체적이고 역사적인 실재로 인식하기 시작한 것은 한반도를 두고 벌어진 러일전쟁과 이후 한국에 대한 일본의 식민지배의 실상이 점차 알려지기 시작한 1920년대 들어서면서부터이다. 이 시기 체코에 한국을 알린, 중요한 사람으로는 1923년 뉴질랜드에서 일본으로 항해하는 도중 부산에 들러 기차로 서울을 방문했던 지리학자 다네시(J. V. Daneš, 1880~1928)와 1931년 일본과 중국의 충돌을 취재하기 위해 중국과 일본을 방문했던 저널리스트 무씨크(V. Mussik), 그리고 제1차 세계대전 기간인 1910년대 말, 시베리아 블라디보스토크에 출병했던 체코 민병대들이었다.

다네시는 1926년 간행된 그의 기행문 「태평양에서의 삼 년(*Tři léta při Tichám oceáně*)」(Praha: Borovy, 1926)을 통해 체코인으로서는 처음으로 식민지 상황 아래 있는 한국의 현실을 보고하면서 일본의 잔혹한 통치와 이를 방관하고 있는 유럽 열강들을 비판했지만 그럼에도 불구하고 일본의 조선 지배가 조선을 많이 발전시켰다고 기술하였다. 이 시기의 또 다른 동아시아 여행자의 한 사람인 무씨크는 당시 일본경찰의 집요한 방해로 인해 한국 방문의 꿈이 좌절된다. 그러나 이 일이 결과적으로 그에게 핍박받고 살던 일본 거주 한국인들의 생활상에 관심을 갖도록 만들어 단편적이나마 '한국에 저지른 일본인들의 야만성'을 본국에 알리는 계기가 되게 하였다.[8]

그러나 한국과 체코의 관계사에 있어서 전환점이 된 사건은 1910년대 말 블라디보스토크에 출병했던 체코 민병대들과 그곳에 체류하고 있던 한국인들 간의 접촉이었다. 제1차 세계대전(1914~1918) 기간 — 오스트리아 군에 징집되어 전쟁에 참여했다가 대부분 영국, 프랑스, 러시아 군대에 붙잡힌 전쟁 포로들인 — 체코의 젊은이들은 오스트리아의 압제에서 벗어나기 위하여 오히려 독일과 오스트리아 제국에 대항해서 싸운 영국, 프랑스, 러시

8 V. Mussik, *Žluti nastupují*(『황인종들이 개시했다』), Praha: Československá grafiká unie A. S., 1936, pp.74-8. Dr. Zdenka Klöslová, Ibid.에서 재인용.

아 군대를 지원, 독립된 민병대를 편성하고 있었다. 그리고 그들 중 — 러시아에 출병했던 — 일부는 1918년 다시 프랑스 전선으로 투입될 계획이었다. 그러나 당시 육로는 독일 오스트리아 군대와 소비에트 적군赤軍에 의해 차단된 상태였으므로 해로海路를 이용하기 위해 잠시 극동의 블라디보스토크 항에 주둔하고 있었는데 이때 이곳에 체류하고 있던 한국의 유이민流移民들과 접촉이 있게 된 것이다. 그 경위야 어떠하든 이 같은 체코 민병대와 한국 유이민들 간의 접촉은 — 비록 국외에서의 일이기는 하나 — 한 · 체코의 관계에 있어 몇 가지 중요한 의미를 지닌다.

첫째, 처음으로 한국인의 삶의 구체성과 생활의 사실성이 체코에 소개되었다. 그것은 한국에 관한 종래의 글들이 단지 호기심, 이국 취향, 일본을 통해 알려진 편견 등 기존 관점의 틀에서 벗어나지 못한 것에 대해 진일보한 것이다.

둘째, 단편적이기는 하나 일본인들의 잔혹성과 한국인들이 처한 비극적인 상황을 체코 국내에 알리고 일본의 한국 식민 지배를 비판하였다. 예컨대 민병대의 일원이었던 제만(A. Zeman)은 1920년에 있었던 일본인의 블라디보스토크 공격에서 그들이 한국인들에게 저지른 만행을 고발하고 "매우 지적인 국가(a very intelligent nation)"의 국민들이 왜 일본인들과 싸워야 하고 또 정치적 망명지를 찾아 유랑해야 되는지에 대해서 이야기하였으며[9] 스피르한즐 두리시(J. Spirhanzl-Ďuriš)는 아무에게도 불평을 토로할 수 없는 조건 아래서 최하층의 궁핍한 생활을 연명하고 있는 한국인들이 왜 그들의 고도한 농경기술과 국토를 버리고 이렇듯 망명지에서 부두 노동이나 어부 생활을 해야 되는지에 대해서 이야기하였다.[10]

---

9 A. Zeman, *Československá Odyssea*(Praha: J. Otto, 1920), p.75. 일본인들이 한국인을 마치 동물처럼 길거리에서 살해하고 고문한 야만적 행위를 고발하고 있다. Dr. Zdenka Klöslová, Ibid.에서 재인용.

10 J. Spirhanzl-Ďuriš, *Přes hory a moře*(Praha: Česká grafická unie A. S., 1926),

셋째, 처음으로 한국의 문학작품을 체코어로 번역하여 이후 한·체코 문화교류의 시금석을 마련하였다. 이 역할을 수행한 스피르한즐 두리시는 1932년 체코에서는 맨 처음으로 러시아어판 한국 동화집 『해가 지지 않은 제국』과 『한국의 황구黃狗와 그 밖의 이야기들』을 각각 체코어로 번역하였는데(Garin-Michajlovskij, Nikolaj Georgijevič, *Z říše nezapadajícího slunce*, J. Spirhanzl-Ďuriš, Praha: Nakladetelství Jan Svátek, 1932; Garin-Michajlovskij, Nikolaj Georgijevič, *Žlutý pes a jiné povídky z Korey*, J. Spirhanzl-Ďuriš 역. Praha: nákladem knihovny Česká beletrie, 1932), 이들 번역서의 한 서문에서 그는 "마치 한국의 푸른 하늘처럼 순수하고 따뜻한 사람들"이라는 표현으로 한국인에 대해 깊은 애정을 표시하였다.[11] 이는 체코어로 번역된 최초의 한국 문학작품이라 할 수 있다. 이후 한국 문학작품의 체코어 번역은 제2차 세계대전의 종전까지 다음과 같은 네 작품이 발견된다.

1) Garin-Michajlovskij, Nikolaj Georgijevič, *Kórejské rozprávky*(『조선동화집』), J. Mihál 역. Bratislava: "U nás", 1933. (슬로바키아 역)
2) Kang, Yonghill, *Drnová střecha*(Grass roof, 『초당』), Z. Vančura, Praha: Rudolf Škerík, 1934, 재판(1945), 3판(1946), 4판(1947), 5판(1970)
3) *Pohádky z druhého konce světa: Japonské, Korejské, Tatarské, Mongolské a jiné*(『이 세상 다른 땅끝의 이야기들: 일본, 한국, 타타르, 몽고와 그 밖의 나라들』), Zámecký, Antonín 역. Praha: Dědictiví Komenského, 1941.
4) *O nešťastném muži a soucitne žené*(『불행한 남자와 인정 많은 여인』), Hilská, V.에 의하여 재창작됨, NO. 1(1945), 1.

---

p.25, 109-123. Dr. Zdenka Klöslová, Ibid.에서 재인용.
11 윗글에서 재인용.

영어 원문으로 쓰여진 강용흘의 「초당草堂」은 당시 유럽에서 많은 독자들에게 읽히던 작품으로 원작이 간행된 지 불과 3년 후 체코어 번역판이 나왔다는 것은 특기할 만한 일이다. 물론 이 작품은 영어로 쓰인 까닭에 엄밀히 말하자면 한국 민족문학은 아니다. 그러나 체코지식인들에게 한국인과 한국 문화를 인식시킴에 있어 중요한 역할을 담당했다는 점에서 여기에 포함시켜도 큰 무리는 없을 듯하다. 이렇듯 한국과 체코의 문학적인 교류에 있어 블라디보스토크에 체류했던 체코 민병대의 간접적인 한국 체험은 한·체코 교류사에서 중요한 계기가 되었다.

이 시기에 간과할 수 없는 또 하나의 중요한 역할을 담당한 사람은 최초로 한국을 소재로 소설을 쓴 엘리아소바(Eliášová, Barbora Markéta, 1875~1952) 여사이다. 그녀에 대해서는 아직까지 그의 전기나[12] 행적 — 가령 과연 한국을 방문했는지[13] 등 거의 알려진 바 없다. 그러나 그녀가 1920년대 초 일본 주재 체코 대사관에서 일한 경험이 있었으므로 그 가능성은 충분할 것이라 생각된다. 한국과 관련하여 그녀는 다음과 같은 두 개 작품을 남겼다.

---

12 지금까지 그녀의 생년월일은 물론 직업 등 전기적 사실이 밝혀진 바가 없었다. 그러나 필자는 프라하 체류시(2003년 가을 학기) 우연히 그녀의 저술 *Jeden rok pod karl Pergler*(주 일본 체코 대사 카렐 베르글레르하에서의 1년)을 발굴하여 그의 생년과 몰년이 1875년과 1952년임과 20년대 초 일본 주재 체코 대사 카렐 페르글레르 밑에서 일을 한 교사였다는 사실을 밝혀내었다. 그녀는 주 일본 체코 대사 페르글레르의 공무에 불만이 많았으며 동시에 아동 교육에 지대한 관심을 갖고 당시 그가 방문했던 호주, 인도네시아, 일본 아동들의 삶을 아동소설의 형식으로 써 본국의 아이들에게 알리려는 노력을 열심히 하였다. 한국을 소재로 한 이 소설들도 그 같은 동기에서 쓰인 것이다. Eliášová, Barbora Markéta, *Pod Karlem Perglerem, Rok zivota na ceskoslovenskem vyslanectvi v Japonsku*(*Under Karel Pergler, One Year of Life in the Czechoslovakia Embassy in Japan*), Praha: V Prazeroku, 1929.

13 일본에 1년 정도 체류하였다는 시간상의 제약과 작품의 주인공에 대한 아펠레이션, 한국의 지명 등과 이 책의 삽화에 그려진 삽화의 한복 묘사 등으로 미루어 아마도 그녀는 한국을 방문하지 않았을 것으로 추정된다.

1) Eliášová, B. M., *Namsuk, mladý Korejec: Korea včera I dnes*(『남숙, 한국의 젊은이: 어제와 오늘의 한국』), *Okénka do svéta. Povídky pro mládež*(엘리아소바 작 단편집 『세계로 열려진 창: 젊은이들을 위한 이야기 중에서』), Praha: Josef Svoboda, 1934.

2) Eliášová, B. M., *Sunae and Kétai. Korejeské děti*(『순애와 개태: 한국의 어린들』), Edice Z dalekých světů v, *vol. 3*(시리즈, 먼 이국땅에서 제3권), Praha: Nakladatelství Vladimír Orel, 1941, 재판(1946).

이들 소설은 기독교 세계관과 서양의 근대문명이 동양사회의 무지를 깨우칠 수 있음과 역으로 이와 같은 외부 세계의 삶에 대한 이해가 자국(체코) 소년들의 교육에도 도움이 될 수 있음을 은연중에 역설한 어린이용 교육 작품이다. 그러나 그 목적이 어떻든 결과적으로 이 두 권의 소설에서 그녀는 식민지하의 한국 현실을 비교적 사실적으로 묘사하여 일본을 간접적으로 비판하고 이에 더 나아가 독립에 대한 한국인들의 열망에 성원을 보냈다.

이후 1950년 체코의 찰스대학교에 한국학과가 설립되어 전문적이고도 체계적인 한국문학의 수용과 연구가 시작되기 이전까지 체코에서의 한국문화 혹은 한국문학의 소개는 유럽에 유랑 혹은 유학하고 있던 한국 망명지식인들의 역할이 컸다.[14] 그중에서도 중요한 사람이 한흥수(1909~?)이다. 한국의 '진단학회' 회원이기도 했던 그는 1909년 개성의 한 유지 집안에 태어나 고

14 한흥수 외 선우학원이라는 사람이 있다. 그는 40년대 후반 미국에서 건너와 약 2년간 찰스대학교에 머물면서 「A Study of the Korean Treaties 1876 and 1882(1876년과 1882년의 한국의 통상조약)」이라는 논문으로 박사 학위를 받고 돌아갔는데 이 기간 체코의 지식인들과 교류를 하였으며 *A Korean Grammar*를 영문판으로 저술하기도 하였다. 문학작품으로는 풀트르와 함께 조기천의 시 「백두산」(Čo Kič'en, *Pèktusan: Epopej korejských partyzánů*(백두산: 조선 빨치산의 서사시))을 번역한 바 있다. 뒤의 서지 참조.

고학과 역사학을 공부하였고 1936년 식민지 조국을 떠난 뒤로는 독일, 오스트리아, 폴란드, 체코 등지를 순회하면서 때로는 저술과 강의로 유럽에 한국을 광범위하게 소개하는 활동에 심혈을 기울였다. 예를 들면 이때 그는 비엔나와 베를린에서 『한국의 열두 달에 대한 이야기(*Koreanischen Monat Marchen*)』라는 저서를 출판한 바 있다.[15]

한흥수와 체코의 직접적인 접촉은 그가 제2차 세계대전이 끝나기 직전 수년간 나치스 점령하의 프라하 독일계 대학에서 언어학 세미나의 강사를 한 일이다.[16] 여기서 그는 주로 한국어를 강의하였는데 이로 미루어 한국문학에 대한 초보적인 소개도 곁들였을 것으로 추측된다. 이때 강의를 들은 풀트르(Alois Pultr, 1906~1992), 스칼리츠카(V. Skalicka) 등은 그의 영향으로 한국학에 관심을 갖고[17] 후에 체코의 찰스대학교에 한국학과를 창설하는 데 있어 큰 역할을 하게 된다. 뿐만 아니라 그는 이 무렵 체코의 월간잡지나 출판간행물, 그중에서도 『신동양(*Novy Orient*)』지에 한국문화에 관한 다수의 글들을 발표하였고[18] 체코 라디오 방송국을 통해서는 한국의 옛이야기, 한국문학작품 등을 번역 소개하였다.[19] 특히 그가 독일어로 쓴 『조선의 어제와 오

15 고송무, 「체코슬로바키아 한국학의 아버지 한흥수의 자취를 더듬어보며」, 《구주신문》, Frankfurt, No. 47(1986), p.11, 29.

16 이 시기의 체코는 나치스의 탄압으로 모든 대학들이 폐교를 당하고 오직 독일계 대학만이 운영될 수 있었다.

17 이때 한흥수의 영향을 받은 풀트르는 1950년 찰스대학교에 한국학과를 설립하여 체코인으로서 최초로 한국학자가 되었고 V. 스칼리츠카는 그의 부인 A. 스칼리츠카와 함께 같은 찰스대학교의 일반언어학 전공교수였지만 한국어학에도 상당한 조예를 지니게 되었다.

18 체코어로 쓴 다음과 같은 글들이 있다. 「한국의 어제와 오늘」(1945), 「중국의 만리장성과 일본의 성」(1948), 「한국인과 유럽인」(1948), 「한국문화의 유물과 유럽과 미국군의 유물」(1951)(북한에 귀국한 후에 보내온 글).

19 한흥수의 독일어 원어 저술이 체코어로 번역되고 그의 방송 활동이 가능할 수 있었던 것은 그가 체코에 머물던 동안 같이 동거했던 그의 여자 친구 Huberta Kim의 도움이 컸을 것으로 추정된다. 그녀는 조각가로서 당시 체코의 영화 촬영소와 방송국에서

늘』의 체코어 번역서 *Korea vcera a dnes*[20]는 초창기 체코의 한국학 연구와 한국문학 소개에 큰 기여를 한 것으로 평가되고[21] 있다.[22] 한홍수가 그의 제자 풀트르의 도움을 빌려 맨 처음 번역한 한국의 순 문학작품은 당시 프롤레타리아문학의 기수였던 김남천의 소설 「대하大河」와 시 「창가에 기대어 나는 나의 유일한 당신(김일성)을 생각한다」이다. 따라서 우리는 이로 미루어 보거나 후일의 행적을 통해서(주 24 참조) 그가 사상적으로 편향되기 시작한 때가 이미 이 시기부터가 아니었을까 생각한다.

> Kim, Namčon, *Proud*(「대하」), Han, Hungsu & Alois Pultr, Praha: Družstevní práce, 1947.
>
> ___________, *Opřen o rám dveří myslím na milenku*(「창가에 기대어 나는 나의 유일한 당신을 생각한다」), Pultr, A. & Han Hungsu, NO. 3(1948), 2-3.

이와 같은 결과로 이제 1940년대 중반에 이르면 체코의 지식계에서 적

일을 하고 있었기 때문이다. Vladimír Pucek, 「체코 한국학 연구발전과정과 그 현황」

20 Hungsoo Han, *Korea vcera a dnes*, Praha: Svoboda, 1949. 한국의 역사를 고대로부터 1948년 3월까지 서술하였는데, 북한에 돌아간 후 1948년 3월부터 1951년까지의 자료를 부록 형식으로 덧붙여 1952년 같은 출판사에서 재판하였다. 이 부록의 내용은 당시 북한의 공식입장을 그대로 따른 것이다. V. Pucek 위의 글에서 재인용.

21 Vladimír Pucek, 위의 글.

22 한홍수에게 강의를 받은 A. Pultr와 구조주의 언어학파의 한 사람인 V. Skalicka(후일 찰스대학교 일반언어학과 과장) 등은 그와 몇몇 한국 망명 지식인의 영향으로 한국어를 공부하고 1950년 찰스대학교에 한국학과를 설립함에 있어서 결정적인 기여를 하게 된다.

한홍수는 해방시기(1948~9?)에 북한의 부름으로 귀국하여 김일성종합대학 교수로 근무하면서 문화유물보존위원회 위원장을 겸하였으나 전쟁 직후 북한의 남로당계 인사 숙청작업에 연루되어 공식석상에서 사라진 채 아직까지 그 행방을 알 수 없다. 고송무, 앞의 글; V. Pucek, 위의 글 등.

극적으로 한국의 문화 혹은 문학을 수용하려는 자생적 움직임이 일어나게 된다. 그러한 움직임을 대표한 사람들이 앞서 지적한 바와 같이 한흥수에게 한국문화를 배운 풀트르, 스칼리츠카 등이다. 체코인으로서 풀트르가 이 기간에 체코어로 번역한 — 전기한 한흥수와의 공역을 제외하고 — 다음과 같은 김해강, 노천명, 조기천, 김도만 등의 작품 번역들이 그 예이다.

- Kim, Hekang, *Vstaň, sílo!*(「솟구쳐라 오 힘이여!」), Z. kor. prel, A. Pultr upravil, B. Mathesius(마테시우스의 도움으로 풀트르 역), NO. 3(1948), 2–3.
- No, Č'ănmjăng, *Trním a hložím přichází milý*(「나의 님은 가시덤불과 찔레 숲속을 걸어서 내게 오고 있다」), Pultr, A., NO. 4(1949), 6.
- Čo Kič'ên, *Tak nás učil Kim Ilsêng*(「그리하여 우리는 김일성에 의하여 지도되었다」), Pultr, A., NO. 5(1949~1950), 11.
- Kim, Toman, *V Karlových Varech*(「칼로비 온천에서」). Pultr, A., NO. 5(1949–1950), 12–13.
- ___________, *Divokvet*(「놀라운 개화」), Pultr, A., NO. 4(1949), 7(동화집).

2) 한국문학 교육과 의도된 독자[23]의 문학적 수용

한국과 체코의 관계에 있어서 두 번째 단계는 체코의 찰스대학교에 한국

23 독자에는 여러 계층이 있을 수 있다. 가령 리파테르(M. Rifaterre)는 초독자(super reader)라는 개념을 피쉬(S. Fish)는 정통한 독자(informed reader)라는 개념을, 볼프(E. Volff)는 의도된 독자(intended reader)을 제시하였다. 정통한 독자는 순수하게 작품을 감상하는 수준을 넘어서 작품을 연구 텍스트로 놓고 읽는 독자이며, 의도된 독자는 자신의 특별한 이념이나 세계관에서 비롯된 심리적 태도로 독서하는 독자를 말한다. Wolfgang Iser, *The Act of Reading*. Baltimore: The Johns Hopkins Univ. Press, 1976. pp.30–32.

학과가 설치된 1950년에서부터 한국과의 국교가 수립된 1990년까지의 기간이다. 이 시기의 중요한 특징은 첫 번째 시기의 '우연과 자연스러움의 접촉'과 달리 한국문화와 문학작품에 대한 자생적 전문가가 배출되어 자국의 국가 이익에 따라 의도적이고도 계획적으로 한국문화를 수용하고자 했다는 점이다. 이와 같은 변화는 물론 앞서 언급한 첫 번째 시기의 결과에서 시발된 것이지만 무엇보다 체코 대학의 한국학과 개설에서 힘입은 바 크다.

체코에 한국학과가 개설된 것은 1950년의 일이다. 그것은 앞서 언급한 한흥수와 기타 한국 망명 지식인[24]들의 영향을 받은 풀트르와 스칼리츠카의 노력에 의해서 이루어진 결실이었다. 찰스대학교의 한국학과는 1950년, ―이미 1946년에 개설된 바 있는― 소규모의 중국학, 일본학 세미나에 한국학을 포함시킨 '극동 언어 및 역사 강좌(Dept. of Languages and History of the Far East)'에 제1회 한국학 전공 신입생을 모집하면서 개설되었다. 이 학과 개설의 중심 역할을 담당하고 후에 그의 제자 푸체크가 그의 과업을 계승할 때까지 체코의 한국학을 대표했던 풀트르가 이 학과의 교수가 된 것은 물론이다.

그리하여 그 후 체코에서는 학생 교육의 필요에 따라 초보적이나마 교과서를 포함하여 한국어와 한국 문화에 대한 저술 및 번역이 의욕적으로 시도되기 시작했는데 이때부터, 한국과의 국교가 트이고 이제 한국의 여러 문화재단의 후원 아래 체코의 일반 독자들을 위한 상업적 번역 출판이 가능해진 90년대 이전까지 체코의 한국학계(풀트르, 선우학원, 푸체크, 보찰라 등)에서는 한국 어문학 교육에 필요한 기본 텍스트가 갖추어지게 된다. 그 대표적인

---

24 그중에서도 중요한 한국의 망명 지식인은 선우학원(서양명: Harold)인데 그는 1940년대 후반기에 미국으로부터 건너와 약 2년간 프라하에 머물며 1950년에 찰스대학교에서 「A Study of the Korean Treaties 1876 and 1882(1876년과 1882년의 한국의 통상조약에 관한 연구)」라는 논문으로 박사 학위를 받았고 1952년에는 *A Korean Grammar*(한국문법)를 저술하였다.

서지를 열거하면 다음과 같다.

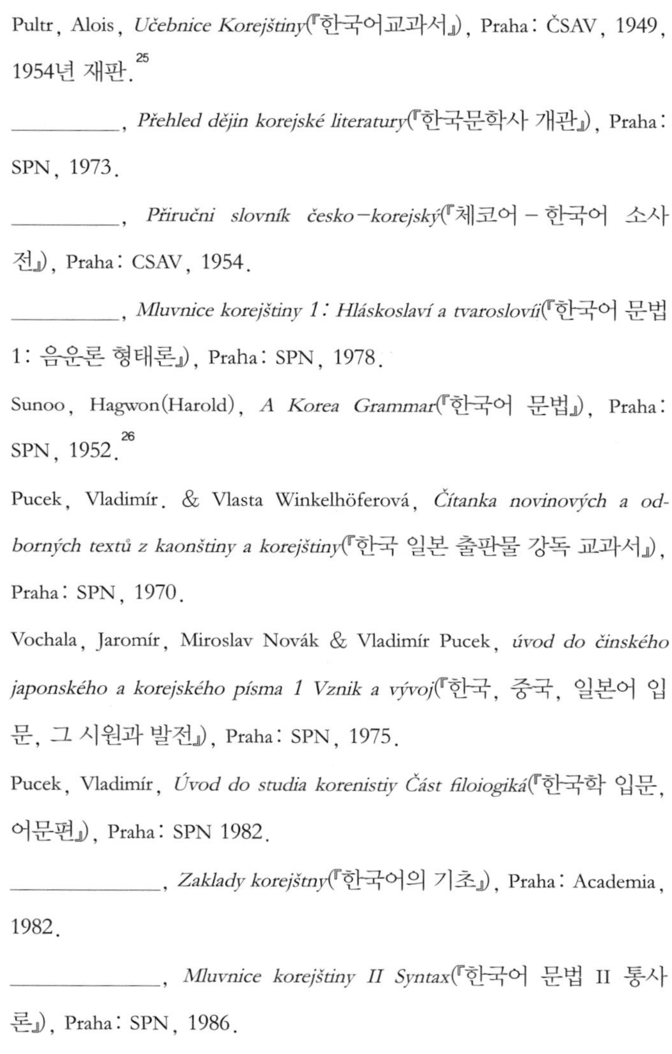

Pultr, Alois, *Učebnice Korejštiny*(『한국어교과서』), Praha: ČSAV, 1949, 1954년 재판.[25]

________, *Přehled dějin korejské literatury*(『한국문학사 개관』), Praha: SPN, 1973.

________, *Přiručni slovník česko-korejský*(『체코어 - 한국어 소사전』), Praha: CSAV, 1954.

________, *Mluvnice korejštiny 1: Hláskoslaví a tvaroslovíí*(『한국어 문법 1: 음운론 형태론』), Praha: SPN, 1978.

Sunoo, Hagwon(Harold), *A Korea Grammar*(『한국어 문법』), Praha: SPN, 1952.[26]

Pucek, Vladimír. & Vlasta Winkelhöferová, *Čítanka novinových a odborných textů z kaonštiny a korejštiny*(『한국 일본 출판물 강독 교과서』), Praha: SPN, 1970.

Vochala, Jaromír, Miroslav Novák & Vladimír Pucek, *úvod do činského japonského a korejského písma 1 Vznik a vývoj*(『한국, 중국, 일본어 입문, 그 시원과 발전』), Praha: SPN, 1975.

Pucek, Vladimír, *Úvod do studia korenistiy Část filoiogiká*(『한국학 입문, 어문편』), Praha: SPN 1982.

____________, *Zaklady korejštny*(『한국어의 기초』), Praha: Academia, 1982.

____________, *Mluvnice korejštiny II Syntax*(『한국어 문법 II 통사론』), Praha: SPN, 1986.

25 이 책은 독일어로 번역되어 서독과 동독에서 각각 1958, 1960년 출판되었다.
26 프라하에서 영어로 출판되었다.

찰스대학교의 한국어학과는 체코의 일반 교육제도가 그런 것처럼 5년제로 되어 있다.[27] 이 중 3년은 학부이며 나머지 2년은 석사과정이다. 석사과정을 이수하고 3년 동안의 연구 기간을 거쳐 소정의 시험에 합격하면 박사를 취득할 수 있다. 학부나 대학원의 입학 정원은 없으며 학과의 자율로 그때그때 필요한 수요에 따라 학생들을 선발하게 된다. 현재는 한국학과의 인기가 상승 추세여서 상당한 경쟁을 통해 격년 단위로 평균 10여 명의 학생들을 뽑고 있는 상황이다. 2002년 학부 입학생은 모두 12명(가장 인기 있는 영문학과는 정원이 60명이었음.), 2003년 말 현재 박사 학위 취득자가 두 명(한 명은 김만중, 다른 한 명은 한용운에 대한 논문을 썼음.) 그리고 논문 미제출자가 4명 있다.

그러나 찰스대학교의 한국학과가 봉착한 가장 큰 문제는 두 가지이다. 교수 요원과 도서 및 시설 기자제의 절대 부족이 그것이다. 이는 오랫동안의 사회주의 통치의 결과이자 현실적으로는 대학 및 학과 재정의 궁핍에서 유래한 것이다. 다행히도 1990년 한국과의 수교 이후 최근에는 한국 정부와 민간 재단 및 한국 대학의 후원에 힘입어 일부 개선되고 있긴 하지만 이는 앞으로 한국과 체코의 관계 당국이 상호 협조하여 풀어가야 할 숙제라고 생각한다.

예컨대 현재 찰스대학교의 한국학과 전임 교수는 한국문학 담당 교수 1명, 한국어학 담당 교수 1명, 한국역사 교수 1명 등 모두 3명인데 여기에 최근에 한국학술진흥재단의 지원으로 매년 한국에서 파견된 교수 1명을 포함시킨다 하더라도 — 이 학과가 단순한 어문학과가 아니라 한국 어문학, 역사, 철학 사상, 경제, 정치, 사회, 종교 등 한국의 모든 분야를 망라한 학과

27 체코는 초등학교 9년제, 중등학교 4년제로 되어 있어 일반적으로 대학은 5년제이다. 다만 이 중 삼 년은 학부이며 학부 3년 수료시 일정한 국가고시(Ballalař) 학위 논문을 통과하면 나머지 2년을 마친 뒤 다시 논문을 쓰고 석사 학위(Magistr)를 받게 된다. 박사는 석사 학위 취득 이후 3년을 경과하면 소정의 시험을 거쳐 박사 학위를 얻을 수 있다. 물론 예외적으로 6년제 대학(의과대학), 4년제(음악, 무대, 예술대학 등)도 있다. 김규진, 「체코의 교육제도와 문학교육」, 『동유럽발칸문학』 4권 1호, 2002.

라는 사실을 염두에 둘 때 — 턱없이 모자라는 숫자임은 두말할 필요가 없다.

한편 한국학술진흥재단의 지원에 의한 한국으로부터의 교수 파견은 상당한 성과가 있음에도 불구하고 여러 가지 시정되어야 할 문제점을 지닌 것도 사실이다. 첫째는 교수의 자질에 관한 것이다. 종종 한국어나 한국문학 혹은 한국어학 교육 전공이 아닌 타 분야의 교수가 파견되어 한국어 교육에 차질을 빚는 사례가 그것이며, 둘째는 파견 기간이 일 년으로 제한되어 있어 일관성 있는 교육이 실시되기 어렵다는 점이 그것이다. 따라서 후자의 경우는 현지 적응에 필요한 기간을 계산에 두어 최소한 2년 이상의 근무가 바람직할 것으로 보인다. 또 하나 참고되어야 할 것은 체코 거주 한국 지식인이나 체코 대학의 석, 박사과정에 적을 둔 한국 유학생들에게 재정적으로 지원을 해주는 방식으로 대학의 한국어 교수를 돕도록 하는 방법이다. 이는 찰스대학교의 한국학과에서도 바라고 있는,[28] 현실적으로나 경제적으로 매우 유용한 방안이라고 생각된다.

교육과정상의 문제는 한국문학에 대한 강좌가 어학에 비하여 상대적으로 빈곤하다는 점이다.[29] 이는 문학교육이 어학 실력의 충분한 성취 후에나 있을 수 있다는 사실과 찰스대학교의 한국학과가 한국문학뿐만 아니라 이 외 한국학의 전 분야를 커버하고 있어 각 분야에 할당된 전문 강좌가 상대적으로 적을 수밖에 없다는 사실에서 설명될 수 있다. 그러나 문학이 한국학의 중심 영역이라는 점을 감안할 경우 이는 앞으로 개선되어야 할 과제라고 생각한다. 물론 교수 요원의 증원과도 맞물려 있는 문제이다.

문학교육의 기본 텍스트는 앞에서 살펴본 바와 같이 대체로 갖추어져 있

---

28 미리암 뢰벤스테이노바(Miriam Löwensteinová), 「체코에서의 한국-과거 현재 미래」, 윤희원, 최권진 편, 『동유럽지역의 한국어 교육과정 표준화연구』, Sofia: Semarsh, 2003.

29 5년 과정에서 '한국어 회화'나 '통 · 번역 연습'과 같은 생활 언어 교육을 제외하더라도 어학강좌는 모두 15강좌인 데 반하여 문학강좌는 단 6강좌이다. 미리암 뢰벤스테이노바. 위의 글에 제시된 개설강좌 일람표에서 필자가 뽑은 통계.

다. 그러나 장르별 문학사, 작품론, 작가론 등의 교재는 앞으로 편찬되거나 한국 대학의 텍스트를 번역해야 할 것이다. 물론 그 동안 찰스대학교에서 한국학과 교수들과 다른 한국학자들의 노고에 힘입어 대학 강독용의 한국 고전 및 현대 문학작품이 어느 정도 번역한 것은 이 기간이 이루어낸 중요한 성과라고 말할 수 있다. 그 대표적인 것만을 간단히 열거하면 다음과 같다.

한국 고전소설: 김만중 「사씨남정기」, 김시습 「금오신화」, 박지원 「양반전」, 「허생전」, 「청구야담」 등.

한국 현대소설: 최서해, 홍명희, 나도향, 이효석, 김유정, 김동인, 한설야, 이태준, 이기영, 조명희, 김남천, 한봉식 등의 작품.

한국 고전시가: 「청구영언」, 황진이, 임제, 권호문 등의 조선시조 작품, 「청산별곡」, 「서경별곡」, 「혜성가」, 「안민가」, 「정읍사」, 박인노의 「선상탄」 등.

한국 현대시: 김소월, 조기천의 장시 「백두산」과 기타의 단편시들, 김해강, 노천명, 김도만, 김철, 김기림, 김지하, 한명천 등의 작품.

언뜻 보더라도 이와 같은 서지는 이 시기의 문학작품 번역이 아직은 상업 출판과 무관하게 한국학 학생이나 한국에 관심을 지닌 지식인 혹은 국가의 전문요원 등 의도되거나 정통한 독자들을 대상으로 하고 있음이 드러난다. 이는 앞의 시기 즉 1950년대 이전의 문학작품 번역이 한국에 대한 막연한 호기심의 충족을 위해 대부분 한국의 전설이나 민담 혹은 전래동화에 국한된 것 그리고 — 뒤에 살펴보게 될 것이나 — 90년대 이후의 번역이 상업적 출판에 목적을 두고 있는 것과 확연히 구별되는 특징이기도 하다.

그러나 다른 한편 우리는 이 시기의 번역 서지에서 다음과 같은 문제들도 지적할 수 있다.

첫째, 고전문학은 예외에 속하나 해방기 이후까지도 생존한 현대 문인들의 경우, 번역 작품들은 전적으로 마르크스주의 문학론 혹은 김일성 예찬 문학론에 경도된 것들이었다. 따라서 해방기의 몇몇 남한 시인—후에 전향한 김해강, 노천명 등과 70년대의 저항시인 김지하를 예외로 할 때 모든 번역 대상 작가는 북한 작가들이거나 월북 작가들이다.

둘째, 이효석의 「메밀꽃 필 무렵」과 같은 작품이 한두 편 없었던 것은 아니나 해방 이전의 작고한 현대문학 작가의 작품들 역시 당대의 프롤레타리아 문인이거나 작품의 내용상 북한 이데올로기에 이용될 수 있는 작품들이 대부분이다. 가령 최서해와 같은 작가는 전자에 속하며 나도향의 「벙어리 삼룡」이나 「물레방아」, 김동인의 「감자」와 같은 작품은 후자에 속한다.

셋째, 남한 거주 시인들의 작품이 서너 편 번역되었던 것 역시 이들 작품이 북한의 노선과 맞아떨어졌기 때문이다. 가령 김해강과 노천명의 작품은 대한민국 정부가 들어서기 직전 소위 해방기의 혼란된 정치 상황 속에서 북한 정권을 지지한 작품들이고 김지하의 경우 역시 북한의 민족해방론에서 선전선동에 이용될 수 있었던 작품이었다. 김해강은 대한민국 정부 수립 이후 거의 절필하였으나 그가 식민지 통치 기간 매우 활발하게 활동했던 프롤레타리아 시인이었음은 누구나 알고 있는 사실이다.

넷째, 한반도가 남북으로 분단되던 전후의 시기에 체코의 한국학 전공자들이 좌익노선의 문학작품만을 선택 번역했던 것[30]은 이들의 사상적 경향이 이미 친북 성향이었음을 단적으로 드러낸 증거라 할 수 있다. 즉 체코에서 한국학의 시작은 처음부터 마르크스주의적, 친북한적 입장을 견지하고 있었다. 체코에서 한국학의 아버지라 불리운[31] 한흥수가 40년대 말 김일성의 부름으로 북한에 건너가서 김일성대학 교수와 국가유물보존위원회 위원장

30 김남천 「대하」(1947); 「창가에 기대어 나는 나의 유일한 당신을 생각한다」(1948), 김해강 「솟구쳐라 힘이여」(1948), 노천명 「나의 님은 가시덤불과 찔레 숲속을 걸어서 내게 온다」(1949) 등.

31 고송무, 앞의 글.

을 겸한 것은 그 단적인 예이다.

이와 같은 제 특징들이 나타나게 된 것은 당시 체코에서 한국학을 주도했던 인사들의 좌경적인 성향과 더불어 제2차 세계대전 직후 독립된 체코슬로바키아에 공산주의 정권이 들어서고 그 결과 남한을 배제한 채, 일방적으로 북한하고만 국교를 수립한 데서 오는 자연스러운 귀결이라 할 수 있다. 그러나 이 시기 체코의 한국문학 수용에 있어 특별히 간과해선 안 될 사실이 하나 더 있다. 그것은 한국전쟁이 끼친 영향이다.

1950년 한반도에 전쟁이 발발하자 북한의 우방국을 자처했던 체코 정권은 국제적으로 그들의 수교국인 북한의 노선과 입장을 적극 지지하면서 음양으로 북한을 성원했다.[32] 따라서 그러한 정부 정책과 통제된 언론 그리고 이념적 선전 선동에 휩쓸린 체코 문단 역시 전적으로 이에 동조하지 않을 수 없었는데 그 구체적인 실상은 북한의 전쟁 의욕을 고취하기 위하여 북한의 정당성을 알리고 유엔군과 국군의 잔혹성을 고발하며 미제국주의 침략을 비판하는 내용의 전쟁문학으로 나타났다. 필자가 조사한 이 시기 북한 독려 체코의 전쟁 문학작품의 서지를 열거하면 다음과 같다.

- Skála, Ivan, *Fronta je všude. Poema*(『전선은 어디에나』), Praha: Mladá fronta, 1951. (시)
- *Čeští spisovatelé korejským dětem. Jan Alda, Konstantin Bieble et. al*(『체코 작가들이 한국의 어린이들에게. 얀 알다, 콘스탄틴 비블 등』), Jindřich Hilčr 편, Karel Nový 서문, Praha: SNDK, 1952. (산문)
- Bieble, Konstantin, *Korejská ballada: In Mládí světa Básníci světa zpívají o míru*(『조선의 발라드: 세계 평화의 노래의 시인들, 세계의 젊은이』),

32 적십자 의료단, 기술자, 전문가 등을 파견하여 전후의 북한 복구 건설사업에 여러 다양한 원조를 했고 중립국 감독위원으로 활동했을 뿐만 아니라 북한의 전쟁 고아, 유학생 등을 받아들였다.

Praha: SNDK. 1953. (시)

- Kubka, František & Jiří Kubka, *Stráže na hkrách a v údolích*(『언덕과 들의 파수병』), Praha: Nase vojsko, 1955. (단편소설집)
- Dubova, Jana, *Měsíc na Karanténě*(『병동의 달』), Praha: Krajské nakladatelství v Brně, 1962. (소설)

이 중 한 편의 시를 소개하기로 한다.

내 고향은 어스름 무렵보다
더 아름다운 때 없어라
등불은 깜박이고 산은 멀어지고
다만 언제만이 소음 이는 언제만이
고요히 노래하네

거리를 등지고 저녁녘의 벌을
나는 줄곧 무심히 걸어 왔노라
그곳 들가의 과원에서 나와 친한 늙은이
원예사는 아직도 땅을 파 던지고 있었다.
"그래 일은 잘 돼갑니까?"

"어 젊은이"—한숨짓고 울바자에 삽을 세우며
"이 싱싱한 나무포기들을 꽃과 열매를
제 자식들처럼 나는 사랑해 왔네……
한데 오늘은
오늘은 어쩐지 진정할 수가 없네……

내 오랜 서반아 전선 지원병이나

산 넘어 또또 다시 독가스와 수류탄이 날며
어대서 대체 안정을 찾는담"
그리곤 불타는 눈길은 숙였다—
다만 손바닥에 굳은 흙덩를 짓비비며

"내 마음은 젊은이
언제나 나를 끌고 간다네
사람들이 고통을 겪고 있는 곳으로"

우리는 잘 알고 있었다. 그곳이 어덴가를

우리는 마음의 깃을 타고 날라갔노라
그곳으로 조선으로

—밀란 쿤데라(Milan Kundera), 「원예사」 전문

*서반아 전쟁 지원병: 1936년 프랑코의 파쇼배를 반대하여 서반아 인민의 자유를 위해 공민전쟁에 구라파 각국의 우수한 청년들이 동원됐다.

인용시는 체코의 시골에 사는 한 농부를 등장시켜 체코 인민도, 정의를 위해 싸우는, 북한을 지원해야 된다는 메시지를 온건하게 담고 있다. 이 시기에 쓰여진 한국전쟁 문학작품 가운데서는 비교적 선전 선동성이 떨어지고 상대적으로 문학성이 강한 편이지만 오늘날 체코 문단을 대표하며 동시에 노벨상을 수상할 정도의 세계적 명성을 지닌 시인[33]의 작품인 까닭에 여

33 밀란 쿤데라(Milan Kundera, 1929~). 체코의 모라비아 지방 출생으로 프라하의 문학예술 아카데미를 졸업하고 75년 프랑스에 망명하여 현재 그곳에 거주하고 있다. 문학교수, 문화비평가, 작가, 프랑스 메디치상, 이탈리아의 몬테로상, L. A. 소설상

기 인용해본 것이다. 필자의 조사에 의하면 이 작품은 체코의 다른 몇몇 시인들의 작품과 함께 북한의 선전문학 사화집 『세계의 분노』(국립문학예술서적출판사, 1959)에 실리기도 하였다. 이와 같이 50년대 공산주의문학에 참여했던 시인이 그 후 망명하여 이제는 오히려 「참을 수 없는 존재의 가벼움」과 같은 소설 창작으로 마르크스주의 이념을 비판한 정신사의 변화에 대해서는 현재 체코 문단을 대표하고 있는 이반 클리마[34]와 필자의 대담 일부분[35]이 어느 정도 해명해줄 수 있으리라 생각한다.

오: 그 문제와 관련해서 한 가지 물어볼 말씀이 있습니다. 가령 밀란 쿤데라의 경우 젊었을 때 프롤레타리아문학 운동에 전념했고 한국전쟁 당시에는 북한을 찬양하는 글을 쓴 바가 있었습니다. 그런데 그 후 어쩐 일인지 그는 노선을 바꾸어 마르크시즘을 비판하는 문학 활동을 해왔습니다. 이와 비슷한 전력의 작가들이 꽤 많으리라 생각하는데 체코의 경우 이들 유형의 작가들이 과거 자신의 과오를 분명히 고백하고 입장을 정리하는 과정을 가졌습니까? 문필가라면 자신의 행동에 어떤 형식으로든 책임을 져야 하리라고 생각하기 때문입니다. 한국의 경우는 유감스럽게도 이처럼 자신의 과오를 고해성사한 군부 독재하

등을 받았으며 88년 이후 여러 번 노벨 문학상 후보로 올랐다. 대표적인 작품으로 「참을 수 없는 존재의 가벼움」, 「생은 다른 곳에」 등 한국에서도 그의 작품은 여러 권 번역되어 있다.

34 이반 클리마(Ivan Klíma, 1931~). 체코의 소설가이자 희곡작가, 1931년 프라하에서 태어났으며 찰스대학교(Charles University) 철학부를 졸업. 체코 '펜클럽'의 회장을 역임. 제2차 세계대전 중에는 2년 6개월을 테레진(Terezín) 유태인 수용소에 수감되기도 했다. 공산정권 치하에 노동 활동을 했다. 그의 작품은 잡지 『5월(*Kvěnten*)』, 『불꽃(*Plamen*)』 등과 망명지에서 망명작가들이 발행했던 『증거(*Svědectví*)』 등을 통해 발표되었다. 1993년 「나의 즐거운 아침」과 「나의 소중한 작업」으로 타이너(George Theiner)상을 수상하였다. 「사랑과 쓰레기」는 한국어로도 번역되어 우리나라에서 소개된 바 있다.

35 오세영, 「이반 클리마와의 대담: 인간회복의 가능성을 찾아서」, 『시작』 2004년 봄호.

의 사회주의자 리얼리즘의 작가나 평론가가 아직 하나도 없었습니다.

클리마: 밀란 쿤데라가 프롤레타리아문학에 심취하고 관여했던 것은 젊은 시절 아직 자신의 입장이나 견해를 완전히 정리하기 이전이라고 생각됩니다. 그리고 한국전쟁 발발시 북한을 찬양하는 글을 쓴 것은 정말 완벽하게 잘못되었던 공산 정권하 체코 매스미디어의 오보 때문이었습니다. 그들은 남한이 북한을 쳐들어가서 평화롭게 생활을 누리는 북한의 주민을 무자비하게 공격했다고 선전했기 때문입니다.

3) 일반 독자의 문학적 수용

지금까지 북한하고만 일방적 국교를 맺었던 체코가 남한과도 수교를 한 1990년 이후부터 체코에 있어서 한국문학 수용은 이제 하나의 전환점에 놓이게 되었다. 그것은 한마디로 국가 정책에 필요한 전문가 양성을 위해서 일종의 정통한 독자 혹은 의도된 독자층의 영역에 한정되었던 한국문학의 수용이 일반 국민 혹은 독서 대중의 영역으로 광범위하게 확산되기 시작하는 것을 의미한다. 그것은 다음과 같이 설명될 수 있다.

첫째, 종래 대학을 중심으로 한국학을 전공하는 학자나 학생 및 한국관계 전문가들 사이에서 소수로 읽히던 한국문학 작품이 독서 대중의 영역으로 침투되기 시작하였다.

둘째, 상업적 출판이 가능해졌고 일반 서가를 통한 번역문학서의 유통이 자유롭고 활발해졌다.[36]

---

36 가령 2002년 현재 이바나 그루베로바가 번역한 한용운의『님의 침묵』(1996), 블라디미르 푸체크가 번역한『한국전래동화집』(1997)은 3판, 이바나 그루베로바가 번역한『내가 돌이 된다면: 한국현대시선』(1996),『카인의 후예』(2000), 블라디미르 푸체크가 번역한『한국고전시선』(2001), 블라디미르 푸체크, 즈덴카 클뢰슬로바, 마르타 부스코바 등 3

셋째, 종래는 냉전 이데올로기에 따라 북한 측의 공식 입장만을 반영한 문학작품이 번역 출판되었다. 예컨대 구비문학 — 신화, 전설, 민담과 대표적인 고전 명작을 제외할 경우, 현대문학 작품은 거의 번역되지 않았고 예외적으로 번역되었다 하더라도 조기천 시집이나 김남천의 「대하」, 최서해의 「혈흔」 등 모두 북한의 마르크스주의 문학 이념을 대표한 것들이다. 따라서 이 시기 남한의 현대문학 작품을 번역 소개하는 일은 아주 드물었다.[37] 그러던 것이 이제 사상이나 이념에 구애됨이 없이 자유로운 번역 출판이 가능해진 것이다. 물론 이에 따라 체코에서의 남한 문학작품의 수용이 활발해진 것도 두말할 필요가 없다.

넷째, 문학작품 중에서도 동양사상에 관심이 많다는 사실이 드러났다. 예컨대 불교적인 세계나 선적禪的 명상 등이다. 둘째 항의 주석에서도 지적한 바와 같이 3판을 인쇄한 이바나 그루베로바의 번역 「님의 침묵」이나 차츰 반응이 일기 시작한 같은 역자의 번역 「빈산에는 바람과 비가 가득하고: 선시집禪詩集」의 경우가 이를 입증한다. 필자가 프라하에 체류한 기간에도[38] 체코 국영 제3 라디오의 음악과 문학 고정 프로 '조화로움(Souzvuk)'에 이바나 그루베로바가 번역한 한용운의 「님의 침묵」에 대한 해설이 한 시간 동안 방송된 바 있었다.[39]

다섯째, 번역의 질적 수준이 한층 향상되어 일반 독자의 독서 욕구를 자극하게 되었다.

인이 번역한 『한국단편소설선』(1999)은 재판을 찍었다(한국문예진흥원 자료).

37 예외적으로 김해강, 노천명, 김지하의 시가 번역된 사실에 대해서는 앞장의 논의를 참조할 것.

38 필자는 찰스대학교의 방문학자로 2003년 9월부터 6개월간 프라하에 체류한 바 있다.

39 2004년 1월 25일 09:30~10:30, 체코의 국영 Vltava Radio의 제3방송(Cesky Rozhlas 3 교양 문화방송)의 고정 프로 '조화로움(Souzvuk)'에서 "당신의 음성은 침묵입니다(Mlceni jetvym hlasem) – 한국의 불교시인 만해 한용운의 시(Poezie Korejskeho buddhistickeho mnicha Manhe Han Jongun)"라는 제목으로 한용운의 문학과 불교 및 한국의 시에 대한 방송이 한 시간 남짓 방송되었다.

여섯째, 번역 작품이 양적으로 급속히 증대되었으며 그 경향이나 종류도 다양해졌다. 이전의 고전, 아동, 구비문학 작품에서 현대문학 작품으로 그 번역의 중심축이 이동된 것도 지적되어야 할 사항이다.

일곱째, 1990년 이후 북한 문학작품은 단 한 편도 번역 소개된 것이 없다. 공식적으로 체코가 남북한과 등거리 외교를 지향하고 있는 까닭에 이는 체코 정부의 어떤 문화정책에 따른 규제가 아니고 북한 문학의 수준이나 체코 독자의 독서 취향과 연관해서 해석할 수 있는 현상이다.

여덟째, 체코 문화계에서 한국문학에 대한 긍정적이고도 우호적인 평가가 차츰 나타나기 시작하였다. 예컨대 이바나 그루베로바(Ivana Gruberová)가 번역한 김소월 등 20세기 한국시인선 『내가 돌이 된다면(*Stanu-li se Kamenem*)』(Praha: Mladá Fronta, 1996)이 체코에서 출간되자 대다수의 체코 정기간행물에서 관심을 표명하고 한국의 현대시를 높이 평가하였다. 그 일부를 초록抄錄으로 인용하면 다음과 같다.

> 한국 20세기 역사(일제침략과 한국전쟁 등)의 소용돌이에서 지금은 체코에서는 사라진 진정한 삶의 인간적 진실성의 성숙된 표현이 동양적 서정시의 '달콤한 감성(Sweet senimentality)'으로 나타났다.[40]

> 체코에서 오랫동안 중국과 일본 시의 체계적인 번역이 있었던 이래 그동안 공백 상태로 남겨진 한국의 시가 드디어 그 공백을 메꾸게 되었다. 이들 시는 독자들로 하여금 전통과 모더니티가 만나는 세계에 진입도록 만든다.[41]

> 수년 전 빌리달(O. Vyhlidal)에 의해서 번역된 한국 고전시조집과 마찬

40 *Literární Noviny(Literay Newspaper)*, No. 33, 1996. 8. 14.

41 *Praće(Labour)*, 1996. 8. 28.

가지로, 이 사화집은 중국과 일본의 그늘에 가려져 있던 한국의 시에 햇빛을 비춰주었다. 이들 시는 정서적일 뿐만 아니라 초과학적, 명상적이며 불교적, 유교적, 도교적 전통에 입각하여 인간 존재의 텅 빈 공간을 메꾸어준다. 그럼에도 불구하고 이들 시는 서구 현대성에 영향을 받고 있다.[42]

이 14명의 한국 현대시인의 시들은 서구 모더니즘과 극동의 정신성(Far Eastern spirituality)을 종합하고 있다.[43]

동양시학과 서양시학의 종합은 한국 현대시의 특징이다. 한국인들은 그들의 문화적 정체성과 시간과 공간을 교차한 그들의 시를 잃지 않으면서 외국의 영향을 수용할 줄 아는 특별한 재능을 지니고 있다. 인간 존재의 고독에 관한 전통적 이미지와 자연의 광막함은 이 현대시들 속에서 새로운 세대의 지적 정신의 감수성(sensibility of the intellectual soul)과 대면하게 된다. — 어떤 시들의 톤(tone)은 실존주의와 연관될 수 있을 것이다.[44]

한국의 시는 현대사의 드라마를 참답게 반영하고 있다. 이 시집은 동양적 전통으로부터, 멜랑콜리한 리리시즘으로부터, 현대사회의 문제들에 대한 사회참여적인 경향까지 제 경향을 반영하고 있다.[45]

이 시기의 이와 같은 제 변화는 아마도 다음과 같은 이유들에서 비롯되

42 *Dehní Telegraf(Daily Telegraph)*, 1996. 9. 6.
43 *Nové Knihy(New Books)*, 1996. 9. 18.
44 *Mladá Fronta(Young Front)*, 1996. 10. 15.
45 *Lidové Noviny(People's Newspaper)*, 1996. 11. 9.

었을 것이다.

첫째, 체코가 인민민주주의의 정체를 벗어버리고 사상과 문화의 자유로운 활동이 보장된 자유민주주의 체제로 이행한 것.

둘째, 남한과 국교를 수립하고 여러 분야, 여러 경로를 통해 교류를 확대시킨 것.

셋째, 문화 및 문학 교류에 있어서 한국 측이 적극적으로 성원한 것. 특히 80년대에 들어서 한국의 문화정책 입안자들은 한국문예진흥원에 한국문학 작품의 해외번역을 지원하는 업무를 개설하였으며 이후 몇몇 민간단체들도—특히 대산문화재단의 활동이 돋보인다.—이에 동참하였다. 90년대 후반에 들어서 정부는 한국문예진흥원의 번역 업무를 보다 확대 개편한 '한국문학번역원'을 설치하여 이를 보다 체계적으로 운영하고 있다. 실제에 있어 이 시기 체코어로 번역된 한국문학 작품의 대부분은 크든 작든 이와 같은 재단 혹은 단체들의 경제적 지원에 힘입은 바 크다.

넷째, 체코의 찰스대학교 한국학과가 그동안 질적으로 성숙하였고 특히 한국과의 수교 이후 한국정부 및 민간단체들이나 한국대학들의 지원을 받아[46] 서서히 그 성과를 드러내기 시작한 것. 그것은 체코 일반 문화 학술계

46 이에 대해 찰스대학교 한국어과를 대표한다고 말할 수 있는 블라디미르 푸체크(찰스대학교 한국어과 명예교수)는 다음과 같이 보고하고 있다.
"1989년 11월, 체코슬로바키아의 민주 자유화가 이루어진 후에야 상황은 변하였다. 체코는 대한민국과 국교 수립(1990), 한국의 대학들과 찰스대학교 사이의 학술 교류에 관한 협의서 체결(1990), 문화협정 조인(1994), 성균관대학교와의 자매결연(1999) 등에 의하여 조성된 새롭고도 유익한 조건하에서, 우리 대학도 남한과 다방면으로 협조와 교류를 광범위하게 실시할 수 있게 되었다. 그리하여 한국국제교류재단, 한국학술진흥재단, 문예진흥원, 한글학회, 국립국어연구원, 한국정신문화연구원, 그리고 한국외국어대학교를 비롯한 서울대, 연세대, 고려대, 경기대, 인하대 등 대학교들과의 교류가 확대되었다. 한국 측의 배려와 지원에 의하여 실시되고 있는 체코어와 한국어 교수의 상호교환, 학생들과 교수들의 현지 실습연구, fellowship의 제공, 서적 기증과 교환, 한국예술문학의 체코어 번역 출판을 위한 지원금(한국문예진흥원, 대산재단, 한국문학번역원) 등등이 이를 잘 입증하고 있다." V. Pucek. 앞의 글.

나 학회활동에 있어서 한국문학의 비중이 높아진 것을 의미한다.

다섯째, —찰스대학교의 한국학과 발전과 간접적으로 연관된 일이지만— 90년대에 들어 한국어를 잘 이해할 수 있는 인력이 보다 많이 배출됨으로써[47] 한국어로 된 문학작품의 체코어 번역이 그 질적 수준에서 한층 높아진 것.

여섯째, 국제 사회에 있어서 한국의 위상이 높아진 것.

일곱째, 체코의 한국에 대한 관심 —특히 경제 분야에서— 이 증대된 것.

여덟째, 한 · 체코 간의 일반적인 문화교류가 활발해져 체코 국민의 한국과 한국인에 대한 친숙도가 높아지고 그만큼 한국에 대한 관심이 증대된 것.

본질적으로 문학은 언어를 매체로 한 예술 즉 관념예술(idea art)인 까닭에 민족과 민족의 접촉에 있어서는 감각 그 자체가 매개하는 시청각예술(음악, 미술, 무용, 연극, 조각, 영화 등) 즉 소위 물질예술(physical art)보다는 그 전파가 간접적이다. 즉 국가 간의 교류는 물질예술이 우선하고 관념예술은 후차적이다. 따라서 한 민족문학의 외국 수용은 그보다 선행하는 물질예술의 수용 정도에 따라 상대적인 영향을 받는다. 물질예술의 활발할 교류가 결과적으로 문학작품의 교류의 기초를 다지게 되는 것이다. 이에 대해서는 필자가 찰스대학교 한국학과 학생들을 대상으로 행한 설문조사에서도 드러난 바 있다. 즉 그들이 한국에 관심을 갖게 된 동기의 대부분은 한국문학 그 자체라기보다 학교 교육, 한국의 무술武術, 한국인과의 접촉, 한국영화 및 자

47 이에 대해서 푸체크 교수는 또 다음과 같이 언급하고 있다.
"그전부터 한국문학 번역에 종사한 A. Pultr, J. Bařinka, V. Pucek, Z. Klöslová, J. Genzor(슬로바키아어) 외에 이 시기에 또한 몇 명의 신진 번역자(I. M. Gruberová, M. Löwensteinová, T. Horak, S. Horak)가 양성되어 번역 사업에 적극 참가하고 있다."(V. Pucek, 위의 글). 여기서 전자 즉 풀트르, 바진카, 푸체크, 클뢰슬로바, 겐조는 1940년대부터 오늘에 이르기까지의 번역자의 전부인데 90년대 후반에 들어 그루베로바 등 4인이 등장했다는 것은 괄목할 만한 일이다.

국의 텔레비전 방송 등이었다.[48]

3. 결어

체코의 문헌에 한국이라는 이름이 처음 등장한 것은 1847년이다. 이후 체코에서의 한국문학 수용은 역사적으로 한국과 체코의 접촉이 시작되던 19세기 후반부터 오늘에 이르기까지 대체로 세 시기로 나누어 살펴볼 수 있다. 첫 번째 시기는 체코에 한국이라는 존재가 알려지기 시작한 19세기 말부터 체코의 찰스대학교에 한국학과 설립된 1950년까지이며, 두 번째 시기는 1950년부터 한국과 체코가 국교를 맺은 1990년까지이며, 세 번째 시기는 1990년 이후부터 오늘에 이르기까지이다.

첫 번째 시기의 체코에서 문화 및 문학 전파자 역할을 담당했던 사람들은 세 부류로 나뉘어질 수 있다. 첫째 부류는 우연이었건 의도적이었건 한국을 방문했던 여행자들이며, 둘째 부류는 당시 극동의 블라디보스토크에 주둔하면서 그곳의 한국 망명 유랑인들과 접촉했던 체코 민병대들이었으며, 셋째 부류는 일제 식민지 말기 조국을 떠나 유럽에 떠돌던 한국의 지식인 및 유학생들이었다. 첫째 부류는 비록 서구 제국주의적 시각에 의해 왜곡된 측면이 없었던 것은 아니지만 체코에 처음으로 한국의 존재를 알렸다. 둘째 부류는 식민지 통치 아래 있는 한국의 상황을 고발하고 최초로 한

48 찰스대학교 한국학과 재학생 12명을 설문조사한 결과 그들이 한국과 한국문학에 관심을 갖게 된 동기는 '한국무술을 배워서'가 1명, '막연히 동아시아에 동경심이 있어서'가 1명, '한국의 전자제품을 통해서'가 1명, '학교 교육에서 한국을 알게 되어'가 2명, '우연히 한국인을 접촉하게 되어'가 2명, '한국의 영화(「임꺽정」 등)를 보고'가 2명, '텔레비전 등 방송매체를 통해 알게 되어서'가 3명 등이었다. 무술, 영화, 텔레비전 등이 모두 방송 영상 매체 문화에 관련된 것들임을 감안할 때 체코에서의 문화 수용 역시 관념예술보다 물질예술이 앞서는 현상을 추측할 수 있다.

국의 구비문학 작품을 체코에 소개하였다. 셋째 부류는 체코 지식사회에 영향을 주어 한국학의 첫 씨앗을 뿌리고 최초로 한국의 순문학작품들을 체코어로 번역하였다.

첫 번째 시기의 체코의 한국문학 수용은 러시아를 통해 한국의 전래동화나 구비문학을 받아들이는 데 국한된다. 그것은 이때까지만 해도 한국과 체코의 교류가 자연발생적인 차원에서 벗어나지 못함을 의미하는 것이다. 문학작품 번역의 동기 역시 엑조티시즘이나 외국에 대한 호기심 충족 이상이 아니었다.

두 번째 시기는 체코의 찰스대학교에 한국학과가 개설되고 체코가 북한과 일방적 국교를 수립한 기간이다. 그러므로 이 시기 체코의 한국문학 수용은 직접적이든 간접적이든 찰스대학교의 한국학과를 중심으로 한 한국학자들에 의해서 이루어졌다. 그러나 초창기 체코의 한국학자들은 — 일부 좌경 한국 망명 지식인들에게서 받은 영향도 있었겠지만 — 사회주의 국가의 일원이었던 체코의 국내 사정, 일방적 국교를 튼 북한의 노선 등 당시 국제정세에 휘말려 한국문학의 소개 역시 마르크스주의 노선, 친북한 노선에서 벗어날 수 없었다. 그 결과 고전문학 작품은 비교적 자유스러웠으나 현대문학의 경우 — 프롤레타리아문학에 전념했거나 한국에서 체제 저항을 했던 몇몇 작가들을 제외할 때 — 남한 작가의 작품이 단 하나도 번역되지 못했고 해방 이전의 것이라 하더라도 북한에서 평가받거나 프롤레타리아문학 노선을 지향하지 않은 작품들은 일체 배제될 수밖에 없었다.

한국전쟁이 발발한 이 시기의 또 한 가지 중요한 특성은 체코 작가들이 북한을 성원하고 북한의 승리를 독려한 선전 선동시들을 많이 썼다는 사실이다. 여기에는 오늘날 세계적인 작가로 부상한 밀란 쿤데라(Milan Kundera)의 작품도 포함되어 있다. 그것은 모두 한국을 소재로 했기 때문에 간접적으로 한국의 문화를 체코에 알리는 데 나름으로 기여한 바가 전혀 없었다고 할 수는 없으나 대부분 남한을 왜곡 비판하였다는 점에서 한국과 체코의 문화교류사를 한걸음 후퇴시킨 것도 사실이다. 이 시기의 또 한 가지 특성은 전시기의 단순한 호기심 충족이나 엑조티시즘의 발로에서 연유된 구비문학 수준의 독자층이 이제 순문학에 대한 관심과 연구를 목적으로 한 '정통한 독자' 및 '의도된 독자층'으로 변화되기 시작했다는 점이다. 한국문학의 번역 소개 역시 이들 계층을 염두에 두었음은 물론이다.

세 번째 시기의 중요한 특성은 체코에서 소위 '벨벳혁명(Velvet Revolution)'이 일어나 자유민주주의 정부가 들어서고 남한과도 국교를 수립하여 남북한 간 등거리 외교의 시대에 접어들었다는 점이다. 따라서 이 시기는 그 전시기와 다른 여러 가지 특징들을 보여주고 있다. 문학작품의 번역 소개에 있어 이데올로기의 구속이 사라지고 자유스러워졌다는 점, 한국문학 번역 작품의 상업적 출판이 가능해졌다는 점, 번역의 질적, 양적 수준이 크게 향상되었다는 점, 체코 지식사회가 점차 한국문학에 대해 긍정적인 평가를 내리게 되었다는 점, 전시기의 정통한 독자 및 의도된 독자에 국한되었던 한국문학에 대한 관심이 순수 독자, 일반 독자층으로 확산되고 있다는 점 등이다.

그러나 이와 같은 바람직한 변화에도 불구하고 체코에 있어서 한국문학의 수용을 위해서는 아직 보다 개선되어야 할 점이 없지 않은 것도 사실이다. 우수한 번역가의 배출, 찰스대학교 한국학과에 대한 지원, 한 · 체코 지식인의 상호교류, 물질예술 — 음악, 미술, 영화 및 대중매체를 통한 예술 등 — 의 수출 독려 등이 그것이다.

* 이 글은 2003년 교육부의 지원, 체코의 찰스대학교 방문학자로 체류하면서 쓴 보고서임.

한국문학이 나아갈 길

1

우리 시가 당면한 오늘의 문제점으로는 다음과 같은 것들이 있지 않을까 한다.

첫째, 철학성이 결여되어 있다. 대체로 미학적 차원 이상을 벗어나지 못한 듯하다. 그럼에도 불구하고 필자는, 훌륭한 시란 언어 그 자체가 만들어내는 미학과, 사상이 만들어내는 철학이 결합되는 데서 이루어지는 것이라고 말하고 싶다. 문학의 매재는 언어인데 언어는 필연적으로 사상 혹은 의미적 요소를 내포하고 있기 때문이다. 문제는 미학과 철학이 서로 상반하는 세계를 지향하고 있어서 그 어떤 경우든 이 양자를 결합시키는 일이 매우 어렵다는 사실이다.

우리는 그 단적인 예를 아마도 정지용에게서 찾아볼 수 있을지 모른다. 초기의 그는 미학적 차원에서의 시 쓰기에 일단 성공을 거둔 듯했다. 그러나 거기엔 철학이 결여되어 있었고 이 양자를 결합시킬 의도로 시작했던 것이 중기의 가톨릭 신앙시의 창작이었겠지만 그 역시 실패로 끝나버린다. 이 시기의 가톨릭 사상이란 아직 민족문학의 토양으로서 그 뿌리를 내리기 힘들었던 까닭이다. 그 결과 그가 고민 끝에 매달린 것이 성리학의 '성性', '정情' 이론에 입각한 후기의 동양사상 탐구였다. 그러나 이제는 역으로 미학적 차원의 결핍 때문에 완전한 성공에 이르지 못한다. 따라서 해방기에 보여준 그의 문학적 사회 참여란 — 물론 다른 이유도 없지는 않았겠지만 — 바로 이 같은 딜레마 속의 문학적 자포자기에서 그가 마지막으로 선택했던 '행동'이 아니었을까 싶다. 오늘의 우리시의 상황 역시 이와 유사하다는 것이 나의 생각이다. 미학적 차원을 철학적 차원에 결합시키지 못한 결과 여러 가지 왜곡된 현상들이 나타난다고 보기 때문이다.

둘째, 사실보고의 차원에 머무르고 있다. 우리 시 가운데는 일상적 삶이나 현실을 단지 보고報告 또는 비판하는 것에만 본분을 두고자 하는 경향이 득세하고 있는 듯하다. 그러나 이와 같은 문학관은 문학의 본질을 어떤 특정한 시대, 특정한 상황 아래서 어떤 특정한 사회적 목적을 실현하는 데 있는 것으로 보는 사람들에겐 모르겠으나 그것을 항구적이고 보편적인 관점에서 보고자 하는 사람들에게까지 정당화될 수는 없다. 문학이 사실보고의 차원에 떨어지면 기능주의적인 문학관이 지배하게 되어 결과적으로 시사적時事的, 시대적 의미를 벗어나기 힘들기 때문이다. 따라서 '사실보고 차원에서의 문학'은 설령 거기에 어떤 사상성이 개재되어 있다 하더라도 그 문학이 영원하고 보편적인 것으로서의 의미를 탐구하기는 어렵다.

셋째, 지적 유희의 시가 만연하고 있다. 이 부류에는 필자가 평소 재담시 혹은 요설시라 부르는 것들이 포함된다(요즘 필자는 그것을 상상력으로 쓰는 시와 구분하여 망상妄想으로 쓰는 시 즉 망상시라 부르고자 한다). 표현에 있어서 언어의 뒤틀림과 현란함, 말장난, 패러디, 위트와 같은 것들의 그럴듯한 차용, 의미나 대상에 대한 의도적인 위장이나 은폐 혹은 호도 등으로 특징지어지는 시들이 그것이다. 때로 이들은 해체된 인간정신이나 자아가 분열되고 퇴락한 풍경을 마치 지적 모험이나 되는 것처럼 묘사하기도 한다. 그러나 그 어떤 것이든 이들의 시는 근본적으로 삶을 바라보는 시야가 건강하지 못하다는 사실만큼은 부인할 수 없다.

이러한 경향이 70년대 서구 지향적 일부 비평가들의 비호를 받아 오늘에 이르러서는 신인 그룹을 중심으로 시단에 널리 확산되고 있다는 것은 우리가 익히 목도하고 있는 바와 같다. 이 역시 사상성이 없다고 말할 수는 없으나 세계를 바라보는 총체적이고도 통합된 시점이 결여되고 건강한 삶으로의 지향성, 즉 도덕성이 간과되어 있다는 점에서 필자는 우리의 당대시가 극복해야 될 문제점의 하나가 아닐까 생각한다.

물론 필자가 지적한 이상의 현상들은 단지 우리 시에 부정적인 요인으로 작용했던 것만은 물론 아니다. 그것은 때로 한 시대 혹은 한 민족의 문학적 성취에 있어 거쳐야 할 어떤 필연의 단계일 수도 있으며, 문학보다 더 고귀한 삶의 실현을 위해서 바치는 특정한 노력일 수도 있으며, 기법이나 방법론의 확충에 기여하는 데 나름의 실험일 수도 있다. 그러나 논의를 '문학'이라는 차원에 두고 한정할 때 이를 일러 문학의 본질 혹은 도달해야 될 최종의 목적이라고 말한다면 쉽게 동의하기 힘들다. 따라서 비록 다소의 긍정적인 의미를 갖고 있다 하더라도 그것은 극복되어야 할 어떤 대상이다.

그렇다면 우리의 시가 그 사상적 차원에서 나아가야 할 방향은 어떤 것일까. 필자는 간단히 두 가지로 답할 수 있으리라고 생각한다. 하나는 바람직한 민족문학을('nationalist literature'가 아니라 'national literature'라는 뜻으로) 확립하는 방향으로 나아가야 한다는 사실이요, 다른 하나는 — 비록 새로운 세계를 받아들인다 하더라도 — 전통에 기초하여 그 발전이 모색되어야 한다는 사실이다.

2

'민족문학'을 논하는 데 있어서는 먼저 몇 가지 해명되어야 할 전제가 있다. 그것은 70년대 이후 우리 문단에서의 '민족문학'이란 부조리한 현실 또는 정치체제와 맞서 싸우는 어떤 사회비판적인 문학과 같은 개념으로 통념화되어 있는 듯하기 때문이다. 예컨대 현실참여문학이 아닌 것은 민족문학이 아니라고 생각했던 저간의 사정이다.

따라서 이상과 같은 논리라면 우리의 고전문학사에서 민족문학 작품은 거의 존재하지 않을지도 모른다. 가령 「정읍사」와 같은 시는 삼국으로 분단되어 있는 당대의 역사적 상황을 간과했고, 「쌍화점」이나 「서경별곡」은 유례없는 몽골의 식민 지배 아래서 당연히 해야 할 독립투쟁을 외면했으며, 「춘향전」은 봉건군주의 압제나 외세(중국)의 침략에 대한 저항 없이 남녀의 사랑 즉 '사랑 타령'을 작품화한 것이기 때문이다.

그러나 과연 그런 것일까. 관점을 바꾸어 생각하면 이와 같은 작품들이 있으므로 오히려 민족의 정체성 확립과 그 생존, 존속, 번창이 가능했고 그 결과 당대 몽골의 식민 지배와 같은 잔인한 무단 폭력과 국가 소멸의 위기 아래서도 민족의 생존이 보장될 수 있었다. 「팔만대장경」의 각인이 현실적으로 항몽투쟁이나 사회참여 행위가 아니었음에도 불구하고 민족 부활의 정신적 지주 역할을 담당할 수 있었던 것도 이 때문이다.

이는 현대문학의 경우도 마찬가지일 터이다. 일제의 식민 지배에 맞서 조국의 독립을 위해 투쟁한 문학작품들, 예컨대 심훈의 「그날이 오면」이라든가, 한용운의 「당신을 보았습니다」와 같은 저항시가 당연히 민족문학의 하나인 것은 두말할 필요가 없다. 그렇다고 해서 현실과 맞서 싸운 문학 즉 현실참여문학이라고 생각되지 않는 김소월의 「진달래꽃」이라든가 김영랑의 「모란이 피기까지는」, 또 서정주의 「화사花蛇」와 같은 작품이 민족문학의 범주에서 배제되어야 한다는 것은 있을 수 없는 일이 아니겠는가? 왜냐하면 비록 그 내용상 직접적으로 조국의 독립을 외치고 있지는 않았다 하더라도 그것이 민족적 정서, 감수성과 사고 그리고 민족어의 아름다운 구사를 통해 어두운 시대의 민족혼을 일깨우고 더 나아가 민족적 동질성과 정체감을 확립시켜 주는 데 큰 기여를 해주었기 때문이다.

우리는 역사적으로 이러한 실례를 여러 곳에서 찾아볼 수 있다. 정치, 군사적으로 대제국을 건설했던 만주족은 그들의 문화를 지키지 못해 결국 소멸해 버렸지만 자신의 고유한 문화를 잃지 않았던 유대인들은 오늘날 이처럼 민족의 생존과 부활이 가능하지 않았던가.

우리는 여기서 정치 이데올로기로서의 '민족주의문학'과 문화적 개념으로서의 '민족문학'에 대한 구분의 필요성을 느낀다. 즉 민족주의문학(nationalist literature)과 민족문학(national literature)은 서로 다르다는 것이다. 이 경우 한국어로 쓰여진 모든 문학은 물론 '민족문학'의 범주에 든다. 앞서 예를 든 「진달래꽃」, 「모란이 피기까지는」, 「화사」, 「정읍사」, 「서역별곡」, 「쌍화점」, 「춘향전」 등이다. 그러나 「그날이 오면」, 「당신을 보았습니다」와 같은 현실참여 혹은 저항문학은 또한 특별히 민족주의문학이라는 또 다른 범주에 포함시켜야 할 것이다.

필자가 생각하기로 민족주의문학과 민족문학의 차이는 다음과 같다.

첫째, 민족주의문학은 역사의식에 근거하여 민족주의 이념을 현실적으로 실현하고자 하는 문학이지만 민족문학은 시대성을 초월한다. 그것은 민족의 원형질에 토대한 일종의 영원 지향의 문학인 것이다.

둘째, 민족주의문학은 민족의 현실적인 삶과 민족의 주체적 생존을 지향한다는 점에서 목적의식을 지닌 반면 민족문학은 무자각적 자연발생적인 민족성의 표현에 그 본질을 두고 있음으로 그 자체 문학적 자율성을 지닌다.

셋째, 민족주의문학은 사회현상에 대해서 보다 많은 관심을 지니고 있지만 민족문학은 꼭 그렇지 않다.

넷째, 민족주의문학은 다른 어떤 것보다 그들이 높은 가치를 부여하는 국가나 그 이념에 최상의 충성심을 보이지만 민족문학은 이를 꼭 의식적으로 따르지는 않는다. 민족문학은 국가의식보다 민족의식에 내재한 어떤 공감영역 즉 정체성의 자기 확인이다. 따라서 그것은 현실적이라기보다는 신화적이다.

다섯째, 민족주의문학은 특별한 이념의 문학적 표현이므로 무엇보다 작품에 의해 전달되는 내용—메시지가 중요하다. 그러나 민족문학에 있어서는 메시지보다 작품 그 자체―장르 구조, 언어, 문체 등으로 직조된 하나의 형상체形相體가 중요하다.

여섯째, 민족주의문학은 하나의 이념으로 이론적 체계를 갖춘다는 점에서 보다 정치 지향적이다. 그러나 민족문학은 민족 원형질의 자연발생적인 표현이므로 보다 문화지향적이다.

이러한 관점에서 민족문학은 그 성립에 있어 여러 가지 전제조건이 필요하다. 가령 이상적인 민족어의 구사라든가, 한국적인 문학양식의 계승 발전이라든가, 한국적인 삶의 형상화라든가 하는 것 등이다. 그러나 사상적인 측면에서 살펴볼 경우 그것은 민족의 보편적인 문학적 감수성에 대한 일체감의 체험이라든가, 한국적 인간형의 탐구, 한국인의 인생관 혹은 세계관의 확립, 영원한 생명의 뿌리를 내리는 힘으로서 민족정신의 표현 등이 아닐까 한다(이상 민족주의문학과 민족문학의 논의는 오세영, 「민족주의문학과 민족문학」, 『시의 길 시인의 길』, 시와시학사, 2002 참조).

필자는 물론 우리 시대의 문학사상에서 민족주의를 전적으로 배제해야 된다고 주장하는 사람이 아니다. 아직 우리는 국제 정치 역학에서 제3세계에 속해 있고 궁극적으로는 민족 통일을 지향해야 할 상황에 처해 있기 때문이다. 다만 여러 다양한 정신적, 사상적인 탐색의 노력을 존중하면서도 우리 시가 나아가야 할 방향만큼은 그 자체가 세계문학의 반열에 오를 수 있는 어떤 이상적 민족문학이어야 한다는 것이 필자의 소견이다.

3

오늘의 한국시가 사상적인 측면에서 나아가야 할 또 하나의 지향점은 전통의 발견과 그 계승이다. 이와 같은 주장에는 먼저 전통이란 무엇이냐 하는 개념 규정이 선행되어야 하겠으나 지면 관계상 생략키로 한다. 다만 퇴영적이거나 과거 복귀적인 것, 또는 고정불변적인 것이 아닌 전승을 통해 변화하고 비약하는 어떤 변증법적 질서, 한 민족의 과거와 현재를 잇는 나름의 일관성을 가리키는 말이라는 것만큼은 먼저 지적해두는 것이 좋을 듯하다.

한편 '전통지향'이라는 말에는 — 전통이 본질적으로 외래성과는 대립하여 개성이나 고유성(originality)에 자리한 개념이므로 — 외래성의 맹목적인 수용과 대립한다는 뜻이 전제되어 있다. 따라서 전통의 발전적 확립을 위해서는 외래성을 선별적, 비판적으로 수용해야 할 것이다. 문제는 한국 근현대문학의 경우 외래성이라 할 서구의 현대문학 사조, 특히 모더니즘이나 아방가르드가 우리의 '전통에 토대해서' 혹은 '전통의 발전적 확립을 위해 선별적, 비판적으로 수용'되지 못하고 맹목적으로 추수되고 있다는 점이다.

그러나 필자가 우리 시대 시의 사상적 측면에서 모더니즘(모더니즘이라는 용어에는 두 가지 용례가 있다. 하나는 엄밀한 의미의 모더니즘 즉 20세기 초 유럽의 아방가르드와 대척적인 관계에 있는 영미 모더니즘이요. 다른 하나는 영미 문화론자들이 중심이 되어 20세기 초 중엽에 유행한 모든 실험문학, 즉 영미 모더니즘과 유럽 아방가르드를 포괄적으로 지칭하는 넓은 의미의 모더니즘이다. 이 지면에서 필자는 편의상 후자의 용례로 사용하고자 한다.)을 비판적으로 바라보는 보다 중요한 이유 가운데 하나는 모더니즘이 갖고 있는 그 이념 때문이다. 일찍이 루카치와 같은 사회주의자 리얼리스트들이 모더니즘을 자본주의 사회의 인간소외와 주체의 해체가 예술로 반영된 문예사조라고 규정했던 것은 잘 알려진 사실이지만 한 걸음 더 나아가 모더니스트 자신들 역시 서구 문명사의 종말 의식과 그것을 극복하려는 이념이 모더니즘이라 주장했던 것도 사실이 아닌가. 그러므로 간단히 말하자면 모더니즘이란 서구의 기존 문명사의 종말 의식과 새로운 문명사의 건설을 위한 이념적 몸부림이 예술의 한 형태로 반영된 것이라 할 수 있다. 모더니즘을 가리켜 '문명사의 죽음과 재생 의식'이라고 말하는 것도 이 때문이다.

그러나 여기서 우리가 무엇보다 간과해선 안 될 것의 하나는 서구 모더니즘(엄밀히 말하면 서구 아방가르드나 영미의 포스트모더니즘)이 이천 년의 기독교 문명사의 종말을 목도하면서 이를 대신해 새롭게 대두할 문명사의 이념으로 동양정신을 탐구하고 있다는 사실이다. 물론 그중에는 유럽 문명의 르네상스와 가톨릭시즘의 재생을 포함한 여러 다양한 가능성을 타진하는 부류도 없지 않는 까닭에 그것이 절대적으로 동양정신에 국한된 것이라고 만 말하기는 어렵다. 그러나 그 대세가 동양정신 쪽으로 기울어져 있다는 것만큼은 부정할 수 없는 현상이다. 따라서 모더니즘이란 이미 몰락해가고 있는 서구의 정신사를 대체하여 새로운 문명사의 이념을 탐색하고자 하는 문화예술 사조이며 여기에는 동양정신의 탐구가 큰 비중을 차지한다고 말하는 것은 잘못이 아니다.

이렇게 볼 경우 우리가 모더니즘을 어떻게 수용해야 할 것인가 하는 문제의 해답은 자명해진다. 적어도 사상적 또는 이념적인 측면의 수용에는 자성적 검토가 필요하다는 사실이다. 필자가 우리 시의 사상적 지향을 전통적인 데서 찾아야 한다고 주장했던 논거가 여기에 있다. 그렇다고 해서 모더니즘이 우리 시의 발전에 전혀 무가치하다는 말은 물론 아니다. 기법이나 언어미학 그리고 상상력 등 다양한 방면에서 새롭고 유익한 측면을 계발시켜 주었다는 것은 누구나 인정하고 있는 바 아닌가. 그러나 이 '새로움' 역시 어디까지나 방법적 차원에 해당하는 것이지 우리 시가 도달해야 할 목적적 차원에 해당하는 것이라고 말할 수는 없다.

바람직한 우리 시는 전통에 토대한 사상을 모더니즘의 기법으로 발전시킨 것이어야 한다. 거기엔 물론 전제되어야 할 조건도 하나 있다. '전통에 토대한 사상'이란 곧바로 전통사상을 가리키는 것이 아니라 — 필자가 앞서 전통의 개념규정에서 밝혔듯이 — 현대적인 의미로 변용 발전된 전통사상이어야 한다는 바로 그 점이다.

삶의 지표종指標種으로서의 시

1

문학과 스포츠는 물론 서로 다른 인간의 활동 영역이다. 그럼에도 불구하고 이 양자가 공유하는 부분은 적지 않다. 그것은 단순히 '유사하다' 혹은 '공통점이 있다'는 차원을 벗어나 본질적인 면에서도 일치되는 특성도 많이 있다는 뜻에서 그러하다.

서구어 영, 독, 불어에서 같은 스펠로 표기되고 있는 'sports'는 어원적으로 고古 불어佛語 'desport'에서 왔다. 'desport'에서 앞의 두 음절 'de'가 생략된 것이다. 그런데 'desport'는 원래 '목적'이라는 뜻을 지닌 'port'에 그것을 부정하는 접두사 'des'가 붙어 만들어진 합성어이므로 '아무 목적 없이 그저 즐거워서 하는 행위' 곧 '유희(play)'나 '여가(recreation)'와 같은 뜻의 말이었다.

시를 지칭하는 고대 그리스어 'poesis(poetry)' 역시 이와 유사하다. poesis란 어원적으로 '만들다' 혹은 '창작한다'는 뜻의 'poiein'에서 온 말이고 창작이란 — 일정한 목적을 위해 반복적, 의무적으로 하는 노동(work)과 달리 — 오직 그 자체로 즐거운 유희 활동에서만 가능한 작업이기 때문이다. 지금도 서구어에선 '여가' 또는 '유희'라는 말은 '재창조(re-creation)'라는 말로 대신해 사용한다. 그러한 관점에서 스포츠와 문학은 그 출발 지점 내지 행위의 동기가 서로 일치한다고 말할 수 있다.

우리는 이 대목에서 문득 칸트(I. Kant)가 예술이란 원래 유희 활동이며 그 본질은 '무목적無目的의 목적目的'에 있다고 한 언급에 주목하게 된다. 칸트는 우주적 현상을 먼저, 벌이 정교한 정육각형 입방체의 집을 짓는다든가 바람이 호수에 아름다운 파문을 만든다든가 하는 따위에서 볼 수 있는 것과 같은 작위(agere)와 인간의 의식에 따라 이루어지는 행위(facere)로 구분하였다. 그리고 다시 후자를 노동(Arbeit)과 유희(Spiel)로 나누었는데 일정한 목적과 대가를 위해 벌리는 작업은 노동, 아무런 목적과 보수에 대한 기대 없이 그 자체를 즐기기 위해서 하는 행위는 유희이다. 칸트에 의하면 이 경우 예술이란 유희를 통해서 얻어진 어떤 산물이다. 소위 '유희충동설'이라 부르는 예술 발생 이론이다. 그러한 관점에서 예술(art)은 자연(nature)과 대립된 인위적인 행위이자 동시에 어떤 강제와 목적을 벗어난 유희의 한 표현이라고 할 수 있다.

그러나 예술은 — 행위 자체가 유희라는 점에서 — 언뜻 맹목의지의 표현 같아 보이지만 궁극적으로는 우주적 합목적성에 귀일한다. 인간이 시도하는 그 어떤 창조적 자유도 — 그가 바로 유한한 인간인 까닭에 — 그 막다른 지점에선 우주적 끈의 필연성을 놓칠 수 없는 것이다. 예술은 자연의 소산인 작용(effectus)과 달리 본질적으로 이성적 의지력의 활동이 지배하는 작품(opus) 세계를 지향하기 때문이다. 칸트는 이를 일러 '무목적의 합목적성(purposeless purposiveness)'이라 지칭했는데 예술작품이 지닌 형식(form: 질료(matter)에 대립하는 개념, 헤겔의 용어)이 그 대표적인 예의 하나이다. 우리는 바로 이 대목에서 일차적으로 문학과 스포츠의 일원성을 확인한다. 앞서 그 어원론적 해명에서도 밝혔듯이 문학과 스포츠는 모두 유희의 산물이자 유희 그 자체의 행위이며 — 문학은 물론 재론할 여지가 없지만 — 스포츠에서도 칸트의 소위 '무목적의 합목적성'이라는 원리가 존중된다고 생각되기 때문이다.

그런데 모든 유희는 본질적으로 평화를 전제하는 데서만이 가능한 행위이다. 평화 없는 유희란 생각할 수 없다. 아니 유희란 바로 평화 그 자체이다. 그래서 우리는—개인이건 공동체이건—어떤 갈등의 상황에 부딪힐 때 그 해결의 실마리를 항상 '유희'에서 찾는다. 예컨대 냉전시대의 미국과 중국은 소위 핑퐁 외교를 빌미로 해서 상대방을 인정하고 국가 간 화해를 도모했다. 제1차 세계대전(1914년) 때 영국군과 독일군 사이에 일어났던 파리 교외의 '마른 전투(Battle of Marne: 벨기에 아프르 지역에서 일어난 전투라는 설도 있다)의 기적' 역시 이와 다르지 않다.

그러한 의미에서 동계올림픽의 개최를 계기로 우리가—특히 근대사에서 여러 가지 갈등을 겪어온 동아시아의 한국, 중국, 일본의 시인들이—서로 이마를 맞대고 '시와 인류의 평화'에 대해 성찰해보는 것은 지극히 자연스럽고 바람직한 일일 것이다.

2

만일 '시의 행위' 즉 시를 쓰거나 혹은 읽거나 하는 행위에 어떤 마지막의 목표가 있다면 무엇일까. 나로서는 그것이—비록 불가능하다 하더라도 거기에 가까이 도달하고자 기울이는 노력이라는 점에서—완전한 인간상의 탐구와 그 실현에 있지 않을까 생각한다. 이는 다음과 같이 설명될 수 있다. 인간은 본능적으로 행복을 추구하는 존재이다. 그런데 행복이란,—다른 많은 견해들이 있을 수 있음에도 불구하고—어떤 절대 자유의 경지 혹은 완전한 인간의 삶에 있다는 것을 부정하는 사람은 아마 없을 것이다. 왜냐하면, 인간은 근원적으로 유한하고 모순에 차 있는 존재이기 때문이다. 따라서 가치 있는 인간의 정신활동의 하나인 문학 역시 이로부터 벗어날 수 없음은 당연하다. 시의 궁극적인 목적은 이처럼 인간으로 하여금 어떤 절대 자유의 경지에 이르도록 독려하는 데 있는 것이다.

한편 시작詩作이란 일종의 창조 행위이다. 그런데 이 지상 그 어디에도 자유가 전제되지 않은 창조란 있을 수 없다. 기독교에서 말하는 하나님도 그 자신 절대 자유를 누릴 수 없었다면 어떻게 이 세계를 창조할 수 있었을 것인가. 어떤 주어진 속박과 조건 아래서 무엇을 만든다는 것은—비록 단순한 제작 활동이 될 수 있을지언정—진정한 창조 행위가 될 수는 없다. 19세기 말과 20세기 초에 유럽의 찬란한 문예부흥을 이끌었던 러시아 문학이 소비에트 정권의 소위 사회주의자 리얼리즘이라는 족쇄에 물려 덧없이 사라져버리고 말았다는 것은 우리가 오늘의 세계문학사에서 여실하게 목도한 바 아닌가?

물론 오늘날에도 이 세계에는 아직 언론 검열이나 어떤 전제된 조건 아래서만 창작이 허용되는 국가가 없는 것은 아니다. 그러나 그 누구도 이를 일러 창작 본연의 자세라 주장할 수는 아마 없으리라 생각한다. 이를 합리화하고 있는 각 나라의 처한 상황이 어떠하든 그것은—진정한 문학의 탐구를 위해서만이 아니라 그 같은 문학을 자연스럽게 생산해낼 수 있는 사회적 혹은 존재론적 삶의 조건을 위해서라도—우리가 궁극적으로 타파해야 할 인류의 어떤 불행한 유산일 터이다. 따라서 우리가 행복한 사회를 이루는 조건의 하나는 당연히 자유로운 시 창작의 보장에 있다.

이처럼 시란 본질 자체가 그렇지만 그 추구하는 세계나 이념, 나아가서 시 쓰는 행위 또한 기본적으로 자유에 기초하고 있다. 따라서 어딘가 시가 시로서 존재하고 있다는 것, 그리고 그 시가 만인의 사랑을 받고 있다는 것은 시의 내용, 혹은 시가 지향하는 이념의 차원을 떠나서 그것이 다만 그 자체로 존재한다는 사실 하나만으로도 인류의 행복한 삶에 기여하는 일이 된다. 그러한 의미에서 시란 행복의 수준을 나타내주는 인간 삶의 지표라 할 수 있다. 우리의 생태계에 환경오염을 알려주는 지표종이라는 것이 있듯 인간 삶의 행, 불행에도 그 오염을 알려주는 지표종(Indicator Species)으로 곧 시라는 것이 있는 것이다. 그러므로 우리는 시가 없는 사회 혹은 시가 없는 미래를 상상할 수 없다.

3

시가 무엇이냐 하는 질문에는 그 기능, 구조, 이념, 혹은 효용성 등의 측면에서 여러 가지 이견들이 있을 수 있다. 그러나 보편적으로 합의된 내용들 중의 하나는 서로 상반하는 가치나 충동 혹은 의지들을 화해시켜 하나로 통합하는 정신작용이라는 것이다. 간단히 말해 시란 갈등하는 두 요소를 하나로 조화시키는 정신작용 혹은 그 언어행위를 가리키는 말이다.

일찍이 아리스토텔레스는 — 각각 주동인물(protagonist)과 반동인물(antagonist) 사이에서 야기되는 — 공포(fear)와 연민(pity)이라는 두 모순되는 감정의 조화에서 비극의 본질을, 그 조화를 통해 이루어지는 관객들의 심리적 갈등 해소 즉 카타르시스에서 비극의 기능(효용성)을 찾은 바 있다. 그의 이론은 이후에 큰 영향을 주어 후대에 이를 계승 발전시킨 문학이론들은 일반적으로 상반하는 가치들을 추구하는 두 세력 간의 갈등이 어떻게 화해 혹은 극복에 이르는가를 그려 보여주는 이야기가 문학이라는 것에 합의를 보았다. 따라서 모든 산문 문학은 반동세력과 어떤 특정한 갈등에 빠진 주동의 중심 인물 즉 주인공이 그것을 어떻게 주도적으로 해결하는가 하는 문제에 초점을 맞춘다. 그리고 이 주동과 반동에 각각 그들 세력의 역할에 합당한 인물들의 그물망을 촘촘히 엮어 전개시킨 사건들이 작품의 내용을 이룬다는 것도 잘 알려진 사실이다.

소설과 달리, 일인칭 독백 형식의 언술을 취하는 까닭에 — 인물이 등장할 수 없는 까닭에 — 인물 아닌 시적 상상력이나 그 의미 지향이 이 역할을 대신한다는 것이 다르다면 다를 뿐 이는 시의 경우에서도 마찬가지이다. 즉 시에 있어서 주동과 반동은 인물이 아니라 시의 내용을 이끌어가는 두 개의 상충하는 상상력 혹은 의미 지향이 대신한다. 시에서 상상력의 이원적 대립(binary opposition)이라 부르는 바로 그것이다. 따라서 이 역시 시가 그 무엇보다 인류 평화에 기여할 수 있는 훌륭한 정신적 자산이라는 사실을 증거한다. 왜냐하면 그 어떤 것이나 모든 평화를 위협하는 요인들은 본질적으로 — 구체적인 실상이야 어떤 형식으로 나타나든 그 원리에 있어서 만큼은 — 상호 대치 속에서 빚어진 갈등에서 야기되는데 시의 본질은 바로 이 갈등하는 두 세력을 조화 혹은 카타르시스 시키는 데 있기 때문이다.

여기서 우리는 제1차 세계대전의 재앙이 전 유럽 대륙을 휩쓴 전후의 폐허에서 리처즈(I.A. Richards)가 다음과 같이 주장하는 것에 주목해야 한다. "삶의 긴장과 갈등은 원시사회가 문명사회로, 제의祭儀 공동체가 개인주의로 분화 발전하면서 발생하게 되었다. 따라서 어느 시대나 역사적으로 이 갈등을 조화 혹은 통일시키는 것이 중요한 과제였고 이는 지금까지 대대로 종교가 그 임무를 맡고 있었다. 그런데 현대는 — 근대에 들어 니체가 신은 죽었다고 선언한 바와 같이 — 종교가 사라진 시대이므로 이제 시가 종교 대신 그 역할을 담당해야 한다"는 것이다.

이미 하르트만(Hartman)이 지적한 것이지만 이와 같은 관점에서 보면 현대시에서 형식의 원리로 자주 인용되는 개념들 — 통합(unity), 복합성(complexity), 응축(coherence), 조화(reconciliation) 등도 사실은 양차 세계대전에서 기인한 인간 황폐화의 문화적 기호화記號化라 할 수 있다. 그것은 양차대전에서 야기된 삶의 소외와 갈등을 극복하고, 혼란된 세계에 질서를 부여하며, 우리 시대의 공격적 이데올로기, 도그마적 신념, 종교적 신성성의 상실 등을 치유코자 하는 노력의 한 산물인 것이다.

이렇듯 시는 그 본질에 있어서도 갈등의 치유, 평화에의 지향이라는 명제에 제일의 의미를 두고 있다. 과거와 오늘은 물론 미래에 있어서도 시가 필히 존재할, 또한 절대 소멸되어서는 아니 되어야 할 소이연이다.

4

'시와 평화'를 논의함에 있어서 빠트릴 수 없는 것의 또 하나는 바로 언어 문제이다. 시는 다른 예술과 달리 언어를 매재로 한 예술인 까닭이다.

그런데 언어에는 두 가지 종류가 있다. 하나는 전달의 언어이다. 흔히 우리가 '언어란 사상과 감정을 전달하는 청각적(혹은 시각적) 기호'라고 할 때의 언어이다. 우리는 언어를 통해 사상이나 감정 혹은 정보와 같은 것들을 상대방에게 전달하거나 전달받을 수 있다. 한마디로 생활 언어이다. 다른 하나는 언어를 만드는 행위 그 자체로서의 언어이다. 실제 생활에서 언어를 사용하기 위해서는 우선 사용할 그 언어가 먼저 만들어져 있어야 할 것이 아닌가. 이 '언어의 만듦' 역시 하나의 언어 행위에 속하는 것이다.

그런데 언어를 만든다는 것은 사물들에게 그에 합당한 이름을 붙여주는 행위 곧 '사물에 대한 명명 행위'를 가리키는 말 이상이 아니다. 우리는 어떤 사물을 보고 그것을 '꽃'이라고 불러 이름을 지어주어야만 비로소 그 '꽃'이라는 이름(음성적 기호=언어)을 이용해 일상 언어 생활을 영위할 수 있는 것이다. 이와 같은 언어를 우리는 존재의 언어라 부른다. 성서에 하나님께서 말씀으로 이 세상을 창조하셨다고 말할 때의 바로 그 언어이다.

이 양자의 언어 가운데서 시란 '전달의 언어'가 아닌 이 '존재의 언어'로 쓰인다. 전달의 언어로 쓰인 언술은 비록 시각적, 혹은 청각적 배열에서 시 같은 형식을 취한다 하더라도 본질적으로는 산문에 지나지 않기 때문이다. 한편 이에 대해서 존재의 언어란 다른 말로 '발생의 언어'라고도 할 수 있다. 왜냐하면 앞서 살펴보았듯이 전달의 언어가 실용 언어(일상 생활어)인 것과 대조해 존재의 언어는 사물을 명명하는 행위 즉 언어를 만드는 행위의 언어인 까닭이다. 여기서 이 존재의 언어의 주인이라 할 시인의 한 특별한 위상이 정립되는 것이다.

시인은 바로 이 존재의 언어의 주인인 까닭에 이념으로부터 자유스럽다. 아니 이념으로부터 자연스러워야 한다. 시안이 이 세상의 사물 하나 하나에 이름을 지어줄 그 어디에 이념의 개입이 가능할 것인가. 이념이란 이미 만들어진 언어를 이용해 그것을 도구로 사용하는 과정(즉 전달의 언어)에서 개입하는 어떤 인위적 신념이기 때문이다. 하나님도 그리하셨다. 그가 어디 어떤 구속된 이념으로 이 세상을 만드셨을 것인가. 만일 그렇다면 그는 그 자신 지으신 세상을 보고 단지 즐거움만을 느끼시지는 않았을 것이다(성서에 보면 우주 창조를 마친 하나님은 당신이 만드신 이 우주를 보고 다른 뜻이 없이 그저 그 자체를 심히 즐거워하시며 하루를 휴식했다. 즐거움에는 이념이 없는 것이다).

그러므로 시인은 비록 시를 이용해 어떤 이념을 전달할 수는 있을지언정(물론 이 경우는 엄밀한 의미에서 시 행위가 아니다.) 그 자신 이념주의자는 아니다. 그는 단순히 이 세계를 순수 의식으로 바라보고 이 세계의 존재성을 드러내는 자일 뿐이다. 흔히 인간이란 '언어를 사용하는 동물(homo symbolicum)'이라 할 때의 바로 그 인간이다. 그런 까닭에 시인은 본질적으로 민족주의자가 될 수 없다. 그에겐 다만 이념이 아닌 인간만이 있기 때문이다.

흔히 언어는 민족을 결정한다고 말한다. 즉 민족이란 간단히 같은 언어를 사용하는 집단을 일컫는 말이다. 그러나 민족의 정체성이 곧 민족주의는 아니다. 민족주의란 민족이라는 정체성에 특별한 이념이 결합된 어떤 이념체계를 지칭하는 말인 까닭이다. 그러므로 그가 처한 어떤 특별한 상황이나 정치인으로 나서지 않는 한, 본질적 혹은 정통적인 의미의 시인일 경우 시인은 민족문학(national literature)을 지향할 수는 있지만 민족주의문학(nationalist literature)을 지향해서는 안 된다. 참다운 시인은 — 그가 중국인이든 한국인이든 혹은 일본인이든 — 자신의 국가 이익보다 보편적 인간의 이익을 추구해야 하기 때문이다. 시인이 이 세상 그 누구보다 순수한 휴머니스트로 남아 있어야 하는 까닭이 여기에 있다.

지금 동아시아에는 국가 간 상호 이익 추구로 인한 갈등의 파랑이 높아지고 있다. 그러나 시인은 국가의 이익보다 세계의 이익을, 민족의 이익보다 인간의 이익을 옹호하는 데 앞장을 서야 한다. 시인이 지향해야 할 목표는 바로 인간 그 자체이기 때문이다. 그는 민족문학을 지향할 수는 있겠지만 어떤 특별한 상황이 아닌 한 민족주의 문학을 지향해서는 아니 되는 한 특별한 지식인의 경계에 서 있는 자인 것이다.

* 이 글은 2017년 9월 14일 강원도 평창의 알펜시아에서 '2018년 평창 동계올림픽' 국제 문화행사의 일환으로 한국시인협회가 주최한 한·중·일 시인 축제 〈동아시아의 평화와 미래〉에서 행한 기조 강연문임.

제2부

가람 이병기의 시사적 위치와 '시름'의 의미

1

고려 중기에 발생했다고는 하지만 시조는 대체로 조선의 운문 문학을 대표하는 시가 형식이다. 그런 까닭에 근대 이전, 우리의 전통시조에는 그 무엇보다도 조선적 가치관이 반영되어 있다. 그렇다면 그 '조선적 가치관'이라는 것은 무엇일까. 직접 설명하기는 간단치 않지만 간접적으로 조선 사회가 지향했던 이상적인 인간상에 표현되어 있지 않을까 한다.

조선시대가 이상화했던 인간상은 물론 선비이다. 그런데 선비는 두 가지의 태생적 조건을 지니고 있었다. 첫째, 계급적으로 양반이라는 점이다. 그런 측면에서 우선 조선의 시조는 양반계급의 문학이었다. 예외적으로 기생들이나 중인 및 일반 상민들이 쓴 시조가 없었던 것은 아니지만 전자의 경우는 대체로 양반들과 교류하는 과정에서 쓰여졌고 후자의 경우는 임진왜란 이후에 발생한 사설시조에 국한된 것들이어서 일반 평시조라 할 것은 대부분 이 시대의 통치 엘리트라 할 양반들만의 소유였다.

둘째, 이념적으로 성리학적 세계관 혹은 윤리관을 지향하고 있었다. 조선의 선비들이란 바로 성리학을 신주처럼 모시던 지식인 즉 유생儒生들이었던 것이다. 그러므로 시조 또한 당연히 성리학적 이념에 기초하여 쓰여졌다. 그것은 당대 시조 작가들 가운데 유생이 아닌 사람들은 거의 없다는 사실에서도 설명된다(작자 미상의 시조 작품이라 하더라도 그 내용을 보면 거의 대부분 성리학적 세계관을 담고 있다). 예컨대 조선의 시조 가운데서—당대의 또 다른 지식 계급이라 할—승려들의 소작은 단 한 편이 없다.

따라서 조선 시조의 이 같은 태생적 조건은 자연스럽게 다음과 같은 특성들을 드러내게 된다.

첫째, 정치 지향적이다. 조선시대의 선비란 그들에게 허용된 유일한 학문 즉 성리학을 평생 연마하여 그 학습하고 깨우친 바 도리를 천하에 널리 베풀고자 하는 지식인들인데 그 실천의 방법이 — 이른바 '입신양명立身揚名'이라 일컬어지는 — 과거에 급제해서 정치가가 되는 길밖에 없었기 때문이다. 그들은 이렇게 정치인이 되어 성리학이 가르치는 바의 도를 널리 펼치는 것을 출사出仕라 해서 생의 최고 덕목으로 생각했고 다른 한편으로 시대 상황이 자신의 뜻에 맞지 않을 경우 스스로 벼슬을 물리고 자연으로 돌아와 다시 학문에 은거하는 일을 치사致仕라 해서 이 또한 미덕으로 삼았다. 그러한 의미에서 조선의 시조 담당 계층이라 할 선비는 한마디로 정치 지망생이거나, 정치인이거나, 정치적 낙오자 이외 다른 사람들이 아니다.

따라서 이 같은 선비들이 쓴 시조가 대부분 정치의식을 반영하거나, 정치 이념을 토로하거나 자연 속에서의 유한幽閑과 은일隱逸을 미화하게 되는 것은 지극히 당연한 결과라 할 수 있다. 즉 그들이 출사를 목적으로 둘 때의 시조는 정치 혹은 성리학적 이념의 전달 도구였고 그들이 치사했을 때의 시조는 대부분 임금을 그리워하는 연군지사戀君之辭이거나 자연을 관념적으로 예찬하는 노래였다.

둘째, 윤리 지향적이다. 조선의 선비들이 성리학을 연마해 정치 다음으로 추구했던 가치가 바로 이의 실천 윤리였던 까닭이다. 그것은 우리가 전통적으로 유가적儒家的 삶의 본질로 여기고 있는 소위 삼강오륜三綱五倫이라는 강령만을 보아도 알 수 있다. 이는 물론 넓은 의미에선 조선왕조가 백성을 통치하기 위해서 만들어낸 유교 정치 이데올로기라는 점에서 정치와 무관할 수 없지만 좁은 의미로서는 그것이 이 시대 인간관계의 절대 규범이었다는 점에서 윤리적이다. 따라서 이 같은 가치관에 목을 매고 있는 조선조 지식인들이 쓴 시조가 대부분 윤리적, 도덕적, 교훈적 내용을 담을 수밖에 없었던 것 또한 당연하다.

2

19세기 말 20세기 초, 우리의 전통 문학이 근대 문학으로 이행되는 과도기에 애국 계몽을 지향하는 한 시기가 있었다. 우리 시조문학 역시 이에 부응하여 근대시조의 싹을 키웠다. 우리 근대시조 시단의 제1세대라 할 최남선, 이광수, 주요한, 김안서 등이다. 그러나 그 시사적 의미에도 불구하고 우리는 그들이 이룬 문학적 성취를 높이 평가하기 힘들다. 시대적 상황으로 인해서 그러했겠지만 그들이 시조를 통해 국민을 개조하고 민중을 계몽하려 했던 것이 그 문학적 기능에 있어서 조선의 시조들과 크게 다르지 않았다고 생각되기 때문이다. 이념의 실현 수단 혹은 전달 매체로 이용되는 문학 — 그중에서도 특히 시 — 은 문학적 이상에 도달하기가 매우 어려운 것이다.

그러한 관점에서 진정한 의미의 근대시조 창작은 바로 전통시조와 개화기 시조의 이 같은 한계를 극복한 제2세대의 등장으로 본격화되었다고 말해야 한다. 이은상, 정인보, 조운, 이병기 등이다. 그들은 모두 시조를 이념전달이나 사회개혁 혹은 민중계몽의 도구로 이용하려는 태도에서 벗어나 문학 그 자체의 자율성에 토대하여 창작한 시인들이다. 즉 우리 시조문학사에서 도구적 언어가 아니라 존재론적 언어의 시 창작을 지향했다는 점에서 공통된다. 그럼에도 불구하고 각자 지향했던 세계는 물론 달랐다.

정인보는 근대시조의 선구자들 가운데 가장 전통시조에 가까운 시조를 쓴 사람이다. 그것은 그 자신 한학漢學으로 무장한 확고한 유교 지식인이었으므로 성리학적 가치관에 토대한 선비정신을 문학적으로 형상화한 결과라 할 수 있다. 물론 그는 조선의 선비들처럼 근왕정신勤王精神이나 충군사상忠君思想에 맹종하여 시를 쓰지는 않았다. 그러나 그의 대표작이라 할 「근화사 삼첩」 같은 작품에서 민족의 뿌리나 국가의 원형을 예찬한 것은 이의 시대적 굴절이 아니었나 한다. 그의 다른 작품들 예컨대 「매화사」나 「자모사」 역시 선비의 절의사상節義思想, 효孝나 열烈 같은 유교적 실천윤리를 노래한 것들이다.

어머니 부르올 제 일만 있어 부르리까
젖먹이 우리 애기 왜 또 찾나 하시더니
황천黃泉이 아득하건만 혼자 불러 봅내다.

—정인, 「자모사慈母思」

이은상은 대체로 자연이나 국토 혹은 역사 유적을 예찬하는 시작으로 나아간다. 언뜻 그의 시조에 기행시紀行詩가 많아 보이는 것도 이 때문이다.

만월대 여기더냐
풀 우거진 여기더냐
주춧돌 위에 구으는 낙엽
남은 거라곤 겨우 이건데
저 사람 수고로이 왔네
이것 보자고 왔나
…(후략)…

—이은상, 「만월대 여기더냐」

물론 조선의 시조들도 자연을 노래한 경우는 많았다. 그러나 그것은 미화되고 관념화된 자연, 성리학적 삶의 이상을 노래한 자연이라는 점에서 이은상이 추구한 바 실재하는 자연이나 생활공간으로서의 자연과는 근본적으로 다르다. 역사 유적을 대상으로 한 시의 경우도 조선의 시조들은 단지 옛것에 대한 회고나 영탄에서 벗어나지 못한 반면 이은상의 시조에는 일종의 민족의식이 반영되어 있다. 그러한 관점에서 정인보의 시조가 과거적, 관념적 세계를 지향했다면 이은상은 일상적 현재적 세계를 지향했다고 말할 수도 있을 것이다.

조운의 시조가 이 시기 다른 시조 시인들과 다른 그만의 개성을 가졌다면 아마도 시조의 소재나 발상을 일상생활에서 얻었다는 점일 것이다. 그의 대부분의 시조는 현실 삶을 대상으로 하고 있다.

잠꼬대하는 설레에 보던 글줄
놓치고서

책을 방바닥에
편 채로 엎어놓고

이불을 따둑거렸다.
빨간 볼이 예쁘다

—조운, 「잠든 아기」

이상 살펴본 초창기 근대시조 시인들과 대조해 이병기는 '사물 탐구'라는 새로운 영역을 개척하였다. 사물을 특별한 이념적 스펙트럼이나 주관의 패러다임으로 보지 않고 그것을 편견 없이 객관적으로 인식하여 그 안에 내재한 어떤 존재론적 진실을 있는 그대로 드러내 보여주고자 한 것이다. 이와 같은 관점에서 우리의 근대시조는 이병기에 이르러 비로소 어떤 이념이나 관념으로부터 완전하게 해방되어 미학적 자유를 획득했다고 말할 수 있다. 그런 까닭에 이병기의 시조는 비록 자연을 대상으로 한 것이라 하더라도 전통시조처럼 인륜人倫, 도의道義나 형이상학적 사유의 경지로 나아가지 않고 물物 자체의 존재론적 의미를 탐구하게 된다. 이병기의 시조가 이 시기의 다른 시인들의 시조들과 달리 감각적이고 즉물적인 이유가 여기에 있는 것이다.

바람이 서늘도 하여 뜰 앞에 나섰더니
서산 머리에 하늘은 구름을 벗어나고
산뜻한 초사흘 달이 별과 함께 나오더라

달은 넘어가고 별만 서로 반짝인다
저 별은 뉘별이며 내 별 또한 어느 게오
잠자코 호올로 서서 별을 헤어 보노라.

—이병기, 「별」

그 얼굴 그 모양을 누가 탐탁타 하리
앞뒤로 돌보아도 연연한 곳이 없고
그 속은 얼음과 같이 차고 담백하도다

차고 담백함을 누가 귀엽다 하리
다만 헌신같이 초개에 버렸으니
때 묻고 이지러짐이 저의 탓은 아니로다

—이병기, 「괴석塊石」

위의 인용시에서도 이병기는 다른 무엇보다 일단 사물을 시적 대상으로 삼았다는 점, 그 사물들의 하나하나라 할 '별'이나 '괴석'을 어떤 이념의 매

개체로 보기보다 사물 그 자체 즉 별을 별, 괴석을 괴석으로 인식하여 그때 그 순간 그가 본 이들의 본질적 의미를 있는 그대로 서술하고자 했다는 점에서 사물탐구의 시작 태도를 가졌다고 할 수 있다.

3

이병기가 사물 탐구를 통해 지향하는 세계란 무엇인가. 여러 관점에서 논의될 수 있겠으나 나는 우선 그가 자신의 시에서 고백하고 있는 바, '시름'이라는 말로 표현된, 어떤 내적 고뇌에서 그 실마리를 풀 수 있지 않을까 생각한다. 예컨대 다음과 같은 시들이다.

그대 괴로운 숨 지고 이어가려 하나
좁은 가슴 안에 나날이 돋는 시름
회도는 실꾸리 같이 감기기만 하여라

아아, 슬프단 말 차라리 말을 하랴
물도 아니고 돌도 또한 아닌 몸이
웃음을 잃어버리고 눈물마저 모르겠다.

쌀쌀한 되 바람이 이따금 불어온다.
실낱만치도 볕은 아니 비쳐든다
찬구들 외로이 앉아 못내 초조하노라.

—「시름」 전문

해만 슬픗하면 우는 풀벌레 그 밤을 다하도록 울고 운다

가까이 멀리 예서 제서 쌍져 울다 외로 울다 연달아 울다 뚝 끊쳤다
다시 운다. 그 소리 단조하고 같은 양 해도 자세 들으면 이놈의 소리
저놈의 소리 다 다르구나.

남몰래 겨우는 시름 누어도 잠 아니 올 때 이런 소리도 없었던들 내
또한 어이하리.

—「풀벌레」 전문

이병기는 인용된 위의 시들에서 그의 좁은 가슴에 실꾸리같이 끊기지 않은 어떤 한 '시름'이 있어 웃음도 눈물도 잊어버린 채 홀로 초조히 세월을 보내고 있다는 것과 가을의 풀벌레 같이 살아야 하는 자신의 어떤 삶의 비참함에 대하여 언급하고 있다. '실낱만치도 볕이 들지 않은' 어둠 속의 삶과도 같은 그것이다. 그리하여 그는 그가 감당해야 할 그 같은 비극적 현실을 비유적으로 이렇게 묘사해 보여준다.

지는 잎 너도 어이 갈 바를 모르고서
바람에 흩날리어 이리저리 헤매느냐
그러다 발에 밟히어 흙이 되고 마느냐

날아드는 잎이 뜰 앞에 가득하다
바람이자고 달은 고이 비쳐들고
밤마다 서리는 나려 하얗게도 덮는다.

—「낙엽」 부분

새로 난 난초잎을 바람이 휘젓는다
깊이 잠이나 들어 모르면 모르려니와

눈뜨고 꺾이는 양을 참아 어찌 보리야

—「난초 2」 부분

저대로 자란 나무 울 지어 가리우다
울밀도 하던 그 잎 찬바람에 다 날리고
머언 뫼 검은 바위도 옹기종기 보인다.

—「고토故土」 부분

앞선 시(「시름」)에서 이미, 거친 들판에 부는, '쌀쌀한 되 바람'의 상징이 등장했지만 위의 시에서는 더 적극적으로 그 찬바람에 떨어져 구둣발에 짓밟히는 낙엽의 운명과, 채 피우지 못한 채 꺾여 버려진 난초 꽃대궁의 절망이 그려져 있다. 그리고 그 같은 세상은 이제 태양이 밝은 낮이 아니라 깜깜한 어둠의 시간이며("밤마다 서리는 나려 하얗게 덮는다") 대지는 생명의 숨결을 거둔 채 꽁꽁 얼어붙은 죽음의 땅 즉 동토凍土가 되어버렸다고 한다. 그렇다면 이병기의 시에서 이렇게 제시된 비극적 삶의 상황은 구체적으로 무엇을 지시하고 있는 것일까. 두말할 것 없다. 시인이 인용 시 「고토故土」에서 우리의 국토의 참상을 "울밀도 하던 그 잎 찬바람에 다 날리고/ 머언 뫼 검은 바위도 옹기종기 보인다"고 이미 밝힌 것처럼 그가 생존을 영위하고 시작 활동을 했던 1920, 30년대 즉 일제강점기하의 조국 현실이 분명하기 때문이다. 이와 같은 해석은 다음과 같은 시를 살펴볼 경우 더욱 확실해진다.

봄날 궁궐 안은 고요도 고요하다
어원御苑 넓은 언덕 버들은 푸르르고
소복한 궁인宮人은 홀로 하염없이 거닐어라.

썩은 고목 아래 전각은 비어 있고

파란 못물 위에 비오리 한 자웅이
온종일 서로 따르며 한가로이 떠돈다.

—「봄 2」 부분

시인은 황폐해진 조선 왕조의 궁궐을 돌아보며 국권 상실에 따른 시대의 허무감과 자신의 자포자기적 삶의 시름을 여과 없이 표출하고 있다. '썩은 고목 아래 비어 있는 전각'이라든가 '비오리 한 쌍이 한가하게 유영하는 어원御苑의 봄 풍경' 등의 묘사가 암시해주는 의미가 그러하다. 이로 미루어보건대 그의 다른 작품에서 유독 '밤', '겨울', '거친 바람', '낙엽', '풀벌레', '구름' 등 부정적인 이미지가 다수 등장하는 것은 결코 우연이 아닐 것이다.

어떻든 이병기가 그의 시편에서 묘사해 보여주는 것들은, 비록 비유적인 방법을 구사하고 있다 하더라도, 결국 일제강점기하의 어두웠던 민족 현실을 그린 것이라 할 수 있다. 그것은, 모든 문학작품의 창작은 본질적으로 그 시대의 삶 혹은 현실이 — 간접적이건 직접적이건, 혹은 소재적이건 구조적이건 — 어떤 형식으로든 필연적으로 반영될 수밖에 없다는 문학론의 일반적 명제와 더불어 시인 자신이 시에서 또한 이렇게 이야기하고 있기 때문이다.

어스름 저무는 날 누가 나를 부르노라
으슷한 골을 찾아 성모로로 돌아가니
재 넘어 달은 오르다 구름 새로 숨어라.

날마다 조이든 몸 피로도 피로하리
다행히 오늘이야 시름 잊고 드는 그 잠
여린 듯 고운 숨결이 밤을 홀로 울린다.

—「밤 1」 전문

매일매일 시름에 겨워 세월을 보내던 시인은 어느 어스름한 날 저녁, 문득 누가 부르는 소리를 듣고 자신도 모르게 밖으로 뛰쳐나간다. 친근하게 듣던 어떤 그리운 목소리였기 때문이다. 그렇다면 그는 누구이고 그는 왜 그를 불렀을까. 작품 자체로는 그 어떤 설명도 구체적으로 적시하고 있지 않다. 그러나 우리는 다음과 같은 두 가지 사항에 대해 주목할 수 있을 것이다. 하나는 그가 그 부르는 사람을 영접하기 위하여 다른 곳도 아닌 하필 '성城 모로(성 모퉁이)'로 달려갔다는 점이고 다른 하나는 그의 그 같은 체험이 그로 하여금 그날만큼은 시름을 잊고 고운 숨결의 잠에 들 수 있게 만들었다는 사실이다. 즉 그 부르는 사람과의 일체된 체험이(그가 자신을 부르는 사람과 현실적으로 만났는가 하는 점은 시에서 그리 중요하지 않다. 다만—비록 그것이 하나의 환영이었다 하더라도—그와의 정신적인 교감을 나눌 수 있었다는 것 그 자체가 중요할 뿐이다.) 그로 하여금 삶의 평안과 안식을 가져다주었다.

우리는 이 대목에서 소월의 다음과 같은 시 한 편을 문득 떠올리게 된다.

그 누가 나를 헤내는 부르는 소리
불그스름한 언덕 여기저기
돌무더기도 움직이며 달빛에
소리로만 남은 노래 서러워 엉거라.
옛 조상들의 기억을 묻어둔 그곳
…중략…
내 넋을 잡아 끄러 헤내는 부르는 소리.

—김소월, 「무덤」 부분

소월은 옛 조상들의 무덤으로부터 자신을 부르는 어떤 애타는 목소리를 듣고 설움과 회한의 한 세상을 깨닫는다. 그런데 그 같은 깨우침의 목소리가 실은 소월 문학의 저변에 깔린 '한恨'의 정서를 해명해 내는 한 키워드가 된다는 것은 이미 많은 논자들에 의하여 지적된 바와 같다. 그렇다면 그것은 무엇인가. 한마디로 (이 시의 '조상'으로 상징되는) 잠든 우리의 내면의식을 일깨우는 민족혼의 안타까운 목소리이자 조국의 재생을 촉구하는 선열들의 숨은 절규일 것, 소월문학의 기저를 다지고 있는 소위 '한의 정서'라는 것이 단지 이성애異性愛라는 차원을 넘어서 민족과 역사의 지평으로 확장되어야 할 소이연이 바로 여기에 있다는 것도 우리는 굳이 지적할 필요가 없을 것이다.

그렇다면 이병기의 '시름' 역시 이와 다르지 않으리라. '성 모로' 즉 성城이란 일제의 침탈로 스러져 버린 조선 왕조 즉 국권을 상징하는 원형 상징인데(신화적 의미에서 '성'이란 궁궐과 더불어 국가 그 자체를 상징한다) 이 '성'이 부르는 목소리에 어떤 정신적 일체감을 체험함으로써 화자는 순간적이나마 '시름'으로부터 벗어날 수 있었기 때문이다. 시름이란 "마음에 늘 걸리어 떨어지지 않는 근심과 걱정"이라 한다(『새 우리말 큰 사전』, 삼성출판사). 따라서 이병기가 그의 시에서 토로한 '시름'은 — 소월이 그의 시 「무덤」에서 고백한 것과 같이 — 국권 상실에서 오는 시대적 절망감과 일제의 야만적 폭력에서 기인된 선비의 무력감이 복합적으로 만들어낸 정서가 아니겠는가.

그리하여 우리는 다시 이 대목에서 '시름'을 노래한, 조선의 널리 알려진, 다른 시조 한 편을 인용할 필요를 느낀다.

> 한산섬 달 밝은 밤에 수루에 혼자 앉아
> 큰 칼 옆에 차고 깊은 시름하는 적에
> 어디서 일성 호가는 남의 애를 끊나니
>
> —이순신

무인武人과 문인文人, 각기 다른 길을 걸었지만 이순신과 이병기 모두 암울한 민족의 운명 앞에서 한 시대를 고뇌했던 양심들이었다. 그래서 위기에 처한 조국의 현실을 보고 모두 어떤 깊은 시름 속에서 한 시대를 살았다.

그 느낀 심정인들 어찌 다르겠는가. 다만 다르다면 한 분은 큰 칼을 옆에 찬 채 전장戰場을 굽어보고 있는 비장한 무인의 모습이고 다른 한 사람은 텅 빈 백지 위에 민족의 혼을 일구려 몸부림친 선비였을 뿐.

민족시의 한 지평 이은상

1

노산鷺山 이은상李殷相은 우리 근대시조라는 큰 산맥 가운데서도 빼어난 한 봉우리이다. 그것은 그 문학적 양이나 질에서 모두 그러하다. 가령 당대의 평필을 휘어잡고 있었던 양주동梁柱東이 이 시기를 대표하는 4대 시조 시인을 거론하면서 "육당六堂은 박달나무, 위당爲堂은 인절미 떡, 가람은 난초에 비견될 정도로 하나씩 체體와 풍風을 익혀온 데 반하여 노산은 그 모든 것을 갖추었다"(「제사題詞」, 『노산시조선집鷺山時調選集』, 남향문화사, 1958)고 평한 것이나, 국문학자 도남陶南 趙潤濟이 "시조인으로 몸을 세우고 거기에 자기의 예술적 생활을 발견하여 전문적으로 시조를 창작하여 왔던 터인데 그만큼 노산은 시조를 배워 다만 그 형식을 양득諒得하였을 뿐 아니라 자기를 시조에 던져 넣어서 한번 자기를 시조로 소화시킨 다음에 다시 자기적 시조를 창작하였다"(「시조의 본질」, 『조선시가의 연구』, 을유문화사, 1948)고 평한 것 등은 그 같은 평가의 대표적 예들이라 할 수 있다.

노산이 문단에 등단한 해는 정확치가 않다. 지금까지 조사된 결과에 따르면 그가 처음으로 인쇄매체에 발표한 작품은 「새벽비」(1923년 11월 『연희延禧』)이지만 그 자신의 술회에 의할 경우 이미 그 이전 19세 때인 1922년에 「아버지를 여의고」, 「꿈 깬 뒤」 등을 썼다고 한다. 그러나 어인 일인지 그가 처녀작으로는 항상 1928년에 발표한 「고개를 수그리니」를 들고 있으니 아마도 1928년 이전의 작품에 대해서는 자신도 그 수준을 별로 인정하지 않는 듯하다. 실제 문학 활동을 살펴보면 그가 자유시 창작이나 서구 문학적 감성에서 벗어나 시조 창작과 국학연구 등 우리의 전통에 뿌리를 내리기 시작한 시기는 대략 1927~8년 전후였다(임선묵, 「논산론」, 『시조시학 서설』, 단국대학교 출판부, 1981). 어떻든 노산은 이로부터 타계하기까지 5~60년 동안 거의 2000여 편에 가까운 작품을 씀으로써 우리 시조 시단에 가장 많은 작품을 남긴 시인이 되었다.

그러나 그의 문필 경력을 보면 그가 다만 시조 창작에만 몰두했던 것은 물론 아니다. 초기에는 자유시와 소설(「섬속의 무덤」(1923), 「여류음악가」) 창작을 시도한 바 있고 많은 수필과 평론들을 썼다. 민족정신의 원류를 탐구하고 시조문학을 연구한 논문들을 집필하고, 우리 문단에 외국 시인을 소개하는 데도 관심을 기울였다. 무엇보다도 그는 유려한 필체로 수많은 금석문金石文을 지었다. 뿐만 아니다. 그의 많은 시조들이 가곡으로 작곡되어 지금까지 민중의 심금을 울리고 있다. 「사우思友」(박태준 작곡), 「가고파」(김동진 작곡), 「옛동산에 올라」, 「성불사의 밤」, 「고향생각」, 「그리움」, 「입다문 꽃봉오리」, 「사랑」, 「관덕정」, 「봄처녀」, 「금강에 살으리랏다」(이상 홍난파 작곡), 「봉선화」(김형준 작곡) 등이 그 대표적이다.

그의 생애 역시 단순한 문필가로 마감하지는 않았다. 그는 일반 문인이 항용 걸어온 길과는 다르게 사회적으로도 많은 활동을 했다. 신문기자, 교사, 교수, 신문사 사장, 출판사 사장, 애국운동가 등이 그것이다. 이는 그가 맡았던 사회 및 문화단체의 수많은 직함들 — 예컨대 이충무공기념사사업 회장(1955~1961), 민족문화협회 회장(1962~1982), 한국시조시인협회 회장(1966~1976), 한국산악협회 회장(1967~1982), 독립운동사편찬위원회 위원장(1969~), 국정자문위원(1981~1982), 통일촉진회 최고위원(1981~1982), 한글학회 이사(1966~1982), 예술원 종신회원(1978~) — 등이 이를 웅변해준다.

그러므로 한마디로 이은상을 이야기하기는 어렵다. 그의 문학은 그의 많은 문필 활동과 더불어 적극적인 사회활동까지도 포괄적으로 수용하는 데서 이해되어야 하기 때문이다.

2

형식적인 측면에서 노산의 시조는 그가 소위 '양장시조兩章時調'라 부른 바 있는 일종의 실험시형의 창작을 제외할 경우 전통적인 규범에서 크게 벗어나지 않았다. 오늘의 우리 젊은 시조 시인들이 크게 관심을 갖고 있는 사설시조라든가 엇시조와 같은 산문형의 시조 창작도 거의 없다. 정형률을 고수한 평시조 창작이 대부분이다. 다른 점이 있다면 현대적인 소재를 구어체로 담았다는 점, 주제가 개방적이고 다양하다는 점, 평시조가 지닌 엄숙성을 활달하게 깨트렸다는 점, 가곡에 맞는 리듬감을 잘 살리고 있다는 점 등일 것이다.

요란한 거리에서도 눈감고 듣느라면
당신의 음성을 가려낼 수 있읍니다.
이 아침 우유빛 구름 너머로 바라보는 어머니

—「기도는」 전문

위의 시조는, 형식은 평시조의 정형성을 지키고 있지만 그 언어나 소재가 모두 현대적이다. 우선 "요란한 거리"라는 상황 설정을 예로 들 수 있다. "요란한 거리"란 복작거리는 현대도시를 상징적으로 제시해주는 단어이기 때문이다. 전통시인 같으면 아마도 무위자연 그 자체나 그 속에서 유유자적하는 선비의 삶을 대상화했을 것이다. 종장에 등장하는 "우유빛 구름"이라는 표현에서는 더욱 그러하다. '우유'가 첫째, 소재적인 차원에서 개화기 이후 서구로부터 전래된 현대의 산물이요. 둘째, 수사법적 차원에서 우리 전통시가에서는 찾아볼 수 없는 전혀 새로운 비유이기 때문이다. '빛'을 '우유색'으로 묘사한 이 형용사적 은유 역시 현대적 감성이 물씬 묻어난다.

이에 그치지 않고 이은상은 이 같은 현대적 소재와 감성을 평이한 오늘의 구어체로 형상화시키는 데도 성공하고 있다. "당신의 음성을 가려낼 수 있습니다"와 같은 문장이 그것이다. 이를 만일 전통시의 어법으로 표현하자면 아마도 '당신의 음성을 가려낼 수 있나이다' 혹은 '……있었노라.' 정도가 되었을 것이다.

인간의 역사란 묘표도 없는 옛 무덤
폐허의 남은 지역마저 산불처럼 타고 있다.
어디서 조종소리라도 들려올 것만 같다.

산도 끝났네 물도 다했네
다만 빈 하늘 빈 바다 빈 마음
시인은 막대 끝으로 새 지도를 그려본다.

—「새 지도를 그려본다」 전문

인용시에는 시인의 역사의식이 잘 반영되어 있다. "인간의 역사란 묘표도 없는 옛 무덤"이라고 술회한 이 시의 초장이 그를 말해준다. 이로부터 시작된 이 시의 내용은 시상의 전개에 따라 다음 차례로 현실에 대한 자각("폐허의 남은 지역마저 산불처럼 타고 있다")과 성찰("어디서 남은 지역마저 산불처럼 타고 있다"), 둘째 연에 이르러 한 시대의 종말에 대한 인식("산도 끝났네 물도 다했네")과 자아확립("다만 빈 하늘 빈 바다 빈 마음")을 통한 새로운 미래의 건설("시인은 막대 끝으로 새 지도를 그려본다")을 다짐하고 있다. 종래의 우리 전통시조에서는 찾아볼 수 없는 역사의식이라 할 수 있다. 더구나 그때까지의 대부분의 전통시조가 일반적으로 회고와 영탄으로 흐른 것을 감안한다면 노산의 이와 같은 미래지향적 세계는 분명 그 주제 면에서 새롭고 현대적이다.

노산의 시조는 또한 조선조 시조의 엄숙성이나 경직성을 깨트려 독자에게 보다 개방적 친숙성으로 다가온다.

① 산과 물 어느 것 한 가지도 함부로 된 것 아니로구나
저기 저 구름 한 장도 함부로 된 것 아니로구나
그렇다 천지자연이 함부로 된 것 아니로구나

② 하느님! 당신의 성경聖經을랑 다른 나라로 가져가 주오
하느님! 당신의 성경을랑 다른 나라로 가져가 주오
하느님! 당신의 성경을랑 이 나라엘랑 고쳐다 주오

①은 「천지송天地頌」의 종장들을, ②는 「하느님! 당신의 성경을랑」의 종장들을 모아본 것이다. 조선조 평시조들의 상투적인 종결방식과는 전혀 다르게 매우 활달함을 알 수 있다. "어즈버 태평 연월이 꿈이런가 하노라" 혹은 "그려도 하 애도래라 가는 뜻을 일러라"와 같은 조선조 시조의 전형적 종결어법은 매우 장중하며 근엄하다. 거기에는 궁정언어의 절조와 탁마된 우아미가 스며 있다. 그러나 ①과 ②에서 보여준 이은상의 어법은 매우 자연스럽다. 아니 경쾌하며 가볍다. 생활어 그 자체이다. 그러한 관점에서 이은상의 언어는 한마디로 서민들의 생활어를 친근하게 구사하여 평시조의 귀족적 혹은 엘리트적 취향을 일반 민중의 것으로 환원시키는 데 일조했다고 말할 수 있다.

노산의 시조는 또한 현대가곡에 맞는 리듬을 지니고 있기도 하다. 무엇이라 분명하게 이야기할 수는 없다 하더라도 문체나, 호흡이나, 언어의 뉘앙스에서 그러하다.

물론 시조창은 그 템포가 지극히 느리며 멜로디 역시 유장하지만 현대의

가곡은 그와 반대로 템포가 빠르며 멜로디의 변화 역시 다양하다. 따라서 노산의 시조가 가곡에 적합하다는 것은 무엇인가 이와 같은 현대 음악의 특징에 부합되는 요소도 분명 있다는 뜻일 것이다. 나는 그것을 그의 시조가 지닌 짧은 어귀의 반복과 빠른 호흡의 가사에 있을 것이라고 생각한다. 가령 "둥근 달 둥근 춤/ 큰 아기들 둥근 얼굴"(「강강술래」), "삼십리 긴긴 골이/ 돌아돌아 벼르더니"(「구룡폭」) 등은 그러한 예들 가운데 하나이지만 가곡으로 작곡된 다음의 시조를 보면 더욱 분명해진다.

> 물나면 모래판에서 가재랑 거이랑 다름질하고
> 물들면 뱃장에 누어 별헤다 잠들었지
> 세상일 모르든 날이 그리워라 그리워

연작시 「가고파」 중의 한 부분이다. 초장 중장에는 "물나면" 등이 어휘적 차원으로 반복되어 있고 초장에는 다시 "가재랑, 거이랑" 등의 어법적 차원이 반복되어 있다. 종장의 "그리워라 그리워" 역시 빠른 템포의 어휘적 반복이다. 크게 보면 초장과 중장도 통사론적인 차원에서 반복 병렬된다. 이 작품이 표면적으로 드러나 있는 것보다 훨씬 더 많은 반복의 기법과 — 고시조에서는 발견할 수 없는 — 빠른 호흡에 의해 주도된다는 것을 알 수 있다.

그렇다고 해서 "이은상의 시조가 완전하게 현대적인 것이다"라고만 말할 수는 없다. 특히 초기작에서 그러하지만 그의 시조에 '하더라', '하노라', '……양 하며', '……하괘라', '……런고', '……리오', '……할 제', '……어드메오', '어떠리'와 같은 고시조의 상투적인 어투, '하마나', '어저', '두어라', '어지버'와 같은 공식적인 영탄어 등이 빈번히 나타나고 있기 때문이다. 평시조 형식과 정형률도 엄격하게 지켜지고 있다. 가령 다음과 같은 시는 그 형식이나 내용이나 어법에서 조선조 시조와 거의 다르지 않다.

광음은 급류로다 인생은 부유蜉蝣로다
고락이 꿈이어니 웃고 울기 무삼일고
어지버 온갖 번뇌가 다 쓸린가 하노라

—「비로봉」 부분

노산은 현대적 취향을 따르면서도 여전히 조선조 시조의 규범을 지킨 시인이기도 한 것이다. 그러나 이 같은 맥락에서 보자면 한 가지 문제가 되는 것도 있다. 그의 소위 '양장시조兩章時調'의 창작이다. 양장시조란 초·중·종 삼장으로 되어 있는 평시조에서 중장을 제거하여 초, 종의 두 장만으로 구성된 시조를 일컫는 용어인데 노산의 술회에 따르면 1931년 《동아일보》 학예부에서 있었던 노산, 주요한 그리고 소오小梧와의 회동에서 우연히 발의되어 1931년 9월 노산이 「산위에 올라」를 발표한 것이 그 첫 시도라 한다. 일본의 하이쿠俳句와 같은 단형의 정형시를 창안하려는 의도에서 쓰여진 것이다(임선묵, 앞의 논문에서 재인용).

안개 싸인 산을 헤히고 올라선 제
새소리 들리건마는 새는 아니 보이오

안개 걷고 나니 울든 새 인곳 없고
이슬만 잎사귀마다 방울방울 맺혔소

—「산 위에 올라」 전문

우리 전통시조는 나름의 내적인 의미구조를 지니고 있다. 서론(초장), 본론(중장), 결론(종장)이라는 논리전개와 대상의 묘사(초장), 대상의 의미 제시(중장), 주관의 제시(종장)라는 시상의 전개가 그것이다. 그러한 까닭에 전통시조는 시인의 주관을 논리적으로 피력하는 데는 나름대로 적합하지만 사물의 미적인식을 객관적으로 묘사하는 데는 다소 이완된 시 형식이기도

하다. 대부분의 조선조 시조가 교훈이나 주장을 담고 있는 이유도 이 때문이다. 그러한 의미에서 우리 전통시조가 현대성을 반영하기 위해 나름의 형식적 한계를 극복하고자 노력하는 것은 자연스러운 현상일 것이다.

원래 일본의 하이쿠는 단행시라는 점에서 사물(대상)에 대한 순간적인 묘사와 압축의 묘미를 최대한 살릴 수 있는 시 형식이다. 그러한 관점에서 우리 시조시형과는 상반하는 측면이 많다. 그러므로 노산이 창안한 양장시조는 시조의 현대화라는 측면에서 ― 그 성패를 따지기 전에 ― 우리 시조시단에 하나의 신선한 담론을 제공해주었던 것만큼은 분명해 보인다. 오늘날 우리의 시조가 여러 가지 실험을 시도할 수 있게 된 것도 현대시조의 정착 과정에서 보여준 이러한 노고에 힘입은 바 클 것이다.

이상에서 살펴본 노산의 시조는 한편으로 우리 전통시조의 규범을 충실히 지키면서도 다른 한편에선 분명 조선조 전통시조와 다른 어떤 새로움을 추구하였는 데 그 의미가 있다. 물론 그것은 오늘의 한국시조와 비견할 경우 그리 새삼스러운 일도 획기적인 일도 아닐지 모른다. 그러나 시점을 오늘이 아닌 노산의 당대로 옮겨보면 우리는 아마도 그가 감당해야 했을 시대적 고뇌를 충분히 이해할 수 있으리라 믿는다. 그가 문학 활동을 해야 했던 시대는 전통적 규범이 현대적인 것으로 정착되어가는 과도기였고 노산은 이러한 시대적 소명을 적어도 그 당대에서는 나름대로 충실히 수행했던 시인이었다고 평가할 수 있기 때문이다.

3

노산의 시조에서 또 하나 쉽게 지적할 수 있는 것은 작품의 상당 부분을 차지하고 있는 그의 기행시와 전쟁시 창작이다. 이는 소재적 측면에서 노산의 시조가 전통시조와 다른 중요한 특성의 하나라 할 수 있다. 물론 조선조에서도 기행시나 전쟁시의 창작이 전혀 없었던 것은 아니다. 예컨대 조선조의 자연예찬시나 회고시는 대체로 한 특정한 장소에 연관된 것이므로 넓은 의미에서 기행시의 부류에 포함될 수 있고 전쟁시의 경우도 가령 이순신의 「한산섬 달 밝은 밤에……」와 같은 작품이 있었다. 그러나 양적인 면에서나 작가 의식의 측면에서 조선조의 기행시나 전쟁시는 노산의 그것과 물론 비교될 수 없다.

노산의 기행시는 첫째, 적극적으로 국토를 순례 답사하는 과정에 쓰여졌다. 그것은 조선의 기행시들이 — 몇 편의 회고시들을 제외할 때 — 대부분 일정한 장소에 은거하면서 그곳 풍광을 묘사한 것과 구별된다. 그러한 의미에서 노산의 기행시들이 동적이라면 조선의 기행시들은 정적이라 할 수 있다. 둘째, 노산의 기행시들은 기본적으로 국토와 민족에 대한 사랑을 노래하지만 조선의 기행시들은 천편일률적으로 성리학의 이념에 따르는 충효의 윤리나 무위자연을 노래한다. 이 역시 노산의 기행시들이 근대적임을 말해준다. 민족의식 혹은 국가의식(nation state)이야말로 근대성의 중요한 특징이기 때문이다. 셋째, 노산의 기행시들은 현실적인 소재를 취하고 있으나 조선의 기행시들은 관념적인 내용을 담고 있다. 조선의 기행시들은 항상 '있는 것'이 아니라 '있어야 할 것'을 다루며 '그 있어야 할 것' 또한 미화되거나 이상화되기 때문이다.

> 두류산頭流山 양단수兩端水를 예 듣고 이제 보니
> 도화桃花 뜬 맑은 물에 산영山影조차 잠겼에라
> 아희야 무릉武陵이 어듸오 나는 옌가 하노라.
>
> —조식曺植, 「두류산 양단수를」 전문

두류산 즉 지리산을 기행하며 쓴 작품이다. 현실에는 있을 수 없는 무릉도원을 끌어들여 유가儒家에서 상찬하는 무위자연을 노래하고 있다. 화자 역시 적극적으로 국토를 답사하거나 순례하기보다 한가하게 은거하면서 유한幽閑에 몰입하고자 한다. 이와 같은 특성은 다음과 같은 노산의 기행시와는 확연하게 구분된다.

영남도 내 땅이요 호서도 내 땅인데
문장대文藏臺 좋은 경치 네오 내오 다투다니
노랠랑 내가 부름새 춤은 자네가 추게 그려

속리산 문장대를 오르며 쓴 노산의 작품이다. 앞서 인용한 조식의 지리산 기행시와 대조해볼 때 문장대에 관한 현실적인 이야기가 국토애로 승화되어 있음을 알 수 있다. 그것은 노산의 자각적인 국토 순례의 결과로 얻어진 산물이다.

노산의 시조가 그 소재 면에서 드러낸 전통시와 다른 또 다른 특성의 하나는 그의 전쟁시 창작에 있다. 노산은 아마도 우리 시조사에서 유일하게 전쟁시조를 ― 그것도 매우 많은 양의 작품을 ― 쓴 시인일 것이다. 엄밀한 의미에서 전쟁시란 원래 전쟁의 와중에서 전쟁 그 자체를 소재로 쓴 시를 지칭하는 용어이다. 여기에는 선전선동시, 르포시, 반전시反戰詩, 전쟁서정시 등이 포함된다. 한편 전쟁이 끝난 뒤 그 전쟁의 참화와 상처에 대하여 쓴 시는 '전후시'라 하여 전쟁시와 구분하는 것이 일반적이다. 이와 같은 관점에서 볼 때 대부분 노산의 전쟁에 관한 시들은 물론 '전후시'에 해당된다. 그러나 그의 시조에 전쟁 독려와 전쟁 르포시 같은 것들이 전혀 없었던 것은 아니다.

① 대포소리만 터지면
두더쥐처럼 파고들고
쌀 한 줌 주머니에 든 채
오늘 밤은 굶어서 자고
가다가

피를 보면은

혀 한 번 차고 지나간다.

—「피난도避難圖」 부분

② 풀숲 헤치고 내려가 보니 여기 저기 뒹구는 해골들

그 곁에 혁대랑 군화짝 운동화 고무 밑바닥

저것이 인간의 생명보다 더 오래 가는가 보다

—「해골과 구두짝」

①은 후방의 현실을 고발한 전쟁르포시의 하나이다. 짧은 시행 속에 전쟁의 참화("대포소리만 터지면/ 두더쥐처럼 파고들고")와, 그로 인해 빚어진 인간성의 상실("피를 보면은/ 혀 한 번 차고 지나간다"), 삶의 궁핍("쌀 한 줌 주머니에 든 채/ 오늘 밤은 굶어서 자고") 등이 극적으로 묘사되어 있다. ②는 전쟁이 끝난 후 화자가 전쟁터를 답사하면서 느낀 소회를 시화한 작품이다. 무엇보다 휴머니즘이 돋보인다. 그러한 관점에서 우리 시조사상 직접적이고도 현실적으로 전쟁 그 자체가 하나의 소재로 수용되기 시작한 것은 아마 노산이 처음일 것이다. 비록 조선조에 이순신의 「한산섬 달밝은 밤……」이나 김종서의 「삭풍은……」 같은 전쟁시가 있었다 하더라도 그것은 직접적으로 전쟁을 소재로 했다기보다 전쟁에 임한 감회나 우국憂國 소회를 피력한 것에 지나지 않았기 때문이다.

내용 면에서 살피자면 노산의 시조는 크게 님과 자연 그리고 국토에 대한 동경의 시와, 서원誓願의 시, 그리고 예찬의 시로 나뉘어진다.

① 뉘라서 저 바다를 밑이 없다 하시는고

백천百千길 바다라도 닿이는 곳 있으리만

님 그린 이 마음이야 그릴수록 깊으이다.

—「그리움」 부분

내 고향 남쪽 바다
그 파란 물 눈에 보이네
꿈엔들 잊으리오
그 잔잔한 고향바다
지금도 그 물새들 날으리
가고파라 가고파

—「가고파」 부분

② 오늘은 당신이
내 속에서 사랑을 받아도
내가 죽곤 당신에게서
내가 다시 살 것입니다.
당신은 영원히 사는
나의 불사조입니다.

—「불사조」

형벌과 같은 시련 고통도 너무나 오래 되었나이다.
이 땅에 통일과 자유와 평화 비내리듯 꽃 피우듯 부어주소서
거기서 단 하루만이라도 그 땅에서 살게 해주옵소서

—「향로봉 위의 기도」 부분

③ 높은 산 언덕 머리에
산백합山百合 피었구나.

아침 이슬
반 입에 물고

바람 결에 피었구나.

한 송이 덥석 움키려다
차마 손을 못 댄다.

―「산백합山百合」

태초에 하느님이 옥류청계玉流淸溪 만드시고
짓궂이 외 봉鳳을 나려 동천洞天을 맡기시니
그 봉이 제 짝을 그려 다시 날아오르더라.

―「비로봉」

①은 그리움 즉 동경을 표출한 시들 가운데 임의적으로 두 편을 인용해 본 것이다. 이 중 「그리움」은 문자 그대로 님에 대한, 「가고파」는 고향에 대한 그리움을 드러내고 있다. 그러나 「가고파」에 형상화된 고향은 단지 '고향'의 범주에만 국한되지는 않고 더 넓게 국토에까지 확장된다. 예컨대 ― 이 글에서는 그 일부만 인용하였으나 ― 이 시가 포함된 연작시 전편을 읽어보면 화자의 고향으로 지목된 그 '남쪽 바다'는 예전엔 이상적인 삶이 영위되던 우리 국토의 공간적 상징이다. "굽이쳐 흐르는 물/ 여보이게 압록강이요?/ 물은 연방 흐르는데 발은 붙어 안 떨어진다./ 이 강아 작기나 하렴/ 한번 안아라도 보게"(「압록강」) 같은 작품이 그러한 예이다.

②는 자신을 님과 국토 혹은 자연에 헌신하겠다는 내용을 담고 있다. 노산의 시에는 이처럼 화자의 서원誓願이 표출된 시들이 많다. 그는 어떤 산문에서 자신에게는 '국토의 아름다움을 예찬해보고 싶은 것', '우리 역사와 전통을 발양해보고 싶은 것', '구국행救國行을 짓고 있는 모든 동지들 앞에 경례해보고 싶은 것'의 세 가지 서원이 있다고 말한 바 있는데(「삼원三願」, 『노산 문학선』, 탐구당, 124쪽), 이 중에서 대체로 첫째는 그의 국토 혹은 님에 대한 예찬시에, 둘째는 그리움의 시에, 셋째는 서원의 시에 형상화되어 있

다고 할 것이다.

「불사조」에는 님을 위해서라면 자신의 목숨까지도 아끼지 않겠다는 화자의 결연한 의지가 피력되어 있다. 물론 여기서 님이 — 이 시의 부제 '조국에 바치는 노래'가 설명해주듯 — 연인이 아닌 조국임은 두말할 필요가 없다. 한편 「향로봉 위의 기도」 역시 국토의 성스러움 앞에서 조국의 평화와 안녕을 빈 작품이다. 이상의 예들은 물론 시인이 직접적으로 조국을 노래한 것에 해당하지만 그의 고백처럼 '구국행을 짓고 있는 모든 동지들에게 경례함'을 통해 조국애를 서원한 것 또한 적지 않다. 일종의 찬가 혹은 송가 형식에 속하는 작품들이다. 가령 "여기 피 속에 우뚝 선 민족정기의 여신상이여/ 하늘을 붙들고 울부짖던 애국의 정열/ 영원히 이 땅 역사 위에 타오르리라 타오르리라"(「유관순열사」)와 같은 작품 등이다.

③은 자연과 국토를 예찬한 것들이다. 시인은 「산백합」에서 자연(백합꽃)의 아름다움을, 「비로봉」에서 국토(금강산)의 아름다움을 찬양한다. 이 역시 앞서 살핀 것처럼 노산이 서원한 바의 한 실천이라 할 수 있다. 그러나 이들 시는 단순하게 국토 그 자체나 국토의 자연을 예찬하는 것으로 끝나지는 않는다. 그 내면에 본질적으로 조국애 혹은 민족애가 반영되어 있기 때문이다. 그것은 노산이 실제로 국토를 순례하여 「향산유기香山遊記」(1931), 「탐라기행耽羅紀行」, 「한라산」(1937), 「기행 지리산紀行智異」(1938), 「피어린 육백리」(1962) 등의 글을 쓰고 특히 충무공의 유적을 여러 번 답사한 것으로도 실증되는 사실이다.

이상 살펴본 바와 같이 노산이 쓴 동경의 시, 서원의 시, 예찬의 시들은 대부분 그 소재적 차원에서 님이나 국토, 자연을 대상으로 하고 있다. 물론 예외적으로 순수 자연이나 국토의 아름다움, 연인이나 사적인 대상에 대한 사랑을 피력한 것도 적지는 않다. 자연무위나 무상無常의 세계관을 드러낸 작품들도 있다. 그러나 그 역시 내면적으로는 대부분 조국애 혹은 민족애를 형상화한 것들이라고 말하는 것이 옳다.

신석정의 현실인식과 '부정의 변증법'

1

일찍이 김기림이 '목자牧者의 시'라 말한 이후 신석정의 시는 오늘날에 이르기까지 문단에서나 학계에서나 일반적으로 '목가시(전원시)'로 규정되어 왔던 것이 사실이다. 예컨대 한 권위 있는 문인사전에는 신석정의 시의 주류가 '목가적, 전원적 시풍'에 있다 하였고(권영민 편, 『한국근대문인사전』, 아세아문화사, 1990), 또 어떤 백과사전에는 '목가적인 서정시' 혹은 '주옥같은 전원시'(『두산 대백과사전』)에 있다고 하였다. 어떻든 이 같은 평가의 단초가 된 김기림의 언급을 조금 자세하게 인용하면 다음과 같다.

> 석정의 시는 언제나 저 강한 햇볕이나 달빛조차를 피해서 산 그늘에 숨은 작은 호수가로 우리를 데리고 가곤 했다. 석정은 거기서 산비둘기들과 새 새끼들과 구름과 그러한 것들의 이마주의 양 떼를 기르는 어딘지 고향을 모르는 목자였다. …(중략)… 그리고는 그의 양 떼를 어루만져 준다. 다음에는 어느새 양 떼도 목자도 아름다운 꿈과 어머니의 목소리를 맞이하러 잠의 문을 연다.
>
> —「촛불을 켜놓고」 부분(『조선일보』, 1939. 12. 25)

여기서 물론 김기림은 석정의 시를 단지 '목자의 시'라 했을 뿐 장르적 개념의 '전원시(pastoral)' 혹은 '목가시(eclogue)'로 단정짓지는 않았다. 그럼에도 그의 언급이 후학들에 의해서 그처럼 쉽게 전용될 수 있었던 것은 서구문학 장르에서 '목가시'란 — 우리말 번역어가 암시해주듯 — 원래 양치기들의 노래 혹은 양치기들의 아름다운 삶에 대한 노래였기 때문이다. 과정이야 어떻든 이렇게 신석정의 시가 일단 '목가시'로 규정되자 이후 석정 문학 연구자들 사이에서는 이에 대한 논란이 끊이지 않았다. 실로 석정의 시 연구사에서 가장 핵심적인 논쟁은 아마도 그의 시의 목가적 성격 여부와 이로써 비롯되는 그 문학적 평가일 것이다.

그렇다면 신석정의 시는 과연 '목가시'인 것일까. 물론 우리는 서구와 다른 독특한 우리만의 문학적 관습으로 인해 우리 문학을 기계적으로 서구 장르에 적용시킬 수는 없다. 그러나 최소한 석정의 초기 문학(특히 시집 『촛불』 수록 작품)에 국한해서 언급하자면 이 시기 그의 문학의 주류가 — 비록 장르적 개념의 '목가시'라고까지는 규정할 수는 없다 하더라도 — 목가시적인 성격을 강하게 지니고 있다는 것만큼은 부인할 수 없으리라고 생각한다.

원래 서구문학에서 '목가시'란 다음과 같은 특징들을 지니고 있다.

① 서구의 상상적인 황금시대(Golden Age)와 같은 전원을 찬양하거나 모방하는 내용.
② 대체로 이 시기 양치기들의 미화된 자연 생활과 그들의 사랑 이야기.
③ 사실적 혹은 현실적인 양치기 생활이나 전원의 일상 삶, 이때 자연의 객관적 풍경 묘사는 배제됨.
④ 대화나 방백(soliloquy)체의 진술.
⑤ 부드럽고 음악적인 운문.
⑥ 인물의 행위나 성격화의 제시가 아니라 배경(setting)에 대한 묘사.

(『이상 프린스턴 시학사전』의 'pastoral'과 'eclogue' 항목을 축약한 것임. 필자주)

물론 석정의 시에 서구적 의미의 소위 '황금시대'나 '양치기 생활'의 묘사와 같은 것은 없다. 있을 수도 없다. 한국 역사에 그리스의 그것과 같은 황금시대나, 전통적 농경민족인 우리에게 목축이나 양치기 생활이 있을 리 없기 때문이다. 그것은 수만 년 서로 다른 문명권을 영위해온 우리 역사의 필연성이다. 따라서 우리의 시에 서구 장르로서의 목가시적 개념을 적용시킨다면 '황금시대'나 '양치기 생활'이라는 내용 대신 그와 등가를 이룬다고 할 수 있는 우리 전통의 어떤 아름다운 삶을 들어야 한다. 그럴 경우 '황금시대'는 과거 우리 역사의 이상적인 한 시대 — 아마도 '격양가'를 부를 수 있는 — 어떤 시대, 그리고 '양치기 생활'이란 아름다운 농촌의 삶 정도로 대치해도 무방할 것이다. 따라서 서구적 개념의 목가시를 한국에 적용시키기 위해서 우리는 위의 지적 중 ①항과 ②항을 다음과 같은 정도로 유연하게 해석할 필요가 있다.

① 이상화된 전원 혹은 농경사회를 찬양하거나 모방하는 내용

② 대체로 이 시기 향토민들의 미화된 자연 생활과 그들의 사랑 이야기

이렇듯 서구의 목가시를 우리 전통에 맞도록 재해석해 놓고 보면 신석정의 시는 그런대로 한국적 목가시라 부를 만한 특징들을 많이 지니고 있는 것이 사실이다. 그 예의 하나로 시집 『촛불』의 시기를 대표할 수 있는 시 한 편을 인용해본다.

어머니
당신은 그 먼 나라를 알으십니까?

깊은 삼림대森林帶를 끼고 돌면
고요한 호수에 흰 물새 날고
좁은 들길에 야장미 열매 붉어

멀리 노루새끼 마음 놓고 뛰어 다니는
아무도 살지 않는 그 먼 나라를 알으십니까?

그 나라에 가실 때에는 부디 잊지마서요
나와 같이 그 나라에 가서 비둘기를 키웁시다.

어머니
당신은 그 먼 나라를 알으십니까?

산비탈 넌지시 타고 나려오면
양지밭에 흰 염소 한가히 풀 뜯고
길 솟는 옥수수밭에 해는 저물어 저물어
먼 바다 물소리 구슬피 들려오는
아무도 살지 않은 그 먼 나라를 알으십니까?

어머니 부디 잊지 마서요
그때 우리는 어린 양을 몰고 돌아옵니다.

어머니
당신은 그 먼 나라를 알으십니까?

5월 하늘에 비둘기 멀리 날고
오늘처럼 촐촐히 비가 내리면
꿩소리도 유난히 한가롭게 들리리다.
서리가마귀 높이 날어 산국화 더욱 곱고
노란 은행잎이 한들 한들 푸른 하늘에 날리는
가을이면 어머니! 그 나라에서

양지밭 과수원에 꿀벌이 잉잉거릴 때

나와 함께 고 새빩안 능금을 또옥 똑 따지 않으렵니까?

—「그 먼 나라를 알으십니까?」 전문

① 비록 그리스의 '황금시대'와 같은 우리 역사의 한 특정 시대를 배경으로 하지는 않았다 하더라도 위 시는 그 어떤 완전한 평화와 안식의 시대를 노래하고 있다.

② 또한 서구의 목가시처럼 양치기 미남 소년과 순결한 소녀의 로맨스에 관한 내용은 아니지만 아름다운 전원적 삶에의 동경이 잘 표현되어 있다.

③ 일상적 삶의 풍경이나 자연 혹은 전원에 대한 사실적 묘사를 벗어나 있다. 모든 것들은 관념화 혹은 이상화된 것들이다.

④ 화법이 독백 혹은 방백체이다.

⑤ 매우 서정적이며 동시에 음악적인 리듬을 가지고 있다. 각종의 반복적 표현과 마디를 구성하는 음수율이 특히 그러하다.

⑥ 화자 자신의 성격 제시나 화자의 행위에 초점이 맞추어져 있지 않고 화자를 둘러싼 배경 즉 전원세계 그 자체의 묘사에 모든 내용을 할애하고 있다.

그러므로 ①항과 ②항에서 비록 이를 서구적 개념의 완전한 목가시로 규정할 수는 없다 하더라도 이상 살펴본 바 위의 시에 전체적으로 한국적 목가시라 부를 만한 성격이 두루 반영되어 있다는 사실을 부정할 수는 없다.

2

석정의 시를 목가적이라고 규정할 때 제기되는 반론에는 대체로 다음과 같은 주장들이 있을 수 있다.

첫째, 초기시에도 목가적인 특징이 나타나지 않는 시가 있으며 후기에는 그렇지 않은 것이 대부분이다.

둘째, 목가시가 아예 아니다.

셋째, 석정은 특히 해방기와 4 · 19 전후의 시기에 현실비판적인 시들을 썼다.

넷째, 석정의 삶이 현실 저항적이었다.

다섯째, 석정 시인 자신이 목가시인이라 불리는 것을 흔쾌하게 생각하지 않았다.

여섯째, 목가적인 시란 현실도피 혹은 현실 초월을 지향하는 시인데 이 같은 경향의 시는 현실을 이야기하지 않는다는 점에서 결코 훌륭한 시라 평가할 수 없다. 따라서 훌륭한 시인인 석정을 목가시인이라 규정한 것은 그의 문학을 폄하하는 행위이다.

이와 같은 주장들에 대해서는 다음과 같은 해명이 가능하다.

첫째, 석정의 시가 목가적 성격을 지녔다는 것은 그의 문학 전체를 두고서 하는 말이 아니다. 다만 그의 초기시적 경향이 그렇다는 뜻이다. 그의 초기시에도 물론 목가적 특징을 지니지 못한 것들도 있을 것이다. 그러나 대체로 목가적 경향의 시들이 주류를 이루고 있다는 사실만큼은 부정할 수 없다.

둘째, 앞 장에서 밝힌 바처럼 물론 초기시의 주류를 서구적 개념의 완전한 목가시로 규정할 수는 없다. 다만 그 같은 경향성이 강하다고 보는 것이다. 그러나 이 말을 보다 적극적으로 해석한다면 석정은 한국적 목가시의 한 유형을 개척한 시인이라는 뜻이 될 수도 있다.

셋째 항의 주장은 맞는 말이다. 그렇다고 해서 그의 초기시조차 목가적인 경향의 시가 아니라고 말할 수는 없다. 일반적으로 시인이란 일생 동안 자신의 시작詩作에서 여러 유형, 여러 세계를 편력할 수 있기 때문이다. 현실을 부정했던 사람이 나중에 현실을 긍정할 수도 있고 사회를 반영했던 시인이 자연을 노래할 수도 있다. 때로는 동시적으로 서로 다른 경향의 시들조차 창작할 수도 있다. 그런데 그의 후기에 현실을 긍정했다고 해서 초기에 쓴 현실 부정의 시조차 현실 긍정의 시라고 말한다는 것은 너무도 작위적이다. 우리는 한 시인이 일생 동안 다양하게 걸어온 시 창작의 길을 한 가지 관점에서 획일적으로 규정할 수는 없는 것이다.

넷째 항 역시 맞는 말이다. 특히 최근 들어 허소라 교수의 자료 발굴에 의하면 석정은 일제 치하에서 끝가지 창씨개명을 거부했으며 해방기와 4 · 19 전후의 시기에는 행동적으로 현실에 참여한 바 있다. 그러나 시와 행동은 다른 차원의 문제이다. 그가 이 시기에 보여준 현실참여적인 시작의 의미에 대해서는 이미 셋째 항에서 설명한 바와 같다. 즉 설령 그렇다 하더라도 초기의 그의 시가 목가적인 특성을 드러냈다는 사실만큼은 부정될 수 없다.

다섯째, 발표된 작품들이란 이미 시인의 소유가 아니다. 그것은 이제 시인의 의지와 의도 내지 시인 자신의 해석을 떠나 그 자체가 독자적인 하나의 사물로 존재할 따름이기 때문이다. 그 평가는 오로지 독자의 몫이다. 그가 어떤 의도로 시작에 임했든 독자들의 보편적인 생각이 그렇다면 그 규정에 따를 수밖에 없다. 그것이 설령 시인 자신의 의도와 반하는 독해라 하더라도 마찬가지이다. 더욱이 석정은 자신의 제3시집을 『슬픈 목가』라 제하지 않았던가.

여섯째, 목가시인 까닭에, 달리 말해서 현실참여시가 아닌 까닭에 훌륭한 시가 아니라는 논리는 성립될 수 없다. 한 작품의 문학적 평가는 그 정치적 행위나 반영에 앞서 우선 문학적 성취 여부에 따라 이루어져야 하기 때문이다. 그러니까 역으로 그것은 보는 관점에 따라 마치 그의 시가 목가시라서 즉 참여시가 아니라서 더 훌륭하다는 논리와 다르지 않다. 언어예술인 시의 경우 '문학성'이란 특히 존재론적 언어가 지닌 창조적 상상력과 그 형상화에 의해서 결정된다. 예컨대 석정의 시만을 두고 보더라도 그가 해방기나 4 · 19 전후에 쓴 소위 참여시들은 적어도 문학적 성취 면에서는 목가적인 경향의 시들에 비해서 훨씬 뒤진다.

그러므로 현실 반영 혹은 현실참여 시인으로서 신석정의 위상을 강조한다 해서 그의 문학적 성취에 보탬이 될 수도 없고 그의 그 같은 삶의 행적이 간과되었다 해서 또한 그의 문학적 성취가 폄하될 수도 없다. 다만 공동체의 일원으로서 시대적 소명에 부응했느냐 하는 것은 별개의 문제로 최근 발견된 자료들과 시대와 맞서 싸운 그의 몇 편의 현실참여시들은 그가 우리 시사에서 찾아보기 힘든 지조의 시인 혹은 양심적 행동의 시인임을 말해주는 증거는 될 것이다. 그렇다면 이로써 되지 않았는가. 그의 문학적 위상을 높이기 위해서 그가 과거에 쓴 목가적 경향의 시들조차 — 행동적 저항정신이 없다는 이유로 — 굳이 목가적인 시가 아니라고 주장해야 할 억설이 필요하겠는가.

그러나 우리가 보다 중요하게 지적해야 할 것은 그의 목가적 경향의 시들에도 시인의 살아 있는 현실의식이 내면화되어 있다는 사실이다. 그것이 표면적으로 그렇게 보이지 않았던 것은 다만 그 반영된 현실이 시에서 '부정의 변증법' 즉 현실 너머 있는 세계를 그려 보여줌으로써 — 역설적이지만 — 오히려 독자들에게 그 당면한 현실이 얼마나 가혹한 것인가를 암시적으로 유추하게 만들어주는 방식으로 제시되어 있기 때문이다.

예컨대 「그 먼 나라를 알으십니까」의 경우, 시인은 화자를 통해 현실이 아닌 먼 관념 세계의 이상을 노래하면서 현실을 버리고 어머니와 단둘이서 그곳으로 가 살자고 하소연한다. 그러나 화자의 그 같은 하소연은 역설적으로 그 사는 현실이 얼마나 가혹했으면, 그의 삶이 또한 얼마나 고달팠으면 — 평화로운 시대에는 이 이상 더 좋을 것도 없을 — 이 평범한 전원의 삶을 그렇게 미화하여 현실을 버리고 오직 어머니와 단둘이서만 외롭게 그곳에 가서 살고 싶어 했을까 하는 전언으로 돌아온다. 그리고 이 같은 전언은 독자들로 하여금 당대 현실에 대한 자기성찰과 비판의식으로 끌고 가 결과적으로 문학의 대사회적 기능을 충분히 수행케 만들어주는 것이다.

그것은 마치 홍난파의 「봉선화」가 표면적으로 현실과 아무 관계 없어 보이는 삶의 애상을 노래하고 있는 것 같지만 오히려 이에 감동받은 청중들의 사회적 저항심리에 불길을 지르는 방식과도 같다. 이렇듯 석정의 목가적 경향의 시들은 탈현실을 통해 현실을, 슬픔을 통해 저항을, 이상세계에의 동경을 통해, 일상 삶의 질곡을 암시적으로 이야기하는 이른바 '부정의 변증법'으로 쓰여 있다. 내가 신석정의 목가적 경향의 시들에서 오히려 현실에 대한 날 선 칼, 혹은 현실의식이 내면화되어 있다고 주장하는 소이연이다. 그리고 이 또한 석정의 시가 서구적 개념의 목가시와 다른 특징이기도 하다. 서구의 목가시들은 대체로 '잃어버린 낙원'에 대한 동경과 그 회복이라는 인류 보편의 관념적 원형 상상력에 머물고 있으나 석정의 그것들은 여기에 사회 혹은 현실의식을 내면화시키고 있었기 때문이다.

그렇다면 석정의 이 같은 목가적 초기시들을 우리는 왜 굳이 현실의식 반영의 시로 해석해야 하는가? 그것은 석정의 시들이 개개의 작품구조에 있어서 대체로 두 개의 알레고리 — 시인이 살고 있는 당대의 현실과 그가 이루어야 할 진정한 현실 즉 인간다운 삶이 실현된 현실(국권회복) — 를 대비시키는 상상력으로 전개된다고 생각하기 때문이다. 가령 앞서 인용한 「그 먼 나라를 알으십니까」와 같은 작품들의 경우는 후자가 전자(당대 현실)의 알레고리를 전제(presupposition)한 형식으로 진술되는 방식이어서 비록 표면적으로 전자에 대한 언급이 생략되어 있다 하더라도 내면적으로는 이 양자가 대립하는 형식으로 되어 있다.

> 새 새끼 포르르 포르르 날아가바리듯
> 오늘 밤 하늘에는 별도 숨었네
>
> 풀려서 틈가는 요지음 땅에는
> 오늘 밤 비도 스며들겠다.
>
> 어두운 하늘을 제쳐보고 싶듯
> 나는 오늘 밤 먼 세계가 그리워……
>
> 비 내리는 촐촐한 이 밤에는

밀감 껍질이라도 지근거리고 싶구나!

나는 이런 밤에 새끼 꿩소리가 그립고
흰 물새 떠다니는 먼 호수를 꿈꾸고 싶다.

—「촐촐한 밤」 전문

인용시에는 두 개의 알레고리가 제시되어 있다. 하나는 '하늘에 별도 숨어버린 밤'이요 다른 하나는 그가 그리는 어떤 '먼 세계' — 상징적으로 '흰 물새 떠다니는 먼 호수'의 세계 — 이다. 그런데 여기서 전자는 식민지적 당대 현실, 후자는 식민지적 질곡에서 해방된 자유로운 현실의 알레고리이다. 그것은 이 시 자체가 전언해준 의미의 암시성과 이 시가 쓰여진 당대의 상황 그리고 기타 다른 작품들을 통해서 시인이 내비친 의도를 고려할 때 그러하다. 예컨대 석정은 그의 다른 시들에서 '먼 나라'라는 말을 많이 구사하고 있는데 — 인용시에서는 이를 '먼 세계'라는 어휘로 간접화시키고 있음 — 이는 이미 그 축어적인 뜻에서 그가 살고 있는 현재의 나라 즉 일제강점기하의 국가라는 말과는 대척적인 뜻을 지니고 있는 것이다. 그 외에도 가령 다음과 같은 표현은 보다 적극적이다.

① 그러나 나는 밤마다 네가 속삭이는
그 '새벽'을 한 번도 맞어 본 일이 없다.
(대체 네가 새벽이 온다는 이야기를 한 것도 오래되건만)

—「새벽을 기다리는 마음」 부분

새해가 흘러와도 새해가 밀려가도
마음은 밤이란다
언제나 밤이란다

—「밤을 지니고」 부분

② 태양이 가고
빛나는 모든 것이 가고
어둠은 아름다운 전설과 신화까지도 먹칠하였습니다
어머니
옛이야기나 하나 들려주서요
이 밤이 너무나 길지 않습니까.

—「이 밤이 너무나 길지 않습니까」 부분

③ 너무나 오래오래 잊어버리었다 하는
그 푸른 하늘을 찾으러가지 않으렵니까?

—「훌륭한 새벽이여, 오늘은 그 푸른 하늘을 찾으러갑시다」 부분

푸른 계절을 잃어버린
이 몹쓸 지구에 서서
도시 봄을 부르는 자 누구냐

—「봄을 부르는자 누구냐」 부분

①에서 제시된 '새벽'이 그저 단순한 천문학적 시간의 개념이 아닌 것은 시인이 굳이 따옴표로 적시한 그 표기법을 통해서 충분히 드러나 있다. 그것은 이 따옴표로 인해서 우리가 이 시의 '새벽'이 일상에서 매번 반복되는 물리적 시간의 단위가 아니라 새 출발과 밝음과 자유로 상징되는 어떤 새로운 세계 즉 해방된 조국의 알레고리라는 것을 유추할 수 있기 때문이다. 따라서 새해가 흘러가도 여전히 우리의 삶은 밤의 연속이라는 절규(「밤을 지니고」) 역시 이의 대척적인 세계를 이야기한 것임에 틀림없을 것이다.

②와 ③도 이 같은 해석이 가능하다. '태양이 가버리고 어둠이 아름다운 전설과 신화까지도 먹칠해버린 시대', '하늘을 잃어버린 세계' 혹은 '푸른 계절을 잃어버린 세계'라는 이 절체절명의 비극은 한 개인의 절망적인 상황 보

다 더 상위에 있는 개념이 분명하기 때문이다. 따라서 그것은 이미 한 개인의 생존이 아니라 그 개인들로 구성된 보다 가치 있는 어떤 공영체 즉 민족이나 국가에 관한 명제가 될 수밖에 없다.

석정시의 현실의식에 대한 이러한 해석은 식민지 상황에 대처한 그의 의연한 지조와 더불어(예컨대 창씨개명을 끝내 거부했다던가, 절필로 암흑기를 보냈다던가, 우리 시사에서 드물게 일제어용에 휘말리지 않았다던가 하는 등), 그가 이 시기 일본 총독부 검열관에게 당한 여러 형태의 탄압을 통해서도 실증될 수 있다. 가령 허소라의 자료 발굴에 의할 것 같으면 1940년 8월『문장』지에 게재될 예정이었던「차라리 한 그루 푸른 대로」는 그 원작의 시구 중 "조선의 하늘에서 알라스카에서/ 찬란하게도 슬픈 노래를 배워……"가 검열에 걸려 이 부분을 "그 어느 하늘에서 이리도 찬란하게 슬픈 노래를 배워……"로 개작한 것으로 되어 있다. '조선의 하늘'을 '그 어느 하늘'로 고친 것이다.

따라서 이 같은 용법으로 볼 때 석정의 다른 시에서 구사되고 있는 '하늘'(예컨대 ③에 등장한 '하늘') 역시 그저 단순한 하늘이 아닐 것이라는 유추가 가능해진다. 즉 석정의 시에서 제시된 '하늘'은 단순한 보통명사 혹은 천체의 한 공간으로서의 기상학적 개념의 하늘이 아닌 '식민지 조선'의 은유인 것이다(이 작품은 그럼에도 불구하고 끝내 발표되지 못한 채 해방이 된 후『슬픈 목가』(1947)에 실리게 된다).

다른 또 하나의 예도 있다. 1939년 9월호『학우구락부』에 발표한「방房」인데(이 작품은『슬픈 목가』초판본에 실렸던 것으로 재판본부터는 삭제되었다. 당시 상황에 비추어 아마 프롤레타리아 시로 오해받을 것을 우려한 이유에서가 아닐까 한다), 이는 단순히 현실의식을 반영한 수준이 아니라 이에서 더 나아가 일제강점기를 대표한 저항시의 하나라 일러도 무리 없을 작품이다. 전문을 인용해본다.

> 세상이 뒤집어졌었다는 그리고 뒤집어지리라는 이야기는 모두 좁은
> 방에서 비롯했단다.

이마가 몹시 희고 수려한 청년은 큰 뜻을 품고 조국을 떠난 뒤
아라사도 아니요, 인도도 아니요, 더구나 조국은 아닌, 어느 모지락
스럽게 고적한 좁은 방에서 '그 전날 밤'을 새웠으리라.

그 뒤
세월은 무수한 검은 밤을 데불고
무수한 방을 지내갔다.

함박눈이 펑펑 쏟아지는 어느 겨울 밤.
새로운 세대가 오리라는
새로운 세대가 오리라는
그 막막한 이야기는 바다같이 터져 나올 듯한 울분을 짓씹는 젊은 '인
사로프'들이 껴안은 질화로 갓에서 동백꽃보다 붉게 피었다.

천년이 지내갔다
좁은 방에서
만년이 지내갔다.
좁은 방에서

—「방房」 전문

카프가 해산되고 프롤레타리아문학 운동이 전면적으로 사라진, 그리고 태평양전쟁의 전운이 감돌고 소위 내선일체와 황국신민화정책이 강행되기 시작한 1939년대의 상황을 고려할 때 — 순수문학이 아닌 — 이 같은 현실 저항시가 발표된 것은 하나의 놀라운 사건이라 하지 않을 수 없다. 이 작품으로 석정은 당국에 불려가 '호된 취조'를 받았다지만 이로 인하여 우리 근대 시사의 어두운 밤하늘에 반짝이는 별 하나를 얻게 된 것은 우리들의 행운이라 하지 않을 수 없다.

이 작품에는 물론 프롤레타리아 시의 잔영이 그 배경으로 깔려 있다. 가령 시에 등장하는 투르게네프의 소설『그 전날 밤(전야前夜)』과 이 소설에 등장하는 혁명가 '인사로프' 등이 암시해주는 바가 그러하다. 그러나 전체적으로 본 내용은 계급투쟁의 선동에 있기보다 광복 투쟁에 대한 열망의 표현에 있다고 보는 것이 더 적절한 해석일 것이다.

3

초기의 목가적인 경향의 시들에서 '부정의 변증법'으로 현실의식을 내면화했던 석정이 직접적으로 현실문제를 들고 나오기 시작한 것은 해방기부터였다. 그리고 그것은 물론 시인 자신의 현실적 행동과도 일치한다. 그가 해방기에 — 비록 어떤 직책을 맡지는 않았다고는 하나 여러 정황으로 미루어 — 조선문학가동맹에 동조적이었던 것, 50년대 한국전쟁 기간, 특히 인공 치하에서의 현실참여, 60년대 4 · 19 직후 '교원노조'에 관여하여 당국으로부터 취조를 받았던 것 등이 그러한 예이다. 어떻든 석정은 해방이 되자마자 조선문학가동맹이 주최한 조선문학자대회(1946. 2. 8. 종로의 기독청년회관)에서 김기림과 함께 이 단체에 지지를 표명하고 대회의 서두에 축시를 낭독하였다. 이 무렵에 쓴 시 두 편을 인용해본다.

벼슬을 잃은 할아버지는
벼슬과 나라를 고스란히 단념하면서
술과 친구와 글에 묻히어
말썽 많은 세월을 잊은 듯이 보내시더니

육친도 벗도 고향도 단념하면서
어무찬 설움에 큰 뜻을 세우시고

밤ㅅ길로 밤ㅅ길로 국경을 넘어가시더니

에미도 애비도 잃어버린 자식은
한때 제 몸까지도 단념하면서
갈러진 하늘을 목메이게 호흡하더니
모조리 단념하기를 서로 맹서도 하였더니라.

—조선문학가동맹, 「삼대」 전문, 『삼일기념시집』(1946. 3. 1)

대륙이 빼물은 이 혓바닥은
영원히 영원히 조선이란다.

아메리카도 중국도 러시아도 아니다.
독일은 독일은 더군다나 아니다.

이 나라 의사당이 어디 있기에
이 나라 의사당이 그 어디에 있기에

이놈들아 너희들은 나날이 앉아서
불지를 궁리를 하고 있느냐

인민의 예지가 총칼보다 무서워
불질으려 도망가는 방화범은 누구냐?

—「방화범」 전문, 『문화창조』(1947. 3)

이 계열에 든 작품으로는 이외에도 「봉화」(『문장』 속간호, 1948. 7), 「옛 성터에서」(『학생월보』, 1947. 8), 「꽃덤풀」(작가동맹 전국문학자 대회 개막식 낭송 작품) 등이 있다. 한편 그는 4 · 19 직후에 '교원노조' 운동을 지지하는 「단식의 노래를」,

60년대 중반에는 일본에서 간행된 반체제 잡지 『한양』에 현실 비판적인 내용의 「지옥」, 「슬픈 서정」 등 10여 편의 작품을 발표하기도 하였다.

배고픈 사람들끼리
주저앉고 쓰러진 채
서로서로 얼굴을 본다.
눈이 눈을 본다.
마음이 마음을 본다.

눈시울이 갑자기 뜨거워진다.
어젯밤 서울로 떠난
동지들은
시방쯤 의사당 앞에서
농성을 하고 있겠지……
…(중략)…
원뢰처럼 들여오는
〈민주학원〉의 발자취 소리 들으며
동지들은 지금 단식투쟁의 대열에서
노도같이 싸우며 전진한다.
…(후략)…

—「단식의 노래」 부분, 《서울일일신문》(1960. 10)

어떻든 이상 인용한 작품들은 초기의 목가적 경향의 시들과는 달리 당면한 현실을 직접적이고도 선동적인 방식으로 고발하고 있음을 보여준다. 그 문학에서 초기에 '부정의 변증법'으로 내면화되었던 현실의식이 이제 행동적으로 돌출되기 시작한 것이다. 그리고 그 같은 변화는 그의 문학 전반에 확산되어 시집 『빙하』(1956) 이후부터의 시세계의 중심에는 초기의 목가적 서정성이 사라지고 그 대신 생활 서정이나 자연 서정이 자리잡는다. 그렇다면 이 돌연한 변화는 어떻게 일어난 것일까. 나는 그것을 그의 낭만정신에서 해명할 수 있으리라 생각한다.

낭만주의라면 우리는 흔히 현실도피주의나 일상 삶의 부정을 생각하게 된다. 낭만주의의 키워드라 할 수 있는 꿈, 동경, 초월, 먼 곳에 대한 향수, 범신론적 세계관, 감성과 상상력 등에서 언뜻 유추할 수 있는 삶의 태도가 그러하기 때문이다. 그리하여 우리는 낭만주의가 현실, 삶과 같은 가치들에 대해선 절대적으로 외면하고 오로지 환상을 좇아 내면에 칩거하는 자폐적 행동양식인 것으로 오해하기 쉽다. 그러나 그것은 사실과 다르다. 이는 낭만주의가 지닌 양면성의 한 측면일 뿐 다른 측면에선 이와는 정반대로 현실에 뛰어들어 대결하고 투쟁하는 행동 양식 또한 낭만주의의 한 본질이라 할 수 있기 때문이다.

낭만주의자들은 기본적으로 현실이 불완전하고 허망한 것으로 본다. 그리하여 그들은 어떤 절대적인 것 또는 영원한 것을 이루기 위하여 이 불완전한 현실을 떠나 먼 관념의 세계를 지향하는 것이다. 따라서 완전한 존재를 염원한다는 측면에선 그들이 먼 관념의 세계를 지향하는 것과 똑같이 현실을 개혁하고 그것을 완전한 것으로 되돌리고자 하는 소망 또한 강렬했다. 거기에 낭만주의의 다른 또 하나의 본질이라 할 '열정'이 결합될 때 걷잡을 수 없는 실천적 행동으로 나타나기 쉽다. 주체가 그 먼 관념의 세계에 도달할 수 없다는 사실을 자각하게 되는 바로 그 반작용 때문이다.

우리는 여기서 현실에 대한 낭만주의의 실천적 행동을 본다. 흔히 지적되고 있는 바이지만 프랑스 대혁명이 낭만주의의 한 분출이었다는 것, 레닌이 프롤레타리아혁명에서 소위 '혁명적 낭만주의(revolutionary romanticism)'를 주장했던 것 등은 그 실증적 예라 할 수 있다. 그리하여 낭만주의론에선 전자와 같은 현실도피적 낭만주의를 '부정적 낭만주의(negative romanticism)'로, 후자와 같은 현실참여적 낭만주의를 '긍정적 낭만주의(positive romanticism)'로 구분하여 부른다.

여기에 신석정의 초기 목가적 서정의 세계가, 해방이 계기가 된 중기 이후부터 행동적 정치의식으로 변모하게 되는 논리가 성립한다. 이 글의 지면 관계상 더 이상 언급할 기회가 없으나 신석정의 초기 시에 방만한 낭만정신이 관류하고 있다는 것은 누구나 쉽게 공감할 수 있는 사실이기 때문이다. 그것은『촛불』,『슬픈 목가』등의 시집에 빈번히 등장하는 '꿈', '먼 나라', '향수' — 필자가 다른 지면에서 충분히 지적한 바 — '낙원 상실 의식', '밤' 그리고 '비상'의 이미지 등에 의해서 충분이 설명되고도 남을 터이다.

저항정신으로 본 김영랑의 시

1

언어는 일종의 기호체계이다. 그런데 기호란 본질적으로 두 가지 조건을 전제하지 않고서는 성립될 수 없다. 하나는 사회적 약속이다. 가령 '나무'라는 소리의 기호(signifiant)로서 '木'이라는 의미(signifié)를 전달하고자 할 때 최소한 이 기호를 사용하는 집단(언어학에서는 이를 '언중言衆'이라고 한다.) 내의 모든 구성원들이 이에 동의하지 않고서는 그 사용이 불가능하다. 다른 하나는 역사성이다. 사회적인 약속을 통해 성립된 기호가 영속성을 지니기 위해서는 언중들 사이에 하나의 전통 혹은 관습으로 굳어지지 않으면 아니 되기 때문이다. 그러므로 언어는 그 언어를 사용하는 집단의 공유된 약속과 그 약속을 지키고자 하는 초시대적 전통 혹은 관습 없이 존재할 수 없다.

예컨대 여기 하나의 사물로서 '붉은 장미꽃'이 있다고 하자. 이를 놓고 한국인은 '붉은 장미'라는 음성기호를 사용하는 데 반해 영국인은 'red rose', 프랑스인은 'rose rouge' 그리고 중국인은 '紅薔薇'라는 음성기호를 이용한다. 이때 우리는 '붉은 장미'라는 음성기호(한국어)의 사용에 동의한 집단을 '한국인', 'red rose'라는 음성기호(영국어)의 사용에 동의한 집단을 '영국인', 'rose rouge'라는 음성기호(프랑스어)의 사용에 동의한 집단을 '프랑스인' 그리고 '紅薔薇'라는 음성기호(중국어)의 사용에 동의한 집단을 '중국인'이라고 한다. 즉 한 민족의 정체성은 그들만이 사용하는 언어의 정체성 바로 그것이며 그런 까닭에 민족이란 바로 동일 언어를 사용하는 언중을 가리키는 말 이외 다른 것이 아니다.

따라서 정치학이나 역사학에선 '민족'을, 같은 언어를 사용하는 집단으로 정의한다. 물론 세계사를 살펴보면 비록 한 지역에서 함께 오랜 언어의 역사를 영위해 오긴 했으나 — 옛 유고슬라비아처럼 — 언어 이외의 다른 복잡한 문제들이 얽혀 있는 공동체가 없는 것도 아니다. 이럴 때에는 예외적으로 종교나 역사, 문화와 같은 이차적 기준의 도움이 필요하게 되지만 오랫동안 동일한 역사와 문화, 종교를 지녀온 우리 민족의 경우 언어가 바로 정체성을 뜻한다는 것은 두말할 필요가 없다. 그런 까닭에 일반적으로 — 특히 헤겔이나 슐레겔 등 민족주의 철학자들이 — 언어에는 그 민족의 민족성(nationality)과 민족정신(natoinal Geist)이 내재해 있다고 하는 것이며 이에서 더 나아가 그 어떤 민족이든 민족의 정체성을 확립하기 위해서는 민족의 언어 교육(국어교육)을 필수로 삼는 것이다.

새삼 지적하기가 쑥스럽지만 모든 예술은 각각 고유의 매재로서 이루어진다. 가령 문학은 언어라는 매재를, 미술은 색채라는 매재를, 음악은 소리라는 매재를, 조각은 물체라는 매제를 각각 사용하여 작가의 어떤 특정한 미의식을 형상화해 낸다. 그런데 이 중에서 언어를 제외할 경우 다른 어떤 매재도 그 자체만으로서는 그 안에 어떤 민족 의식을 담을 수 없다. 소리나 색채와 같은 감각이나 물질은 세계의 모든 민족에게서나 보편적이기 때문이다. 앞서 예를 든 바와 같이 '붉은 장미꽃'이라는 사물이 있다고 할 때 만일 그가 미술가라면 한국인이든, 영국인이든 혹은 프랑스인이든, 중국인이든 가리지 않고 모두 붉은 물감을 칠한 그림을 보여준다. 그러나 시인의 경우는 전혀 다르다. 그가 한국인이라면 '붉은 장미꽃', 그가 영국인이라면 'red rose', 그가 프랑스인이라면 'rose rouge', 그가 중국인이라면 '紅薔薇'라고 읊을 것이기 때문이다. 그러니 어찌 시(문학)가 다른 예술과 달리 본질적으로 민족적이라 하지 않을 수 있겠는가.

그렇다. 문학은 원래 민족적이며 민족지향적이다. 민족어로 쓰여진 문학이 존재하는 한 그 민족은 영원하기 때문이다. 일제강점기 동안 일본이 기를 쓰며 한국어를 말살하려 한 이유도 여기에 있었다. 세계사를 보면 그 어떤 핍박과 고난에 처한 민족일지라도 자신의 민족어를 꿋꿋이 지켜온 민족은 항상 영속하였다. 그것은 설령 — 유태 민족처럼 — 국가나 영토를 잃었을 경우도 마찬가지이다. 반면 아무리 강대한 정복 민족일지라도 — 청나라를 세운 만주족처럼 — 그가 만일 자신의 민족어를 잃어버린다면 그 즉시 세계무대에서 사라지고 만다. 역사가 가르쳐준 교훈이다. 그러므로 시는 설령 소재적 차원이나 내용상에서 민족 혹은 당대 정치상황을 거론하지 않았다 하더라도 민족의 언어로 형상화되어 있다는 바로 그 사실 하나 때문에 필연적으로 정치적이며 민족적이다. 시인이 자신의 모국어를 잊지 않고 시를 쓰므로, 시인이 자신의 모국어를 사랑하고 가장 아름답게 지킴으로 그 민족은 영원할 수 있는 것이다.

따라서 우리는 이 자리에서 미리 분명히 해두어야 할 명제가 하나 있다. 일제에 맞서 저항을 했든 아니했든 김영랑은 우리 문학사에서 영원한 민족시인의 하나라는 사실이다. 그것은 역사상 우리가 가장 비극적인 시대를 맞아 민족의 운명이 풍전등화에 처했을 때 그가 그 누구보다도 가장 아름다운 한국어로 가장 한국적인 정서와 가장 한국적인 향토를 노래해서 민족의 언어를 참답게 지켜냈다는 바로 그 사실 때문이다. 그러한 관점에서 그가 시작을 통해 거둔 성과는 당대의 그 어떤 서투른 저항시나 프롤레타리아트의 시가 그 소재나 내용을 통해 거둔 그것보다도 더 민족적이며 저항적이었다고 말할 수 있다. 당대의 프롤레타리아트 시라는 것은 대부분 그 시절 외면적으로는 그럴듯해 보였겠으나 민족의 정체성 확립이란 관점에서는 실로 영랑의 시 한 편에도 미치지 못한 정치시들에 지나지 않았던 것이다.

우리는 이 대목에서 한 시학자가 영랑의 시에 대해 평한 다음과 같은 언급을 참고해도 좋을 듯하다.

> 영랑은 한국 근대시사에서 소월과 함께 서정시의 극치를 보인 시인이다. "그의 정열적 성격은 외양성을 띠기보다는 안으로 뚫어 한국적 고유의 정서를 미화한 민족의 수난의 한과 정화된 가락으로 두들겼나보다."라고 한 김용성의 말과도 같이 영랑은—인정과 풍물을 그의 짜늘인 듯한 섬세한 가락으로 탄주하여 우리의 심금을 울려주고 있는 것이다.
>
> —김학동, 「영랑의 시력 여화」 부분,
> 『모란이 피기까지는-영랑전집』(문학세계사, 1981)

여사한 시인이라도 한 시인의 시작詩作은 그 민족의 언어를 지키는 수문장 역할을 한다. 그리고 그것으로 인해 그 민족의 생존은 보장되는 것이다. 하물며 영랑과 같이 한국인의 정서와 풍정을 가장 아름다운 한국어로 노래해서 역사의 암흑한 밤을 환하게 밝힌 시인의 경우라면 더 이상 무슨 말이 필요하겠는가.

2

영랑은 한국의 그 어떤 시인보다도 훌륭하게 한국의 향토적 정서를 한국적인 언어로 노래하였다. 그것은 다음과 같이 설명된다.

㉠ 많은 논자들이 지적한 것과 같이 그가 태어난 남도의 민속과 풍광을 소재로 해 시를 썼다.

> 히부얀 조히 등불 수집은 거름거리
> 샘물 정히 떠 붓는 안쓰런 마음결

한해라 기리운 정을 몯고싸어 힌 그릇에
그대는 이 밤이라 맑으라 비사이다.

—「제야」 부분

'오-매 단풍들것네'
장광에 골불은 감닙 눌러오아
누이는 놀란듯이 치어다보며
'오-매 단풍들것네'

추석이 내일 모레 기둘니리
바람이 자지어서 걱정이리
누이의 마음아 나를 보아라
'오-매 단풍 들것네'

—「누이의 마음아 나를 보아라」 부분

문풍지 서름에 몸이 저리어
내리는 함박눈 가슴 해여서

—「원망」 부분

창랑에 잠방거리는 섬들을 길러
그대는 탈도 업시 태연스럽다

—「그대는 호령도 하실 만하다」 부분

위의 인용 시구들을 보면 그 소재가 모두 한국적 — 더 나아가서 향토적임을 알 수 있다. 「제야」는 음력으로 설 전날 즉 그믐밤의 민속을, 「누이의 마음아 나를 보아라」는 추석 무렵 시골의 가을 정취를 읊은 것이고 「원망」은 함박눈이 내리는 민가의 겨울 정서를, 「그대는 호령도 하실 만하다」는 시인 자신이 살고 있는 남해의 풍경을 노래한 것들이다. 모두 한국의 향토 — 특히 전라도가 아니면 쉽게 접하기 힘든 풍정들이다. 그믐밤 흰 종이 등에 불을 밝혀 신령께 비난수하는 모습이나 장꽝에 감잎이 흩날리는 집 뒤뜰의 정취, 그리고 겨울바람에 우는 문풍지나 잔잔한 파도에 잠방거리는 섬들은 우리나라 아닌 어느 외국에서 쉽게 찾아볼 수 있을 것인가.

ⓛ 많은 향토어, 토속어 및 방언들이 구사되어 있다. 그것은 어휘적 차원이나 어법적 차원 모두에서 발견되는 특징들이다. 앞서 예를 든 시구에서도 '오매', '골붉은', '수집은', '히부얀', '몯고싸어', '가슴해여' 등은 어휘적 차원의 향토어이나 '단풍들것네' '눌러오아' 등은 어법적 차원의 향토어에 해당한다. 이외에도 우리는 그의 시에서 '어덕', '풍겻는듸', '출렁거린듸', '어슨', '싦다리', '늬집', '바람슷긴', '그리운', '그때버텀', '도처오르는', '빤질한', '제운', '종금이', '가늘한', '애끈이', '송긔한', '하냥', '포실거리며', '조매로운', '업드라냐', '가고지워라', '나는 잊었습네', '너무로구료', '마금날' 등 수많은 토속어들을 발견할 수 있다.

그런데 이와 같은 토속어의 구사는 물론 시인의 자각적, 의식적인 것이었다고 보아야 한다. 언어가 지닌 민족의식에 대해 영랑이 다음과 같이 피력한 바 있기 때문이다.

> 한 민족의 언어가 발달의 어느 정도에 이르면 국어로서의 존재에 만족하지 아니하고 문학의 형태를 요구한다. 그리고 그 문학의 성립은 그 민족의 언어를 완성시키는 것이다.
>
> —김영랑, 『시문학』 1930년 창간호 편집 후기

ⓒ 시적 진술이 매우 음악적이다. 한국 전통음악의 리듬과 가락이 섬세하게 스며 있다.

엄밀히 분석해보면 영랑시의 음악성은 한국 전통시가가 보여주는 율격을 토대로 해서 쓰였음을 알 수 있다. 그중에서도 특히 전래민요의 영향이

강하다. 나는 어떤 글에서 20년대 민요시의 계승자로서의 영랑의 중요성을 지적한 바 있는데 실제로 영랑은 정지용, 김상용 등과 함께 20년대의 민요시를 계승해서 40년대의 박목월, 박남수 등을 거쳐 박재삼, 나태주 등으로 이어주는 데 큰 역할을 담당했던 30년대 시인이다. 필자는 이에 대한 논의를 다른 지면에서 이미 충분히 다룬 적이 있으므로 여기서는 간단히 그 요점만을 인용하는 것으로 대신하고자 한다.

> '바람이/ 부는 대로/ 찾아가오리'
> 흘린듯/ 기약하신/ 님이시기로
> 행여나!/ 행여나!/ 귀를 종금이
> 어리석다/ 하심은/ 너무로구려
>
> —김영랑, 「함박눈」

> 인용시는 전형적인 민요시의 특징을 보여준다. 첫째, 시의 내용이 임과의 이별에서 오는 한 혹은 슬픔이라는 서정민요의 일반적 주제를 그대로 담고 있다. 둘째, 전래민요의 전형적 율격을 고스란히 따르고 있다. 모두 7 · 5조 3마디 율격으로 되어 있어 우리 전통 민요 「아리랑」이나 「도라지」 타령의 그것과 일치한다. 셋째, 구조 면에서 여러 형태의 반복과 병치를 보여주고 있다. 예컨대 "행여나/ 행여나/ 귀를 기우려" "헛보람/ 헛보람/ 몰랐스료만" "어리석다/ 하심은/ 너무로구려" "날다려/ 어리석단/ 너무로구려"는 반복어법이며 전체적으로 1연과 2연은 같은 내용을 병렬시킨 것이다. 소위 '점층적 병치'의 한 예이다.
>
> —오세영, 「영랑의 사사적 의의」
>
> (제1회 영랑문학심포지엄 2006년 4월 30일 강진군 문화원)

물론 김영랑의 시에는 민요시와 전혀 관련 없을 듯한 유형의 창작시들도 많다. 그러나 꼼꼼히 살펴보면 이 역시 내면적으로 민요적 율격에 토대해서 쓰여진 것들이 대부분이다. 가령 그의 시를 대표하는 「모란이 피기까지는」도 — 외견상 마치 순수 자유시처럼 보이지만 — 형식은 우리 민요의 4 · 4조와 3 · 3조 혹은 그것의 변용인 네 마디 시행들의 되풀이임을 알 수 있다(오세영, 위의 글).

그런데 '민요시(folk poetry)'란 일찍이 헤르더, 슐레겔 등 독일 낭만주의 사상가들이 지적한 바와 같이 한 민족의 영혼 혹은 정신이 내면화된 시형이다. 그런 까닭에 그들은 민요에 민족정신(national Geist)이 있다는 것을 굳게 믿고 민족주의의 문화적 실천 운동으로서 민요(folk song)를 발굴하고 민요시 창작에도 심혈을 기울였다. 이와 유사하게 우리나라에서도 국권을 빼앗긴 1920년대에 민요시 창작 운동이 전 문단적으로 확산되었던 것은 다 아는 바와 같다(오세영, 『한국낭만주의시연구』, 일지사, 1981).

㉣ 정서가 인류 보편적이라기보다 한국적 특수성에 가깝다.

흔히 학계에선 한국적 정서를 대표하는 것으로 '한' 혹은 '슬픔'과 같은 감정을 들고 있다. 김영랑의 시에서 주조를 이루고 있는 것 역시 이에서 크게 벗어나지 않는다. 이에 대해서는 일찍이 영랑 연구에 일가를 이룬 김학동 교수의 다음과 같은 견해를 참고해도 좋을 것이다.

> 한마디로 영랑의 시에 나타난 '슬픔'이나 '눈물'이 표상하는 비애의식은 전통시가나 민요에 흐르고 있는 것과도 같은 것이다. 역사적으로 외세의 침략에 의한 숱한 역경과 고난을 극복하고 나온 민족 정서 속에 깃들어 있는 인고의 우수라고 할 수 있다. 「시집살이」 민요나 이와 유사한 민요에서도 볼 수 있듯이 갖은 학대와 질시 속에서도 참고 끈질기게 살아가는 여인네의 '애끈하고' '서어한' '슬픔이며 눈물이다(김학동, 앞의 책, 250쪽).

㉤ 전래 민요의 영향 아래 쓰였다는 것과도 관련되는 문제이지만 그의

시에는 국악의 정조가 잘 녹아 있다.

빛깔 환 – 히
동창에 떠오름을 기두리신가
아흐레 어린달이
부름도 없이 홀로 났소
월출月出 동령東嶺
팔도八道사람 마지하오
긔척 없이 따르는 마음
그대나 고히 싸안어주오

—「달마지」 전문

원통코 독한 마음 잠과 꿈을 이뤘으랴.
옥방 첫날밤은 길도도 무서워라
서름이 사모치고 지처 쓰러지면
남강의 외론 혼은 불리어 나왔느니
논개여! 어린 춘향을 꼭 안어
밤새워 마음과 살을 어루만지다
오! 일편단심

—「춘향」 전문

인용시 중 「달마지」는 문장 구성, 어법이나 병렬적 진술, 향토적 묘사, 어휘 구사 및 율격 등에서 남도의 「육자배기」 창에, 「춘향」은 그 서사구조나 율격, 어법 등에서 판소리 사설의 일부에 매우 가까워 보인다. 그것은 그가 국악, 그중에서도 특히 남도창을 무척 좋아했고 또 가야금 연주를 즐겼다는 전기적 사실에 비추어 보아서도 결코 우연은 아닐 것이다. 한편 그는 이에서 더 나아가 — 자신이 높이 평가한 — 우리 국악만의 그 독특한 정조를 '촉기燭氣'라 하여 이를 시작에서도 반영코자 시도한 바도 있다. 이 '촉기'의 정체가 무엇인가는 확실치 않지만 우리는 일찍이 서정주가 영랑과 나눈 다음과 같은 한 회고담을 한번 살펴보는 것이 좋을 듯하다.

> "같은 형제의 소리지만 형 화중선花中仙이 소리보다는 그 아우 중선中仙이 소리가 훨씬 촉기가 더 하단 말이여. 그것 참 이상하거든…… 잘 들어봐 들어봐"
>
> 그 '촉기'란 말은 남도 사람인 내게는 쉬 알 수 있는 말이었다. "그 사람은 늙었어도 아직 눈의 촉기 보니 50년은 더 살겠네" 하는 식으로 쓰는 말로서 '산 기운', '산 윤기' 그런 뜻의 말인 것이다. …(중략)… 형 화중선의 설움이 자욱한 이끼 낀 음색에 비해 아우 중선의 소리엔 건전한 처녀성의 싱그러움이 배어나오고 있었다. 나는 빙그레 웃었다. 왜냐하면 그 '촉기'야말로 중선의 소리뿐만 아니라 영랑의 그 시정신의 좋은 특질이라고 생각되었기 때문이다.
>
> —서정주, 「영랑의 고향 강진」 부분,
>
> 『서정주 전집 5』(일지사, 1972)

이 말로 미루어보건대 '촉기'란 오랜 역사 동안 수많은 역경을 헤쳐 나온 우리 민족의 고통과 슬픔을 그 자체만으로 받아들이지 않고 그를 극복해 오히려 생존의 힘으로 전환시키는 어떤 끈질긴 정서 — 고통을 극복한 고통, 슬픔을 극복한 슬픔 — 임을 알 수 있다. 영랑의 저항시들이 그 배면에 슬픔과 한의 정서를 깔고 있는 이유이다.

이렇듯 김영랑의 시에는 비록 내용상 어떤 주장이나 이념이 제시되어 있지 않은 순수 서정시라 하더라도 그 취재된 소재, 시어 구사, 시형이나 정서, 내밀한 심성 등에서 근원적이고도 심원한 한국인으로서의 민족의식이 살아 숨 쉬고 있다.

3

영랑의 시들 중에는 당대 현실을 암시적으로 고발하거나 극복코자 하는 의지가 간접적으로 형상화된 작품들도 적지 않다. 가령 다음과 같은 유형이 그러하다.

모란이 피기까지는
나는 나의 봄을 기둘리고 있을테요
모란이 뚝뚝 떠러져버린 날
나는 비로소 봄을 여흰 서름에 잠길테요
5월 어느날 그 하로 무덥든 날
떠러져누은 꼿닙마져 시드러버리고는
천지에 모란은 자최도 업서지고
뻐쳐오르든 내 보람 서운케 문허졌느니
모란이 가고 말면 그뿐 내 한해는 다 가고 말아
삼백예순날 하냥 섭섭해 우옵내다
모란이 피기까지는
나는 아즉 기둘리고 잇슬테요 찰란한 슬픔의 봄을

—「모란이 피기까지는」 전문

외면의 의미만을 살펴보면 이 시는 어떤 인생론적 진실을 이야기한 것처럼 보인다. '생은 본질적으로 허망하지만 그럼에도 불구하고 우리가 이를 포기하지 않은 것은 미래에 대한 어떤 희망적 믿음이 있기 때문이다.'라는 전언이다. 이는 다음과 같이 설명된다.

화자의 삶은 고단하고 외롭다. 그 어떤 즐거움도 없다. 그래도 이 같은 일상을 견디며 한 해를 사는 것은 오직 한 가지 기대가 있어서인데 바로 봄에 활짝 피는 모란 꽃을 볼 수 있다는 그 행복이다. 그러나 막상 봄이 돌아와 그 핀 모란 꽃을 보면 그 꽃은 오래가지 않고 덧없이 져버리고 만다. 그에게 있어 그것은 커다란 슬픔이며 고통이다. 그러나 화자는 이에 결코 절망하지 않는다. 다시 이듬해 필 모란 꽃을 기다리는 희망이 남아 있는 까닭이다.

그러나 이 시의 내면을 들여다보면 꼭 그렇지만은 않은 것 같다. 거기엔 잃어버린 조국에 대한 화자의 슬픔과 그로 인해 겪는 민중의 고통, 국권회복에 대한 기대와 좌절 그리고 포기할 수 없는 희망과 같은 내용들이 간접화법의 방식으로 형상화되어 있다고 생각되기 때문이다. 즉 이 시에서 한여름의 무더위와 뙤약볕은 일제의 모국 강점을, 모란은 조국을, 땅에 떨어져 짓밟히는 모란 꽃잎은 한국인의 고통을, 그리고 모란 꽃이 활짝 핀 봄날은 조국의 광복을 상징하는 기호들로 읽힐 수 있다.

이렇게 해석할 수 있는 근거는 무엇인가?

첫째, 어떤 시대나 그 시대의 소산인 문학작품은—작가가 의식하든 하지 아니하든—그 시대의 삶을 반영하기 마련이다. 보다 행동적인 작가, 보다 적극적인 정치 신념을 가진 작가라면 물론 그것을 소재적으로 반영(내용상의 메시지)하는 방법을 택할 것이다. 그러나 영랑처럼 본질적으로 서정세계를 지향하는 시인이라면 당연히 구조적 반영의 방법을 택하게 된다. 가령 우리 문학사에서 대표적인 저항시인으로 규정된 만해萬海만 해도 몇몇 작품을 제외한 나머지 대부분은 당대 현실을 모두 구조적으로 반영하고 있다. 그런 까닭에 만해는 일제강점기하의 우리 삶을 이야기하면서도 그의 시에서 조국을 임, 조국의 상실을 임과의 이별로 제시하여 그 전체적인 틀을 연시로 짰던 것이다. 만해의 '임'을 때로는 조국으로, 때로는 연인으로, 때로는 불교 존재론의 '무아'나 '부처'로 다양하게 해석할 수 있는 이유가 여기에 있다.

둘째, 그의 시에 간접화된 민족의식과 전기적 사실, 기타의 진술에서 보여준 민족관 등이 이 같은 관점의 해석을 가능케 한다. 예컨대 기미독립 운동 당시의 행동적 저항, 창씨개명을 끝끝내 거부한 민족정신, 국악의 창이나 향토적 아름다움에 대한 유별난 애정, 한국적 정서와 모국어 등에 대한 남다른 집착, 실제 저항시의 창작, 일본 유학 시절에 무정부주의자 박열朴烈 등으로부터 받은 영향(박열은 같은 하숙방 룸메이트였다.), 기타 해방 이후의 정치참여 등 일관된 그의 현실적 삶의 태도가 그러하다. 따라서 그의 시를 독해함에 있어서 우리는 외양으로 드러나는 사실보다 이 같은 그 내면적 진실을 들여다보아야 할 것이다.

셋째, 우리 근대 시문학사의 시대적 상징으로 볼 때 일제강점 기간의 시에 등장하는 '상실 의식'은 일반적으로 국권의 상실과 식민지 현실의 비극성에 관련되어 있다. 가령 김소월, 이상화, 한용운, 변영노, 윤동주, 신석정 등의 시에 빈번히 등장하는 임의 상실, 고향 상실, 부모의 상실 등은 모두 그 원형(archetype)으로서 조국 상실의 한 변형이라 할 수 있는 개인적 혹은 사적 상징(personal symbol)들이다. 따라서 나는 영랑의 시에 나타난 상실 의식 역시 이 같은 범주를 크게 벗어나지 못하리라고 생각한다. 「모란이 피기까지는」에 나타난 '봄의 상실' 역시 원형적으로 조국 상실 의식에 그 뿌리를 두고 있었던 것이다.

> 울어 피를 뱉고 뱉은 피는 도루 삼켜
> 평생을 원한과 슬픔에 지친 적은 새
> …(중략)…
> 비탄의 넉시 붉은마음만 낯낯 시들피느니
> 지튼 봄 옥속 춘향春香이 아니 죽엿슬나듸야
> 옛날 왕궁王宮을 나신 나히어린 임금이
> 산ㅅ골에 홀히 우시다 너를 따라가셧드라니
> 고금도古今島 마조 보이는 남쪽 바다ㅅ가 한 만흔 귀향길
> 천리千里망아지 얼넝소리 쇈듯 멈추고
> 선비 여윈 얼골 푸른물에 띄웟슬제
> 네 한恨된 우름 죽엄을 호려 불럿스리라

너 아니 울어도 이 세상 서럽고 쓰린 것을
이른 봄 수풀이 초록빛드러 물내음 그윽하고
가는 대닢에 초생달 매달려 애틋한 밝은 어둠을
너 몹시 안타가워 포실거리며 훗훗 목메엿느니
아니 울고는 하마 죽어업스리 오! 불행의 넉시여
우거진 진달내 와직지우는 이 삼경三更의 네 우름
희미한 줄산山이 살 풋 물러서고
조고만 시골이 홍청 깨여진다.

—「두견杜鵑」 부분

인용시에서도 시인은 '두견새'라는 상징을 내세워 잃어버린 조국의 현실을 이야기하고 있다.

다 아는 바와 같이 두견새(귀촉도歸蜀道)설화는 중국 촉나라 왕 망제望帝, 두우杜宇에 얽힌 고사에서 비롯한다. 신하 오령鰲靈에게 나라를 빼앗겨 대궐로 돌아오지 못하게 된 망제가 죽어 두견새가 되어 밤만 되면 산속에서 대궐을 향해 슬피 울었다는 이야기이다. 그러므로 이 설화에 관련시켜 시의 내용을 살펴볼 경우 우리는 자연스럽게 촉나라=조국, 두견새=조선의 마지막 왕 순종 혹은 국권, 야밤 삼경=일제 치하의 참혹한 시대, 두견새의 울음=민중의 통한이라는 등식을 성립시킬 수 있다. — 비록 신화적 이야기를 빌려 간접적인 방식으로 토로하고 있기는 하나 — 이 시 역시 어떤 형식이든 종국적으로는 일제의 조국 침탈에 의한 국권 상실과 이에서 연유하는 민중의 고통, 그리고 슬픔을 형상화하고 있었던 것이다.

이렇듯 본 장에서 살펴본 김영랑의 시들은 전장에서 거론한 순수 서정시들과는 그 주제 면에서, 또 다음 장에서 거론하고자 하는 저항시들과는 그 화법 면에서 다른 방식으로 현실을 이야기하고 있다. 그러나 이 양자 공히 민족의식을 고취하고 있다는 점만큼은 부인할 수 없다. 민족의식을 내면적으로 형상화하여 그것을 메시지로 전달하는 방식의 시들이었다고나 할까.

4

김영랑의 시들 중에는 저항시라 규정해도 손색이 없을 몇몇 작품들이 있다. 물론 최소한의 시의 틀을 지키기 위해서 때로 알레고리 형식의 비유법을 차용한 것도 없지는 않지만 그 대부분은 구체적인 소재를 통해 직설적 어법으로 현실을 고발한 작품들이다.

> 내 가슴에 독毒을 찬 지 오래로다.
> 아직 아무도 해한 일 없는 새로 뽑은 독
> 벗은 그 무서운 독 그만 흩어버리라 한다.
> 나는 그 독이 벗도 선뜻 해할지 모른다고 위협하고
>
> 독 안 차고 살어도 머지 않어 너 나 마주 가버리면
> 누억천만세대屢億千萬世代가 그 뒤로 잠잣고 흘러가고
> 나중에 땅덩이 모지라져 모래알이 될 것임을
> "허무한듸!" 독은 차서 무엇하느냐고?
>
> 아! 내 세상에 태어났음을 원망 않고 보면
> 어느 하루가 있었던가 "허무한듸!", 허나
> 앞뒤로 덤비는 이리 승냥이는 바야흐로 내 마음을 노리매
> 내 산 채 짐승의 밥이 되어 찢기우고 할퀴우라 내맡긴 신세임을
>
> 나는 독을 품고 선선히 가리라.
> 마금날 내 깨끗한 마음 건지기 위하여
>
> —「독毒을 차고」 전문

인용시에서 화자는 독을 차지 않고서는 살 수 없는 자신의 원한에 대해 이

야기하고 있다. 그 원한은 인륜이 무너지고 금수가 지배하며("앞뒤로 덤비는 이리 승냥이는 바야흐로 내 마음을 노리매") 피식민지인으로서의 자신이 무방비 상태로 핍박을 받아야 하는 삶에서 연유하는 것이라고 한다("아! 내 세상에 태어났음을 원망 않고 보면/ 어느 하루가 있었던가"). 즉 이리 승냥이에게 산 채로 사지가 찢겨 먹이가 되는("내 산 채 짐승의 밥이 되어 찢기우고 할퀴우라 내맡긴 신세임을") 세상에서 목숨을 간수하는 방편이란 오직 독을 차는 일밖에 없다는 것이다. 그렇다면 '이리 승냥이에게 산 채로 사지가 찢겨 밥이 되는 세상'이란 무엇일까.

일반적으로 시인은 어떤 것이든 대상을 전제하고 시를 쓴다. 가령 구름이나 하늘과 같은 객관적 실체나 사랑이나 인생과 같은 관념적 실체 같은 것들이다. 따라서 위의 시처럼 대상의 구체적 실체가 제시되지 않을 경우 그것은 당연히 그 당대의 어떤 일반적 삶의 이야기에 대해 쓴 것이라고밖에 말할 수 없다. 그렇다면 시인 당대의 일반적 삶이란 또 무엇일까. 설명의 필요 없이 그것은 일제강점기하의 고통받는 한국인의 삶이다. 시인은 일제에 대한 저항 정신을 이처럼 독을 차고 세상과 맞서 싸우는 화자의 투혼과 동일화시키고 있는 것이다.

큰 칼 쓰고 옥에 든 춘향이는
제 마음이 그리도 독했든가 노래었다.
성문이 부서저도 이 악물고
사또를 노려보든 교만한 눈
그는 옛날 성학사成學士 박팽년朴彭年이
불지짐에도 태연하였음을 알었었니라
오! 일편단심

원통코 독한 마음 잠과 꿈을 이뤘으랴
옥방獄房 첫날 밤은 길고도 무서워라.
서름이 사무치고 지쳐 쓰러지면

남강南江의 외론 혼은 불리어 나왔느니
논개! 어린 춘향을 꼭 안어
밤새워 마음과 살을 어루만지다
오! 일편단심

—「춘향」 부분

인용시는 알레고리 형식을 빌려 당대 조국의 식민지 현실을 간접적으로 고발한 작품이다. 그리고 그 같은 해석은 물론 '춘향'이를 '논개'에 비유시킨 제2연의 진술이 있음으로써 가능하다. 다 아는 바와 같이 논개는 임진왜란의 진주대첩 때 스스로 몸을 바쳐 조국을 지킨 한국의 잔 다르크라 할 수 있는데 이 시에서 춘향이는 바로 그 논개와 동일시된 인물로 등장하기 때문이다. 그러므로 이 시에서의 춘향은 독자들에게 논개로 비유된 현실의 어떤 문제를 고발하기 위해 시인이 의도적으로 차용 혹은 변용시킨 인물이라고 하지 않을 수 없다. 그렇다면 그 '현실의 문제'란 또 무엇일까. 두말할 필요 없이 일제강점기하 우리 민족의 고통일 것이다. '논개'가 맞서 싸운 대상이 바로 일본(왜적)인 까닭이다.

관점을 이렇게 정리할 경우 우리는 이 시의 춘향이를 일제강점기하의 고통받는 우리 민족, 옥방을 일제에 강점당한 조국의 현실, 성학사 박팽년을 국권을 지키고자 하는 지조, 변학도를 일제 그 자체, 이도령을 조국의 광복, 춘향의 죽음을 죽음까지도 불사하며 독립을 쟁취코자 하는 우리 민족의 의지 등으로 해석해낼 수 있다. 이 같은 관점에서 영랑의 위시는 고전소설 「춘향전」을 하나의 알레고리로 차용하여 이렇듯 식민 치하에서 고통받는 민족의 현실을 고발하고 나아가 일제와 맞서 싸울 투쟁 정신을 고취한 일종의 저항시라 불러 마땅할 것이다.

다음과 같은 시 역시 같은 맥락에 서 있는 것으로 보인다.

검은 벽에 기대선 채로

해가 수무번 박귀였는듸
내 기린麒麟은 영영 울지를 못한다.

그 가슴을 퉁 흔들고 간 노인의 손
지금 어느 끝없는 향연饗宴에 높이 앉었으려니
땅우의 외론 기린이야 하마 이저졌을나

박같은 거친들 이리떼만 몰려다니고
사람인양 꾸민 잣나비떼들만 쏘다다니여
내 기린은 맘둘곳 몸둘곳 없어지다

문 아조 굳이닫고 벽에기대선채
해가 또한번 박귀거늘
이 밤도 내 기린은 맘놓고 울들 못한다.

—「거문고」 전문

이 시도 당대 현실 — 일제강점기하의 민족 현실 — 을 고발한 작품이다. 최소한 세 개의 힌트가 제시되어 있기 때문이다.

첫째, '기린麒麟'이라는 시어이다. 원형 상상력에 있어서 기린은 성스러운 동물 또는 왕 그 자체의 상징이다. 그런데 봉건 왕조에 있어서 왕이란, 바로 국가 그 자체였으므로 이를 현대적으로 변용시킬 경우 '기린'은 곧 국가의 상징이 될 것이다.

둘째, '거문고'라는 시어이다. 수천 년 동안 민족의 사랑을 받고 또 민족의 애환을 노래하는 데 사용된 이 악기가 민족 정서→ 민족 문화→ 민족정신 그리고 드디어 민족 그 자체와 동일시될 수 있으리라는 것은 누구나 상상할 수 있을 것이다.

셋째, 셋째 연의 진술이다. '사나운 이리 떼들과 사람의 탈을 쓴 잔나비

떼들만 몰려다니는 밖앝의 거친 세상'에 대한 시인의 자조 섞인 한탄은 대체 무엇을 두고 하는 말이겠는가.

이렇듯 이 시의 주요한 세 가지 시어들은 모두 우리 민족 혹은 국가를 표상하는 사적 상징들이다. 그런데 시인은 이 시에서 기린은 더 이상 울지를 않고, 거문고는 줄이 끊겨 있으며, '밖앝' 세상은 금수가 지배하는 야만의 시대가 되었다고 한다. 따라서 우리는 이 모두 당면한 식민지 치하의 우리 현실을 이야기하는 것이라고밖에 달리 해석할 수 없지 않은가.

5

나는 지금까지 김영랑의 시에 반영된 민족의식을 네 가지 관점에서 살펴보았다. 첫째, 가장 비극적인 시대에 민족의 언어를 지켜 시를 쓴 행위, 둘째, 시의 형상화에 동원된 시어, 소재, 정서, 대상. 셋째, 간접화된 시인의 메시지. 넷째, 식민지 현실을 고발한 저항시의 창작 등이다. 이 같은 관점에서 나는 영랑이 한용운, 이육사 혹은 심훈에 준할 만한 식민지 치하 우리 민족의 저항시인의 한 분이라 일컬어도 손색이 없는 사람이라 생각한다.

여기에는 물론 자연인으로서의 김영랑의 행적에 대해서도 언급할 필요가 있다. 가령 그가 기미만세운동 당시 지역 일꾼으로서 적극적인 행동에 참여하여 4개월의 옥고를 치루었다든지, 일제 말기 강제 시행되었던 창씨개명에서 그 자신뿐만 아니라 자녀들까지도 끝내 이를 거부하여 순수한 우리 이름을 지켰다든지, 식민지 치하 시인으로서는 드물게 단 한 줄도 친일이나 친일에 가까운 글을 쓰지 않았다든지, 식민지 통치가 그토록 가혹하던 1926년, 부친의 묘지를 조성하면서 비명에 "조선인김해김종호지묘배김씨부좌朝鮮人金海金鍾湖之墓配金氏祔左"라 각인하여 굳이 그의 뿌리가 '조선인'임을 밝힌 것 등이다. 이야말로 그가 일상생활에서 민족의식이 얼마나 투철했던 것인가를 짐작케 해주는 몇 가지 실증적인 사례들인 까닭에…….

창조적 전통으로서의 박목월 문학

1. 머리말

목월의 문학사적 위치나 그 의의를 해명해내기 위해서는 아마도 엘리엇의 다음과 같은, 널리 알려진 명제로부터 풀어야 할 것 같다. 한 시인의 문학사적 자리매김은 항상 그 이전 문학과의 관계에서만 설정될 수 있기 때문이다.

> 현존하는 고전작품들은 그 작품들 간에 한 이상적인 질서를 형성하고 있으며 그 고전들 위에 새로운 예술작품들이 소개됨으로써 그 질서는 수정된다. 현존질서는 신작품이 도래하기 전에는 완전하다. 신기한 것이 계속 일어난 후에도 그 질서가 꾸준히 서 나가기 위하여 현존 전질서는 다소라도 변개되어야 한다. 그리하여 전체에 대한 각개 예술작품의 관계와 균형과 가치는 재조정되는데 이것이 낡은 것과 새 것 간의 순응이다. 유럽의 문학이나 영국의 문학형태에 있어 이 질서의 관념을 시인한 자는 누구나 현재가 과거에 의하여 이끌리는 만큼 과거는 현재에 의하여 변개된다는 것을 불합리하고 생각지

않을 것이다.[1]

이 같은 엘리엇의 견해에 동의한다면 목월의 경우도 마찬가지일 터이다. 즉 목월의 문학적 성취나 문학사적 의미에 대해 이야기하기 위해서는 무엇보다 그가 그 이전의 문학적 질서와 어떤 관계를 맺고 있는지를 살펴보아야 한다. 그것은 아마 다음의 세 가지 경우들 중 하나일 것이다.

ㄱ) 그 이전의 문학과 아무런 관계가 없다.

ㄴ) 그 이전 문학적 질서를 그대로 답습하였다.

ㄷ) 그 이전 문학의 질서를 받아들이되 그것을 새롭게 변개시켰다.

앞서 인용한 엘리엇의 평가를 따를 때 이 세 가지 관계에 있어서 ㄱ)과 ㄴ)의 작품들은 결코 가치 있는 문학의 반열에 오를 수 없다. 문학사적으로 훌륭한 작품들이란 고전질서를 받아들이되 그것을 새롭게 개변시킬 수 있어야 하는데 ㄱ)의 작품들은 고전질서로부터 완전히 단절되었고 ㄴ)의 작품들은 그것을 단순히 답습할 뿐 새롭게 변혁시키지는 못하기 때문이다. 어떻든 ㄱ)은 ―문학적 성취를 이루었건 이루지 못했건― 그 이전 문학과 완전히 단절된 어떤 돌출된 문학에 해당됨으로 굳이 예를 들자면 20세기에 와서 쓰여진 전위적인 실험문학 이외에는 있을 수 없다. 실제에 있어선 어떨지 모르지만 아방가르드 스스로가 자신들의 문학은 전통과의 단절에서 성립했다고 공공연히 선언했기 때문이다. 따라서 전위적 실험문학과 거리가 먼 목월 문학을 ㄱ)의 경우로 설명한다는 것은 옳지 않다.

ㄱ)을 제외할 경우 목월이 그 이전의 문학과 맺을 수 있는 관계는 물론

---

1 T. S. Eliot, 'Tradition and Individual Talent', *Selected Essays 1917–1932*, London: Faber & Faber Ltd., 1932.

ㄴ)과 ㄷ) 중 하나이다. 이 중 필자는 후자를 주장한다. 목월은 이전의 문학적 질서를 받아들이되 그것을 새롭게 개변시킨 시인이 틀림없기 때문이다. 그리고 나는 바로 여기서 목월의 문학이 우리 문학사의 한 이정표가 될 수 있었다는 것을 지적하고 싶다.

지금까지 학계에서는 목월의 문학에 대하여 일반적으로 다음과 같은 세 가지 관점에 주목했다.

ㄱ) 음악적 율격

ㄴ) 순수 자연에 대한 서경적 인식

ㄷ) 존재론적 내면 탐구

이제 필자는 학계의 이 같은 보편적 인식을 토대로 이들이 그 이전의 문학적 질서와 어떤 관계를 맺고 있으며 그것을 어떻게 개변시켰느냐 하는 관점에서 목월 문학을 살펴보고자 한다.

2. 창조적인 음악성

목월의 시가 매우 음악적이라는 것은 새삼 지적할 필요가 없다. 특히 초기시에서 그가 거의 정형률에 준하는 율격과 정형시나 정형시에 가까운 시형을 추구했다는 것은 누구나 동의하고 있는 바이다. 물론 그가 자유시를 쓰기 이전에 동시를 썼다는 것 그리고 그것이 우리 동시사童詩史의 빼어난 한 산 봉우리를 이루었다는 것 역시 이의 연관성을 예증하는 중요한 근거의 하나가 되리라는 것도 굳이 설명할 필요가 없다. 동시야말로 정형률 혹은 정형시 형식을 취하는 대표적 시의 한 양식이기 때문이다.

그렇다면 목월의 초기시가 보여주는 정형률 혹은 정형시적 성격이란 무엇일까. 나는 그것을 간단히 민요시 혹은 민요시적 율격이라고 말하고 싶다.[2] 그것은 그의 초기시들 — 특히 『청록집』에 수록된 작품들 — 을 살펴본 실제가 말해주지만 다음과 같은, 소월素月과 관련된 그의 문학 외적 사실들을 참고할 경우 더 그러하다. 소월은 목월 이전의 문학 세대에 있어서 가장 훌륭한 민요 시인이었음으로[3] 민요시 창작에 있어 그가 끼칠 영향의 개연성을 간과할 수 없기 때문이다.

첫째, '목월木月'이라는 필명이다. 자연인 박영종이 필명으로서 '목월'이라는 애펄레이션을 선택했을 때 그는 분명 소월을 의식했을 것이다. 전통적으로 우리나라에선 선비가 호를 지을 경우 보통 존경하거나 좋아하는 사람의 이름에서 글자를 취한다. 그러므로 목월 역시 소월의 시를 좋아했거나 혹은 높이 평가했던 까닭에 자신의 필명을 소월에 빗대어 작명했을 것임이 틀림없다. 이는 그가 문학 소년 시절에 소월로부터 받았을 영향의 가능성을 충분히 짐작케 해주는 대목이다.

둘째, 목월을 추천하여 문단에 등단시킨 정지용이 그의 마지막 추천사에서 목월을 소월과 비교해 언급했다는 사실이다. "북에 김소월이 있었거니 남에 박목월이가 날 만하다"[4]는 그의 단평은 단순히 이 두 시인이 지닌 필명의 유사성을 두고 말한 언롱言弄은 아닐 터이다. 더욱이 우리 시사의 한 절륜한 시인이자 탁월한 시안詩眼을 가졌던, 그리하여 그가 신인을 추천할 때 쓴 『문장』지의 추천사가 지금도 한국시사에서 중요한 시론의 한 페이지로 널리 회자되는 당대의 그 사람이 바로 정지용임에랴…… 그러므로 '북의 소월 남의 목월'이라는 정지용의 촌평은 분명 소월과 목월의 문학적 동질성을 지적한 그 나름의 어법이라고 해석하는 것이 자연스럽다. 정지용은 목월의 시에 내재한 민요시적 성격을 직관적으로 꿰뚫어 보고 있

---

2 민요와 민요시에 대한 논의는 오세영, 『한국낭만주의시연구』, 일지사, 1981, 60-96쪽 참조.

3 김소월에 대해서는 오세영, 『김소월, 그 삶과 문학』, 서울대학교출판부, 2000 참조.

4 정지용, 「시선후」, 『문장』 제2권 제7호, 1940. 9.

었던 것이다.

그렇다. 목월의 초기시는 분명 민요시를 지향했거나 그 이전의 문학적 세대가 탐구했던 민요시적 경향에 토대를 두고 쓰여진 작품들이다. 이는 이 두 시인의 대표작 몇 편을 비교해도 금방 드러난다.

① 나 보기가 역겨워/ 가실 때에는/ 말 없이 고히 보내드리우다// 영변에 약산/ 진달래꽃/ 아름따다 가실 길에 뿌리우리다.// 가시는 걸음걸음 놓인 그 꽃을/ 사뿐히 즈려 밟고 가시옵소서// 나 보기가 역겨워/ 가실 때에는/ 죽어도 아니 눈물 흘리우리다.

—김소월, 「진달래꽃」 전문

강나루 건너서/ 밀밭길을// 구름에 달 가듯이/ 가는 나그네// 길은 외줄기/ 남도 삼백리// 술익는 마을마다/ 타는 저녁놀// 구름에 달 가듯이/ 가는 나그네.

—박목월, 「나그네」 전문

② 감장치마 흰저고리/ 씨름에 큰 맛딸아기/ 우물길에 나지마라/ 붕어새끼 놀라리라./ 감장치마 흰저고리

—김소월, 「이요俚謠」 부분

밭을 갈아 콩을 심고/ 밭을 갈아 콩을 심고/ 꾸륵꾸륵 비들기야// 백양잘라 집을 지어/ 초가 삼칸 집을 지어/ 꾸륵꾸륵 비둘기야// 대를 심어 바람 막고/ 대를 쪄서 퉁소 뚫고/ 꾸륵꾸륵 비둘기야

—박목월, 「밭을 갈아」 부분

③ 첫날에 길동무/ 만나기 쉬운가/ 가다가 만나서/ 길동무 되지요

—김소월, 「팔베개」 부분

흰달빛 자하문/ 달안개 물소리/ 대웅전 큰보살/ 바람소리 솔소리

—박목월, 「불국사」 부분

인용시들은 각각 목월이, 소월이 이미 그의 작시에서 시도한 바 있는 시형을 그대로 답습하고 있음을 보여준다. 즉 ①은 12음절 후장 세 마디(3 · 4 · 5조(소위 7 · 5조)) 율격을, ②와 ③은 각각 8음절 등장 두 마디(②는 4 · 4조) 율격과 6음절 등장 두 마디(③은 3 · 3조) 율격을 그대로 계승하고 있다. 이는 물론 소월과 목월이라는 한 특정한 시인들의 범주를 넘어서 전통적으로 우리 민요가 지닌 보편적 특성이기도 하다. 단지 20년대에 들어 소월이나 안서, 요한, 파인 등 소위 민요시인들이 그것을 개인 시작에서 두루 활용했을 뿐이다.

이와 같은 관점에서 목월은 적어도 언어의 음악적 측면(율격적인 측면)만큼은 그 이전의 민요시적 전통을 그대로 수용했다고 말할 수 있다. 그러나 그는 물론 그 이전의 문학적 질서를 이렇듯 답습하는 것으로서만 만족하지는 않았다. 그것을 새로운 질서로 개편시키고자 했다. 진실로 목월이 이룬 문학적 성취의 하나는 바로 여기에 있었다. 그것은 다음과 같은 네 가지로 설명된다.

첫째, 전통 민요 혹은 민요시와 달리 대상에 대해 객관적 태도를 취하였다. 그리하여 목월의 민요 지향시들은 철저히 대상을 묘사하는 것으로 끝난다. 설명이나 메시지 전달과 같은 주관의 개입을 전적으로 배격한 것이다. 가령 인용된 소월시들에는 "나보기가 역겨워" "죽어도 아니 눈물 흘리우리다" "길동무/ 만나기 쉬운가" 등 화자의 주관성을 드러낸 부분이 많지만 박목월의 시들은 그렇지 않다. "흰달빛 자하문/ 달안개 물소리/ 대웅전 큰보살/ 바람소리 솔소리" 등에서 보듯 객관이 지닌 순간적 인상을 사실 그대로 묘파해 보여주고 있을 뿐이다.

둘째, 그 내용에 있어서도 전통 민요나 민요시(20년대의 민요시나 30년대의 김영랑, 정지용의 시 등)는 주관을 대상으로 하지만 목월의 시들은 객관을 대상으

로 한다. 즉 전자는 화자 자신의 심경(대체로 사랑에서 기인한 정서나 한 등)을 표출하거나 서사적 이야기를 담고 있다. 그러나 목월의 시들은 객관 그 자체를 그려 보여주며 인간 또한 배제한다. 간혹 시에 인물이 등장한다 하더라도 그것은 사물화된 인간, 혹은 사물과 같은 존재로서의 인간이다. 그마저도 시에서 풍경의 일부로 제시되고 있다. 따라서 목월의 민요 지향시들은 사물을 객관적으로 묘사하는 형식을 취한다. 여기서 사물이란 물론 자연이나 특정한 상황까지도 포함해서 하는 말이다.

그 결과 목월의 민요 지향시들은 화자의 내적 심경을 거의 드러내지 않고 다만 어떤 객관적 풍경을 제시하는 것만으로 끝난다. 따라서 만일 독자들이 그의 시로부터 어떤 정서적 충만감을 체험한다면 화자 자신의 고백에서라기보다 화자가 제시한 사물과의 어떤 정서적 동일화에서 올 것이다. 그러므로 목월의 시를 단순히 민요시만으로 규정할 수 없는 이유가 여기에 있다.

인용시에서도 소월의 시들은 행위하는 인간에 초점을 맞추고 있지만 목월의 시들은 철저하게 한 컷의 상황이나 사물 그 자체를 노래한다. 가령 「진달래 꽃」이나 「이요」는 모두 인간의 어떤 행위를 내용으로 담고 있다. 그러나 목월의 시들은 한 순간의 풍경이나(「나그네」), 상황이나(「밭을 갈아」), 사물(「불국사」) 그 자체의 인상적 제시로 끝나 버린다. 물론 「나그네」의 경우에는 인물이 등장하고 있다. 그러나 그 역시 이미 풍경화된 인물, 풍경의 한 장치로서 사물화된 인간일 따름이다.

셋째, 민요나 민요시들은 대개 화자의 주관적 심정(대체로 사랑에 관련된 감정의 표출)을 읊든지 아니면 서사적 내용을 담는다. 그러므로 그 내용이 보편적이거나 관념적이다. 그러나 목월의 민요 지향시들은 객관 인식에 있어 즉물적, 순간적, 감각적인 특성을 드러낸다. 그중에서도 중요한 것이 묘사의 시각적 처리라 할 수 있는데 그 결과 두 가지 주목할 만한 사실이 드러난다. 이미지즘적 사물 포착과 공간성의 도입이 그것이다.

그런데 정형률에 의존해 읊거나 노래되는 민요는 본질적으로 시간적 특성이 강한 문학 장르이다. 언어의 율격 즉 음악성이 시간의 모방인 까닭이다(이 같은 원칙은 물론 우리 문학에도 예외일 수는 없어 우리의 전통 민요나 민요시에서 '이미지즘적 사물 포착'이나 '공간성'의 도입을 찾는다는 것은 쉬운 일이 아니다).[5] 따라서 목월의 시가 이처럼 사물의 이미지즘적 공간성을 도입한다는 것은 전 시대의 민요 혹은 민요시적 질서를 새롭게 개편한 결과라 아니할 수 없다. 인용시에서도 소월은 시간적 질서에 따른 내용을 담고 있지만(화자의 어떤 행위에 대해 이야기하거나(「진달래꽃」), 화자의 주관적 심경을 토로하거나(「팔베게」), 자신의 어떤 주장을 피력하는 것(「이요」) 등), 목월은 사물의 공간적 제시로 끝난다(객관적 대상을 하나의 사물로 그려 보여주는 것은 공간적 특성의 하나이다).

넷째, 목월은 그의 시에서 초기의 민요나 민요시의 율격을 변용 발전시켜 새로운 음악적 리듬으로 재창조했다. 예컨대 그의 중기시라 할 시집 『난 기타』(1959) 이후의 시들에는 외면적으로 민요시적 정형률이 거의 사라지고 없다. 그렇다고 해서 그의 자유시들이 음악성과 결별한 것은 더욱 아니다. 오히려 미묘한 내재율의 활용을 통해 매우 아름다운 음악성을 견지한다. 필자의 생각으로는 이 역시 목월의 전통 율격 변용 내지 재창조에서 온 것이 아닐까 한다. 주로 시집 『산도화』에서 등장하기 시작하는 다음과 같은 예들은 아마도 그 연결고리에 해당할 것이다.

①심산深山0/ 고사리/, ②바람에/ 도르르 말리는/ 꽃고사리0

③고사리/ 순에사/ 산짐승/ 내음새, ④암수컷0/ 다소곳이/ 밤을 새운/ 꽃 고사리
⑤도롯이/ 숨이 죽은/ 고사리밭에, ⑥바람에/ 말리는/ 구름길/ 팔

5 이에 대해서는 오세영, 「문학과 공간」, 「문학과 시간」, 『문학과 그 이해』, 국학자료원, 2003 참조.

십리

―「운복령雲伏嶺」 전문

* 주: 0…음절 결손.

「운복령」 전문이다. 언뜻 정형률 혹은 민요시적 율격과 무관해 보이지만 위와 같이 운독을 해보니 실제에 있어서는 그렇지 않음을 알 수 있다. ①은 첫마디에 한 음절이 생략된 6음절 등장 두 마디(3 · 3조) 율격이다. ②는 음수율이 3 · 6 · 4로 되어 있지만 둘째 마디에 2음절을 추가하고 셋째 마디에 1음절을 생략한 것으로 보는 것이 자연스럽다. 즉 12음절 후장 세 마디 3 · 4 · 5(7 · 5조) 율격의 변형이다. ③은 정확히 6음절 등장 두 마디(3 · 3조) 율격이다. ④는 첫 마디에 한 음절이 생략된 8음절 등장 두 마디(4 · 4조) 율격이다. ⑤는 정확히 12음절 후장 세 마디 3 · 4 · 5(7 · 5조) 율격이다. ⑥은 정확히 6음절 등장 두 마디(3 · 3조) 율격이다.[6] 그러므로 이를 다시 정리하면 다음과 같다.

제1연: 6음절 등장 두 마디(3 · 3조) 율격과 변형된 12음절 후장 세 마디 율격의 결합.

제2연: 6음절 등장 두 마디(3 · 3조) 율격과 변형된 8음절 등장 두 마디(4 · 4조) 율격의 결합.

제3연: 12음절 후장 세 마디 3 · 4 · 5(7 · 5조) 율격과 6음절 등장 두 마디(3 · 3조) 율격의 결합.

목월은 비록 그 민요시적 율격을 전 세대로부터 수용하기는 했지만 이렇듯 그것을 여러 가지 방식으로 직조하거나 새로운 발상으로 전이시켜 그만

6 율격론에 관해서는 오세영, 「한국시가율격재론」, 『한국근대문학론과 근대시』, 민음사, 1996 참조.

의 독특한 자유시적 율격을 창조하는 데 성공한다. 그가 중기 이후의 시에서 비록 정형률 혹은 민요시적 율격을 버렸음에도 불구하고 한국 시사의 다른 어떤 시인들보다 뛰어난 음악성을 보여줄 수 있었던 것은 바로 이 같은 초기의 율격 창안 의식 때문이었을 것이다.

어떻든 목월은 전 세대의 김소월이나 정지용 같은 시인들의 민요시적 전통을 받아들이되 그것을 단순히 답습하지 않고 시적 대상의 선택이나 묘사 태도나, 공간성의 활용이나, 새로운 율격의 창안 등을 통해 그 질서를 새롭게 개편한 현존성을 보여주었다.

3. 자연의 새로운 발견

일반적인 논의에 있어서 '청록파'는 우리 시사에서 처음으로 '자연'을 발견한 시인들로 규정되어 있다. 조지훈, 박두진보다는 특히 박목월을 두고 하는 말 같다. 필자의 생각도 그러하다. 이 시기 조지훈은 자연 그 자체라기보다 자연 속에 반영된 전통적, 향토적 삶에 더 관심이 있었고 박두진 역시 그 이전의 자연 시인들 — 예컨대 신석정이나 정지용 등 — 과 특별히 구분될 만한 특징을 드러내지는 못했다고 생각하기 때문이다.

그러나 『산도화』 시기를 포함해서 청록파 시절의 초기 박목월은 자연을 노래하기는 하되 그 이전의 자연시인들과는 다른 태도를 보여주었다. 그리고 바로 이 점에서 목월은 또한 그 이전의 시인들과 달리 '고전적 질서'를 새롭게 개편한 시인의 하나로 평가될 수 있다. 그것은 다음과 같다.

첫째, 자연을 소재로 대하지 않고 대상 그 자체로 다루었다.

둘째, 자연을 대하는 태도가 객관적이다.

셋째, 자연을 보편적으로 인식하지 않고 특수한 상황 속의 순간적 의미로 포착하였다.

이상과 같은 목월 자연시의 특징들은 그 이전 세대의 대표적 자연시들과 비교할 때보다 더 드러난다.

① 1

절정에 가까울수록 뻐꾹채 꽃키가 점점 소모된다. 한 마루 오르면 허리가 슬어지고 다시 한 마루 우에서 모가지가 없고 나종에는 얼골만 갸웃 내다 본다. 화문花紋처럼 판 박힌다. 바람이 차기가 함경도끝과 맞서는데서 뻐꾹채 키는 아조 없어지고도 8월 한철엔 흩어진 성신星辰처럼 나만하다. 산그림자 어둑어둑하면 그러지 않아도 뻑국채 꽃밭에서 별들이 켜든다. 제자리에서 별이 옮긴다. ㉠나는 여기서 기진했다.

…(중략)…

6

첫새끼를 낳노라고 암소가 몹시 혼이 났다. 얼결에 산길 백 리를 돌아 서귀포로 달어났다. 물도 마르기 전에 어미를 여힌 송아지는 움매-음매-울었다. 말을 보고도 등산객을 보고도 마고 매여 달렸다. ㉡우리 새끼들도 모색毛色이 다른 어미한테 맡기고 말 것을 나는 울었다.

…(후략)…

—정지용, 「백록담」 부분

벌목정정伐木丁丁이랬거니 아람도리 큰 솔이 베혀짐즉도 하이. 골이 울어 메아리소리 쩌르렁 돌아옴즉도 하이 다람쥐도 좇지 않고 멧새도 울지 않어 깊은 산 고요가 차라리 뼈를 저리우는데 눈과 밤이 조히보담 희고녀! 달도 보름을 기다려 흰 뜻은 한밤 이골을 걸음이랸다? 웃절 중이 여섯판에 여섯 번 지고 웃고 올라간 뒤 조찰히 늙은 사나희의 남긴 내음새를 좇는다? ㉢시름은 바람도 일지 않는 고요에 심히 흔들리우노니 ㉣오오 견듸랸다. 차고 올연兀然히 슬픔도 꿈도 없이 장수산長壽山속 겨울 한밤 내……

—정지용, 「장수산 1」 전문

가을 날 노랗게 물드린 은행잎이
바람에 흔들려 휘날리듯이
그렇게 가오리다.
임께서 부르시면
…(중략)…

호수에 안개 끼어 자욱한 밤에
말 없이 재 넘는 초승달처럼
그렇게 가오리다. 임께서 부르시면

—신석정, 「임께서 부르시면」 부분

② 머언산 청운사靑雲寺
낡은 기와집

산은 자하산紫霞山
봄눈 녹으면

느름나무
속ㅅ잎 피어가는 열두구비를

청노루
맑은 눈에

도는

구름

—박목월, 「청노루」 전문

송화가루 날리는
외딴 봉우리

윤사월 해 길다
꾀고리 울면

산직이 외딴 집
눈 먼 처녀사

문설주에 귀대이고
엿듣고 있다.

—박목월, 「윤사월」 전문

①은 목월 이전의 대표적 자연시인들 즉 정지용과 신석정의 작품들을 인용해본 것들이다. 이 중 「임께서 부르시면」과 같은 신석정의 자연시들에 대해서는 굳이 설명할 필요가 없으리라 본다. 왜냐하면 이 시에서 시인이 말하고자 하는 것은 자연 그 자체가 아니라 임에 대한 그리움이기 때문이다. 시인은 그 그리움의 절실함을 호소하기 위해 자연 즉 '가을 바람에 휘날리는 노오란 은행잎'과 '안개 낀 호수 위로 말없이 넘어가는 초승달'과 같은 소도구들을 동원한 것이다. 따라서 이 시에서 거론되는 자연은 기본적으로 대상 즉 사물이 아니라 화자의 심경을 전달하는 도구로서 매체라 보는 것이 자연스럽다. 이는 이들 기호가 직유법으로 사용되고 있다는 사실 자체에서도 충분히 설명될 것이다. 뿐만 아니다. 이 시는 박목월의 자연시처럼 자연을 객관적으로 대하거나, 순간적으로 한 상황을 포착해서 그것을 즉물적

(이미지즘적)으로 형상화시키지도 않았다. '노란 은행잎'이나 '호수 위의 초승달'이 지닌 함축적 의미가 '소멸', 혹은 '사라짐'이라는 우리들의 보편적 혹은 관념적인 생각의 수준을 벗어나지는 못하고 있기 때문이다. 그것은 일종의 알레고리 차원의 의미에 해당한다.

이에 비해서 정지용의 자연시들은 물론 훨씬 참신하다. 경우에 따라서는 자연이 어느 정도 대상화되기도 했다. 그러나 그 수준에 있어 목월과 비교될 수 없다. 목월은 자연을 철저하게 대상화, 객관화시키기 때문이다. 가령 「청노루」에서는 그 어떤 경우에도 화자의 개입이 차단되어 있다. 시인은 다만 자연이 드러내는 한순간의 상황 즉 '이른 봄 청노루가 풀을 뜯고 있는 산골의 풍경'을 포착하여 그것을 객관적으로 묘사해 보여줄 따름이다. 그럼에도 불구하고 만일 이 시에도 화자의 개입이 없을 수는 없다는 주장이 가능하다면, 단지 자연이 드러내는 여러 상황 중에서도 특별히 '바로 그때 그것'을 선택한 화자의 시점視點 이외엔 다른 것이 없다. 선택된 자연의 상황 그 자체와 그것을 묘사해내는 태도만큼은 확실히 객관적인 것이다.

이에 비해서 정지용의 시는 비록 자연을 대상으로 그린다 하더라도 항상 화자의 메시지 혹은 심경이나 의사가 반영되어 있다. 예컨대 박목월의 시에는 대상으로 삼은 자연에 화자가 철저히 배제되어 있지만 인용된 두 편의 시에는 자연 안에 화자가 주거하고 있다. 전자의 화자는 자연 밖에 있지만 후자의 화자는 자연 안에 있는 것이다(㉠"나는 여기서 기진했다."(「백록담」), ㉢"시름은 바람도 일지 않는 고요에 심히 흔들리우노니"(「장수산 1」)). 그것만이 아니다. 목월의 시에는 그 어디에도 화자의 목소리가 없지만 정지용의 시에는 화자가 전면에 나타나 직접적으로 자신의 심경을 토로한다.

가령 「백록담」에서 ㉡"우리 새끼들도 모색毛色이 다른 어미한테 맡기고 말 것을 나는 울었다", 「장수산1」에서 ㉣"오오 견디란다. 차고 올연兀然히 슬픔도 꿈도 없이 장수산長壽山 속 겨울 한밤 내……"와 같은 언급들이다. ㉡은 한라산 기슭의 어미 잃은 망아지를 빗대어 잃어버린 조국의 슬픔을, ㉣ 역시 벌목되어 버린 민둥산의 차가운 겨울 바람에 빗대어 참혹한 시대의 아픔

(조국 상실)을 이야기한 것이 틀림없기 때문이다. 이렇게 본다면 정지용의 자연시 역시 자연을 철저하게 대상화시키지는 못했고 오히려 자연을 매개로 해 시인의 어떤 주관을 표출한 작품이라 할 것이다.

물론 목월의 대표작인 「나그네」나 앞에서 인용된 「윤사월」에는 예외적으로 자연 아닌 사람이 등장하기도 한다. 황혼에 밀밭길을 걷는 나그네나 꾀꼬리 울음소리를 듣고 있는 눈먼 처녀가 그들이다. 그러나 이들은 정지용의 '나'와 전혀 다르다. 첫째, 정지용의 그것처럼 화자가 아니라는 점, 둘째, 정지용의 '나'는 시에서 자신의 목소리를 내고 있지만 목월 시 속의 인물들은 결코 자신의 내면을 토로하지 않는다는 점, 셋째, 지용 시에서 '나'는 자신의 정체성을 지닌 인물이지만 목월 시의 인물들은 하나의 사물로서 그 자체 자연의 일부에 지나지 않는다는 점 등에서 그러하다. 예컨대 「윤사월」에서 '눈먼 처녀'는 꾀꼬리 울음소리를 듣고 그 심경이나 느낌을 토로하지 않았지만 「백록담」에서 '나'는 어미 잃은 망아지의 행동을 보고 빼앗긴 조국에서 태어난 어린 아이들이 겪을 비극에 대하여 이야기하고 있다.

목월은 그 자연시 창작에 있어서도 전대의 문학적 질서를 계승하기는 하되 이를 수정하여 새로운 질서로 개편시켰던 것이다.

4. 유신론적有神論的 실존

우리 시사에서 최초로 존재의 근원적인 문제들을 들고 나온 시인은 아마도 유치환일 것이다. 이에 관해 필자는 몇 년 전 짧은 연구서 한 권을 집필했는데 여기서 다음과 같이 말한 적이 있다.

> 유치환이 몰두했던 인생론적 테마는 삶이나 생활 같은 현실적인 문제들이 아니었다. 그것은 보다 형이상학적인 차원에서의 삶의 근원적인 문제들 예컨대 존재라든가 죽음이라든가 신이라든가 하는 것들

이었다. …… 그가 '진실한 시'(자신의 시 필자 주)라고 불렀던 것은 문학 의식과 관계없이 존재의 근원탐색과 그 초극의 내면적 몸부림을 언어화한 형식이라고 말할 수 있다. 그것은 가령 카뮈나 사르트르 등 실존주의 철학자들이 그들 철학의 개진 방식으로 문학이라는 형식을 빌렸던 것과 같은 태도이다.[7]

이상의 전제 아래 필자는 유치환 시가 탐색한 바 '일상적 존재'란 ① 무의미하고 유한한 존재, ② 이 세계 내에 내던져진, 고독한 존재, ③ 허무의 존재, ④ 절망에 이르는 존재임을 밝히고 그가 이 같은 삶의 일상성을 어떻게 초극하여 존재론적 자유를 획득할 수 있었는가 하는 문제를 해명코자 하였다. 그 내용을 약술하면 다음과 같다.

첫째, 신神의 도움이나 신에 의한 구원은 불가능하다. 그에게는 실재로서의 신이 존재하지 않기 때문이다. 물론 유치환도 창조의 최고 원인으로서의 신만큼은 인정했다. 그러나 이 신은 세계를 불완전하게 창조한 후 곧 사멸해버렸고 남겨진 이 세계는 신의 섭리와는 아무 상관없이 그 자신의 의지와 힘에 의해서 스스로 영위되고 있는 어떤 유기체라는 것이 그의 생각이다. 따라서 — 그럼에도 불구하고 우리가 굳이 신이라는 명칭을 사용하고 싶어 한다면 — 현실적으로 그것은 실재하는 신이 아니라 '스스로 영위되는 이 세계의 의지'를 가리키는 말일 수밖에 없게 된다.

둘째, 이 세계는 허무 그 자체이며 우리가 '영원'이라 부르는 것도 바로 이 허무 이상이 아니다. 그러나 허무는 '무無'이면서 또한 '유有'이다. 왜냐하면 이 세계는 이를 창조한 신이 이미 죽어 버렸고 개체도 언제인가는 소멸한다는 점에서는 '무'이지만 그럼에도 불구하고 전체는 결코 소멸하지 않고 생장과 소멸을 영원히 되풀이하고 있다는 점에서는 '유'라 할 수 있기 때문이다. 그러한 관점에서 그가 말하는 신은 '허무의 의지'를 가리키는 것 이

7 오세영, 『유치환』, 건국대학교출판부, 2000, 106-108쪽.

외 다른 말이 아니다.

셋째, 따라서 존재가 그 유한성을 극복해 완전한 자유에 이르는 길은 스스로 신이 되는 방법밖에 없다. 그것은 그 자신 허무에 기투되든지 허무에의 의지로 거듭나는 것을 의미한다. 그러기 위해서 그는 ①일상적인 '무無'로부터 깨어나 일체의 비본래성을 버리고 허무와 직접 대면하기, ②고독과 타협하지 않고 맞서 싸워 이겨내기, ③절망을 회피하지 않고 능동적으로 받아들이기 등으로 나아가지 않으면 안 된다. 이와 같은 유치환의 시세계를 가장 대표적으로 보여준 작품이 바로 「생명의 서」라 할 수 있다.

나의 지식이 독한 회의를 구하지 못하고
내 또한 삶의 애증을 다 짐지지 못하여
병든 나무처럼 생명이 부대낄 때
저 머나먼 아라비아의 사막으로 나는 가자

거기는 한 번 뜬 백일이 불사신같이 작열하고
일체가 모래 속에 사멸한 영겁의 허적虛寂에
오직 알라의 신만이
밤마다 고민하고 방황하는 열사熱砂의 끝

그 열렬한 고독 가운데
옷자락을 나부끼며 호올로 서면
운명처럼 반드시 '나'와 대면케 될지니
하여 '나'란 나의 생명이란
그 원시의 본연한 자태를 다시 배우지 못하거든
차라리 나는 어느 사구砂丘에 회한 없는 백골을 쪼이리라.

—유치환, 「생명의 서」 전문

인용시에서 화자가 그 유한성을 어떻게 극복하려 하는지에 대해서는 필자가 다른 글에서 다음과 같이 설명한 바 있다.

> 첫째, 존재는 일상성으로부터 초연한 삶을 영위하지 않으면 안 된다. 다시 말해 일상성과의 단절을 꾀하지 않으면 안 된다. 화자가 1연에서 인생에 대한 "독한 회의"와 '병든 나무처럼 부대끼는 생명' 같은 것은 다 버리고 어딘가 멀리 떠나야 한다고 말하기 때문이다. 이 경우 "병든 나무"가 본래성을 상실한 삶 그 앞에 놓인 '영원 절대한 무'를 보지 못한 삶이라는 것은 두말할 필요가 없다.
>
> 둘째, 절대 고독 앞에 서야 한다. 그것은 제1연이 "저 머나먼 아라비아의 사막으로 나는 가자"로 끝나는 데서 알 수 있다. 그가 가야 할 아라비아사막은 "오직 알라의 신만이/ 밤마다 고민하고 방황하는 열사의 끝" 즉 고독의 공간이기 때문이다. 이 시의 경우 알라는 상식적 차원의 종교신 즉 이슬람의 유일신으로 제시된 것 같지는 않다. 만일 그렇다면 그는 인간처럼 "밤마다 고민하고 방황"해서는 안 되기 때문이다. 따라서 그는 유치환만이 인정했던 어떤 특별한 신 즉 '영원 절대의 무' 혹은 '만유를 영위케 하는 의지'를 마치 실재자인 것처럼 꾸민 시적 장치라고 할 수 있다.
>
> 셋째, 절망과 정면으로 대면하여 이를 초극해야 한다. 아라비아사막에서의 화자의 방황이 이를 잘 설명해주고 있다. 왜냐하면 시인은 「생명의 서」에서 사막을 "일체가 모래 속에 사멸한 영겁의 허적"으로 묘사하고 있는데 이는 사막을 고독의 공간일 뿐만 아니라 또한 절망의 공간으로 인식한 것이라고 말할 수 있기 때문이다. 여기서 그 '원시의 본연의 자태'가 상징적으로 일상을 벗어난 무한의 세계 즉 일상적 죽음과 일상적 무를 초월한 영원하고도 완전한 무 즉 허무의 세계 — 바

로 신임은 두말할 필요가 없다.[8]

이와 같은 논지에서 필자는 목월의 후기시가 지향하는 내면세계 역시 원칙적으로 유치환의 존재 탐구와 그 궤를 같이한다고 생각한다. 그것은 다음과 같은 작품들을 살펴볼 경우 확실해지기 때문이다.

① 모든 것은
제 나름의 한계에 이르면
싸늘하게 체념한다.
그 나름의 둘레에
동그라미를 그리고
안으로 눈을 돌린다.
참으로 체념을 모르는 자는
미련하다.

—「한계限界」 부분

타오르는 성냥 한 까치의
마른 불길.
모든 것은
잠깐이었다.
…(중략)…
타오르는 한 까치의 성냥불
다만
모든 성냥까치가

8 오세영, 『유치환』, 건국대학교출판부, 2000, 142-145쪽.

다 불을 무는 것은 아니다.
태반은 발화도 못하고
픽픽 꺼져가는 성냥개비

—「잠깐」 부분

나의
손가락 사이로
모든 것은 부드럽게
흘러내렸다.
…(중략)…
달빛에 비쳐보는 빈 손
그리고
산 마루에서 발을 멈추고
뒤돌아보는
사슴이 있다.
…(중략)…
영원히

—「회수回首」 부분

② …(중략)…
고독한 응결, 한 덩이의 눈.
내일이면 사라진다.
사라질 때까지의
허락 받은 시간을

—「시간」 부분

밑둥까지 볼 수 있는 알몸의

밤의 나무는 고독하다.

밤일수록 떠 보이는
나무와 나무 사이의 간격
앙상한 팔과 마른 손가락으로
허공을 휘젓는 나무

—「노대露臺에서」 부분

③ 동서남북을 분별할 수 없는
이 절대의
허무 앞에서
아내여
수척한 너의 얼굴이
떠올랐다.

—「밤바다」 부분

…(중략)…
어딘지
어디쯤에
올연히 서 있는
한폭의 벽
밤도 아닌
낮도 아닌
무명의 공간에
하늘에 닿은
그 맹목적인 의지
벽면의 막연함

…(중략)…

이마 위에
맴도는 바람의 소용돌이의
니힐의
대 선회

—「무명無明」 부분

④ …(중략)…

죽음을 자각하는 자만이
참된 삶을 깨닫는다.
아침에 일어나
자신의 잠자리를 살피고
순간마다
새롭게 창조되는
빛을 본다.

—「간 밤의 페가사스」 부분

①은 존재의 유한성이 자각되어 있는 시편들이다. 그것은「한계」에서 직접적인 자기 고백의 형식을 취하고 있으며("모든 것은/ 제 나름의 한계에 이르면/ 싸늘하게 체념한다"),「잠깐」에서는 한순간에 타버리는 성냥개비의 불꽃,「회수」에서는 손가락 사이로 흘러내리는 모래로 은유화되고 있다. ②는 존재의 근원적 조건으로서의 고독을 이야기하고 있는 시편들이다. 그 고독을「시간」에서는 미구에 사라질 얼음덩이의 외로운 결빙으로,「노대에서」는 밤의 숲속에서 각자 홀로 서 있는 나무들의 간격으로 형상화하고 있다. ③은 존재의 근원적 허무성을 언급한 시편들이다.「밤바다」의 부딪혀 포말로 사라지는 파도("동서남북을 분별할 수 없는/ 이 절대의/ 허무 앞에서")와「무명」의 허공에 솟아 있는 벽("이마 위에/ 맴도는 바람의 소용돌이의/ 니힐의/ 대 선회")의 이미지들이 이

를 암시한다. ④는, 존재가 절망을 절망으로 받아들이지 않고 그것을 자신의 것으로 껴안을 때 비로소 새롭게 거듭날 수 있다는 것을 말해주고 있다. 즉 존재가 그 근원적인 조건들을 벗어나 절대 세계에 들 수 있는 방법은 오직 죽음 앞에서 스스로 거듭나는 것뿐이라는 사실이다.

그렇다면 존재는 죽음과의 맞닥뜨림을 통해 어떻게 거듭날 수 있는가. 필자는 바로 이 점이 비록 목월시가, 같은 존재론적 탐구를 내용으로 담고 있다 하더라도, 유치환의 그것과 다른 세계를 보여주는 그만의 특성이라고 생각한다. 한마디로 신에 의한 구원이다.[9]

줄이 한 가닥
어디서 어디쯤이랄 것도 없이
느리게 흔들리며
오늘의 수국색
밝음 속에서
왜랄 것도 없이
느리게 흔들리며
해와 달이 가는 길에
어디서 어디쯤이랄 것도 없이
줄이 한 가닥
막막한 태허太虛의 혼돈 속에서
처음으로 불러보는
당신의 이름
신神이어
신이어
신이어

9 오세영, 「영원탐구의 시학」, 『한국현대시인연구』, 월인, 2003.

줄이 한가닥

느리게 흔들리며

목숨이랄 것도 없이

동에서 서까지

—「무제」 전문

목월은 존재의 절대 허무, 궁극적인 유한성 앞에서 그 마지막 순간에 신神을 찾는다. 그리고 그 신 즉 절대자의 구원을 통해 삶의 일상성을 벗어나 어떤 완전한 세계로 상승하는 것이다. 그것은 신을 부정한 유치환이 '절망과의 능동적 대결'을 통해 허무의 의지로 존재 초극을 시도하고자 한 것과는 상반하는 태도라 할 수 있다.

그래서 우리는 이를 이렇게 말할 수도 있을지 모른다. 즉 우리 근대시사 최초로 유치환이 무신론적 실존을 지향했다면 박목월은 유신론적 실존을 지향한 시인이라고…… 어떻든 박목월은 그 전 세대가 탐구한 실존적 지평에 신이라는 절대개념을 도입한 이 땅 최초의 시인이었다. 그러므로 이 같은 후기 박목월의 시세계가 만년에 이르러 기독교 신앙시(예컨대 그의 사후에 발간된 유고시집, 『크고 부드러운 손』)로 발전한 것은 결코 우연이라 할 수 없다. 그것은 또한 자연인으로서 그 자신이 돈독한 크리스천이라는 사실과도 무관치 않을 것이다.

5

목월의 초기시는 매우 음악적이다. 그리고 그것은 한국 근대시사의 한 흐름인 민요시(folk poetry)의 영향을 받은 바 크다. 그러나 그는 비록 민요시적 율격을 전 세대로부터 수용하기는 했지만 여러 가지 다양한 방식으로 직조하거나 새로운 발상으로 전이시켜 그만의 독특한 자유시적 율격을 창조하는 데 성공한다. 그가 중기 이후의 시에서 비록 정형률 혹은 민요시적 율격을 버렸음에도 불구하고 한국 시사의 다른 어떤 시인들보다 뛰어난 음악성을 보여줄 수 있었던 것은 바로 이 같은 초기의 율격 창안 의식 때문이었다.

목월은 자연시 창작에 있어서도 전대의 문학적 질서를 계승하기는 하되 이를 수정하여 새로운 질서로 개편시켰다. 자연을 객관적 대상으로 인식하였다는 점, 자연의 세계 속에서 인간의 흔적을 지웠다는 점, 자연을 관념적인 의미로 파악하지 않고 순간적이면서도 구체적인 현상으로 받아들였다는 점 등을 들 수 있다.

한편 목월은 우리 시사에서 존재를 실존적으로 인식한 최초의 시인이었다. 물론 목월 이전에 유치환과 같은 시인이 없었던 것은 아니다. 그러나 유치환이 무신론적 실존을 지향한 반면 목월은 유신론적 실존의 세계를 탐구했다는 점에서 그 의미가 사뭇 다르다.

이렇듯 목월은 전 시대의 시의 전통을 계승했음에도 불구하고 이를 단지 답습하는 데서 끝나지 않고 한 차원 극복하여 새로운 세계를 열어 보여주었다는 점에서 우리 시사에 하나의 디딤돌을 마련해준 시인의 하나라고 평가할 수 있다.

이어령, 천재와 시인 사이

1

한 잡지사의 인터뷰(「말의 천재 이어령」, 『월간조선』 2001년 7월호, 질의자: 오효진)에서 "천재라는 말을 많이 들으셨죠?"라는 질문에 이어령은 "젊었을 땐 정말 내가 천재인 줄로 착각했어요. 그래서 그때 나는 30대 이후를 생각해 본 적이 없었어요. 천재는 30이면 죽으니까. 내년이면 70인데 70까지 사는 천재가 어딨어요?"라고 말한 적이 있다.

천재의 겸손일까. 그러나 이어령을 가리켜 이 시대 한국을 움직이는 천재의 하나라고 하는 세간의 평은 그리 낯설지 않다. 가령 "이어령은 세 번 세상을 놀라게 했다. 20대엔 『흙 속에 저 바람 속에』로 한국을, 40대엔 『축소지향의 일본인』으로 일본을, 50대엔 올림픽으로 세계(88서울 올림픽의 개폐회식은 물론 식전 식후 문화행사는 이어령이 구상한 것이다.)를……"이라는 김윤식의 평이나 젊은 나이에 이어령을 이화여대 교수로 스카우트해 간 김옥길 총장이, 그에게만 파격적 대우를 하는 것에 대해 불만을 토로하는 동료 교수들을 향해서 "이어령은 우리만이 가져서는 안 될 사람이야. 모두가 나눠가져야 돼"라고 옹호한 것 등은 다 이를 두고 한 말이다. 그래서 그런지 이 인터뷰의 질의

자도 "누가 뭐래도 이어령이 천재성을 발휘하며 천재적으로 활약해왔다는 사실만큼은 아무도 부인할 수 없을 것이다."라는 말로 결론을 맺고 있다.

실상이 그렇다. 우선 그는 그동안 150여 권에 달하는 저작을 통해 많은 분야에서 특출한 업적을 이룩해내었다. 『흙 속에 저 바람 속에』, 『축소 지향적 일본인』과 같은 저술에서 보여준 독창적인 문화비평, 『그래도 바람개비는 돈다』, 『신한국인』과 같은 저술에서 보여준 탁월한 문명비평, 『저항의 문학』, 『우상의 파괴』와 같은 저술에서 보여준 개척자적인 문학비평, 『한국인의 신화』, 『고전의 바다』, 『세계문학의 길』, 『하이쿠문학의 연구』, 『문학공간의 기호론적 연구』, 『시 다시 읽기』 등과 같은 저술에서 보여준 깊이 있는 학술적 탐구, 그리고 『말』, 『하나의 나뭇잎이 흔들릴 때』, 『말 속의 말』과 같은 저술의 예지에 가득찬 사유, 소설 『장군의 수염』, 『무익조』와 같은 저술에서 보여준 그 심원한 상상력의 세계가 그러하다.

그만이 아니다. 그는 이 같은 저술 이외에도 다른 많은 분야에서 괄목할 만한 성과를 거둔 바 있다. 예컨대 그는 이미 약관 27세의 나이에 신문사 논설위원으로 발탁되어 중앙 유수의 일간신문에 날카로운 필봉을 휘둘렀고, 흑자 경영이 어려운 우리 문단의 풍토에서 문학월간지 『문학사상』을 창간하여 크게 성공을 거두었으며, 초대 문화부 장관으로 초빙되어 이 나라 문화행정의 초석을 다진 사람이다. 88올림픽과 2002년 월드컵, 새천년 문화행사를 총괄 구성 지휘하여 세계인의 눈을 놀라게 하는가 하면 정보화 사회와 디지털 문명에 대한 선구적 안목으로 우리 시대를 선도하기도 했다. 서구의 첨단 문화이론을 수용하는 데도 남달라서 미국의 신비평이나 서구의 구조주의, 그리고 기호학 등에 대한 이해는 동시대의 누구보다도 앞서 있었다.

그리하여 그의 지금까지의 생은 단순한 학자나 문인이 아니라 교수, 소설가, 시인, 희곡작가, 시나리오작가, 평론가, 잡지 편집자, 문화비평가, 기호학자, 언론인, 장관, 문화행정가…… 등을 겸한 매우 복합적이면서도 창의적인 것이었다. 이와 같이 다양한 분야에서 그 어떤 실패도 없이 성공을 거듭할 수 있었다는 것은 그가 최소한 범상한 인물이 아니라는 것을 우선 행동적으로 예증해준다. 그것은 천재적 재능과 청년적 열정과 장인적 노력 없이는 불가능한 일이다. 그리하여 인터뷰 질문자의 그에 대한 다음과 같은 평 역시 매우 자연스럽다.

> 그는 누가 뭐래도 천재성을 발휘하며 천재적으로 활약해왔다. 젊어서는 내로라하는 기성 문인들이 그의 필봉에 걸려들까 봐 오돌오돌 떨었다. 저항, 반항, 파괴로 대표되는 키워드들은 그의 전유물이었으며 젊은이들은 그의 맹신자가 되어 목이 터져라 환호작약했다. 그가 쓰는 책은 책마다 히트해서 장안의 지가를 올렸다. …… 5000년 우리 역사상 이렇게 괴물처럼 괴력을 가진 창조적 인물을 가져본 적이 없다. 우리가 그를 함께 가지고 있는 것은 어쩌면 축복을 받은 것인지도 모른다.

2

그렇다면 그의 '천재성'이란 무엇일까. 천재성이란 아무리 날카롭다 해도 최소한 이성적 판단이나 합리성을 가리키는 말은 아닐 터이다. 천재란, 보편적인 인물이라면 생각지 못하는, 그 어떤 것을 생각해내는 사람을 가리키는 말인데 보편을 넘어서는 이성이나 합리성이란 애초부터 있을 수 없기 때문이다. 그러한 관점에서 천재는 논리나 이성을 초월한 사람, 보편이나 객관을 벗어나 있는 사람이라 할 수 있다. 그러므로 그는 아주 예외적인 사람, 특출한 예지나 직관을 지니고 있어 일상인은 생각해낼 수 없는 세계를 초논리적으로 꿰뚫어 알아보는 사람일 것이다. 그 '꿰뚫어 알아본' 생각의 내용이 고도한 지성과 합리적 이성으로 체계화되는 것은 다음의 문제일 터이다. 그러한 관점에서 천재는 '고도한 지성과 합리적 이성으로 체계화'되는 단계 이전의 사람, 아니 이 양자를 공유한 사람이라 할 수 있을지 모르겠다.

이렇게 천재성이 보편이나 이성을 초월해 어떤 특출한 예지나 직관으로 범인이 생각할 수 없는 어떤 것을 생각해내는 정신작용이라면 그것은 이성이라기보다는 상상력 — 아마도 탁월한 상상력이라는 개념에 보다 가까울 것이다. 상상력이야말로 이성적 사유나 시비 판단을 초월해 있는 어떤 정신작용이기 때문이다. 그것은 분석하는 사유형식이 아니라 종합하는 사유형식이며, 논리적 사유형식이 아니라 모순의 사유형식이며, 구조적 사유형식이 아니라 초월적 사유형식이다. 그러므로 이어령이 지녔을 천재성이란 필자의 관점에선 그의 남다른 — 탁월한 상상력을 가리키는 것이 아닌가 생각한다. 이에 대한 이어령의 견해 역시 비슷한데 그것은 앞서 인용한 인터뷰 기사의 다른 한 대목을 살펴보면 알 수 있다.

질의자: 그런데 88올림픽, 월드컵, 부지깽이(앞에서 이어령은 장관 시절 부하 직원들에게 문화부 일꾼이란 부엌의 부지깽이와 같은 역할을 하는 사람이라는 요지의 말을 한 바 있다. 필자 주)……, 이런 생각들이 다 어디서 나옵니까?

이어령: 상상력의 밭이죠. 나에게는 나의 언어나 상상력을 가꾸는 텃밭이 있지요. 어떤 때는 무도 길러내고 배추도 길러내고. 거기다가 여러 가지 씨를 뿌리고 가꿔내는 겁니다. 거기서 굴렁쇠(88올림픽 개막식의 한 이벤트)도 나오고 상암동(월드컵 경기장, 이어령은 2002년 한국 월드컵 조직위원회의 식전 문화 및 관광위원장직을 맡고 있었음. 필자 주)도 나오고요.

그리하여 이어령은 그 다음의 진술에서 상상력을 밥통(위장)이 서로 다른 물질(모순)들을 하나로 소화(종합)하여 새로운 자양을 만들어내는(초월) 작업으로 비유해 설명하고 나아가 보편적 논리나 상궤의 가치를 벗어나야만 창조력을 지닐 수 있는, 그 같은 상상력에 대해 다음과 같이 밝힌 바 있다.

그러니까. 내가 뭔가 창조적인 일을 하고 올림픽을 기획하고 문화 정책을 짜고 경기장을 짓는 데 아이디어를 내고 하는 건 다 이런 게 축적돼서 나온 겁니다. 내가 만약 초등학교, 중학교, 대학교, 이런 데서 정규교육을 잘 받은 사람이라면 이런 상상력이 나오지 않을 겁니다(앞서 그는 당시의 시대 및 사회 상황으로 인해 자신이 초·중고등학교와 대학교에서 정규교육다운 교육을 받아보지 못했음에 대해서 진술한 바 있다. 필자 주).

예일 대학에서 부시대통령이 C학점 받은 사람한테서는 대통령이 나오지만 A학점 받은 사람한테서는 잘 해야 부통령밖에 못 나온다고 했어요.…… 일본이 바로 그 모범교육이니까 총리할 사람이 없잖아요! 다 고만고만하고.

가령 보들레르, 에드거 앨런 포, 이런 사람들은 다 사회에 해악을 끼친 사람들이요. 그런데 그걸 받아들인 사회에서는 문화의 꽃이 피었어요. 그걸 일반 잣대로 저건 신용 지키지 않은 놈이다 저건 계약을 지키지 않았으니 재판을 걸어야 한다. 이런 사회에선 문화의 꽃이 안 펴요.

그에 의하면 '상상력'이란 '꿈'의 동의어이다. 그런데 우리나라나 중국에서는 꿈의 가치를 별로 인정하지 않으며 '夢(몽=꿈)'자는 대개 나쁜 뜻으로 많이 쓰인다고 한다. 동양이 서양에 비해 압도적인 문화의 우위를 지니고 있으면서도 근래에 들어 서양에 뒤진 것도 이 때문이라는 것이다. 가령 옛날 중국은 서양이 가지고 있지 않은 화약이나, 희망봉을 발견한 바스쿠 다 가마의 배보다도 몇십 배 더 큰 배를 가지고 있었지만 서양인들과 달리 '꿈'을 지니지 못해 근대화의 낙오자가 되었다는 것. '상상력' 혹은 '꿈'으로 불리는 정신작용의 중요성에 대한 그의 견해를 살펴볼 수 있는 대목이다.

이렇듯 이어령은 자신의 재능은 상상력에서 기인하는 것이며 상상력이란 — 필자의 지적과 같이 — 보편이나 이성 혹은 상궤를 초월한 어떤 특출한 사유형식이라는 것을 밝히고 있다. 그러므로 만일 우리가 그의 남다른 재능을 '천재성'이라 부른다면 그것은 결국 이와 같은 그의 비범한 상상력의 다른 이름이라고 말해도 좋을 듯하다. 그렇다. 이어령은 그 자신이 앞서 진술했던 것처럼 우리 시대에 쉽게 만날 수 없는 특출한 상상력의 소유자이다. — 그리고 그것을 상상력이라 부르든, 꿈이라 부르든 — 이어령은 이렇듯 일생을 우리 시대의 범인들이 생각지 못한 어떤 창조적인 것을 실현하기 위하여 고민해왔다. 그리하여 그가 다음과 같이 말하는 것도 우연이 아닐 것이다.

> 그러니까 나는 꿈을 멸시하는 사회에서 미쳐보고, 뛰어보며, 꿈을 실현해보려고 했지만 너무나 큰 장벽 땜에 무너져야 했죠.

그렇다면 진정한 꿈의 소유자는 누구일까. 말할 것도 없이 시인이다. 시란 상상력의 산물이며 시인은 특출한 상상력의 소유자인 까닭이다. 그래서 우리는 또한 시인을 창조자로 부르는 것이 아니겠는가? 원래 '시'를 지칭하는 그리스어 'poesis'는 '만든다' 혹은 '창조한다'는 뜻을 지니고 있다. 그리고 그것은 물론 모든 창조의 근원적인 힘을 가리키는 말이다. 이 시가 언어로 형상화되면 문학으로서의 시가 되고 색채로서 형상화되면 미술으로서의 시가 되고, 소리로서 형상화되면 음악으로서의 시가 되고, 물질로 형상화되면 과학으로서의 시가 된다는…… 그런 뜻으로서의 시다. 그러한 의미에서 이어령은 시인, 그중에서도 언어의 시인이 되고 싶었는지도 모른다. 그의 다음과 같은 진술이 그러하다.

> 그러니까 내가 의식이 들면서부터 지금까지 문학적 상상력이나 문학 이외의 것에 대해 한 번도 생각해본 적이 없어요. 내가 교수를 하고 장관을 한 것도 사실은 그 문학적 창조의 연장선상에서 한 것이지

> 난 한 번도 변한 게 없어요.…… 하다 못해 올림픽 때 기획을 한 것도 문학적 상상력을 현실에 옮겨놓은 것에 불과한 것이죠.…… 글쎄 내가 장관이 돼서 이런 얘기를 하고 돌아다니니까 사람들이 시인이라고 그래요. 그건 장관이 할 일이 아니라고. 그래 지금 다시 시를…… 쓰려고 벼르고 있는 거요. 이렇게 나는 한 바퀴 빙 돌아온 거요.

그렇다면 앞서 이야기했듯 이어령이 여러 다양한 분야에서 활동하였고 (교수, 소설가, 시인, 희곡작가, 시나리오작가, 평론가, 잡지 편집자, 문화비평가, 기호학자, 언론인, 장관, 문화행정가 등) 또 각각의 분야에서 남다른 창의적 업적을 냈던 것 또한 간단하게 정리된다. 그는 기본적으로 시인이었고 시인으로서의 비범한 상상력을 이 각각의 분야에서 실현하고자 했다는 사실이다. 시인으로서의 교수, 시인으로서의 소설가, 시인으로서의 시인, 시인으로서의 평론가, 시인으로서의 학자, 시인으로서의 장관, 시인으로서의 언론인, 시인으로서의 잡지 편집자, 시인으로서의 문화행정가 말이다. 한마디로 그것은 창조적인 정신—비범한 상상력의 실천이다.

3

이어령의 글은 아름답고 참신하며 개성적이다. 그리하여 일반적으로 그는 해방 이후 우리 문체사상 하나의 획을 그은 사람이라고 평가되어 왔다. 그러나 내가 생각하기로 그의 글의 본질적인 특성은 '시적詩的'인 데 있는 것이 아닌가 한다. 그의 학술적인 저작, 예컨대 『문학공간의 기호론적 연구』나 『시 다시 읽기』와 같은 논리적인 글쓰기를 제외하고, 아니 어떤 의미에선 이와 같은 저작들까지도 포함해서, 그의 모든 산문들은 시적인 몽상과 예지 그리고 아름다운 감성들로 가득 차 있다. 특히 그의 에세이들이 그러하다. 우리는 그의 상상의 공간이나 세계인식의 방법에서 독특한 시적 감동을 맛볼 수 있다. 그리하여 그의 주관적인 수필을 대하면 우리는 마치 한 편의 시를 읽는 듯한 착각에 빠지곤 한다. 이와 같은 이어령의 글쓰기에서도 시인으로서의 그의 정신적 편모를 엿볼 수 있는 것이다.

그의 수필 가운데서도 가장 시적인 것은 『말』과 『하나의 나뭇잎이 흔들릴 때』와 같은 저작에 수록된 글들이다. 나로서는 그것이 이미 산문의 수준을 넘어선 글, 그러니까 산문시의 영역에 포함시켜도 크게 나무랄 데 없는 글들이 아닐까 한다. 일반적으로 한국에서는, 산문시를 시인이 쓴 압축된 산문 혹은 패러그래프(단락)의 형식에 맞추어 쓴 주관적이고도 감성적인 단문短文 정도로 생각하는 듯하다. 그러나 짧게 압축하거나 감정적 표현을 강조한다고 해서 산문이 산문시가 되는 것은 아니다. 시인이 썼기에 산문이 산문시가 되고 산문가가 썼기에 산문시가 산문이 되는 것은 더욱 아니다. 내가 보기로 한국의 경우, 시인들이 산문시라고 쓴 대부분의 시가 시의 영역에서 사실상 벗어나 있는 반면 오히려 산문가가 산문이라고 쓴 글들 가운데서 산문시로 불려야 마땅할 경우가 더 많다고 생각한다. 이어령은 아마 이 후자의 경우를 대표한 산문가로서의 '시인'일지도 모른다.

산문시란 비록 '산문'이란 관형어가 붙어 있음에도 불구하고 문자 그대로 당연히 '시'여야 한다. 이 말은 산문시가 비록 산문의 형식인 '패러그래프' 단위로 쓰여지긴 하지만 본질적으로는 시의 규범을 지켜야 한다는 것을 뜻하는 말이다. 즉 산문시란 자유시나 정형시가 그러하듯 어디까지나 시의 원칙적인 규범을 지키는 시이다. 다만 행, 연 구분이나 외형률에 의존하지 않고 패러그래프 형식으로 기술한다는 점이 다르다면 다를 뿐이다. 그러므로 '산문시'라는 명칭에 관형어로 붙인 이 '산문'이라는 용어는 언어의 내면적인 뜻을 가리키는 말이 아니라 언어의 외면적 형식을 가리키는 말인 것이다. 그것은 수필이나 소설 혹은 논문을 가리켜 산문이라 할 때의 산문이라는 뜻이 아니고 운문에 반대되는 형식의 글을 지칭할 때 가리키는 산문이라는 뜻이다. 만일 '산문시'라는 말의 '산문'이 전자의 경우(소설이나 수필, 논문과 같은 뜻)와 같은 뜻이라면 용어 자체가 모순되지 않겠는가.

그렇다면 시의 규범이란 또 무엇일까. 이는 시학의 가장 본질적인 영역에 속하고 또 현대 시학자들 사이에 아직 많은 논의가 진행되고 있는 명제이므로 간단히 답할 성질의 것이 아니다. 그러나 다음과 같은 것들은 대체로 공인된 약속들이 아닐까 한다.

첫째, 고조된 감정을 함축적으로 표현한 짧은 진술의 일인칭 자기고백체의 글

둘째, 언어적으로 이미지와 은유 상징의 체계로 표현된 존재론적인 진실

셋째, 상상력의 이원적 대립과 그 조화

넷째, 언어의 등가적 반복(repetition of equivalence)

등이다. 물론 시에는 여러 다양한 하위 장르들이 있고 그 자체가 창조지향적인 까닭에 시의 개념 규정에 이와 같은 규범들을 획일적으로 적용시킬 수는 없을 것이다. 그러나 우리가 적어도 시와 산문의 구분을 인정해야 할 경우 최소한 이상의 조건은 승복해야 한다는 것이 오늘의 상식적 시론이다. 이와 같은 관점에서 이어령의 산문들, 특히 『말』에 수록된 산문들은 넓게 산문시의 범주에 넣어도 무리가 없을 듯하다. 그리고 우리는 여기서 넓은 의미로서의 시인(비범한 상상력 즉 천재성을 지닌 자)인 이어령뿐만 아니라 좁은 의미로서의 시인인 이어령을 만나게 된다. 따라서 다양한 그의 경력에서 입증된 그 천재성은 이처럼 산문에 녹아 있는 이 같은 시적 상상력의 각기 다른 표현들일지도 모른다.

> 물이라면 좋겠다. 노루의 발자국도 찍힐 수 없는 심산유곡의 그런 옹달샘 같은 물이라면 좋겠다. 그러면 우리들의 언어는 씻어줄 것이다. 피 묻은 환상의 손 때문에 맥베스 부인처럼 밤마다 가위에 눌려 잠을 깨는 사람들을. 그리고 또 씻어줄 것이다. 농화장濃化粧 뒤에서만 이야기하는 우리 연인들의 갑갑한 얼굴을, 기름에 결은 아버지의 손을, 지폐 냄새가 니코틴처럼 배어 있는 인간의 폐벽肺壁을 씻어줄 것이다.

불이라면 좋겠다. 화산처럼 지층 속에서 터져 나오는 창세기 때의 불같은 것이었으면 좋겠다. 태우리라. 헤라클레스가 독으로 부푼 육체의 고통을 없애기 위해 장작불 위에 몸을 던졌듯이, 아픈 세균을 태워버리리라. 어둠 속의 요괴들과 굶주린 맹수들이 우리의 잠자리를 기웃거리는 위험한 밤의 공포들을, 불살라 버리리라.

바람이라면 좋겠다. 우리들의 이 굳어버린 언어들이 최초로 바다에 뜬 아르고스의 배를 운반한, 그런 바람이라면 좋겠다. 우리들의 어린 것들이 구름처럼 항해를 하면서, 지도에도 없는 황홀한 섬을 방문할 것이다. 또 계절을 바꾸어 나무 이파리마다 희열의 꽃잎을 피울 수도 있을 것이다. 잠들게 하고 망각하게 할 수도 있을 것이다.

활이라면 좋겠다. 백발백중으로 표적을 맞히는 그 옛날 필록테테스의 활이라면 좋겠다. 힘껏 잡아당겨 과녁을 향해 쏜다. 우리들의 언어는 빛처럼 날아갈 것이다. 물의 정화력을 가지고 불의 정복과 바람의 변화를 가지고 언어는 화살처럼 허공을 날아간다. 그러면 그것이 꽂히는 것을 볼 것이다. 우수를, 체념을, 모욕과 울분을, 내일을 차단하는 그 모든 것을 넘어뜨리고 또 넘어뜨린다. 이 허무 속에서, 아! 깃발처럼 과녁을 뚫는 생명의 그 승리를 볼 것이다.

—「신화의 부활」 전문

『말』에 수록된 산문 한 편을 전문 인용해보았다. 내 비록 산문이라고 했지만 편견 없이 대하는 독자들은 이 글이 앞에서 필자가 제시한 시의 일반적 규범에서 별로 벗어나지 않는다는 사실을 체험적으로 느끼게 될 것이라 믿는다. 물론 언뜻 보면 이 글은 일반적인 수필과 별반 다르지 않다. 우선 그 기술 형식이 패러그래프 단위로 되어 있어 시각적으로 수필과 구별되지 않고 또 이 글이 수필집이라는 제목의 단행본에 수록되어 있다는 편견 때문이다. 실제로 수필집 『말』은 이어령이 그 자신 주간으로 있던 월간 『문학사상』지에 썼던 권두언의 모음집이다. 그러나 엄밀히 읽어본 독자라면 이 글은 이미 수필의 차원을 넘어 시의 경지에 도달해 있다는 사실을 깨닫는 데 긴 시간이 필요치 않을 것이다.

우선 이 글은 '고조된 감정을 함축적으로 표현한 짧은 진술의 일인칭 자기 고백체'이다. 그 어느 부분에서도 논리적이거나 이성적인 주장이 없다. 모두 독자의 감정에 호소하여 그들 스스로 무엇인가를 깨우치게 하는 형식을 취하고 있다. 우선 화자의 열정에 찬 감정적 진실을 대면하는 데는 다음과 같은 한 대목을 인용하는 것만으로도 충분할 것이다. "태우리라, 헤라클레스가 독으로 부푼 육체의 고통을 없애기 위해 장작불 위에 몸을 던졌듯이, 아픈 세균들을 태워버리리라. 어둠 속의 요괴들과 굶주린 맹수들이 우리의 잠자리를 기웃거리는 위험한 밤의 공포들을 불살라 버리리라". 시적인 진술이 아니라면 그 어떤 산문이 이처럼 함축적이고도 감정적인 표현을 즐겨 사용하겠는가. 혹자는 시로서는 길이가 다소 길다고 생각할지 모른다. 그러나 주요한의 산문시 「불노리」보다 길지 않으며 보들레르의 『파리의 우울』에 수록된 산문시의 평균적 길이보다 오히려 훨씬 짧다.

물론 이 글은 감정적 진실을 이야기하고 있으나 감정을 직접 토로하고 있지는 않다. 그것은 시의 일반적인 규범에서 비록 시가 감정적 진술이기는 하나 본질적으로 사물화되어야 한다는 원칙을 충실히 지키고 있기 때문이다. 시론에서는 그것을 감정적(emotional) 진술과 구분하여 감정환기적(emotive) 진술이라고 한다. 예컨대 "나는 슬픕니다"는 전자에 해당하는 진술이며 "나는 가을 비에 젖은 꽃잎"이라고 하면 후자의 진술에 속한다. 위의 인용된 산문 역시 비록 감정적 진실을 피력하고 있다 하나 그 감정은 직접 개념적으로 드러낸 감정이 아니라 모두 사물화시킨 감정이다. 그러므로 평범한 독자에게는 심지어 그 감정적 요소라는 것 그 자체가 결핍되어 있는 것으로 느껴질 지경이다. 그러나 이 글이 만일 감정적 진실에 의존하지 않는다면 어찌 '언어'가 물이, 또는 불이 될 수 있다는 말인가. 어찌 나무가

잠이 들고 언어가 허공을 빛처럼 나를 수 있다는 말인가.

우리는 이 대목에서 「신화의 부활」이 삶에 대하여 이미지와 은유, 상징의 체계로 형상화된 어떤 존재론적 진실을 이야기하고 있음을 발견하게 된다. 그렇다면 그 테너(tenor)는 무엇인가. 한마디로 '언어(시)'이다. '언어'를 시적 상상력의 대상으로 삼아 그것이 무엇인가를 자문자답하는 것이다. 그러나 그가 탐구하고자 하는 이 '언어'의 의미는 일상적 혹은 과학적인 의미가 아닌 어떤 총체적이고도 영원한 존재론적 진실이다. 그것은 무엇일까.

만일 우리가 언어를 '사상과 감정을 전달하는 음성적 혹은 시각적 기호'라고 말한다면 틀렸다고 해야 한다. 왜냐하면 그것은 국어사전에 수록된 과학적, 혹은 일상적 진실을 이야기한 것에 지나지 않기 때문이다. 따라서 이 어령은 이렇게 대답한다. '언어란 물이다' '언어란 불이다' '언어란 바람이다' '언어란 활이다' 그것은 분명 하나의 은유이며, 이미지이며, 상징이며, 또한 존재 그 자체이다. 그는 다만 '물', '불', '바람', '화살'이라는 화두를 제시함으로써 독자 스스로 그 은유가 함축하고 있는 뜻을 깨우치기를 바라는 것이다. 확실한 것은 그가 언어를 일상적 혹은 과학적인 뜻 ― '사상과 감정을 전달하는 도구' ― 으로 정의하고 있지는 않다는 사실이다.

그러나 시적 대상인 '언어'를 존재론적으로 탐구함에 있어 시인의 상상력은 단순하지가 않다. 서로 대립하는 복합적인 구조로 제시하고 있기 때문이다. '물'과 '불'로 메타포라이즈된 두 개의 상상력이 그 대표적인 예이다. 우선 물질적 특성에 있어서 이 양자는 상반한다. 물은 액체이고 불은 기체이다. 물은 하강하는 특성이 있고 불은 비상하는 특성이 있다. 즉 이 양자는 하부 공간 지향과 상부 공간 지향이라는 점에서 서로 모순된다. 그러나 무엇보다도 중요한 것은 그 물질적 에너지의 특성이다. 물은 불로서 데워 증발시키고 불은 물로서 끄지 않는가. 이쯤 예를 들면 우리는 물질로서의 물과 불이 지닌 상반성을 더 이상 지적하지 않아도 될 것이다.

다음으로 '물'과 '불'에서 본 시인의 상상력 또한 상반한다. 예컨대 시인이 물에서 발견한 것은 생명성이다. 그 물이 '옹달샘'에서 솟아나는 물이라는 사실에 주목할 때 더 특히 그러하다. 그것은 흘러가는 강물도, 폭풍우 치는 파도도, 정지된 호수의 물도 아니다. 간단없이 싱싱하게 우물에서 솟구치는 물이다. 사슴이 갈증을 푸는 물, 인간이 식수로 떠먹는 물, 대지를 촉촉하게 적셔 수목의 싹을 틔우게 하는 물이다. 그것은 분명 생명의 에너지를 갖는 물 달리 말해 생명수의 원형이라 할 것이다. 그런 까닭에 시인은 물로써 죽음을 물리칠 수 있다. 예컨대 맥베스 부인처럼 "피 묻은 환상의 손 때문에 밤마다 가위에 눌려 잠을 이루지 못한 사람의 피" 그의 "지폐 냄새가 니코틴처럼 배어 있어 죽어가는 사람"의 폐벽은 오직 이 물에 의해서만 깨끗하게 씻어져 새로운 생명으로 거듭날 수 있다는 것이다. 그것은 분명 물의 생명력에 대한 상상력이라 할 수 있다.

그런데 시인은 '불'에서 또한 죽음을 발견한다. 불은 모든 것을 태워서 소멸시키는 물질인 것이다. 그리하여 그는 불을 죽음, 혹은 소멸의 상징으로 제시한다. "아픈 세균을 태워버리리라" 혹은 "우리의 잠자리를 기웃거리는 위험한 밤의 공포들을 불살라 버리리라"고 절규한 것도 이 때문이다. 그러므로 이 글에서 '물'과 '불'은 물질성 자체가 그렇듯이 시인의 상상력 속에서도 '생명'과 '죽음'의 상반하는 의미로 전개되고 있다. 즉 언어 — 시란 물과 같아서 사물을 소생시킬 수 있는가 하면 반대로 불과 같아서 사물을 불태워 소멸시킬 수도 있다는 것이다. 이는 분명 서로 대립되는 의미지향으로, 시에서 말하는 바 소위 상상력의 이원적 대립을 고스란히 보여주는 대목이라 할 수 있다.

그러나 윗글의 상호 대립된 상상력은 다만 분열되어 있는 것으로 끝나지만은 않는다. 이 양자는 또한 적절한 수준에서 상호 조화하는 자기 변신 즉 하나의 전환을 보여준다. 아이러니라 부르기도 하고 매개항에 의한 통합이라고 부르기도 하는 시의 본질적 특성이다. 이 글의 세 번째 단락에 등장하는 바람의 상상력이 그것이다. 시인이 '언어', 달리 말해 시는 또한 '바람'이라고 말했기 때문이다. 그러나 그 바람은 단순한 바람이 아니다. 꽃잎을 피우는 바람이다("(바람은) 또 계절을 바꾸어, 나무 이파리마다 희열의 꽃잎을 피울 수도 있을 것이다"). 폭풍의 바람이나, 눈보라 치는 바람, 쓸쓸한 가을바람이 아닌 것이다.

윗글의 상상력이 제시한 바람은 잠든 나무를 일깨우는 바람, 새싹을 흔들어 불러내고, 꽃봉오리를 툭 쳐서 터뜨리는 봄바람 즉 생명의 원천적인 에너지가 숨쉬는 미풍이다. 우리는 그 같은 작용을 간단히 봄바람에 피어나는 꽃의 상징에서 살펴볼 수 있다. 일반적으로 — 시인들이 뜰에 피어 있는 꽃을 불 혹은 등불이라고 표현하듯 — 활짝 핀 꽃은 활활 타오르는 불이고 거기에는 생명의 상상력이 깃들어 있기 때문이다. 가령 노발리스에게 있어 모든 꽃들은 빛이 되기를 바라는 불꽃들이며, 마르셀 더리에게 있어 사과나무의 열매는 반짝이는 불빛이며, 바슐라르에게 있어 오렌지는 뜰을 밝히는 램프인 것이다.

이렇듯 '꽃'은 일차적으로 불의 이미지를 가지고 있다. 그러나 동시에 꽃은 또한 물의 상상력을 지닌다. 꽃은 물 없이는 결코 피어날 수 없다. 그러므로 만일 꽃이 하나의 등불이라면 그 불은 대지에서 빨아올리는 물(수액)에 의해서 타오르는 불이다. 그렇다면 세상의 그 어떤 불이 물로서 타오를 수 있을 것인가. 설령 그것이 액체를 연료로 해서 타오르는 불이라 할지라도 그 액체는 휘발유나 석유와 같은 가연성 물질일 뿐 순수한 물은 아니다. 그러한 의미에서 시적 상상력으로서의 꽃은 순수한 불, 물로서 타오르는 불 즉 물의 불인 셈이다. 그것은 술, 또한 알콜이 그러한 것과도 같다.

이처럼 '꽃'에 의해서 '물'과 '불'의 상상력이 통합될 수 있었던 것은 비록 그 의미지향성이 상반한다 하더라도 이 양자 사이에 본질적으로 공유되는 어떤 영역이 있기 때문이다. 그것은 한마디로 정화(purification)라는 말로 설명된다. 물은 그 스스로를 정화할 뿐만 아니라 타자를 깨끗하게 씻어준다. 불은 오염된 물질을 태워 없애줄 수 있다. 기독교에서는 물로서 세례를 주며 성령의 불로서 정화시킨다. 우리들의 민속이나 종교 의식에서도 물과 불이 가장 소중한 성물聖物들 중의 하나로 여겨지는 것은 다 아는 바와 같다. 그리하여 이어령은 윗글에서 이와 같은 물과 불의 상반하는 의미지향과 그 공유된 의미소들을 바람이 하나의 불꽃으로 피워 올리는 꽃의 상징으로 통합시켜 시의 원리라 할 이미지의 이원적 대립과 그 조화를 적절하게 이루어내는 것이다.

윗글은 또한 여러 가지 형태의 반복이 구사되고 있다. 첫째, 패러그래프와 패러그래프의 반복이다. 예컨대 이 글의 모든 패러그래프들은 한 가지 주제를 여러 가지 은유 형식으로 반복한다. 둘째, 한 패러그래프 안에서의 반복이다. 한 패러그래프를 구성하고 있는 모든 문장들 역시 같은 주제를 반복하고 있다. 셋째, 비교적 반복이다. 주로 패러그래프 내의 반복이 이와 같은 형태를 띠는데 첫 번째 패러그래프를 예로 들 경우 그 전체 내용은 각각 '맥베스 부인의 손에 묻은 피를 씻어준다', '여인의 농화장을 씻어준다', '기름에 절은 아버지의 손을 씻어준다', '니코틴이 배어 있는 인간의 폐벽을 씻어준다', '더럽혀진 우리들의 속옷들을 씻어준다'로 되어 있다. 그러나 이는 모두 이 패러그래프의 소주제라 할 '모든 오염된 존재를 깨끗하게 씻어준다'를 은유 형식을 빌려 각기 달리 표현한 진술들에 지나지 않는 것들이다.

그러나 그중에서도 중요한 것은 대립적 반복 즉 병렬형식의 반복이다. 패러그래프와 패러그래프 간의 반복이 그 한 예인데 이는 시학에서 일컫는 바 등가적 반복의 전형이라 할 수 있기 때문이다. 예컨대 키 센텐스들을 살펴보면 첫 번째 패러그래프는 '언어는 물이다'('물이라면 좋겠다')인데 두 번째 패러그래프는 '언어는 불이다'('불이라면 좋겠다'), 세 번째 패러그래프는 '언어는 바람이다'('바람이라면 좋겠다'), 네 번째 패러그래프는 '언어는 화살이다'('화살이라면 좋겠다')로 되어 있다. 그러나 이 모두는 이 글의 주제, '언어(시)는 죽어가는 존재를 재생시키는 힘이다'의 은유적 반복에 지나지 않는다. 그런데 이 같은 등가적 반복에서 첫 번째 패러그래프와 두 번째 패러그래프, 세 번째 패러그래프와 네 번째 패러그래프는 대립적 반복 즉 병렬관계에 있다. 왜냐하면 앞에서 살펴보았듯이 '물'과 '불', '바람'과 '화살'은 서로 상반하는 의미지향을 가지고 있기 때문이다. 이를 정리하면 다음과 같다.

등가적 반복

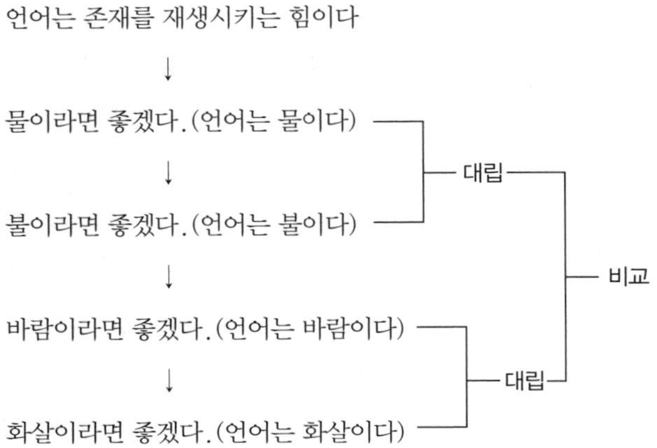

언어는 존재를 재생시키는 힘이다
↓
물이라면 좋겠다.(언어는 물이다) ┐
↓ ├ 대립 ┐
불이라면 좋겠다.(언어는 불이다) ┘ │
↓ ├ 비교
바람이라면 좋겠다.(언어는 바람이다) ┐ │
↓ ├ 대립 ┘
화살이라면 좋겠다.(언어는 화살이다) ┘

이상에서 살펴본 바와 같이 「신화의 부활」은 비록 잡지의 권두언으로 발표되고 또 수필집 『말』에 수록되어 있음에도 불구하고 본질적으로 산문시에 해당하는 글임을 알 수 있다. 이는 인용된 「신화의 부활」에 국한되지 않고 『말』에 수록된 모든 글들, 나아가서 이어령의 산문 대부분에서 보편적으로 드러나는 특성들이다.

4

비록 '언어의 시'를 전문적으로 쓰지는 않았다 하나 이어령은 생애의 전부를 시 쓰는 마음으로 살았다. 아니 시의 형식을 빌리지 않고 시를 써왔다. 그는 산문으로 시를 썼고, 학문으로 시를 썼고, 평론으로 시를 썼고, 언론으로 시를 썼고, 문화행정으로 시를 썼고, 잡지 편집으로 시를 썼고, 문화 마인드로 시를 썼다. 그럼에도 우리는 그의 시의 원천을 아직도 잘 모른다.

그것이 얼마나 심원하고 풍요로운가를……. 따라서 나는 다만 그의 전 생애가 시의 창조적인 상상력에 의해서 이루어져 왔다는 것을 예증하기 위한 조그마한 노력의 일환으로 그의 산문 한 편을 간단히 분석해보았을 따름이다.

나는 이어령의 천재성을 그의 천부적인 시적 상상력으로 이해하고 싶다. 그러나 그래도 한 가지 의문이 남는다. 천부적인 시인이면서 그는 왜 언어의 시를 별로 쓰지 않았을까. 그의 모든 지적 생산이 넓은 의미의 시라면 굳이 언어의 시에 집착할 필요가 없어서일까. 그래도 여전히 한구석에 의문이 남는다. 혹시 자신이 가장 성스럽게 생각하는 것에 대한 경건의 염念 때문은 아니었을까. 문학의 사회참여를 주장하던 사르트르가 시에 대해서만큼은 그것을 예외로 생각했던 바로 그 같은 문학적 태도처럼…….

문덕수와 인간회복의 길

1

달리 젊다고 표현할 수밖에 없다. 그 강렬한 아방가르드 정신, 자유분방한 상상력, 파격적인 이미지 구사, 기존 문법을 거부하는 도도한 시의식. 한 노시인이 겉늙어만 가는 우리 시단의 만네리즘에 경종을 울렸다. 34살의 엘리엇(T. S. Eliot, 1888~1965)이 「황무지(*The Waste Land*)」를 써서 일약 영미 시단을 일깨웠던 것처럼 팔순이라는 그 생물학적 연치와는 다르게 그 역시 30대의 문학적 패기와 열정으로 잠든 우리 시단에 죽비를 내리쳤다고 말한다면 잘못된 진단일까.

문덕수, 그가 장시 「우체부」를 펴냈다. 동세대 젊은 시인들 그 누구도 감히 생각지 못했던 이 시대정신의 오디세이이다. 장르적으로 굳이 거론하자면 — 김동환의 「국경의 밤」이나 신동엽의 「금강」과 같은 서술적 형식(narrative form)의 장시가 아닌 — 소위 공간적 형식(spatial form)의 장시로 분류될 수 있는 것으로 물론 과거에도 김기림이나 조향, 김구용 같은 시인들에 의하여 시도된 적이 없지는 않는 형식이었다. 그러나 이만큼 깊이 있는 정신 궤적을 보여준 장시 창작은 우리 시단에서 아직 찾아보기 힘들지 않을까 싶다. 그것은 다음과 같은 이유들 때문이다.

첫째, 「우체부」는 현실의식을 잘 살리고 있다. 그것은 이런 유형의 과거 시들이 단지 관념적 상아탑 속에서 의식의 유희를 즐겼던 것들과 대비된다(김기림의 「기상도」는 신고전주의(주지주의) 계열의 문명비판시라는 점에서 예외로 한다). 사실 김구용 유類의 장시들은 그 자신이 고백한 바도 있지만 무의식의 세계를 자동기술의 기법으로 제시해 보여주는 데서 끝난다. 시대정신이나 현실 삶과 같은 문제들이 거의 사상되어 있는 것이다. 스스로 내면의식이라는 감옥 속에 찾아 들어가 갇혀버렸다고나 할까. 그러나 「우체부」는 그렇지 않다. 내면 심층을 예리하게 탐색하고 있기는 하지만 끊임없이 외면으로 부상해 그것을 현실의 문제들과 결부시키는 까닭이다.

그러한 관점에서 「우체부」는 의식과 무의식, 현실과 관념, 시대성과 존재성 사이에 놓인 벽을 깨부수고 열어놓은 생의 어떤 형이상학적 지평에 대해 언급한 작품일지도 모른다. 휴머니즘이 꿈꾸는 절대 필연의 영원 혹은 절대 자유의 경지일지도……. 그렇다고 해서 우리는 그 경지를 섣불리 종교적 차원의 낙원 의식이나 초월적 세계로 해석할 수는 없다. 진실한 휴머니스트는 종교인이 되기가 어려운 법이고 문덕수의 휴머니즘의 토대는 그 반석이 너무나 튼튼하기 때문이다. 우리는 그 같은 정신적 자세를 이미 이 시의 머리말에서 훔쳐볼 수 있다.

끌려온 간음한 여자
곁에서 몸 굽혀 뭔가를 쓰실 때에 손가락에 묻은 그 흙
탁발 다니실 때 맨발 발가락 새에 끼이는 그 흙
…(중략)…
서울 뉴욕을 세운 그 무게에 눌려 핵 분열하듯 반짝하는

다만 그 '진실'에 반 치라도 더 다가서고 싶은 내 언어.
헉헉거리네

인용시에는 두 성자聖者: 신인神人들이 등장한다. 한 분은 예수그리스도이고 다른 한 분은 석가세존釋迦世尊이다. 시인은 먼저 예수의 한 행적부터 소개하고 있다. 예수가 감람산에서 일박한 후 내려와 성전에 오르려고 할 때 한 무리의 유대인 즉 서기관과 바리새인들이 한 간음한 여자를 끌고 와서 모세가 가르친 바 율법대로 이 여자를 돌로 칠 것인가의 여부를 묻는다. 어떻게든 예수를 함정에 몰아넣어 이를 빌미로 그를 제거하고자 하는 음모의 획책이다. 이때 예수는 아무 말없이 땅에 무엇인가 글을 쓰시더니 무리를 돌아보고 누구든지 죄 없는 자가 먼저 이 여자에게 돌을 던지라고 말씀하신다. 그러자 그를 둘러싼 유대인들 그 누구도 돌을 집기는커녕 말없이 하나둘 그 자리에서 사라져버렸다는 이야기이다(『요한복음』 8:1-11).

여기에는 인간 예수의 모습이 진솔하게 그려져 있다. 모세의 율법과 그것을 고집스레 지키려는 바리새인들이 하늘 즉 초월적 세계를 상징하는 존재라면 그 율법을 인간적으로 해석해서 죄인을 용서하신 예수는 바로 이성적 삶을 상징하는 존재라 할 수 있기 때문이다. 따라서 그것은 시인이 예수그리스도를 통해 바라보는 세계관이자 휴머니스트로서의 윤리관을 암시적으로 내비친 것일 수 있다. 모든 인간 중심, 이성 중심의 세계관은 본질적으로 휴머니즘인 것이다.

그런데 이와 같은 해석은 인용 부분의 다음과 같은, 의미 있는 진술에 의해서 보다 타당성을 얻는다. 시인은 두 번씩이나 '흙'이 지닌 진실에 대하여 다음과 같이 언급하고 있기 때문이다. 시인은 예수가 "몸 굽혀 뭔가를 쓰실 때에 손가락에 묻은 그 흙"과 석가세존이 "탁발을 다니실 때 맨발 발가락 새에 끼이는 그 흙"의 중요성을 이야기한다. 그가 두 신성한 존재 즉 신인으로부터 본 것은, 그럼에도 불구하고 천상의 섭리나 초월적 율법의 세계가 아니라 바로 그 자신이 발을 딛고 서 있는 대지의 중요성이었던 것이다. 그리하여 그는 다시 자신은 다만 그 흙이 지닌 "'진실'에 반 치라도 더 다가서고 싶은" 욕망밖에 없다는 말로 내밀한 심정을 고백하고 있다.

그 진실이란 무엇일까. 그것은 아마도 흙으로 상징되는 어떤 것에서 구해지리라. 그런데 '흙'은 대지 즉 하늘과 대립되는 개념이자 신의 세계와 대조해 인간의 세계를 상징한다. 인간은 본래 흙인 것이다. 인간을 뜻하는 고대 그리스어 호모(Homo: 라틴어, 후무스(Humus))도 어원적으로 '흙'이라는 뜻을 지니고 있다. 『성서』의 「창세기」를 보면 하나님께서도 원죄를 지은 아담에게 땀 흘려 흙을 가는 노동으로 살아가라고 징벌하시지 않았던가. 엘리아데(Mircea Eliade)는 다음과 같이 말한 바 있다.

> 대지로부터 나오는 모든 것은 생명이 부여되었고 대지로 돌아가는 모든 것은 새로운 삶이 주어지는 것이다. 그리하여 인간=흙(대지)이라는 결합은 인간은 죽어 흙이 된다는 의미로서가 아니라 인간이 흙(대지의 여신)으로부터 태어나는 존재라는 의미에서 가능한 말이다(Mircea Eliade, *Patterns in Comparative Religion*, 이은봉 역, 형설출판사, 1979, 278).

여기에 이르면 시인이 말하는 바 흙의 진실이 무엇인지 분명해진다. 그것은 한마디로 휴머니즘의 진실이다. 가장 완전한 자유를 지향하는 인간적 진실, ―흙의 상상력이 암시하듯― 가장 생명력이 충일한 대지적大地的 진실 바로 그것이다. 그가 부연 설명한 "가장 높고도 낮은/ 가장 멀고도 가까운" 그리하여 "태평양을 견디고/ 서울 뉴욕을 세운 그 무게에 눌려 핵 분열하듯 반짝이는" 진실 역시 인간이 그 피와 땀으로 이 지상에 건설한 공동체의 진실(문명)이 아니고 무엇이겠는가. 그러한 의미에서 이 시의 마지막 진술이

> 동과 서 먼 물길 이어 백성 지킨 그 사랑 여기 있네

로 마무리되고 있는 것은 결코 우연이라 할 수 없다. 사랑은 바로 생명의 본질이자 가장 고귀한 인간다움의 가치인 까닭이다.

둘째, 「우체부」는 같은 유類의 다른 어떤 작품과 달리 시인 자신의 전기

적 체험으로 쓰여졌다. 그러므로 단지 상상력의 소산으로 꾸며진 문학적 허구성과는 토대가 다르다. 무엇보다 리얼리티가 살아 있으며 전언의 구체성이 감각적으로 와닿는다. 같은 소재라도 물이 싱싱한 생선으로 조리한 매운탕이 더 맛있지 않던가. 물론 문학이 곧 체험일 수는 없다. 그러나 체험에 기초하지 않은 가공의 상상력에 실속이 없다는 것은 너무 당연하다. 바람직한 창작은 체험과 상상력, 이 양자가 공히 협력하면서 의식의 긴장을 탄탄히 이끌어가야 하는 것이다. 그러한 관점에서 「우체부」는 또한 삶과 꿈, 철학과 미학, 사물과 언어 사이에 놓인 괴리를 넘어서 존재의 총체성으로 나아가고자 하는, 한 고뇌하는 인간의 정신적 지향을 잘 보여주는 작품이라 할 수 있다.

「우체부」의 시나리오 미닝(scenario meaning)은 이 작품의 대위법적 구성을 이루는 임진왜란의 전투 장면이나 전쟁 판타지 등으로 인해 표면적으로 선명히 드러나 있지는 않다. 그러나 — 이 애매성이 사실은 미학적 긴장감을 고조시키고 있지만 — 간단히 요약하자면 한국전쟁에 동원된 한 포병 병사의 전투체험기라 할 수 있다. 화자는 철의 삼각지 전투에서 105밀리 야포의 군번 213360 사수로 참전한다. 비가 주룩주룩 내리는 밤에 있었던 죽음의 행군, 가교를 건너다가 군용 트럭에 치일 뻔했던 공포의 체험, 적의 포격을 피하면서 인제 원통리, 가전리를 지나, 개犬고개를 왼편으로 바라보는 계곡에서 맞게 된 포격전, 보급선의 차단으로 아사餓死 직전까지 견뎌야 했던 굶주림, 숱하게 널린 시신들과 동료들의 허망한 죽음, 다시 부대 이동, 974고지에서의 백병전과 총상, 서울 수도육군병원으로의 후송, 대구 제일육군병원에서의 재수술과 입원 치료, 상이용사로서의 전역 등은 화자가 겪은 이 장시의 내면화된 줄거리이다.

그러므로 앞서 지적했듯이 이 모두는 시인이 가공의 화자를 내세워 꾸며낸 이야기가 아닌 시인 자신의 실제 경험담이다. 물론 시인이 이 같은 전기적 사실을 공공연하게 드러낸 적은 없다. 그러나 나는 언제인가 한 간단한 연보에서 다음과 같은 내용을 잠깐 읽은 기억이 난다.

2001.2: 국가 유공자가 되다(6 · 25 한국전쟁에 입대하고 육군종합학교 27기로 소위에 임관되어 현리, 사창리 전투 지역을 거쳐 철의 삼각지대에서 좌측 대퇴부 골절, 파편에 의한 이마와 두부의 열창 등의 전상으로 야전 병원에서 응급치료를 받고 들것에 실려 수도육군병원, 대구의 제일육군병원 등으로 후송되어 치료를 받고 불구의 몸으로 1953년 6월에 제대하다).

—「문덕수 연보」 부분, 『문덕수 시전집』

그렇다면 시인이 참전한 소위 '철의 삼각지' 전투란 무엇인가. 철의 삼각지란 지형상 남측 즉 국군의 공격은 어렵고 북측 즉 인민군의 방위는 손쉬운 강원도의 철원, 김화 그리고 평강군 등 세 곳을 잇는 전략적 요충지를 가리키는 말이다. 말리크 소련 국제연합대표의 발의로 1961년 6월, 휴전협상이 시작되자 남과 북 양측은 각자 전쟁을 상호 유리한 상황으로 이끌기 위해 1953년 7월 휴전이 발효되기까지 총력전을 기울여 이 철의 삼각지에서 한국전쟁 사상 유례없는 격전을 벌였다. 그리고 그 결과 수많은 인명 피해를 낸 후 평강군은 북한으로, 철원과 김화는 남한으로 귀속된다. 특히 이 지역의 백마고지에서는 아군과 적군 사이에 24번이나 뺏고 빼앗기는 공방전이 계속되었는데 시인은 바로 이 전투에서 부상을 당한 것이다.

이 같은 측면에서 「우체부」는 또한 전후문학이라고 말해도 틀리지는 않을 것이다. 물론 한국의 전후문학은 시의 경우 구상이나 전봉건 등에 의해서 50년대에 잠깐 꽃피다가 사라진 적이 있었다. 그러나 그 시기의 전후문학은 시간적으로 아직 전쟁을 객관화하기 힘든 시점에 쓰여졌고, 채 아물지 않은 시인 자신의 정신적 상흔이 충분한 여과 없이 직접 토로되는 형식을 띠었기 때문에 전쟁의 비인간성을 고발하거나 반전의식을 일깨우는 수준을 크게 넘지 못했다. 그러나 「우체부」는 시인이 자신의 전쟁 참여 체험을 단순한 사회 병리학적 차원으로 접근하지 않고 존재론적 지평으로까지 끌어올렸다는 점에서 새로운 시야를 열었다고 말할 수 있다. 즉 「우체부」는 전후문학(post-war literature)이라는 관점에서도 우리 시사에서 주목되어야 할 작품의 하나이다.

2

「우체부」는 그 안에 화자의 전쟁 참여라는 나름의 스토리가 개입되어 있다. 그러나 이미지나 상징의 유기적인 결합 혹은 연합으로 이루어진 상상력의 전개가 근간이 된다. 앞에서 내가 이 작품을 서술적 형식이 아닌 공간적 형식의 장시라고 말한 것도 이 때문이다. 그러므로 이 시를 이해하기 위해서 우리는 그 어떤 것보다 전체 내용을 이끌어가는 중심 상징과 그것이 지닌 의미의 그물망을 세밀히 살펴보지 않으면 아니 될 것이다.

그렇다면 그 중심 상징이란 무엇일까. 우리는 우선 이 시의 제목으로 등장한 '우체부'를 주목할 수 있을 것이다. 왜냐하면 일반적으로 제목은 작품의 키워드, 최소한 키워드를 암시해주는 어떤 힌트의 기능을 지니고 있기 때문이다. 그것만은 아니다. 이 시에는 제목 외에도 여러 곳의 진술에서 '우체부'가 언급되어 있다. 특히 제1장은 아예 특정한 한 우체부에 대한 묘사가 주를 이루고 있다. 「1장 조셉 롤링」을 제외하고 이 작품에서 우체부가 등장한 사례들을 몇 개 인용해본다.

① 네 우체부 가방도 진흙 투성이네

② 우체부 가방은 평촌坪村에도 갔지

③ 우체부 가방은 다시 '개犬고개'를 넘었지

④ 우체부 조셉 롤링의 금단추 벗는 소리

⑤ 네가 멘 그 우체부 가방의 둥근 무無의 브랜드

⑥ 어깨에 가방을 멘 우체부의 발끝에 채여

⑦ 편지와 엽서는 모두 불탔네

그런데 이처럼 자주 등장하는 우체부의 이미지에는 몇 가지 공통점이 있다.

첫째, 항상 죽음에 직면한 존재로 등장한다는 점이다. ①에서 우체부는 야간 행군의 고통을 상징한다("밤비가 주룩주룩 죽죽 내리네 퍼붓네/…/ 지옥보다 더 캄캄한 비의 산길을 더듬어/…/ 진흙이 튕겨서 유리에 칙칙 뿌리는 도로를 꼬불꼬불 도네"). ②, ③ 역시 전투에 임하는 화자의 심리적 공포를 암시하고 있다("포탄이 날아들면 자라처럼 머리를 움츠려 넣고 몸을 웅크려야/ 탄약도 충분히 준비해/ 중대장의 이런 다급한 소리 들었지"). ④, ⑤, ⑦에서는 바로 죽음 그 자체의 체험이다("병사들은 뭣인가를 중얼거리며 죽어갔네/ 한숨, 중얼거림 신음 절규 호곡/ 어머니 불효자 용서하세요/ 어머니 '빽' 하고 죽습니다,/…/ 불발탄과 파편들이 뼈다귀를 녹이는 소리네/ 편지와 엽서는 모두 불탔네"). ⑥은 주검과의 동거同居이다("전사한 할아버지 애비 손자의 두개골들이/ 고지를 왕릉처럼 덮네 공처럼 여기저기 굴러다니네/ 어깨에 멘 황갈색 가방에 부딪쳐 튀어나가/ 저쪽 불탄 나무 그루터기에 걸려서 멎네"). 그러므로 이 시의 우체부는 일차적으로 죽음과 대면한, 혹은 죽음에 이르는 존재(Sein zum Tode)라 할 수 있다.

둘째, 언제나 피동적으로 묘사된다는 점이다. 앞 단락에서 필자는 필요한 부분만을 간략하게 인용한 바 있지만 우체부가 죽음 혹은 죽음 직전의 상황으로 내몰리게 된 원인은 자신의 능동적인 의지 혹은 의사 결정에 따른 것이 아니었다. 그는 자신이 원하지 않는 일을 타의에 의해서 강제적으로 수행당하고 있었을 뿐이다. 그러한 의미에서 그는 일상 세계에 기투된 존재(Zuhandensein, 용재적用在的)이기도 하다.

셋째, 우체부란 일반적으로 독립된 개체가 아니라 어떤 조직, 나아가 어떤 공동체의 일원으로서 살아가는 존재이다. 그리고 물론 그 공동체의 구성원들은 어느 수준 안에서 자신의 의지나 신념에 따라 행동할 수도, 경우에 따라 개체와 공동체 사이에 노정될 수 있는 괴리를 조정할 수도 있다. 문제는 이 시의 우체부가 소속된 공동체만큼은 그렇지 못하다는 점이다. 각 개체와 공동체 사이에는 오직 명령과 복종의 관계만이 허락되어 있기 때문이다. 그리하여 이 시의 우체부는 자신의 의사에 반하여 — 공동체의 요구에 의해 — 삶을 내맡길 수밖에 없는 운명에 처해진다. 공동체의 일원이라는 것, 조직의 한 부분이라는 이 숙명적인 삶의 조건이야말로 이 시의 우체부가 져야 할 존재론적 십자가였던 것이다. 자아의 정체성을 잃은 존재와 그것을 그렇게 만든 이 같은 공동체에 대하여 시인은 이렇게 언급하고 있다.

> 삿 삿 삿 삿각삿각삿각
> 어디서 로봇 전사들의 군단이 몰려오네
> 먼 태풍 소리가 아니네 점점 다가오는
> 하낫둘 하낫둘 금속성 구령의 불협화음
> 한손에는 단총 한손은 기관총
> 가슴에는 과일처럼 달린 수류탄 포탄들
> 손목의 맥박이 발사명령 신호를 받아 반짝하면
> 그들은 엎드리지 않네 선 채로
> 따따따따 타타타타 딱탕 딱탕
> 아버지 로봇과 아들 로봇
> 울돌목의 일자진 뒤에 배치한 가병假兵들이네.

이상 지적한 이 시의 우체부의 존재론적 특성들이 '로봇'의 상징으로 비유된 부분을 인용해보았다. 노예처럼 타인의 의사에 따라 행동할 수밖에 없고, 또 자아의 정체성이 부정된 공동체의 한 부분으로서만 살아가는 개체가 바로 그라면 그것이야말로 바로 로봇 같은 존재이기 때문이다. 그러나 우리는 이 대목에서 한 가지 더 눈여겨보아야 할 사항이 있다. 그 로봇이 전쟁의 로봇 즉 군인 로봇이라는 점이다.

원래 군인이란 로봇과 같은 존재이다. 자신의 의사에 반해 어느 때 어느 장소에서든 상관 혹은 조직의 명령대로 행동하고 생각해야 하는 사람들이기 때문이다. 그리하여 시인은 우체부와 로봇 그리고 군인을 한 의미망의 축 안에서 동일시한다. 이 시에서 묘사된 우체부가 — 우리가 앞서 살펴보았듯— 죽음에 이르는, 혹은 죽음 직전의 상황에 내몰린 존재, 타자의 의사에 따라 행동할 수밖에 없는 존재, 자아의 정체성을 망실한 채 맹목적으로 공동체에 예속된 존재일 수밖에 없었던 이유가 바로 여기에 있었다.

그러나 비록 로봇 혹은 군인으로 변신했다 하더라도 우체부는 본질적으로 군인은 아니다. 우체부는 우체부인 것이다. 문제는 이 당연한 명제가 부정된 채 우체부가 우체부로서의 정체성을 잃고 군인이 될 수밖에 없는 세계 그 자체의 폭력에 있다. 그렇다면 진정한 우체부는 어떤 사람이며, 또 어떤 사람이어야 하는가. 시인은 그것을 이 시의 「제1장 조셉 롤링」을 통해서 다음과 같이 이야기한다.

> 반 고흐의 '우체부 조셉 롤링'
> 반짝이는 노란 수염발
> 코 밑과 두 볼때기에서 입술을 둘러
> 용수철처럼 고불고불 곰실거리면 두 갈래로 갈라져
> 내려와 가슴을 덮고 그 새로
> 청색 유니폼의 넓은 목깃이 언뜻 비치네
> 두 줄의 웃옷 금단추 두 점
> '포스트(postes)' 모표가 또렷한
> 앞 차양 짤막한 캡을 썼네
> 눈동자는 박아 끼운 녹색 구슬이네

다 아는 바와 같이 빈센트 반 고흐(Vincent van Gogh, 1853~1890)가 그린 초상화의 주인공 조셉 롤링은 고흐가 파리 생활을 청산하고 프랑스 남부의 아를에 기거하면서 한동안 그림을 그릴 때(귀를 자르고 생레미 정신병원에 입원하기 전까지 가장 많은 그림을 그린 소위 아를 시기, 1888. 2~1899. 4) 가장 믿고 의지했던 사람이다. 언제인가 고흐는 그의 여동생 빌헤미엔에게 보낸 편지 속에서 롤링의 용모를 자세히 언급한 뒤 그가 논리적 사유에 뛰어나고 해박한 사람, 착하고 현명하며 감정이 풍부한, 믿을 만한 친구라고 소개한 바 있다.

이 시기 비사교적, 내성적이며 현실 적응에 거의 실패했던 고흐로서는 외지 아를에서도 주위 사람들과의 교제가 거의 없었다. 따라서 그런 그에게 자신이 묵고 있던 카페의 주인 지누 부인과 이웃 우체부 롤링은 유일한 말동무이자 친구였다. 그중에서도 롤링에 대한 고흐의 믿음과 애정은 남달랐다. 고흐가 롤링과 그 가족들의 초상화를 여러 번 그렸던 이유이다. 고흐는 특히 롤링에 대해 그린 초상화를 1988년 7월, 처음 화필을 잡은 이후 여섯 작품이나 남겼다. 롤링 역시 고흐를 깊이 이해하고 사랑했으며 고흐가 어려운 처지에 빠질 때마다 보살펴주고 보호해주었다. 고흐가 고갱과의 갈등으로 인해 자신의 귀를 자른 자해 소동을 벌렸을 때도 곁에서 그를 끝까지 지킨 사람은 롤링 혼자였다.

그렇다면 시인은 왜 이 시의 중심 테마를 조셉 롤링으로부터 빌려온 것일까. 나는 다음과 같은 이유들 때문이었을 것이라고 추측해본다.

첫째, 우체부라는 점이다. 우체부는 인간과 인간의 관계에 있어 무엇보다 소통의 기능을 담당한 사람이다. 우리는 아무리 먼 물리적 공간에 주거하고 있다 하더라도 상호간 편지 교환이 있기에 자신의 안부를 전하고 상대방의 소식을 접할 수 있다. 우체부가 있음으로 우리의 인간 관계는 보다 돈독해질 수 있는 것이다. 우체부는 그가 어디에 있든 — 소외된 곳이거나, 위험한 곳이거나, 누추한 곳이거나, 꺼리는 곳이거나, 전쟁터나 시장터나 시골이나 도시를 가리지 않고 — 슬픔이 되었건, 즐거움이 되었건 항상 인간과 인간의 소통을 위해 일하고 그 유대를 강화시킨다. 그러한 의미에서 우체부는 개체로서는 불완전한 개개의 인간들을 끈으로 묶어 하나의 완전한 총체로 만들어주는 역할을 담당한 사람이다. 우체부란 바로 인간 공동체의 보이지 않는 끈인 것이다.

둘째, 예술작품(초상화)의 주인공이라는 점이다. 하나의 예술로 승화하여 작품 속에 남게 된 인물은 이미 현실적, 일상적 인물은 아니다. 모든 예술적 대상은 그것이 작품화되는 순간 현실적, 일상적 공간을 초월하여 이데

아적, 본래적 공간에 진입하게 된다. 그리하여 현실에 남아 있는 대상 그 자체는 설령 소멸하거나 타락한다 하더라도 예술화된 대상은 영원성과 완전성을 획득하게 되는 것이다. 인생은 짧지만 예술은 영원하다 하지 않던가. 조셉 롤링 역시 자연인으로서의 그는 이미 고인이 되었지만 초상화로서의 그는 항상 현존성을 지니며 그래서 현재 살아 있고 또 미래에도 살아남을 사람이다. 말하자면 예술이 갖는 바, 이 일상성에 대한 순결성, 무상성無常性에 대한 영원성, 불완전성에 대한 완전성의 상징으로 시인은 조셉 롤링을 제시한 것이다.

셋째, 앞에서 소개한 고흐와의 관계에서 유추할 수 있듯 그는 사랑과 상생相生의 존재이다. 공동체의 일원으로서 타자에 대한 이해와 보살핌 그리고 자기 절제, 희생의 미덕을 갖춘 사람이다. 본질적으로 인간이 홀로 살 수 없다고 할 때 롤링이 고흐에게 보여준 이 휴머니즘의 실천은 얼마나 고귀한 것인가.

시인은 조셉 롤링이 지닌 이 같은 인간적 특징들이야말로 바로 그가 꿈꾸는 삶의 이상에 토대를 이루는 가치라고 생각했을지도 모른다. 아니 본질적으로 인간의 천성 자체가 그러하다고 생각했던 듯하다. 그런 까닭에 시인은 시의 서두에서 화자('나' 혹은 인간)의 탄생에 대하여 다음과 같이 언급했으리라.

> 어머니의 양수羊水에서 너는 물장구쳤네
> …(중략)…
> 노끈 한 줄 날아와 네 어깨에 걸리고
> 우체부 가방 하나 달랑 달렸네

그리하여 시인은 인간에 대한 이 같은 이상적 가치를 이 시에서 한국전쟁이라는 역사적 한 사건을 통해 상징적으로 제시하고자 한다. 그러나 불행히도 당면한 현실은 이를 허락지 않았다. 아니 모든 모순과 부조리에 지배당하는 일상성은 필연적으로 존재의 본래성을 파괴시키는 것이다. 이 시에서 보여주는 바 본래적 우체부인 조셉 롤링이 종국에 로봇 군인으로 변신해가는 과정이 바로 이를 말해준다. 그러한 관점에서 이 작품은 상징적으로 우체부가 군인, 아니 로봇이 변신되어 가는 존재의 타락 과정을 이야기한 것이라 할 수 있다.

3

「우체부」의 상징 공간을 비추는 또 하나의 혜성은 '알'이다. 시인은 시의 도입부에서 제시한 '알'의 이미지가 점차 어떻게 변용되어 가는가를 보여줌으로써 그 숨은 내면 공간을 암시적으로 드러내고자 한다. 그것은 물론 이 시의 큰 주제라 할 휴머니즘과 사랑(제1장에서의 논의), 그리고 이를 담는 기본 구조로서의 '우체부 롤링의 변신'과 이를 통해 이야기한 존재의 본래성 상실(제2장에서의 논의)에 유기적으로 상호 대응하는 형식을 띠고 있다. 예컨대 화자('나' 혹은 인간)의 탄생은 '알'이지만 존재가 우체부로 제시될 때 그것은 '가방'으로, 그가 군인 혹은 로봇으로 타락할 때 '포탄'이나 '해골'이 되는 것 등이다. 본래적 인간을 대변하는 화자는 자신의 탄생을 시에서 이렇게 회고한다.

물결 서로 부르며 몸 섞고 짙푸른
우발수優渤水 가에서 금와를 만난 유화柳花
미쓰 고구려 유화의 침실에
햇빛이 들어와 좇으니 태기 있어
닷되들이만 한 큰 알을 낳으니
네 가방 그 알만 하네
네 가방 그 알만큼 불룩거리네

나라를 밴 첫 어머니의 배만큼 둥글해지네

사문沙門의 '바랑'이네

이렇게 이 시는 '알'의 탄생에 대한 이야기로부터 그 서두를 열고 있다. 물론 이 도입부는 — 마치 엘리엇이 그의 「황무지」에서 중세 기독교의 소위 「성배聖杯 전설」을 통해서 그랬던 것처럼 — 고구려 건국신화에서 모티브를 빌려 상상력을 전개시킨다. 다 아는 바와 같이 고구려의 시조 동명성왕은 신라 건국의 시조 박혁거세와 마찬가지로 '알'에서 태어난 사람이다. 예컨대 『삼국유사』나 『삼국사기』의 기록은 다음과 같다. 하늘에서 지상을 내려다보다 우연히 하백河伯의 딸 유화柳花를 보고 그만 반해버린 천제天帝의 아들 해모수解慕漱는 그녀를 압록강 가의 웅신산熊神山으로 유혹하여 범한 뒤 하늘로 돌아가버렸다. 이 일로 유화는 집에서 쫓겨나게 되었고 마침 그곳 우발수優渤水 가를 지나던 부여의 금와왕金蛙王에게 발견되어 궁중의 깊은 방에 갇히는 신세가 된다. 금와왕이 장차 왕비를 삼을 작정이었던 것이다. 그런데 이상하게도 항상 찬란한 햇빛이 그녀를 좇더니 하루는 유화가 왼쪽 겨드랑이로 알을 하나 낳았다. 그 알에서 깨어난 분이 바로 주몽朱蒙, 후에 고구려의 시조 동명성왕東明聖王이 된 분이라는 것이다.

그렇다면 이 시의 이 같은 신화적 모티브의 도입은 무슨 뜻을 지니고 있는 것일까. 그것은 대체로 두 가지 측면에서 설명될 수 있으리라 생각한다.

첫째, 시인이 이야기하는 바가 한 개인 혹은 한 특정한 삶에 관한 것이 아니라 인간 보편의 존재론적 문제에 관련되어 있다는 것을 암시해준다. 신화는 개인이 아니라 한 민족 혹은 공동체의 탄생에 얽힌 성스러운 이야기인데 시인 역시 이 시에서 화자라 할 '우체부'의 탄생을 이렇듯 신화적 이야기로 형상화시키고 있기 때문이다. 따라서 이 시의 화자는 한 개인이 아닌, 보편적 인간을 대표하는 존재라 할 수 있다. 내가 앞에서 '화자'라는 용어를 쓸 때마다 괄호 안에 '인간'이라는 단어를 붙여 부기한 이유가 여기에 있었다.

둘째, '알'이 갖는 상징적 의미이다. 알은 그 원형 상상력에 있어서 여러 의미소들을 지닌다. 우선 생명의 근원, 아니 생명 그 자체이다. 몽골어에서 '알' 즉 '우레'(üre)는 씨앗種의 뜻을 지니고 있다. 알은 또한 우주를 상징한다. 그리스 신화에서 풍요의 여신 에우리노메는 카오스에서 태어나 노닐다가 어느 날 큰 뱀 오피온에게 겁탈당한 뒤 비둘기로 변신하여 알을 하나 낳는다. 이 알이 부화하여 우주가 되었다고 한다. 고대 힌두 경전 우파니샤드에도 같은 이야기가 전해진다. 태초에 이 세상에는 아무것도 존재하지 않았다. 그런데 홀연 하나의 알이 생기고 그 알이 부화되어 깨지면서 그 껍질 중 하나는 은으로 땅이 되고 다른 하나는 금으로 하늘이 되었다. 그리고 그 후 다시 바깥의 막은 산이, 안의 막은 구름이, 담겨진 액체는 바다가, 그리고 핏줄은 강이 됨으로써 세계 창조가 이루어졌다는 것이다.

알은 완전성 또는 영원성을 상징하기도 한다. 왜냐하면 모든 둥근 것 — 불교의 원 상징이 대표적이다 — 은 직선과 달리 시작과 종말이 없고 그 어떤 모순도 포용할 수 있기 때문이다. 가령 원의 논리에서는 '가는 것'이 '오는 것'이며 이별이 만남이 된다. 한곳을 향해 무작정 걸으면 — 마치 마젤란이 한 방향으로만 항해하여 결국 지구를 한 바퀴 돈 뒤 다시 출발지로 돌아왔듯 — 결국 제자리로 되돌아오기 마련인 것이다.

알은 아직 부화되기 이전의 상태에 있음으로 그 어떤 오염이나 타락으로부터 격리된 존재이다. 껍질이 철저하게 그 내용을 보호해주는 까닭이다. 따라서 존재의 타락 혹은 속화俗化는 그가 세계의 일상성에 내던져지면서부터 시작되는 것이라고 할 수 있다. 그 같은 관점에서 알은 순수 혹은 순결 그 자체의 원형이다. 이 세상의 생명체 가운데 알 — 포유동물의 경우는 아마도 어머니의 모태에 해당할 것이다. 실제로 시베리아 샤머니즘이나 중국의 반고盤古 신화 등에선 알이 모태와 동일한 의미를 지니고 있다 — 보다 더 순수한 존재는 없다.

마지막으로 알은 사랑의 상징이다. 예외적으로 태양열에 의한 부화가 없지는 않지만 — 이 경우에는 물론 햇볕이 모성母性을 대신한다 — 모든 알은 일정 기간 어미의 품에 안긴 상태로 체온을 전수받지 않고서는 깨어날 수 없다. 따라서 알은 그 무엇보다 사랑에 의해서만 생존이 가능하고 의미를 지닐 수 있는 존재이다. 알은 사랑 그 자체인 것이다.

그런데 인용 부분을 보면 시인은 그 알이 우체부의 '가방', 나아가서 '사문沙門의 바랑'과도 같다고 한다("닷 되들이만 한 큰 알을 낳으니/ 네 가방 그 알만 하네"). 알을 우체부의 가방과 '사문의 바랑'에 동일화시키고 있는 것이다. (그러므로 이후의 시의 전개를 보면 우체부의 '가방'은 '알'의 역할을 대신한다.) 그렇다면 알과 가방은 어떻게 일원화될 수 있을까. 그것은 우선 형태적 상상력에서 설명이 가능하다. 모든 가방은 본질적으로 알처럼 무엇인가를 안에 담을 수 있는 형태를 띠고 있기 때문이다. 물론 외형상 각진 모양의 가방이 없지는 않다. 그러나 큰 틀에서 보면 이 역시 둥근 입체라 보는 것이 자연스럽다.

뿐만 아니다. 알이 그 껍질 안에 어떤 내용물을 담는 것처럼 가방 역시 그 안에 무엇인가를 담는다. 즉 알은 그 안에 생명을 담고 우체부의 가방은 '편지'를 담는다. 그런 점에서 그 담겨진 내용물은 물론 서로 다르다 할 수 있으나 이 양자 상상력의 차원에서만큼은 그렇지 않다. 왜냐하면 — 우리가 이미 앞 장에서 우체부 조셉 롤링이나 알이 지닌 상상력에서 살펴보았듯 — 이들 사이에는 상호 치환될 수 있는 동일성이 존재해 있기 때문이다. 첫째, 이 양자 모두가 완전성과 영원성을 지향한다는 점이요. 둘째, 모두 사랑의 내용물들을 담고 있다는 점이요. 셋째, 잠재적으로 생명력을 양생시킨다는 점 등이다. 편지가 인간들 사이의 단절을 극복시켜 공영체적 존재의 총체를 만들어준다는 것은 본질적으로 분명 생명 현상의 한 구현일 터이다. 말하자면 우체부의 가방은 사회적 의미의 생명력을 내포한 알인 것이다.

그러한 관점에서 편지의 배달 즉 — 수신자에게 전달하기 위하여 — '가방으로부터 밖으로의 편지의 뛰쳐나옴'은 흡사 알에서의 생명체의 부화나 경작지에서의 파종播種: 씨뿌림과 같은 의미를 지닌다고 하겠다. 따라서 그것은 새로운 우주창조에 비유될 수도 있다. 이 경우 우체부 롤링의 가방이 상징적으로 사랑을 잉태한 어머니의 자궁에 해당되기 때문이다. 따라서 이 같은

'알' 혹은 '가방'의 이미지는 같은 인생론적 가치관을 지향하는 수행자 즉 '사문의 바랑'과 그 상상력의 차원에 있어서 크게 다를 바 없게 된다.

문제는 이 같은 '가방'이 앞서 살펴보았듯 세계의 일상성을 지배하는 부조리 혹은 모순에 의해 손상(퇴락)되고, 찢겨(소멸)져 나간다는 사실이다. 시인은 그것을 전쟁, 특별히 그가 체험한 한국전쟁이라는 상징적 공간을 예로 들어 이야기한다. 예컨대 타의에 의해서 전쟁의 참화에 휩쓸린 우체부 조셉 롤링은 이제 그 본래적 우체부로서의 의미를 상실한 채 살인기계라 할 군인이 되어버리고 만다. 그가 원래 입었던 그 금빛 단추의 우체부 유니폼은 어느새 군복이 되어 있는 것이다.

아무래도 그 유니폼은 네게 어울리지 않네
그의 연인도 그의 가방도 맞지 않겠네
개울가로 떠내려온 누더기를 줍거나
포로수용소의 포로들이 입다가 버린
군복 누더기가 맞겠네
올 굵고 거친 무명의 임란 때 융의戎衣가 좋겠네

혹은

우체부 조셉 롤링의 금단추 벗는 소리

그리하여 시인은 시의 여러 곳에서 손상된 가방, 더럽혀진 가방에 대하여 이렇게 언급하고 있다.

"네 우체부 가방도 진흙 투성이네"

"편지와 엽서는 모두 불탔네"

"네가 멘 그 우체부 가방의 불룩한 무無의 브랜드"

"네 가방, 해산한 어머니의 뱃가죽처럼 쭈그러들고/ 잡히는 편지도 없고 받을 이도 없네"
"지금 네 빈 가방에는 무엇이 울고 있느냐/ 파편이냐 보석이냐 두개골이냐 덜그럭 덜그럭"

그 결과 도래한 이 세상은 어떻게 되었는가. 인간과 인간 사이의 소통은 단절되고, 사랑은 메말랐으며, 생명이 물화物化되어가는 현실, 로봇과 같은 기계가 지배하는 세상이 되어버렸다. 일찍이 엘리엇이 한마디로 '황무지'라 규정했던 그것을 문덕수는 킬링 필드 즉 해골들이 뒹굴고 있는 전장戰場의 폐허로 묘사하고 있는 것이다.

전사한 할아버지 애비 손자의 두개골들이
고지高地를 왕릉처럼 덮네 공처럼 여기저기 굴러다니네
어깨에 멘 황갈색 가방에 부딪쳐 튀어나가
저쪽 불탄나무 그루터기에 걸려서 멎네
해골사단A 해골사단B 해골사단C

룩소르의 오벨리스크 꼭대기에서 나일강을 굽어보다 내려온 망령
9 · 11테러로 죽은 해골들과 얼싸절싸 어울리네
캄보디아의 킬링핑드에서 해골들이 날아오네

마침내 '알'은 이제, 사랑을 담은, 혹은 사랑을 전파하는 우체부 조셉 롤링의 가방이 아니라 해골이 되어버린다. 현대인들은 이처럼 해골 같은 존재 혹은 실체를 잃어버린 망령으로 살고 있는 것이다.

그렇다면 비인간화된 현실, 물화된 우리 시대의 삶을 극복할 수 있는 길은 무엇일까. 시인은 그래도 휴머니즘과 사랑의 회복 이외에 별다른 방법이 없다고 말한다. 위대한 진리는 가장 상식적이고 가장 보편적인 것 속에 살아 있

다는 것이다. 그리하여 그는 '연애(사랑)'를 통한 생명력의 소통을 강조하게 된다. 이 시의 결말 부분에서 시인이 네 차례에 걸쳐 연애에 관한 에피소드를 소개한 것도 이 때문일 것이다.

> ① 저번 착에 기사는 돌아가듬마는/ 그 기사 미쳤는갑소/ 이러히 그들은 연애하네
>
> ② 소가 한 구석에 엎디어 있으면 닭은 소막까지/ 가서 갸우뚱갸우뚱하다가 뒤뚱뒤뚱 돌아나오지요/ 이러히 소와 닭은 연애하네
>
> ③ 소매자락만 스쳐도 전생의 인연이란 말도 있드키 시상 오래 살고 볼 일 임더 이러히 그들의 연애 동백꽃도 붉네
>
> ④ 휴대폰 좀 빌려줘 하나님과 통화하고 싶네/ 이러히 모두 연애하고 싶네

위의 에피소드들은 연애의 여러 가지 예를 들어(①은 남남끼리, ② 인간 아닌 동물들끼리, ③은 연인끼리, ④는 인간과 신 사이) 가장 완전하고 영원한 삶의 이상은 사랑과 소통에 있으며 그것 또한 휴머니즘에 기초해야 한다는 것을 이야기하고 있다. 그러므로 시인이 이 시의 대단원을 뭍과 섬의 단절을 이어주는 다리의 이미지를 들어 다음과 같이 끝마치는 것은 결코 우연이 아닐 것이다.

> 뭍과 섬 하나로 붙은 견내량 울돌목 그 다리
> 동과 서 이어 백성 지킨 그 물길 더욱 푸르네

시인은 이 시의 에피그램에서 "다시 태어나 우체부가 되고 싶네"라고 말한다. 그러나 그것은 앞서 밝혔듯이 그 자신 현대라는 이 불모의 대지에 사랑의 씨앗(알)을 파종하는 농부가 되고 싶다는 뜻이 아닐까. 혹은 사랑을 전파하는 우체부가 되고 싶다는 뜻일지도…….

선시조의 효시 조오현

1

『시와시학』지에서 오랜만에 원고 청탁이 왔다. 오현 큰스님에 대해 시인론을 하나 써달라는 것이다. 알고 보니 스님이 '정지용문학상'을 수상하게 되어 특집호를 꾸미는데 거기 들어갈 글이라 한다.

시인론이란 작품이 아니라 그 작품을 산출해낸 인간의 연구이다. 그런 까닭에 그만큼 시인 그 자신에 대한 인간적 이해 없이 함부로 쓸 글이 아니다. 내가 지금까지, 세칭 평론이라고 칭하는 글들을 적지 않게 써왔음에도 아직 제대로 된 '시인론'을 쓰지 못한 이유도 여기에 있다. 스님의 경우 역시 마찬가지이다. 나는 스님의 작품 세계에 대해서는 나름대로 어느 정도는 짐작하고 있다. 그러나 솔직히 말해 그분의 인생 역정, 나아가 운수납자로서 구도행각과 무문선각無門禪覺의 경지에 대해서는 거의 모른다. 아니, 알기에는 나의 예지가 너무 일천하다.

다른 일반 시인들과 달리 오현에 대한 시인론의 어려움이 여기에 있다. 그의 시가 — 특히 후기에 이르러 — 선적 깨달음에 토대해 있음으로 더욱 그러하다. 그럼에도 불구하고 지금 그에 대해 한 편의 글을 초하고자 하는 것은 내 필력의 아둔함을 드러내 만천하의 웃음을 사고자 함에 있는 것이 아니라 그의 시에 대한 나의 존경과 십수 년 그와 맺은 남다른 인연 때문이다. 불가에서는 길을 가다 우연히 행인과 소매 깃을 스치는 것도 삼세三世의 연이라 하지 않던가.

1984년 아마 지금과 같은 봄날 오후였을 것이다. 《한국일보사》 건물의 13층에 있는 송현클럽에서였다. 그때 나는 제4회 녹원綠園문학상 평론 부분을 수상하였는데 식후의 간단한 연회에서 한 스님과 인사를 나누게 되었다. 평범한 듯하면서도 어딘가 기품이 있어 보이는 분이었다. 상을 제정한 녹원 스님의 문도門徒라서 이 자리에 오게 되었다고 했다. 그가 바로 오현 스님이었다. 그리고 우리는 헤어졌고 다른 사건이 없는 한 — 그때 인사를 나눈 다른 여러 스님들의 경우와 같이 — 그저 그것으로 끝났을 일이었다.

그런데 인연이 다함에 모자람이 있었던지 그 다음해 여름방학이었다. 이 상의 운영위원이자 내 대학의 스승이시기도 한 정한모 선생님께서 한 번은 나를 부르시더니 녹원 스님이 주석하고 있는 직지사에 내려가 스님께 인사도 드리고 겸해서 물놀이를 한 번 하고 돌아오자고 하셨다. 그런 전차로 선생님의 서울대 제자들 몇이 일행이 된 우리들은 선생님을 모시고 직지사에 내려가게 되었는데 바로 그 자리에 오현 스님이 동참하게 된 것이다. 가톨릭 신자로서 사찰 예절을 잘 모르시는 선생님이 그 어색함을 피하기 위해 굳이 오현 스님을 초청하셨으리라 짐작한다.

그날 우리 일행은 낮에 계곡에서 물놀이를 하였고 밤엔 요사체에 좌정하여 시회詩會를 즐기기도 하였다. 그런데 오현 스님은 그 모임에서 나를 부를 때마다 꼭 '이 박사'라 호칭하는 것이었다. 무슨 특별한 기억의 집착이 있어서일까. 아니면 낮에 가볍게 든 곡차 때문이었을까. 한두 번 듣다 민망하여 내가 "스님, 저는 이가가 아니고 오가입니다."라고 정정해드려도 마찬가지였다. 그래서 나는 아예 이박사가 되기로 작정하고 그 모임을 즐겼던 것인데 지금 돌이켜보면 스님이 무언가 나의 내심을 떠보려고 의도적으로 그리했던 것이 아닐까 생각된다. 어떻든 지금 나는 결과적으로 스님 때문에 불가와 깊은 인연을 맺게 되었으니 그때 스님의 혜안이 적중한 것은 틀림없다. 우리는 이때 직지사에서 하룻밤을 묵은 후 이웃의 청암사를 들러 귀경하였다.

나로서는 이 두 번째의 만남 역시 그저 무연히 끝날 일이었다. 그런데 스님에게는 그렇지 않았던 듯 우리는 다시 세 번째 만남을 가지게 되었다. 여기서 내가 굳이 '스님에게는 그렇지 않았던 듯'이라는 사족을 부친 것은 그 만남을 스님이 주관하셨기 때문이다. 그 2년 후 그러니까 1987년 여름 나는 미국 체류를 준비 중이었다. 미국무성 산하 U.S.I.A.의 초청으로 아이오와대학교의 국제창작프로그램(International Writing Program)에 6개월 동안 참여할 일이 생겼기 때문이다. 그런데 출국을 삼사일 앞둔 어느 날이었다. 그동안 잊고 있었던 스님으로부터 갑자기 의외의 전화 한 통이 왔다. 받으니 미국에 가는 것이 사실이냐고 확인을 하시며 그 전에 한번 만나자고 하신다.

그리하여 우리는 당시 광화문 네거리 《동아일보사》 뒤편에 있던 서린 호텔 커피숍에서 만났는데 스님은 내가 도미할 것이라는 소문을 누구에겐가 들었다면서 당신이 미국에 체류했을 때의 경험을 토대로 몇 가지 충고의 말씀도 주시고 내 장도를 축복해주셨다. 아, 그리고 이때 잊히지 않은 것 하나는 내가 내겠다는 점심 값을 굳이 당신이 내시더니 막상 헤어지는 자리에서는 봉투까지 하나 건네주시는 것이 아닌가. 여행 경비에 보태 쓰라면서…… 그때 나는, 이 무렵의 스님이 확실하게 주석하는 사찰 없이 이곳저곳 만행으로 전전하는, 가난한 운수雲水의 신분임을 잘 알고 있었음으로 내심 불편한 심기가 없지도 않았지만 점심 값을 내시는 기세에 눌려 그만 그 봉투를 받아버렸다.

하여간 이런 일들이 계기가 되어 자연스럽게 스님과의 인연은 이어졌고 나로서는 귀국 후에는 자주 찾아뵙는 관계가 되었다. 그러나 그중에서도 특별한 계기를 마련해준 사건은 앞서 이야기한 세 번째의 만남이었음이 물론이다. 궁금하였다. 그래서 언제인가 나는 지나가는 말처럼 스님께 "그때 왜

저를 불러내셨느냐"고 물은 적이 있었다. 스님은 이렇게 말씀하셨다. 오 박사의 성격이 무던해 보여 앞으로 불가에 인연이 깊을 듯했기 때문이라는 것이다. 스님이 지적하신 내 성격의 무던함이란 우리들의 두 번째 만남 즉 직지사에서의 일박 때에 일어난 사건을 두고서 한 말씀이다.

스님으로 인해 내가 불가와 인연을 맺은 것은 많다. 첫째, 불교를 지향하는 나의 시세계가 확장되고 깊어졌다. 내 시의 불교에 대한 관심이 비록 스님으로부터 비롯된 것은 물론 아니지만 스님의 영향으로 보다 심화되었다는 것은 부정할 수 없는 사실이다. 내 시의 불교적 측면에 대해서는 다른 글에서 이미 고백한 적이 있고 다른 많은 평론가들 또한 지적한 사항들이니 여기서 새삼 운위하지 않기로 한다.

둘째, 불가의 많은 대덕大德들과 교유하여 삶의 큰 교훈을 배웠다.

셋째, 많은 불교 사찰들을 섭렵하고 내 문학의 집필 공간으로 활용할 수 있었다. 설악산 백담사, 금강산 화암사, 두타산 삼화사, 치악산 구룡사, 달마산 미황사 등이 그러한 곳이었다.

넷째, 나 죽으면 그 부도浮屠가 백담사 경내에 서 있게 되었다. 스님이 입적하면 의당 그 부도는 도량에 세운다. 그러나 시인이 세울 수 있는 부도란 무엇이겠는가. 그 남겨진 작품이 아니던가. 그런데 그 작품을 새긴 나의 시비詩碑 하나가 이미 백담사 도량에 세워졌으니 이 어찌 예삿일이랴. 육신은 삭아 한 줌 흙이 되더라도 내 시는 부도로 남아 백담사 한구석을 지키고 있을 것인 즉…….

그러나 무엇보다도 내가 스님으로부터 직접 영향을 받은 것은 시조 창작에 대한 초발심初發心이다. 어느 잡지에선지 나는 미국 체류 중 미국 대학생들에게 한국문학을 소개하는 강의를 하다가 문득 민족문학으로서의 시조의 중요성을 자각하게 되었다는 사실을 글로 쓴 바 있다. 앞에서 내가 언급한 바로 아이오와대학교의 국제창작프로그램에 참여했을 때의 일이다. 귀국 후 스님께 이 이야기를 말씀드리자 스님은 내게 시조의 중요성을 설파하시면서 꼭 한 번 써보라고 간곡히 권유하시는 것이었다.

그때만이 아니었다. 뵐 때마다 매번 강조하시는 것이 바로 이 시조 창작이었다. 그래서 이를 빌미로 나는 한두 편 시조를 쓰기 시작했던 것인데 스님은 그것을 꼭 챙겨 당신이 주관하는 『유심』지에 발표시켜 주었다. 그리하여 나도 한국현대시조 100년을 기념하는 작년에 드디어 시조 시집 한 권을 상재할 수 있게 되었으니 고백하건대 내 시조 시단의 입문은 순전히 오현 스님 때문이 아니겠는가.

2

다 아는 바와 같이 무산霧山 오현 큰스님은 비록 백담사에 주석하고 있으나 이 백담사를 포함하여 말사 60여 개를 거느린 본사 신흥사의 조실이시다. 신흥사는 이외에 선원과 강원까지 갖추었으니 회주인 오현 스님을 일컬어 신흥사 문중의 방장方丈이라 불러도 아마 큰 무리는 없을 듯하다. 그러나 스님은 한사코 이 호칭을 거부하신다. 심지어 큰스님이라는 호칭에 대해서조차도 그러하다.

어느 날인가 나는 스님을 뵙는 자리에서 무심코 큰스님이라는 호칭을 사용한 적이 있다. 그랬더니 비위에 거슬렸던지 "오 박사, 큰스님이라는 호칭은 불가佛家 사상과 맞지 않으니 앞으로 사용하지 마세요"라고 정색을 하는 것이었다. 그리고 이어지는 말씀, 불가에서는 모든 중생들이 평등하여 높고 낮음이 없다는 것, 따라서 선림禪林의 수좌들이나 문중의 사문沙門들 사이에서도 어떤 차별을 두어서는 안 된다는 것, 그것이 바로 세존의 가르침이라 하셨다. 그러면서 마침 다과를 내오는 공양주를 보고 이 공양주는 당신이 할 수도 없고 알지도 못하는 더 귀한 일을 할 수 있는 분이라 칭찬을 마다하지 않으며 당신은 이분보다 경문은 다소 잘 외울 수 있을지 모르지만 그 대신 음식을 만드는 일은 그를 따라갈 수 없다고 하신다. 절의 사무를 보는 사무장은 당신이 할 수 없는 컴퓨터를 잘 다루고, 절의 셔틀버스 기사는 당신이 못하는 운전을 잘하니 이 절간에 누가 더 크고 고귀할 수 있겠느냐 세상의 이치 또한 같다는 것이다.

그리하여 백담사의 대중들은 스님 앞에서 공개적으로 큰스님이라는 호칭을 피한다. 다만 스님의 안전을 벗어난 곳에서나 사용할 뿐이다. 이와 같은 스님의 만물 평등사상은 물론 세존이 설하신 바 깨달음에 이르러 도달한 경지 즉 평등상平等相을 추구하고자 하는 당신의 실천 수행일시 분명하다. 그래서 그런지 스님의 시에는 자신을 낮추고 타인을 높이고자 하는 삶의 자세가 곳곳에 배어 있다.

남산 위에 올라가 지는 해 바라보았더니
서울은 검붉은 물거품이 부걱부걱거리는 늪
이 내 몸 그 늪의 개구리밥 한 잎에 붙은 좀거머리더라.

—「이 내 몸」 전문

무금 선원에 앉아
내가 나를 바라보니

기는 벌레 한 마리
몸을 폈다 오그렸다가

온갖 것 다 갉아먹으며
배설하고
알을 슬기도 한다.

—「내가 나를 바라보니」 전문

「이 내 몸」의 '남산의 정상에 올라 지는 해를 바라보는 일'이나 「내가 나를 바라보니」의 '무금 선원에 앉아 내가 나를 바라보는 일'이란 아마도 어떤 깨달음의 상태에서 자신이 자신의 본질을 직시하는 것의 비유일 것이다. 스님은 말한다. 이 중생계에서는 사람들이 당신을 '조실'이니 혹은 '큰스님'이니 하며 높이 부르고 추켜세울지 모르지만 기실 깨달음의 세계에서 보면 당신 역시 남과 다름없는, 평범한 중생의 하나 혹은 그보다 못한 일개 '좀거머리'나 '벌레' 한 마리에 지나지 않는다고…… 이 어찌 스님의 선취禪趣가 배어 있는 시라 하지 않을 수 있겠는가.

옆에서 가만히 지켜보면 스님 곁에는 수많은 사람들이 몰려든다. 거기에는 판검사, 국회의원, 지방수령, 유력 정치인 등 속세의 높은 관직을 가진 권력가들도 있고, 돈이 많은 대기업가, 대신문사 발행인, 언론인, 교수, 문인 등 유명인들과 대통령의 측근, 심지어 대통령을 하겠다는 분들도 있다(사실 나는 아직까지도 왜 그런 능력 있는 분들이 굳이 산간 오지에 기거하는 한낱 스님에게 찾아와야만 하는지 그 이유를 잘 모른다. 내가 그 이유를 아는 날 나는 아마도 다시 한 번 오현론을 쓸 수 있을 것이다). 그런가 하면 물론 이름 없는 중생, 장삼이사張三李四의 민초들이나 촌로, 촌부, 불교 신도들은 더 말할 나위 없다. 그 분들이 스님을 찾아와 무엇을 얻고 가는지 구체적으로 나는 잘 모르지만 한 가지 분명한 것은 나름대로 삶의 평안만큼은 느끼고 돌아가는 것이 아닌가 한다. 그리하여 어떤 때 나는 가끔 오현 스님이 하나의 큰 정자나무요 당신을 찾아 몰려든 대중들은 그 나무에 깃을 친 뭇 중생들이 아닐까 생각해보곤 한다. 그리고 만일 당신이 하나의 큰 정자나무라면 그것은 분명 무영수無影樹일 터이다.

서울 인사동 사거리
한 그루 키 큰 무영수無影樹

뿌리는 밤하늘로
가지들은 땅으로 뻗었다.

오로지 떡잎 하나로

우주를 다 덮고 있다.

—「된바람의 말」 전문

무영수, 즉 그림자 없는 나무, 『벽암록碧巖錄』 제18칙, 혜충慧忠 국사가 당나라 대종代宗에게 던진 화두에 등장한 나무이다. 그러나 이 세상 그 어떤 것이 그림자 없이 존재할 수 있을 것인가. 현상계의 삼라만상 두두물물은 그 무엇이나 필연적으로 그림자를 드리우며 살게 되어 있다. 그런데도 그림자 없는 나무라 하니 과연 이는 무엇을 뜻하는 말일까. 그것은 아마 이렇게 해석될 수 있을지도 모르겠다. 그림자가 없다는 말은 역으로 그 그림자를 드리우는 실체가 없다는 말이다. 그런데도 분명 나무는 실재한다 하니 이런 상황에서의 존재는 있으면서도 없는 것 혹은 없으면서도 있는 것일 수밖에 없다. 그렇다. 그것은 불가에서 말하는 동체이체同體異體 혹은 불일불이不一不二의 세계, 공空이 즉 색色이요 색色이 즉 공空인 세계를 암시하는 상징이다.

대종이 국사에게 물었다. "제가 소원을 들어주겠습니다. 스님께서 돌아가신 후 필요한 것이 있다면 무엇입니까." 그러자 국사는 "노승에게 무봉탑無縫塔이나 하나 만들어주십시오"라고 대답한 후 자리를 떴다. 이를 이해하지 못한 대종이 국사의 제자 탐원응진耽源應眞에게 그 뜻을 풀이해주기를 청하므로 그는 이렇게 말했다. "상강은 남쪽으로 흐르고 담강은 북쪽으로 흐르니 그 속에 황금이 있어 온 나라를 가득 채우는구나. 그림자 없는 나무 아래서 함께 배를 탔지만 유리 궁전에 사는 사람은 알지를 못하는구나." 국사는 대종에게 '무봉탑'(죽어서 지수화풍地水火風으로 돌아가는 소멸 그 자체 즉 부도浮屠)이라는 말로 삶의 덧없음을 일깨워주려고 했다. 그러나 대종은 그 뜻을 깨닫지 못했다. 그리하여 탐원이 재차 현상계라는 것은 덧없는 허상에 지나지 않으며 본체계에서는 있고 없음이 하나라는 것을 '무영수'를 통해 설한 것이다.

그래도 그 뜻을 깨닫지 못한 대종은 죽은 후에도 생전의 부귀영화를 누리기 위해 미리 자신의 호화분묘를 만들었다. 그러나 삶 자체가 이미 덧없는 허상이거늘 죽은 시신屍身인들 말해서 무엇하겠는가. 혜충국사는 아마도 이 화두를 통해 무명 속을 헤매는 중생들 역시 — 마치 대종이 그러했던 것처럼 — 집착에서 벗어나지 못해 번뇌와 고통 속에 살다가 덧없이 죽는다는 것을 이야기하고 싶었을 것이다. 그러한 의미에서 무영수는 또한 불가에서 가르치는 바 집착(그림자)을 버리고 절대 자유의 세계에 이른 각자覺者의 경지를 암시하는 상징일 수 있다.

그러나 무영수, 즉 '무산霧山'이라는 정자나무에 깃을 친 중생들은 과연 대종과 같은 삶의 태도에서 벗어날 수 있을 것인가. 이 세상의 탐욕과 부귀영화, 그리고 집착을 버려 진정 무소유의 절대 경지에 이를 수 있을 것인가. 아니, 그러한 희원이나마 과연 품고 있을 것인가. 아마도 그렇지 못한 사람이 대부분일 것이다. 오히려 더 많은 탐욕을 채우려, 더 큰 부귀영화를 누리려, 더 오래 권세를 지키려 무산을 찾는지도 모를 일이다. 그것은『벽암록』에 등장한 당의 황제 대종의 삶에서 우리가 보았듯 생활의 소박한 행복을 꿈꾸거나 피곤한 영혼의 위안을 얻고 싶어 하는 장삼이사의 민초들보다 현재 세속권력과 영화를 누리면서도 그것을 보다 영원히 지키고자 탐욕을 부리는 사람들에게서 더 그러할지 모른다. 무산 스님이 권력가나 세도가 혹은 재력가들보다 평범하게 사는 서민 대중에게 더 애정을 갖는 이유가 여기에 있다. 스님은 바로 생활에 지친 일상의 민초들에게서 불성佛性을 보았던 것이다.

그러므로 스님이 평소 가난하고 곤궁한 대중들에겐 항상 다가가려고 노력하면서도 당신을 찾아오는 권력가나 세도가, 재력가들은 가능한 멀리하려는 태도를 갖는 것은 당연하다. 나는 거의 십여 년간을 겨울방학 때마다 백담사 요사체의 방 하나를 얻어 내 나름의 동안거를 해왔던 까닭에 속인으로서는 누구보다도 스님의 일상을 곁에서 지켜보아 잘 안다. 스님이 권력가나 세도가들은 가능한 멀리하면서도 힘없고 궁핍한 사람들은 항상 가까이한다는 것을. 중앙관청의 최고 권력들이 자주 초청하는 자리에는 여러 가지 어설픈 이유를 들어 당신 대신 시자侍者를 참석시키면서도 서민의 소박한 모임에는 꼭 찾아가 몸소 따뜻한 보살핌을 보인다는 것을, 능력 있는 사람들에겐 무심하면서도 주위의 가난한 사람들에겐 무엇이든 자신의 것을 내주고 베풀려 한다는 것을. — 백담사가 자리한 용대리의 전 이장에게서 들은 이야기이지만 — 불사佛事를 하나 하더라도 항상 사하촌寺下村 주민들의 이익이 무엇인가부터 챙긴다는 것을.

이런 일도 몇 번 목도한 적이 있다. 언제인가 겨울, 내가 백담사에 머무르고 있을 때였다. 밖엔 희끗희끗 눈발이 비치고 있었다. 모처럼 스님과 차 공양을 즐기고 있는 중인데 밖에서 시자의 목소리가 들려왔다. 중앙의 큰 신문사 발행인이 수하 몇을 거느리고 찾아와 스님을 뵙고 싶어 한다는 것이다. 그런데 스님의 대답이 간단했다. "외출해 없다 하고 방이나 하나 마련해드려라." 내가 스님께 그러지 마시고 한 번 만나 뵙는 것이 어떠냐고 권유하자 스님은 서울이 아닌 경치 좋은 산중이니 그분들은 곡차나 한잔하고 풍류를 즐기다 돌아가면 만족할 것이라면서 당신은 '오 박사'와 차 환담을 나누는 것이 더 마음이 편하다는 것이다. 또 한 번은 어떤 중진 국회의원이 부장검사라는 분과 함께 찾아온 적이 있었다. 그때도 마찬가지였다.

스님이 시조 시인이라는 것은 널리 알려진 사실이다. 당연히 문인들을 좋아한다. 이렇듯 세도가나 권력가들의 초청 혹은 방문은 거절하는 경우가 많으면서도 절을 찾아오는 문인들과의 어울림을 비교적 가리지 않는 것도 그 때문일 것이다. 그런 기풍이 절의 대중들에게도 알게 모르게 감염되어 아마도 문인들을 대하는 예우가 백담사만큼 깍듯한 절은 한국에 없을 것이다.

스님을 찾아오는 문인들은 많다. 손자뻘 되는 20대의 신인들로부터 나 같은 중견은 물론 원로 문인 등 구분이 없다. 그러나 스님이 특별히 좋아하는 문인들은 문단에서는 아직 인정을 받지 못한 젊고 발랄한 신인들이다. 스님이 손자뻘 되는 이 젊은 문인들과 함께 어울려 시화를 나누면서 밤새도록 요사체의 한 방에서 티 없이 "깔깔"대는 모습을 곁에서 지켜보노라면 마치 한 분의 동자불童子佛을 보는 것 같다. 물론 그렇다고 해서 모든 문인을 무작정 받아들이는 것은 아니다. 한 번은 이런 일을 목격한 적이 있다.

스님이 낙산사에 주석하고 있을 무렵이다. 그때도 역시 나와 차를 들고 있는 중이었는데 밖의 시자로부터 문인 몇 분이 찾아와 뵙기를 청한다는 보고가 올라왔다. 문인의 이름을 들어보니 우리나라에서 가장 권위가 있다는 어떤 문학 정기간행물의 주간이었다. 문학 정기간행물, 그것도 우리나라를 대표하는 문학잡지의 주간이라면 문인으로서는 누구도 쉽게 물리칠 수 없는 문단의 실력자라 할 만한 분이다. 그런데 이때도 스님은 외출을 칭하고 간단없이 거절하시는 것이었다. 아마 이분은 그 '주간' 자리라는 것을 내놓은 후 스님과 가까워질 수 있었을 것이다.

들은 이야기이지만 이 비슷한 경우가 또 있다. 우리 문단에서 문학 권력을 장악하고 있는 문단 파벌의 어떤 보스가 속초에 거주하는 한 시인(지금은 작고하셨다.)을 앞세우고 스님을 방문한 적이 있었다. 그러나 그 역시 만나지 못하고 돌아갔다. 후에 스님께 그 연유를 물은 즉 스님의 대답이 간단했다. 그런 분들은 외롭지도 않고 문단의 약자도 아니기 때문이라는 것이다.

앞서 언급했듯이 스님 곁에는 이렇듯 항상 많은 대중들이 몰려든다. 물론 그중에는 『벽암록』에 등장하는 당나라의 대종같이 속세의 욕망 충족에 혹 무슨 도움을 얻을 수나 있지 않을까 하는 마음으로 찾아오는 분들도 없지는 않다. 그런 분일수록 겉으론 스님을 깍듯이 받들면서 속으로는 무언가 자신의 몫을 챙기기 십상이다. 내가 잘 아는 분 가운데 이런 범주에 속하는 잡지사 발행인 한 분이 있었다. 그분이 몇 번의 실수 혹은 잘못을 범해 스스로 스님을 피하는 처지가 되었다. 그런데도 나는 스님이 이를 괘념치 않고 — 나 같으면 내치는 일이 당연할 것 같은데 — 다시 불러들여 일을 맡기시는 것을 보았다. 물론 그가 자신의 민망함 혹은 부끄러움을 어느 정도 털어버릴 수 있도록 시간적 거리를 배려해준 후에 말이다. 시간은 망각의 어머니라 하지 않던가. 인품으로 볼 때 아마 그분은 그 자신 반성하기보다 자신이 저지른 잘못을 스님이 모르는 줄로 착각하고 좋아서 다시 들어왔을 것이다. 그러나 그렇지 않다. 내가 알기로 스님은 누구보다도 주위 사람들의 행동거지나 잘잘못을 잘 알고 있는 분이다. 다만 단죄하거나 문제 삼지 않을 뿐이다. 그러므로 스님과 한 번 인연을 맺은 분은 스스로 떠나지 않는 한 항상 스님과 함께 간다.

후일 나는 스님께 왜 잘잘못을 가리지 않고 사람을 쓰느냐고 물은 적이 있다. 스님은, 불가佛家에서는 이 세상 그 어떤 것도 옳고 그름이라는 것을 구분하지 않는다면서 다음과 같은 예를 들었다. 한 도둑이 빈 아파트를 털어 귀금속과 돈을 훔쳐갔다고 하자. 언뜻 죄를 진 도둑에게 잘못이 있는 것 같아 보여도 사실은 꼭 그렇지 않다는 것이다. 우선 그 도둑으로 인해서 건축상과 가구상은 돈을 벌게 된다. 이에 관련된 광산업, 금속산업, 제조업 등도 이익을 얻는다. 훼손된 문이나 열쇠 가구 등속을 고쳐야 하기 때문이다. 피해자는 손해를 만회하기 위해 더 열심히 일하게 되어 결과적으로 경제 활성화에 도움을 준다. 도둑으로부터 값싸게 귀금속을 매수한 상인은 상거래가 활발해져 자신의 사업에 융성을 기할 수 있다. 도둑은 훔친 돈으로 식량을 사서 주린 배를 채우므로 건강을 얻는다. 더 많은 쌀이 팔린 농민은 증산을 하게 되고 이에 따라 농경에 종사하는 사람들, 예컨대 비료, 농약, 농기구들을 만드는 산업에 종사하는 분들도 이득을 얻는다. 그러니 어찌 도둑을 나쁘다고만 몰아붙이겠느냐는 것이다.

그렇다. 깨달음의 경지에서 보면 이 화엄 중생에게 잘잘못이란 없다. 시비를 가린다는 것은 오직 인과율에 얽매인 차별상差別相의 가치 판단일 뿐, 제행무상諸行無常, 제법무아諸法無我라 하지 않던가. 최소한 원융무애圓融無碍, 적멸정각寂滅正覺을 지향하는 자에게 있어서 시비是非를 초월코자 하는 행위 즉 자비慈悲는 아마도 최상의 보살행 가운데 하나이리라. 스님은 바로 이를 실천하고 있는 것이다. 그리하여 스님이 다음과 같은 작품들을 남긴 것은 결코 우연이 아니다.

그리하여 살고 있다. 그렇게들 살아가고 있다.
산은 골을 만들어 물을 흐르게 하고
나무는 겉껍질 속에 벌레들을 기르며

—「숲」 전문

내 말을 잘라버린 그 설도舌刀 참마검斬馬劍
내 넋을 다 앗아간 그 요염한 독버섯도
젠장 할 봄날 밤에는 꽃망울을 맺더라.

—「봄의 역사」 전문

산에 골을 만드는 것은 산의 입장에서는 해함을 당하는 행위요 골의 입장에서는 해악을 끼치는 행위이며, 벌레가 나무 속껍질에 집을 짓는 행위 역시 나무의 입장에서 보면 해함을 당하는 행위이고 벌레의 입장에서 보면 해악을 가하는 행위이다. 따라서 차별상의 경지에서 시비를 가리자면 분명 거기에 잘잘못이 있다. 그러나 전체 자연의 입장에서 보면 이 모두 하나로 어우러져 섭리하고 있는 것이라 하겠다. 「봄의 역사」 또한 마찬가지이다. 참마검이나 독버섯 모두 상대를 죽음으로 몰아가는 패악의 상징이니 우리의 현상계에서는 분명 그릇된 존재들이다. 그러나 시인은 이 같은 패악들도 봄에는 아름다운 꽃망울을 맺는다는 사실을 잘 알고 있다. 시비를 초월해 도달한 깨달음의 경지인 것이다.

스님이 세속과 관련지어 하는 일은 남에게 드러내지 않은 장학 사업, 유치원, 양로원 운영과 같은 사회사업, TV 방송이나 신문 발행 같은 문화 사업 등 수많이 있지만 이와 같은 우주론적 세계관은 당신의 불사佛事 경영에도 여실히 드러난다. 어느 날인가 같이 차 공양을 하면서 스님은 지나가듯 내게 '만해장사'가 잘되지 않아서 걱정이라는 말씀을 흘리신 적이 있다. '만해장사'란 물론 근대의 대덕이라 일컫는 만해萬海 한용운韓龍雲 선사의 추모 사업을 가리키는 말이다. 만해가 백담사에서 계를 받고 그곳에서 그의 유명한 시집 『님의 침묵』을 썼다(내 개인적으로는 두세 작품을 제외할 때 문학적으로 인정할 만한 작품은 별로 없다고 생각하지만)는 인연으로 스님이 오래전 '만해사상실천선양회'를 설립하여 그를 선양하는 일에 몰두해오고 있다는 것은 세간에 이미 잘 알려진 사실이다. 그 대표적인 행사의 하나가 매년 8월 백담사 입구의 만해마을에서 개최되는 '만해축전'이다.

그런데 스님은 이 고결하고도 아름다운 사업을 지칭하면서 불경스럽게도 '장사'라는 용어를 사용한 것이다. 내가 짐짓 놀란 체하며 "스님 그런 불경스러운 표현이 어디 있습니까"라고 항의조로 묻자 스님은 껄껄 웃으며 한 수 더 떠 이렇게 말씀하시는 것이다. "그렇지 않습니까. 오 박사, 정주영씨는 자동차로 장사하고, 국회의원은 권력으로 장사를 하고, 기생은 얼굴로 장사를 하고, 나는 염불로 장사를 하고, 오 박사는 지식으로 장사를 하고…… 세상만물의 사는 이치가 서로 도우면서 또 서로 이득을 챙기는 것이 아닙니까" 말씀을 듣고 보니 딴은 그럴 것이었다. 사실 이 세상의 두두물물은 잘나고 못남이 없이, 옳고 그름이 없이, 크고 작음이 없이 서로 도우며 받으며 인과 연에 얽혀 한 세상 윤회를 거듭하고 있을 뿐이다. 이 어찌 장사라 부를 수 없겠는가. 다만 어느 한군데 집착하여 탐진치貪瞋痴에 빠지는 일만큼만은 피한다면…… 아아 우매할 손, 나는 그제야 비로소 스님이, 우리에게는 무짠지, '다꾸앙'으로 더 잘 알려진, 일본 선사 택암화상澤庵和尙의 화두를 빌려 내게 법문을 펴고 있음을 깨달았다. 그의 시를 인용해본다.

> 일본 임제종의 다쿠안澤庵, 1573~1645 선사는 항상 마른 나뭇가지나 차가운 바위처럼 보여 한 젊은이가 짓궂은 생각이 들어 이쁜 창녀의 나체화를 선사 앞에 내놓으며 찬讚을 청하고 선사의 표정을 삐뚜름히 살피니 다쿠안 선사는 빙긋빙긋 웃으며 찬을 써내려갔습니다.
>
> 나는 부처를 팔고
> 그대는 몸을 팔고

버들은 푸르고 꽃은 붉고……

밤마다 물위로 달이 지나가지만

마음은 머무르지 않고 그림자 남기지 않는도다.

—「나는 부처를 팔고 그대는 몸을 팔고」 전문

사문沙門이 일생을 가는 도정에는 여러 길이 있을 것이다. 어떤 대덕은 홀로 선방에 은거하여 일생을 오로지 참선수행으로 바치고, 어떤 대덕은 풍진 누항에 주거하여 자신을 보살행에 바치고, 또 어떤 대덕은 평범한 생활인의 삶 속에 불성을 심어 대중들을 구제하는 데 바친다. 그런데 무산 스님은 스스로 자신을 '참 중'이 아니라 한다. 그러나 내가 보기로 무산 스님이야말로 실제 현실에서 진여眞如를 찾고 또 그 길을 닦아가는 우리 시대의 보기 드문 보살행의 사문이라 하지 않을까 싶다. 마치 월명암 창건 설화에 등장하는 그 부설浮雪같이…….

3

출생이 기구하여 태어난 지 수년 만에 절간에 버려진 아이 하나가 있었다. 그 아이는 철이 들면서 절간의 소 치는 일을 맡았다. 그래서 다른 동갑내기 아이들이 즐겁게 등교하는 시간, 소년은 소를 끌고 근처의 산이나 들을 찾아 헤매여야만 했다. 거기서 소를 풀어 하루 종일 풀을 뜯기고 소먹이 꼴을 베었다. 지치면 풀밭에 누워 흘러가는 흰 구름을 보거나 물소리에 취해 낮잠에 들곤 하였다. 그러다가 문득 아카시아 향훈을 실은 산들바람이 살풋 귀밑머리를 간질여 깨어보면 그때가 황혼이었다. 소년은 홀로 소를 몰고 집으로 돌아와 식은 밥 한 덩이를 얻어 먹었다.

소년은 총명하였다. 주지의 경 읽는 소리를 먼발치에서 듣고 한달음으로 줄줄 외우곤 했다. 주지는 소년이 예사 아이가 아닌 줄 짐작하였다. 그날로부터 소년에게 한문을 가르쳤다. 천자문을 떼고 명심보감을 익히고……. 소년은 하나를 가르치면 둘을 알았다. 재기가 너무 지나쳤다.

그런데 어느 날 소년은 우연히 보지 않아야 할 것을 보고 알아서는 안 될 사건 하나를 알게 되었다. 홀로되어 절집에서 공양주로 일하는 한 과부의 신상에 관한 것이었다. 그 과부는 소년과 연배가 비슷한 나이의 고운 외동딸을 데리고 있었다. 소녀는 말이 없었다. 항상 애잔하고 가냘픈 눈빛으로 소년을 지켜보곤 했다. 천성적으로 게을렀던 소년이 가끔 소먹이 일을 빼먹거나 절집 일을 그르치곤 하여 주지에게 꾸지람이라도 당할라치면 그때마다 재빠르게 궂은일을 도맡아 위기를 모면시켜 주기도 했다. 소년 대신 소를 몰고 나가기도, 꼴을 베어오기도 했다. 소년이 배가 고플 때는 미리 짐작이나 했듯 기다려 주방에 감추어두었던 간식거리를 내다 남몰래 주기도 하였다. 소년도 어느덧 소녀가 좋아지기 시작했다.

어느 날 밤이었다. 소년은 주지의 탁자에서 우연히 이상한 한문 문서 한 장을 보게 되었다. 소녀와 어떤 남자와의 궁합에 관한 것이었는데 그 내용이 아주 좋지 못했다. 궁합대로라면 도저히 결혼을 시켜서는 안 될 사이였다. 나중에 알고 보니 그 남자는 소녀의 아버지뻘 되는 연상의 이웃 마을 홀아비였는데 주지에게 몇 마지기의 논을 헌납하는 댓가로 소녀와의 재혼을 도모하는 사람이었다. 더군다나 그는 장애인이었다. 그래서 소년은 가슴을 두근거리며 사태를 지켜보았다. 다음날 공양주를 주지실로 불러들인 주지는 공양주에게 실제로 나온 내용과 달리 두 사람의 궁합이 아주 이상적이라면서 결혼을 하라고 강권하고 있었다. 가난해서 절에 의탁해 살던 이 문맹의 공양주는 주지의 말을 듣고 솔깃해 이를 승낙하는 눈치였다. 소년은 이를 도저히 눈감고 보아 넘길 수 없었다. 그날 저녁 소년은 이 궁합의 내용을 공양주에게 슬며시 알려주었다. 그래서 그 결혼은 결국 파탄이 나버렸다.

이튿날 이 사실을 알게 된 주지는 대노하여 소년을 불러들였다. 꿇어 앉히고 몇 대의 뺨을 갈겼다. 그리고 파문을 선언했다. "너같이 지나치게 재기가 승한 놈은 문자를 배우기엔 너무 위험하니 더 이상 한문도 불경도 가르칠 수 없다. 다시 오양간에 나가 소 꼴이나 먹여라." 소년은 이제 절간에 머물러도 희망이 없다는 것을 알았다. 말없이 보따리를 싸들었다. 뒤도 돌아보지 않고 산문을 나섰다. 사하촌 입구의 정자나무까지 한달음으로 내달았다. 그런데 거기 한 소녀가 정자나무에 기대 머리를 숙이고 있지 않은가? 바로 공양주의 딸이었다. 소리는 들리지 않았다. 그러나 어깨가 들먹거리는 것으로 보아 분명 흐느끼고 있음이 틀림없었다. 소년은 가슴이 미어지도록 마음이 아팠다. 순간적으로 그녀를 불러 같이 달아나자고 말하고 싶었다. 소녀도 아마 그 말을 기대하며 집을 뛰쳐나왔을지도 모를 일이었다. 아니면 다시 절로 돌아가 소 꼴이나 뜯으면서 같이 살면 어떨까?

그러나 소년은 마음을 굳게 다잡았다. 그 절집에서는 이제 아무 희망이 없었다. 가슴이 아프더라도 해야 할 일은 해야 했다. 그는 소녀의 흐느끼는 어깨를 애써 외면해 버렸다. 미루나무의 묵직한 낙엽 한 잎이 소년의 빰 위에 털썩 떨어졌다. 정신이 난 소년은 떼이지 않는 발걸음을 억지로 떼었다. 그리고 동구 밖으로 쏜살같이 뛰쳐나갔다. 한참을 달린 후 소년은 고갯마루에서 이제 소녀가 돌아갔거니 싶어 뒤를 돌아보았다. 아, 그러나 소녀는 여전히 정자나무 기둥에 기대 서서 자신을 하염없이 바라보고 있지 않은가.

도시로 뛰쳐나온 소년은 여러 가지 고생스러운 일들을 경험하였다. 어떤 월남한 상인에게 잘 보여서 야간 고등학교에 입학하는 특전을 누리고 그 집의 사위가 될 뻔한 적도 있었다. 어떤 길거리에서는 송깃떡을 파는 배달 장사꾼이 되기도 하였다. 그러나 생각해보면 이 모두는 자신이 걸어야 할 길이 아니었다. 그가 가야 할 길은 운명적으로 정해져 있었다. 그리하여 그의 발걸음은 다시 어떤 절집으로 향했다. 그리고 다시 한 노스님을 시봉하는 시자가 되었다.

그 절은 너무나 가난하였다. 매일매일 탁발을 하지 않고서는 끼니를 해결해 낼 수 없었다. 어느 날이었다. 청년은 절 인근의 한 유복해 보이는 농가의 대문 밖에서 반시간 남짓 염불을 하며 서 있었다. 안방 문 창호지 틈새로 사람의 눈빛이 어른거리는 것으로 보아 분명 빈집은 아니었다. 그런데도 염불을 하는 동안 인기척을 내지 않았다. 오기가 생겼다. 청년은 집주인이 시주를 할 때까지 기다리기로 작정을 하였다. 다시 반시간이 흘렀다. 또 반시간이 흘렀다. 그래도 사람은 콧등도 보이지 않았다.

마침 그때, 한 험상궂은 한센병 환자(세칭 문둥병 환자) 부부가 들이닥쳐 구걸을 청했다. 장타령을 외우는 그의 모습은 참으로 징그러워 보였다. 손가락은 모두 떨어져 나갔고 코는 짓물렀으며 한쪽 눈은 찌그러져 있었다. 몸은 지팡이에 의지해서 간신히 절뚝거리고……. 그러자 지금까지 몇 시간 동안이나 염불을 해도 내다보지 않던 집주인 아주머니가 쏜살같이 뛰쳐나와 그 나환자에게 한 됫박의 쌀을 건네주었다. 그리고는 힐끔 청년을 훑어보곤 일부러 헛간으로 가서 아직 방아를 채 찧지도 않은 겉보리 한 줌을 집어 마지못해 던져주었다.

그래서 청년은 생각했다. 자신은 지금까지 이 세상에서 부처님이 가장 전능하고 무서운 존재로 알았다. 부처님만 믿고 따르면 한세상이 형통할 것이라고 생각했다. 그래서 절집에 들어간 것이다. 그런데 오늘 보니 그것이 아니었다. 이 문둥병자야말로 부처님보다 더 위대하고 힘 있는 존재로 보였다. 청년은 이제 부처님 대신 문둥병 환자를 믿고 따르기로 하였다. 문둥병에게는 무언가 삶의 철리가 숨어 있을 듯싶었다.

청년은 돌아가는 그 나환자의 뒤를 좇아 읍내 밖 다리 밑 그의 움막을 찾았다. 그리고 같이 살기를 간청했다. 처음에 단호히 거절하던 나환자 부부도 청년의 끈질긴 집념에 감동했던지 마침내 이를 허락하고 말았다. 그리하여 청년의 반년에 걸친 나환자와의 동거 생활이 시작되었다. 청년은 그 나환자 부부와 같이 먹고, 같이 자고, 같이 구걸하고, 같이 살을 댔다. 알고 보니 그 험악하고 음산한 용모의 내면에는 참으로 아름답고 순결한 마음을 지닌 분들이었다. 남자는 대학을 졸업한 인텔리였다. 문학을 좋아하고 숨어서 시를 쓰는 사람이었다. 그는 어떻게 구했는지 세계의 명작들을 가져와 청년에게 읽기를 권유하기도 하였다. 그래서 청년은 그 나환자로 인해 여러 책들을 섭렵할 수 있었다. 그리고 많은 것들을 또한 배웠다.

그러던 어느 날이었다. 그날따라 나환자 부부는 청년에게 자기는 일이 생겨 움막에 남아 있을 터이니 오늘만큼은 혼자 읍내에 가서 구걸해 오라고 명령을 하는 것이었다. 아무 것도 눈치를 채지 못한 청년은 그의 말을 따랐다. 그러나 그가 읍내에서 돌아왔을 때 그 나환자 부부는 한 장의 쪽지를 남기고 이미 어디론가 사라져버린 뒤였다. 청년은 너무나 허망했다. 울고 싶었다. 고함이라도 치고 싶었다. 어딘지 모르지만 그들이 있는 곳으로 다시 찾아가고 싶었다. 그는 무작정 일어서 나가려고 했다. 그때 불현듯 그들과 같이 공양을 나눌 때 사용하던 깨진 사기 그릇 하나가 거적에 뒹굴고 있는 것이 눈에 들어왔다. 그것이 점점 크게 보였다. 그리고 순간 청년은 마치 전기가 합선할 때 이는 것과 같은 전율과 함께 찬란한 불빛이 자신의 뇌리에 스치는 것을 경험하였다. 그러자 세상이 갑자기 화안하게 밝아왔다.

하늘에는 손바닥 하나 손가락은 다 문드러지고
이목구비도 없는 얼굴을 가리고서
흘리는 웃음기마저 걷어지르고 있는 거다.

—「사람의 말」 전문

이 몸 사타구니에 내돋친 붉은 발진
그로 인하여 짓물러 다 빠진 어금니
내 불식 하늘 가장자리 아, 육탈肉脫이여

—「나의 불식不識」 전문

오현 스님은 언제인가 나에게 당신의 불교 철학은 나병이라고 말한 적이 있다. 문둥병의 화두, 나병을 통해서 깨달음을 얻었다는, 나병 환자의 삶이야말로 진정한 구도자의 보살행이라는 뜻일 것이다. 한센병, 세칭 나병은 몸의 일부가 궤멸 혹은 소멸되는 특징을 가진 질환이다. 피부가 짓무르고 손가락, 발가락이 차례차례 떨어져 나가고 마침내 팔, 다리, 머리가 일그러져 죽음에 이른다. 이는 상징적으로 '나'를 없애 무로 돌아가는 과정 그 자체라고도 말할 수 있을 것이다.

그런데 '나'를 없앤다는 것은 무슨 뜻인가. 이야말로 불가에서 일컫는 제법무아諸法無我의 경지를 가리키는 것이 아니겠는가. 우리는 이 대목에서 선의 제3조祖 승찬僧璨의 별칭이 적두찬赤頭璨이었다는 사실을 문득 상기하게 된다. 실증적으로 그것이 사실인지 아닌지의 여부는 중요치 않다. 다만 그가 풍질風疾: 나병에 걸려 머리가 모두 빠졌던 까닭에 당시 대중들이 그를 적두찬이라 불렀고 후에 혜가의 제자로 입문한 후 큰 깨달음을 얻자 그것이 완치되었다는 고사가 상징적으로 더 중요할 뿐이다. 그러한 관점에서 오현 스님이 그의 무아(Ānatman) 체험을 나병 환자와의 동거에서 이루었다는 사실은 그의 구법 수행에 있어서 그렇게 이상한 일이 아닐 것이다.

나는 지금까지 오현의 시를 그의 보살행과 불교 사상을 통해 살펴보았다. 그것은 그가 한국 조계종단의 존경받는 큰스님이며 그의 시 역시 기본적으로 선적 직관의 깨우침을 형상화한 것들이었기 때문이다. 그러나 우리 현대문학사에서 차지하는 시인으로서의 그의 중요성은 오히려 다른 데 있을지 모른다. 그의 특출한 민족문학적 성과와 현대시조의 독창적인 영역 확장이 바로 그것이다. 그것은 한마디로 시조를 통한 선시의 창작이라고 말할 수 있다. 다 아는 바와 같이 시조문학 600여 년의 전통에 있어서 시조 시형에 불교적 세계관을 담은 시인은 오늘의 오현이 처음이다. 그것도 철저한 선적 인식에 바탕을 두고 쓰여진 선시禪詩로서 말이다.

물론 자유시의 경우는 근래에 들어 만해 한용운이 불교적 세계관을 담았다. 그러나 엄밀히 말하자면 만해의 시를 선시라 일컫기는 어렵다. 막연히 불교 사상을 시에 반영했다는 뜻이 아니라 적어도 게송과 같은 유형을 선시의 본질로 규정할 때 그러하다. 그의 시가 너무 서정적이고, 너무 자기 고백적이고, 너무 직설적이고, 너무 산문적이고, 너무 풀어져 있고, 너무

길고, 너무 많은 시행들로 구성되어 있기 때문이다. 그러나 우리는 오현의 시조에 이르러 비로소 한국 선시의 한 전형을 본다. 오현은 한국 문학사에서 최초의 선시조 창작자이자 본격적인 의미의 선시 완성자였던 것이다.

제3부

한국 현대시사를 보는 틀

1. 머리말

개화기 신시운동 이후 오늘에 이르기까지 우리의 시문학사도 이제 백여 년의 세월이 흘렀다. 그동안 여러 선학들의 노력에 힘입어 우리의 근·현대시에 대한 연구 역시 상당한 수준에 도달하였다. 그럼에도 불구하고 아쉬운 것은 시사詩史를 바라보는 학계의 관점이 아직도 별반 달라진 것이 없다는 점이다.

물론 초창기 연구자들은 불모지나 다름없는 우리 시의 연구 분야에 많은 공적들을 남겼다. 그러나 자료의 미흡, 역사의식 결여, 개척자로서의 시행착오, 방법론의 결핍, 비평적 안목의 부재 등으로 적지 않은 오류를 범했던 것도 사실이다. 그러므로 이제 어느 정도 학문적 성과가 축적된 오늘, 우리는 이에 토대해서 보다 냉철하게 우리의 시문학사를 한 번쯤 점검해볼 필요가 있다. 그리하여 만일 종래의 문학사 기술에 어떤 문제점이 노정되어 있다면 그것을 과감하게 시정해서 후학들에게 새로운 연구의 지평을 열어주어야 마땅할 것이다.

2. 자유시 성립 과정

지금까지 학계에서는 우리의 자유시형이 외래의 영향에 따라 이루어졌다는 견해가 보편적이었다. 그러나 필자는 이와 달리 — 영향 자체를 부정할 수는 없으나 — 본질적으로 전통시에 토대를 두고 발전해왔다고 본다. 그 이유는 다음과 같다.

첫째, 일본 체류의 경험이 있는 최남선이나 이광수 같은 신시 작가들의 작품을 예로 들어 우리의 자유시가 외래 영향을 받아 발생했다고 주장하는 논거는 옳지 않다. 왜냐하면 이들이 쓴 개화기 시가들, 예컨대 최남선, 이광수의 신체시나 이광수의 사행시 등은 종래의 문학사적 평가처럼 자유시를 지향하는 노력에서 만들어진 것이 아니라 오히려 자유시에 반동해서 쓰여진 시형이라 생각되기 때문이다. 지금까지는 이들이 쓴 소위 '신체시'가 자유시의 효시가 된다는 관점에서 그들의 일본 체류시에 받았을 영향을 문제 삼았다. 그러나 실제에 있어 '신체시'가 자유시에 반동하는 시형이라면 이 같은 관점에서의 논의는 무의미해질 것이다.

둘째, 문헌상으로 1910년대 중반에 이르기까지 외국 시의 한국 수용이 거의 없었다는 점이다. 예컨대 최남선이 「해에게서 소년에게」를 쓴 1908년 11월까지 우리 문단에 소개된 해외시는 단 한 편도 없었다. 물론 이 작품이 발표된 『소년』지 창간호의 다음호 즉 제2호(1908년 12월)에 최초로 사무엘 스미스(Samuel F. Smith) 작 「아메리카」라는 시가 번역 개제된 바 있기는 하다. 그러나 순문학시가 아닌 미국 국가의 가사라는 점, 그 형식이 정형시체로 되어 있다는 점에서 최남선에게 — 오히려 정형시에 대한 집착을 강화시키는 데 영향을 주었다면 모르거니와 — 자유시 지향의 시작에 어떤 충동을 주었으리라고 생각하는 것은 부자연스럽다. 참고로 1910년대 중반까지 우리 문단에 소개된 해외시의 서지를 밝히면 다음과 같다.

1909년 2월 미상, 「대국민의 기백」, 『소년』

1909년 3월 몬트고 메리, 「청년의 기원」, 『소년』

1909년 5월 찰스 맥케이, 「띠의 강반의 방앗군」, 『소년』

1909년 7월 카롤라인 오온, 「노작勞作」, 『소년』

1910년 3월 바이론, 「바이론의 해적가」, 『소년』

1910년 6월 바이론, 「대양」, 『소년』

1910년 7월 네코에프스키, 「사랑」, 『소년』

1910년 12월 테니슨, 「제석除夕」, 『소년』

1914년 10월 투르게네프, 「문어구」, 『청춘』

1914년 12월 존 밀턴, 「실락원」, 『청춘』

1914년 12월 미상, 「기화」, 『학지광』

1915년 2월 투르게네프, 「걸식」 외 2편, 『학지광』

다 알고 있는 바와 같이 우리 시사에서 최초의 자유시로 공인된 작품들은 주요한의 「불놀이」(1919년 2월), 김안서의 「겨울의 황혼」(1919년 1월), 황석우의 「봄」(1919년 2월) 등이다. 그러나 이와 같은 시형은 그 이전 그러니까 1910년대 중반의 『학지광學之光』에서 활동한 무명의 시인들, 예컨대 최소월崔素月, 김여제金輿濟, 돌샘石泉 등의 작품에서도 이미 등장한 바 있다. 그러므로 만일 우리 자유시 형성 과정에서 해외시의 영향이 있었다면 아무래도 그것은 1910년대 이후의 일이라고 보는 것이 자연스럽다.

그러나 비록 1910년대 중반에 이와 같은 현상들이 나타났다고 해도 우리 자유시 형성이 전적, 혹은 지배적으로 일본을 비롯한 해외시의 영향에 의해서 이루어졌다고 추정하는 것은 잘못이다. 우리 문학사에서 정형시의 자유시화自由詩化 경향은 이미 18세기 후반부터 진행되고 있었기 때문이다. 예컨대 이 시기의 사설시조는 정형시라 할 평시조의 율격을 부분적으로 해체하여 자유시형으로 지향할 물꼬를 트고 있었다. 이는 우리 자유시 창작 운동이 해외시의 영향으로 촉발된 것이 아니라 우리 문학사의 내적 필연성에 따라 일어난 것임을 의미한다. 실제가 그렇다. 우리 문학사에서 정형시형의 해체는 개화기가 아닌 그 이전 즉 18세기 후반 사설시조의 등장에서 비롯한다. 그것은 17세기에 라퐁텐이 정형률에서 불규칙적인 수의 음절들과 기수율基數律을 차용하여 프랑스의 소위 '고전적 자유시(le vers libre classique)'를 개발한 것과 유사한 현상이라고 말할 수 있다. 한국 사설시조의 등장도 프랑스에서의 그것과 같이 정형시라 할 평시조의 율격이 부분적으로 해체되면서 자유시형으로 지향할 물꼬를 텄기 때문이다.

이처럼 18세기 후반부터 시작된 정형시의 해체 및 자유시 지향운동은 개화기에 들어 시조와 잡가, 민요, 가사, 판소리 등 전통 장르 상호간에 적극적인 교섭과 침투가 이루어짐으로써 가속화된다. 그 결과 개화기에 이르러 자유시형에 준하는 여러 형태의 시가詩歌 장르들이 등장했던 것은 우리가 문학사에서 익히 보는 바와 같다. 여기에는 물론 그 시대의 이와 같은 변화 과정에 반동하는 일부 문화적 수구 세력들이 없었던 것은 아니다. 예컨대 진정한 시란 '정형시형'에 있다는 고정관념을 고수하면서도 우리의 전통 정형시는 낡고 저열하다는 편견에 사로잡혀 새로운 정형시형의 창작과 그 정립을 꾀하고자 했던 최남선, 이광수 등 일군의 시인들이 그들이다.

그들은 그들이 체험한 해외문학의 현장에서 정작 보아야 할 근대 자유시형은 보지 않고 아이러니하게도 한국의 시조보다 더 완결된 외국의 정형시형들을 보았다. 그리하여 거기서 어떤 유類의 문화적 열등감을 느끼고 우리 문학의 경우도 전통적인 것과 다른, 새로운 정형시형의 확립이 문화적 근대화에 이르는 첫걸음이라고 오해한 나머지 — 자유시 지향의 일반 세계 문학사적 흐름에 반하여 — 소위 '신체시'나 '4행시' 등속과 같은 정형시형의 창안에 몰두하게 된다. 조선 중기에 대두하였으나 거의 사라져 버렸던 '언문풍월'이 그 무렵 난데없이 나타나 일대 유행을 일으켰던 것도 같은 문맥에서 이해될 수 있는 일일 것이다.

그러나 물론 소수의 문화적 수구 엘리트라 할 그들의 그와 같은 문학적 반동이 근대 시민사회의 문학적 반영이라 할 자유시 지향의 대세를 꺾을 수는 없었다. '근대'라는 한 시대의 보편적 문화현상은 필연적으로 문학에 있어서도 보다 자유스럽고 민주적인 형식 즉 자유스러운 시형을 요구하고 있었기 때문이다. 그리하여 우리 문학사가 이 마지막 남은 장애물을 극복하자 자유시 창작은 이제 확고한 대중성을 획득하여 마치 뚝을 무너뜨린 홍수처럼 전 문단적 확산에 이르게 된다. 우리는 대체로 이 시기를 1910년대 중반으로 잡을 수 있을 것이다. 따라서 우리 시에 끼친 해외시의 영향이란 이 마지막 단계에 국한된 것으로 우리 문학사의 자생적 자유시 창작 운동에 한 보탬이 될 수는 있을지언정 그 자체가 주도한 것이라고는 결코 말할 수 없다.

결론적으로 우리 근현대문학사에서 자유시의 형성은 ① 18세기의 사설시조 등장으로 인한 1단계의 정형시 해체→ ② 개화기의 전통장르 상호간의 교섭과 침투에 의한 2단계 해체→ ③ 해외시의 영향→ ④ 문학적 반동세력에 의한 새로운 정형시형 확립 운동과 그 극복이라는 네 단계를 거쳐 이루어졌다. 그리고 이 과정을 주도한 것이 우리 문학의 자생적인 자유시 창작 의식이었다. 해외시의 영향은 이 마지막 단계에서 부차적인 역할을 담당했을 뿐이다. 우리 문학사의 이 같은 현상은 그 토대라 할 조선 사회의 경제, 사회사적 변화 즉 넓은 의미의 초기 자본주의 형성 과정과 맞물려 있음이 물론이다.

3. 정형시로서의 신체시와 창가

개화기 우리 시가 장르에서 문제되는 것은 이 시기에 등장한 소위 '신체시'와 '창가'라는 시형이다. 전자는 그것이 과연 자유시의 효시가 될 수 있는가 하는 점에서, 후자는 그것이 또한 문학적 장르 명칭으로 적합한가 하는 점에서 그러하다. 결론부터 말하자면 이 양자는 모두 그렇지 않다.

지금까지의 선학들은 신체시의 파격적인 율격을 정형시 해체의 첫걸음으로 보고 이 율격의 파격성이 근대 자유시 운동의 단초를 제공해주었다고 주장해왔다. 그러나 필자의 견해는 다르다. 신체시는 자유시 지향이라기보다는 정형시 지향에서 쓰인 일종의 새로운 과도기적 정형시형이라고 생각되기 때문이다. 진정한 의미에서의 자유시 혹은 자유시 지향의 율격 해체라면 장르적 차원은 물론이고 개개의 시작품에서도 그 정형성이 사라져야 하는데 신체시는 — 특히 후자의 측면에서 — 그렇지 못했던 것이다. 그것은 신체시가 한 편의 시를 구성함에 있어 각 연들 사이에 정확한 형식적 대응과 정형율격의 반복을 고스란히 고수하고 있다는 점에서 그러하다.

1연:
텨―ㄹ썩 텨―ㄹ썩 턱, 쏴―아
따린다 부순다 문허버린다.
태산 같은 높은 뫼, 집채 같은 바윗돌이나
요것이 무어야 요게 무어야
나의 큰 힘 아나냐 모르나냐 호통까지 하면서
따린다 부순다 문허버린다.
텨―ㄹ썩, 텨―ㄹ썩 턱, 튜르릉 콱

2연:
텨―ㄹ썩 텨―ㄹ썩, 턱 쏴―아
내게는 아모것도 두려움 없어
육상에서 아모런 힘과 권權을 부리던 자라도
내 앞에 와서는 꼼짝 못 하고
아모리 큰 물건도 내게는 행세하지 못하네
내게는 내게는 나의 앞에는
텨―ㄹ썩, 텨―ㄹ썩, 턱 튜르릉 콱

—최남선, 「해에게서 소년에게」 부분

신체시의 전형이라 할 최남선의 「해에게서 소년에게」의 총 6연 가운데서 편의상 1, 2연만을 인용해보았다. 그런데 매 연의 첫 행과 끝 행이 같은 말의 반복이고, 각 연 모두 7행으로 되어 있으며, 각 연에 대응하는 매 행의 음절수와 음수율이 일정하다. 율독하면 모두 다음과 같기 때문이다.

1연/2행: 3 · 3 · 5

3행: 4 · 3 · 4 · 5

4행: 3 · 3 · 5

5행: 4 · 3 · 4 · 4 · 3

6행: 3 · 3 · 5

2연/2행: 3 · 3 · 5

3행: 4 · 3 · 4 · 6

4행: 3 · 3 · 5

5행: 4 · 3 · 3 · 4 · 3

6행: 3 · 3 · 5

물론 2연의 3행과 5행에 1음절씩 가감되는 예외가 없지는 않다. 그러나 음수율에서 1음절 정도의 오차는 문제되지 않으므로 이상과 같은 음독의 결과에서 우리는 신체시의 일반적 특징을 이렇게 요약할 수 있으리라 생각한다. 장르적 차원의 정형률은 없다. 하지만 개개의 시작품에 적용되는 정형률만큼은 엄격히 지켜진다는 점이다. 그것은 한마디로 신체시가 개인적 차원의 정형시형임을 의미하는 것이라 할 수 있다.

이는 또한 이들 작가가 초지일관 정형시 옹호론자들이었다는 전기적 사실에서도 뒷받침된다. 가령 신체시의 정형시화 운동에 실패한 최남선과 이광수, 최초의 자유시 완성자라고 일컬어지는 주요한 등이 후에 모두 시조부흥운동의 기수로 변신하고 자신들의 시론에서 '정형시'를 적극 옹호하고 나섰다는 점 등을 그 증거로 들 수 있다. 특히 주요한은 후에 초기에 자신이 자유시를 썼던 것을 몇 차례나 후회한 바 있다. 김안서 역시 새로운 정형시형이라 할 소위 격조시格造詩를, 이광수는 한시漢詩를 모방하여 행과 연 그리고 율격과 압운까지도 엄격히 맞춘 소위 '4행시'를 창안하였다. 그들의 이와 같은 문학적 행적은 애초부터 그들의 문학의식에 자유시형이라는 개념이 희박했을 것이라는 논거가 가능해진다.

그렇다면 왜 하필 이 무렵에 이와 같은 개인 창작 정형시들이 등장한 것일까. 그것은 간단히 새로운 한국적 정형시형의 모색이라는 말로 설명될 수 있으리라 생각한다. 가령 이 시기의 신체시 작가들은 앞서 지적한 바와 같이 일관되게 정형시형을 고수코자 한 문화적 수구세력들이었다. 따라서 그들의 해외 체험 역시 그 현장에서 근대 자유시형을 보기보다는 아이러니하게도 우리가 갖지 못했던 그들 민족문학의 엄격한 정형시형 — 서구의 소네트나 일본의 하이쿠와 같은 — 을 보았고 이 영향 아래 그들이 낡았다고 생각했던 고래의 우리 전통 정형시 즉 시조를 대체하는 새로운 한국의 정형시형을 확립코자 시도했으리라 추측된다. 즉 그들은 그들이 시도한 이 새로운 정형시형이 널리 확산되어 문단의 보편적 공인을 받은 뒤 고래古來의 시조를 대신할 새로운 민족적 정형시로 정립되기를 꿈꾸었던 것이다. 이는 우리의 시조가 비록 정형시형이라고는 하지만 엄밀한 의미의 정형시형이라 하기에는 여러 측면에서 미흡한 점이 적지 않기 때문이다. 그러한 관점에서 이 시기에 돌발적으로 등장한 신체시란 사실 자유시형을 지향하기 위해서가 아니라 정형시를 확립할 목적으로 쓰인 개화기의 한 실험적 정형시형이라고 말할 수 있다.

물론 신체시는 자유시 지향이라는 근대문학의 역사적 필연성에 반동적이었음으로 장르적 차원의 정형시형 확립이라는 애초의 목적에까지는 이르지 못한 채 개인 창안 정형시 창작의 수준에서 막을 내렸다. 그것이 피상적인 관찰자에게 — 4 · 4조 가사나 시조의 정형성과 대비하여 — 마치 정형률 파괴 내지는 자유시 지향으로 비쳤던 것이다. 그러나 신체시는 앞서 살펴본 바와 같이, 개인적 차원의 것이든 공인된 장르적 차원의 것이든, 엄연한 정형시의 일종이라 해야 한다.

'창가'는 원래 일본 교육부文部省가 펴낸 일반학교의 서양곡 노래 모음집 『소학창가집小學唱歌集』에서 유래한 명칭이다. 그러므로 창가의 가사를 시라 부른다 해서 큰 잘못일 수는 없다. 문제는 작곡을 염두에 둔 까닭에 그 가사가 대개 정형률로 쓰였다는 점이다. 그런 관점에서 '창가'는 일정한 정형률로 작사된 노래를 일컫는 말이기도 하다(전통적인 정형률만을 지키지 않고 작품에 따라 개인이 새롭게 창안한 것도 많았다).

이렇듯 '창가'가 '정형률의 시' 혹은 '개인이 자유롭게 창안한 정형시'라면 그것을 굳이 다른 정형시형과 구분하여 별개의 장르로 설정할 필요는 없다. 4·4조로 된 창가라면 '개화기 가사'에 편입시키면 될 것이요, 이외 새로운 정형률로 된 창가라면 이때에 이르러 등장한 개인 창작의 정형시 즉 '신체시'에 편입시키면 될 것이기 때문이다. 다만 가창 여부를 굳이 구분해야 할 경우라면 — 노래로 불려지거나 불려지지 않거나 하는 것은 현대시의 장르 규정과 별 상관이 없으니 — 노래로 불려지는 '창가체 가사'와 '창가체 신체시' 그리고 노래로 불려지지 않은 '비창가체 가사'와 '비창가체 신체시'라는 용어를 사용하면 될 것이다. 가령 같은 최남선의 작품이지만 「경부철도가」는 '창가체 신체시'이며 「해에게서 소년에게」는 '비창가체 신체시'이다. 가사의 경우에도 노래로 불려지지 않은 개화기 가사 이외에 전통악곡으로 불려지는 개화기 이전의 '노래체 가사'가 별도로 있음은 다 아는 바와 같다.

4. 근대, 현대, 탈현대

'근대(modern)'란 일반적으로 '고대(ancient)' '중세(middle)'와 더불어 역사 전개의 한 시기를 일컫는 용어이다. 인류의 역사를 이렇듯 대체로 세 시기로 나누는 것은 이를 주도해온 정치(상부구조)나 경제(하부구조 즉 토대)가 세 단계의 발전 과정(혹은 전개 과정)을 거쳐 오늘에 이르렀다는 역사철학의 관점에서 비롯한다. 고대의 노예경제에 토대한 신정정치(theocrcy)가 중세의 장원경제에 토대한 봉건정치를 거쳐 오늘날 근대 자본주의 경제에 토대한 민주주의 정치로 이행해왔다는 생각이다. 따라서 근대란 한마디로 경제적으로는 자본주의, 정치적으로는 민주주의가 구현된 시대라고 말할 수 있다.

역사가 구분한 모든 시대가 그렇듯 근대 역시 밑바탕에는 그것을 개화시킨 한 특정한 세계관이 정초해 있다. 한마디로 르네상스 시기에 대두한 이성과 합리주의 정신이 그것인데 이를 가리켜 우리가 간단히 이성중심적 세계관이라 부른다는 것은 다 아는 바와 같다. 자본주의나 민주주의는 모두 이성과 합리주의가 경제나 정치에서 구현된 현실제도인 것이다. 그러한 관점에서 근대는 또한 이성중심적 세계관이 지배하는 시기를 일컫는 용어라 해도 틀린 말은 아니다.

그러나 여기에는 몇 가지 논의되어야 할 문제들이 있다. 그 중요한 것의 하나가 자본주의나 민주주의 발생이 과연 이성중심적 세계관의 대두와 동시적인가 하는 점이다. 이의 대답은 물론 '아니다'이다. 서구에 있어서 이성중심적 세계관의 대두는 15세기 전후 르네상스 시대부터의 일이지만 자본주의의 확립은 이보다 늦은 19세기 이후의 일이기 때문이다. 그러나 이렇듯 비록 자본주의가 훨씬 후대에 성립되었다 하더라도 우리는 서구의 역사에서 넓은 의미의 근대가 이성중심 세계관이 대두한 15세기 르네상스에서 비롯한다는 견해를 부정할 수는 없다. 그것은 다음과 같은 이유 때문이다.

첫째, 그 어떤 것이든 원인에서 결과에 이르는 도정에는 분명 시간의 경과가 없을 수 없다는 점이다. 르네상스의 이성중심 세계관이 원인이 되어 경제적으로 자본주의, 정치적으로 민주주의라는 결과에 이르는 과정 즉 근대화 과정 역시 마찬가지일 터이다. 따라서 이 경우, 근대의 출발은 좁은 의미에서는 결과를, 넓은 의미에서는 원인을 기준으로 할 수도 있다.

둘째, 서구 자본주의는 하루아침에 이루어진 것이 아니라 수백 년 동안의 이행기를 거쳐왔으므로 보는 관점에 따라서 그 시기를 다르게 설정할 수도 있다는 점이다. 자본주의의 확립은 19세기 산업혁명의 시대에 이루어진 것이 분명하지만 그 배태기나 성장기와 같은 과정을 염두에 둘 경우 이르게 잡아 15세기부터 비롯한 것이라고 말해도 틀리지는 않기 때문이다. 실제로 역사학자들 사이에는 자본주의의 발전 과정을 15~6세기에 싹이 터서, 17~8세기의 성장 과정을 거친 후, 19세기 산업혁명 시대에 꽃피웠다고 보는 것이 정설이다. 그러므로 좁은 의미의 근대를 19세기 이후로 규정한다 하더라도 넓은 의미의 근대가 이성중심 세계관이 대두한 15세기에서 비롯했다고 주장하는 것을 틀렸다고 말할 수는 없다.

그러나 '근대'라는 시기 역시 단순치가 않다. 오늘의 자본주의와 그것을 지탱하는 세계관이 급속히 변화하고 있기 때문이다. 그리하여 근자에는 근대를 다시 세 시기로 나누어보는 논자들도 생겨나게 되었다. 가령 19세기 산업혁명에서 완성된 소위 자유시장경제 자본주의 시기를 제1기로, 19세기 말 독점자본의 국가 경영에서 비롯된 제국주의 자본주의 시기를 제2기로, 제2차 세계대전 종전 직후(40년대로부터) 오늘에 이르기까지의 기술발전을 통해 이루어진 다국적 자본주의 시기를 제3기로 보는 것이다. '좁은 의미의 근대(modern)' '현대(modern)' '탈현대(post modern)'는 각각 이를 지칭하는 용어라 할 수 있다.

그러나 여기에는 필연적으로 혼란이 따른다. 우리말의 '근대'나 '현대'는 서구어 'modern'을 번역해서 만든 단어인데 정작 이 'modern'이라는 영어에는 우리말 '근대' '현대'라는 두 가지 단어가 모두 포함되어 있기 때문이다. 즉 서구어에는 우리말 '근대'와 '현대'와 같이 이를 구분해서 쓸 수 있는 두 가지 단어가 없다.

그러나 실제 사용에 있어서는 그렇지 않다. 그들 역시 우리가 뜻하는 '근대'와 '현대'를 나름대로 구분해 사용하는 것이 일반적이다. 하나는 'modern'이라는 단어 한 가지로 쓰되 전체적인 문맥에 의지하여 두 시기(근대와 현대)를 구분하는 방법이다. 다른 하나는 'modern'이라는 말에 여러 가지 조어적造語的 수사어를 붙여 구별하는 방법이다. 가령 Pre-modern(Proto-modern: 르네상스에서 비롯된 넓은 의미의 근대), Paleo-modern(좁은 의미의 근대), Modern(현대), Post-modern(Anti-modern, Neo-modern, 탈현대)이라든지, 독일어의 Neue Zeit(르네상스에서 비롯된 시대 즉 넓은 의미의 근대), Neuere Zeit(프랑스혁명과 산업혁명에서 비롯된 시대 즉 좁은 의미의 근대), Neueste Zeit(현대) 등이 그것이다.

이와 같은 관점에서 서구의 근현대는 15세기 르네상스에서부터 19세기 산업혁명 시기까지의 넓은 의미의 근대, 19세기 초반 산업혁명의 시대부터 19세기 말까지의 좁은 의미의 근대, 19세기 말에서 제2차 세계대전 종전까지의 현대, 제2차 세계대전 종전에서 오늘에 이르기까지의 탈현대로 구분될 수 있다. 그리고 이에 대응하는 각 시기별 문학사조로는 물론 각각 좁은 의미의 근대에 리얼리즘과 낭만주의 및 상징주의, 현대에는 영미 모더니즘과 유럽의 아방가르드, 그리고 탈현대에는 포스트모더니즘을 드는 것이 일반적이다.

따라서 영어에 우리말 '근대'와 '현대'라는 뜻을 구분할 수 있는 단어가 없으므로 편의에 따라 'modern'이라는 말을 근대 혹은 현대로 아무렇게나 번역해 써도 좋다는 주장, 근대와 현대는 아예 구분할 필요가 없다는 주장, 더욱 나아가 근대와 현대는 그 시대이념이나 삶의 질에서 서로 다를 바 없다는 주장 등은 옳지 않다. 이는 우리 지식인들이 '근대'와 '현대'를 구분할 수 없는, 그러니까 불완전한 영어 어휘의 미망에 현혹되었거나 시대의식의 무지에서 비롯한 결과이기 때문이다.

그렇다면 한국의 경우는 어떨까. 여기에는 몇 가지 더 논의되어야 할 사항들이 있다. 서구와 다른 문명사적 전통, 국권 상실로 인한 비정상적인 근대화 과정 등과 같은 이유들 때문이다. 그러나 큰 틀에서 보면 — 인류사의 보편적인 역사 발전의 단계가 유일하게 우리 민족사에서만 피해갔다고 볼 수는 없으므로 — 우리의 근대 역시 이 세 시기에 준하는 자본주의 발전의 어떤 단계가 있었음이 물론이다.

우리 역사에서 자생적으로 자본주의의 싹이 돋아났던 시기는 18세기이다. 그러나 이 자생적 자본주의의 싹은 일본 제국주의 침략에 의해서 무참히 꺾였고, 피식민지 국가라는 특수한 상황 속에서 비정상적인 근대화 과정을 겪지 않을 수 없었다. 우리 역사에서 좁은 의미의 근대와 현대가 서구적 개념과 같이 명확하게 논의되기 어렵다는 전제 아래 그 구분이 아예 있을 수 없다는 주장, 혹은 근대는 19세기 말 개항 이후의 시대, 현대는 일제가 대륙 침략을 꾀한 30년대 또는 우리가 광복을 되찾은 4~50년대라는 주장 등 서로 상반하는 견해가 대두할 수 있는 이유들이다. 다만 산업화를 이룩한 80년대 후반에 이르러 한국도 탈현대의 시기에 접어들었다는 것만큼은 누구도 부인할 수 없는 사실일 것이다.

그러나 삶의 상부구조는 토대 혹은 하부구조와 항상 필연적으로 일치하는 것은 아니어서 — 실제로 서구 모방적인 한국의 모더니즘이나 아방가르드는 동시대 한국인의 보편적 삶과 유리되어 있었다고 보는 것이 옳다 — 당대 한국사회의 정치, 경제구조가 어떠하든 적어도 우리 문학에 있어서만큼은 근대와 현대의 구분이 불가능한 것은 아니다. 그것은 비록 당대의 한국이 피식민지 국가의 처지에 있기는 했으나 식민지 지배국인 일본을 통해 서구의 근·현대문학을 간접적이나마 접할 수 있었기 때문이다. 그런 까닭에 우리는 우리 시문학사에서 상징주의가 소개되고 자유시가 완성되며 소설에서 리얼리즘 문학이 창작된 1920년 전후부터는 좁은 의미의 '근대'가, 영미 모더니즘과 유럽 아방가르드 문학이 창작된 30년대부터는 '현대'가 시작되었다고 보아도 큰 무리는 없을 것이다. 이를 정리하면 다음과 같다.

넓은 의미의 근대: 18세기 이후

좁은 의미의 근대: 1920년 이후

현대: 1930년 이후

탈현대: 1980년대 중반 이후

5. 아방가르드, 모더니즘, 포스트모더니즘

근대화 과정에서 특히 영미의 영향을 많이 받은 한국은 문학에서도 영미 이론에 경도한 경우가 적지 않다. 그중의 하나가 소위 '모더니즘'이라는 개념이다.

원래 '모더니즘'이란 — 신학에서는 이미 중세기부터 사용된 바 있지만 — 20세기에 들어 영미의 문예이론가들이 그들의 특별한 문학사조를 지칭했던 용어이다. 여기서 말하는 그들의 '특별한 문학사조'란 흄(T. E. Hulme)의 철학에 영향을 받아 영미에서 대두한 이미지즘과 네오클래식(소위 주지주의, neo-classic)을 가리킨다. 영미 논자들은 당시 그들 당대에 유행한 이들 사조를 '모던'하다고 해서 '모더니즘'이라는 용어를 사용하였다. 그러므로 '모더니즘'이란 엄밀히 말해 유럽의 문학사조와는 별개인 영미(영국과 미국)의 것이다(예외적으로 스페인 문화권에서는 아방가르드를 모더니즘이라는 말로 지칭하기도 했다).

한편 같은 시기의 유럽 대륙에서는 유럽인들 스스로 아방가르드라 부르는 문학운동이 전개되고 있었다. 다다이즘, 쉬르레알리슴, 미래파, 입체파, 표현주의 등등이다. 그런데 이 아방가르드 운동은 본질적으로 영미의 모더니즘과 그 성격이 달랐다. 아방가르드 운동이 넓게는 낭만주의적 세계관에 토대하여 니체나 보들레르와 같은 세기말 사상을 계승한 반이성적, 해체적 예술운동인 데 반하여 영미의 모더니즘은 고전주의적 세계관에 토대하여 흄의 철학을 계승한 이성적, 구조지향적 예술운동이었기 때문이다. 한마디로 이 양자는 상반하는 문학사조들이다. 그러므로 유럽 아방가르드는 영미의 모더니즘이라는 용어로는 결코 더불어 불려질 수 없고 불려서도 아니 된다.

그럼에도 불구하고 문제가 되는 것은 제2차 세계대전 이후 영미의 문화론자들이 이 '모더니즘'이라는 용어에 자신들의 문학사조 이미지즘과 네오클래식은 물론 유럽 아방가르드까지도 모두 포함시켜 부르기 시작하면서 — 대전 후 미국이 세계 중심국으로 부상함과 더불어 — 이제 이 같은 용법이 미국의 울타리를 넘어 세계적으로 확산되어 버렸다는 사실이다. 그리하여 오늘날 영미와 영미 문화론에 종속된 국가에서는 '모더니즘'이 단지 이미지즘이나 네오클래식만이 아닌, 이 시기 유럽의 모든 전위적인 예술운동(아방가르드)까지도 아우르는 용어가 되고 말았다. 물론 프랑스나 독일 같은 유럽 중심국가에서는 — 전후의 강대해진 미국의 영향으로 대전 이후 다소간 통용되지 않은 바 아니나 — 아직도 이 용어가 보편적이지 않다.

이렇듯 영미인들이, 애초에 자신들만의 문학사조를 지칭했던 이 용어에 전 유럽의 아방가르드를 포함시켜 부르게 된 이유는 한마디로 미국의 문화적 패권주의 내지 문화제국주의에서 비롯하는 것이라고 할 수 있다. 즉 개국 이래 수백 년 동안 유럽의 변방에서 문화 후진국의 위치를 모면할 수 없었던 처지의 미국이 대전 후 정치, 경제, 군사적으로 갑자기 세계를 주도하게 되자 문화예술의 분야에서조차 명실공히 세계의 중심이 되고자 하는 욕망의 발로에서 저지른 억지인 것이다. 그리하여 그들은 그들의 문화 역시 세계의 중심에 자리한다는 허위의식에 사로잡혀 이 시기의 전 유럽의 문학사조를 자신들의 문학사조의 명칭인 '모더니즘'이라는 영어로 통합해버리고 만 것이다.

그러나 이와 같이 확장된 용어 사용에 문제가 없을 리 없다. 앞에서 지적했던 바, 영미의 모더니즘과 유럽 아방가르드는 본질적으로 상반하는 예술운동이기 때문이다. 그리하여 이 모순 덩어리가 되어버린 '모더니즘'은 결과적으로 영미나 이를 추종한 한국의 논자들을 풀 수 없는 미망 혹은 혼란으로 빠트리게 된다. 오늘날 영미뿐만 아니라 우리 학계나 문단에서 '모더니즘론'이 끝없는 말장난과 공허한 논쟁의 대상이 되어버린 단초가 바로 여기에 있다. 일예로 '모더니즘'과 '포스트모더니즘'의 관계에 대한 논의에 있어서 포스트모더니즘이란 일면에선 모더니즘을 계승하고 일면에선 모더니즘을 부정했다는 식의 주장을 펴는 견해가 그것이다(포스트모더니즘의 전문이론가로 알려진 김욱동 교수).

한 문학사조와 다른 문학사조와의 관계는 지엽적인 특징에서가 아니라 원칙적인 태도 혹은 그 기저에 놓인 세계관에서 살펴보아야 한다. 그리고 그럴 경우 해답은 두 가지 이외에 있을 수 없다. 계승했다고 하든지 단절 혹은 극복했다고 하든지 둘 중 그 어느 하나를 선택하는 것이다. 물론 부분적인 특징에서 전자에도 단절된 요소들이 있을 수 있으며 후자에게도 역시 계승되는 일면이 없지는 않을 것이다. 그러나 그 본질 혹은 원칙에 있어서만큼은 이 양자 중의 어느 한 가지일 뿐 절반은 계승하고 절반은 단절했다는 식의 논리가 성립될 수는 없다. 가령 '리얼리즘'은 고전주의 세계관을 계승한 것이지 절반은 고전주의이고 나머지 절반은 낭만주의를 계승했다고 말하는 사람은 없다.

그럼에도 불구하고 포스트모더니즘이 일면 모더니즘을 계승하고 일면 부정했다는 논리는 어디서 오는 것일까. 한마디로 그것은 모더니즘에 대한 오해에서 비롯한 것이라고 말할 수 있다. 즉 그들은 미국 문화 패권주의자들의 견해에 추수하여 '모더니즘'을 영미 모더니즘(원래의 뜻대로 이미지즘과 네오클래식)과 유럽 아방가르드 모두를 포함한 개념으로 받아들였던 것이다. 그 결과 포스트모더니즘은 영미 모더니즘을 부정했다는 측면에선 일면 모더니즘을 부정했다는 논리가, 아방가르드를 계승했다는 측면에선 일면 모더니즘을 계승했다는 논리가 성립될 수 있었다.

그러나 포스트모더니즘이란 한마디로 유럽의 아방가르드가 제2차 세계대전 후 뒤늦게 미국으로 수입되어 후기 자본주의 사회의 삶을 미학적으로 반영한 문예사조 즉 미국화된 아방가르드이다. 예컨대 50년대에 등장하여 미국 포스트모더니즘의 1세대라 불리는 '뉴욕파'들은 유럽에서 처음으로 쉬르레알리슴을 수입한 화가들이었다. 따라서 정확히 말하자면 포스트모더니즘은 모더니즘을 지양, 극복하고 그 대신 아방가르드를 계승한 문학사조라고 말해야 한다. 그런 까닭에 '모더니즘'이란 용어 앞에 굳이 '포스트(post)'라는 접두사를 붙이는 것이다.

그럼에도 불구하고 아직도 우리 현대시사에서는 영미 문화적 패권주의

자들의 논리를 추수하여 '모더니즘'이라는 용어에 아방가르드까지 포함시키는 것이 보편적이니 참으로 답답하기 그지없다. 따라서 필자는 이제부터라도 모더니즘과 아방가르드라는 용어는 서로 구분해서 사용할 것을 제안한다. 그럴 경우 지금까지 똑같은 모더니스트로 취급되었던 시인들 가운데서 정지용, 김광균, 김기림 등은 모더니스트로, 이상, 임화, 고한용, 〈삼사문학〉 동인 등은 아방가르드 작가로 불려야 마땅할 것이다. 해방 이후의 박인환, 김경린 등은 모더니스트에, 조향, 김수영(초기의), 김춘수, 김구용, 등은 아방가르드 작가에 해당한다. 그리하여 80년대 후반에 들면서 우리 문단에서도 황지우, 박남철, 김영승, 장정일, 김혜순 같은 자생적 포스트모더니스트 시인들이 등장하게 된 것이다.

6. 시, 서정시 그리고 서사시

문학사의 왜곡 기술은 문학 용어나 문학이론의 몰이해에서도 비롯된다. 그 대표적인 것 가운데 하나가 '서사시'와 '서정시'라는 용어일 것이다.

일반적으로 우리 학계에서는 — 소설의 하위 장르에 교양소설, 농민소설, 전쟁소설, 사회소설 등이, 드라마의 하위 장르에 비극, 희극, 희비극이 있듯 — 시의 하위 장르에 서사시, 서정시, 극시 등이 있다고 생각하는 것 같다. 권위 있는 문학교수들이 집필한 고등학교 문학교과서들이 그렇게 되어 있다. 대부분의 교과서에서 소위 '시(현대시)의 갈래(하위 양식)'를 버젓이 '서사시' '서정시' '극시'로 나누어놓고 있는 것이다. 이와 같이 잘못된 지식을 습득해서 고등학교 때부터 하나의 고정관념을 갖게 된 사람들이 어떻게 오늘날 서사시가 죽었다는 사실을 쉽게 받아들 수 있을 것인가.

서사시와 서정시를 시의 하위 장르로 생각하는 사람들은 두 가지의 편견 내지 오류에 사로잡혀 있다. 첫째, 오늘날 시의 하위 장르에는 서사시가 없음에도 불구하고 관념적으로 마치 있는 것처럼 착각하고 있다는 것이 그 하나요, 둘째, 서사시란 어쩐지 웅장하고 위대해서 서정시보다 무엇인가 더 가치가 있을 것이라고 생각하는 편견이 또 다른 하나이다. 그리하여 시인이라면 누구나 한 번쯤 서사시를 써보려 노력하고 문학연구가라면 가능한 우리 문학사에 서사시의 존재를 확인해 그 가치를 높이려는 풍조를 유발시켰다. 그러한 맥락에서 가령 김동환의 「국경의 밤」과 같은 서정적 서술시 즉 발라드를 서사시라고 우겨대는 논리가 개진된 것이다.

그러나 오늘날 서사시는 존재하지 않는다. 그것은 물론 서사시라 부를 만한 작품이 단 한 편도 없다는 뜻이 아니라 장르적으로 이미 소멸해버렸다는 뜻이다. 가령 신라시대의 향가를 지금 누가 쓴다면 못 쓸 바도 아니나 그로 인해 향가가 장르적으로 살아 있다거나 죽은 향가가 다시 살아났다고 말할 사람은 아무도 없다. 그것은 다만 개인적인 호사취미의 결과일 따름이다. 서사시 역시 마찬가지이다. 오늘날 누가 그것을 썼다고 해서 서사시가 살아 있거나 부활한 것은 아니다. 이 역시 이미 죽은 장르인 서사시를 누군가 호사취미로 한 번 써본 것에 지나지 않기 때문이다. 가령 「국경의 밤」이 설령 서사시라 하더라도(물론 서사시가 아니지만) 그로 인해 오늘날 한국의 시에 서사시라는 장르가 살아 있다고 말하는 것은 난센스이다.

우리가 이렇게 말할 수 있는 이유는 다음과 같다. 원래 서사시, 서정시, 극시란 고대 그리스 시대의 문학을 분류한 장르 명칭들이다. 그런데 고대 그리스 시대에 정립된 이들 서사시와 서정시 그리고 극시는 로마, 중세를 거치는 동안 일시 해체되어 사라졌다가 이후 르네상스 시기를 전후해 다시 서사시는 소설로, 서정시는 시로, 극시는 드라마로 재통합되어 오늘에 이른다. 그러므로 현대의 서사시는 소설이며 현대의 서정시는 '시(poetry)'이다. 즉 오늘의 소설은 고대 서사시의 재판, 시는 서정시의 재판, 드라마는 극시의 재판이다. 이는 문학사의 엄연한 사실이다. 그런 까닭에 이 시(현대시)의 하위 장르에 다시 서사시, 서정시, 극시가 있다는 말은 어불성설이 되는 것이다.

그렇다면 오늘의 시의 하위 장르를 서사시, 서정시, 극시로 구분하는 오류는 대체 어디서 빚어진 것일까. 그것은 그들이 '시'라는 명칭으로 불려지는 것의 개념을 오해하는 데서 비롯한 듯하다. 한국어 '서사시'로 번역된 '에픽(epic)'이라는 고대 그리스어에는 우리가 오늘날 '시(poetry)'라고 호칭하는 바의 뜻이 포함되어 있지 않다. 그런데 그것을 한국어로 서사시 즉 '시'라고 번역을 해놓으니까 — 동음이의어임에도 불구하고 — 그것을 오늘의 '시'라는 뜻으로 오해해서 '시(poetry)' 안에 다시 서사시와 서정시 그리고 극시가 있다는 착각을 갖게 만든 것이다. 달리 말해 'Poesis'를 'Poetry'로 오해한 것이다. 그러나 'Epic' 혹은 'Lyric'을 한국어로 번역할 때 이 번역어 마지막에 붙은 음절, '시'라는 것은 고대 그리스어의 'Poesis'를 편의상(다른 적절한 단어가 없는 까닭에) 번역해 붙인 명칭에 불과하다.

원래 이 'Poesis'는 '제작한다'는 — 아리스토텔레스 당대에는 조금 그 의미를 좁혀 'Literature(문학)' 혹은 'Art(예술)'을 의미했다. — 뜻의 말이다. 달리 말해 우리가 오늘날 '시(poetry)'라 부르는 것을 가리키지는 않았다. 따라서 Epic이나 Lyric을 서사시나 서정시로 번역 사용할 때의 '시'라는 용어 역시 엄밀한 의미에서 '문학' 혹은 '예술'이라는 정도의 뜻이다. 즉 서사시, 서정시, 극시라는 말은 일반적으로 문학(poesis)을 서사문학(epic poesis), 서정문학(lyric poesis), 극문학 등으로 분류할 때 쓰는 말이다. 그럼에도 불구하고 이때의 'poesis'를 우리말 '시'로 번역해놓으니까 발음상의 동일성 때문에 그것을 현대의 '시(poetry)'로 오해하여 마치 현대의 시에 서사시와 서정시 그리고 극시가 있는 것처럼 착각하게 된 것이다. 따라서 서정시, 서사시, 극시라는 분류는 고대 그리스의 문학 장르가 그렇다는 것이지 — 이들이 중세에 해체되었다가 근대에 들어 재정립된 — 오늘의 시 장르가 그렇다는 것은 아니다.

그럼에도 불구하고 만일 오늘날에도 서사시가 존재한다고 주장하는 사람이 있다면 그것은 아마 다음과 같은 네 가지 경우를 의미하는 것 이상이 아닐 것이다. 첫째, 이미 죽어버린 장르인 과거의 고대 서사시를 누군가가 호사취미로 한 번 써보았을 경우, 둘째, 소설을 가리키는 — 헤겔이나 카이

저가 말한 바와 같이 소설이야말로 바로 현대판 서사시이니까 — 명칭일 경우, 셋째, 서사시가 아닌 것을 서사시로 오해했을 경우, 넷째, 고대의 서사시도 아니고 그렇다고 해서 오늘날의 소설도 아닌 어떤 새로운 '현대 서사시'라는 것을 창안해 썼을 경우 등이다. 물론 이 중 앞의 세 가지에 대해서는 더 이상 설명할 필요가 없다.

넷째의 경우라면 우리는 우선 '현대에 창안된 서사시'의 규범이 무엇인지를 확정해놓아야 한다. 그런데 아직까지 그러한 장르가 없었으므로 또한 그러한 규범이 있을 리 없다. 고대의 서사시 그리고 현대의 소설과도 다른 어떤 새로운 서사시가 등장했다면 실험시의 범주를 벗어나지 못할 것인 바 '실험시'란 문자 그대로 실험시임으로 당연히 서사시로 불릴 수 없음은 물론 그 어떤 보편적 장르로도 인정받기 힘들기 때문이다. 그럼에도 불구하고 그 '실험시'를 굳이 서사시로 부르고자 한다면 거기에는 분명 고대 서사시의 지배적 성격이 어느 정도 갖추어져 있어야 함이 당연할 것이다. 즉 내용으로서의 내러티브, 영웅으로서의 인물, 거시담론적 주제(민족, 국가 등의 운명) 등 몇 가지 필요조건이다. 따라서 만일 현대에 창안된 '현대 서사시'가 있을 수 있다면 바로 이 원칙들의 일부를 배제 혹은 변형시키는 것 외에 다른 방도가 있을 리 없다. 따라서 그것은 결국 다음과 같은 두 가지로 귀결된다.

그 하나는 내러티브를 배제하는 경우. 이는 물론 그 어떤 수식어를 앞에 붙인다 하더라도 서사시라 할 수 없다. 다른 하나는 내러티브만큼은 살리되 그 이외의 다른 조건을 배제 혹 변형시키는 경우. 그러나 이 역시 서사시라 부를 수 없다. 고대나 현대나 — 율격, 운문 등 외형적 요건만큼은 논외로 친다 하더라도 — 내러티브를 지니면서도 비교적 서사시적 성격을 지닌 수많은 서정시의 하위 양식들 즉 발라드나 송가, 찬가 등이 있어 이들을 제외할 경우 다른 어떤 내러티브 시의 성립이란 불가능하기 때문이다. 즉 그 같은 시도는 결과적으로 기왕에 씌어져온 서정시의 하위 양식으로서 '발라드'나 '송가'와 같은 서술시(narrative poem)나 이의 변형으로부터 벗어나기 힘들다. 설령 그 실험적인 특성으로 인해 전통적인 것과 다소 달라졌다 하더라도 궁극적인 장르적 친소 관계나 원칙에서 볼 때 서사시나 서정시의 하위 양식의 하나인 발라드 등과 같은 내러티브 포엠에 귀속되는 이외 제3의 선택이란 현실적으로 있을 수 없다. 실제로 오늘날 서사시에 대한 논의에 있어 '현대 서사시'로 규정된 작품들의 대부분은 사실 발라드나 발라드에 준하는 작품 이상이 아니다.

그럼에도 불구하고 그들이 '현대 서사시'의 존재에 집착하는 것은 '내러티브' 형식으로 씌어졌다는 단 한 가지 조건에 매달려 — 사실은 발라드에 해당되는 작품임에도 불구하고 — 그것을 서사시로 오해한 데서 비롯하는 해프닝이다. 그 오해는 아마도 그들의 시 의식에 서사시란 내러티브로 쓰이는 시이며 서사시 이외에는 그 어떤 것도 내러티브로 쓰이지 않는다는 생각이 전제되어 있을 것이다. 그러나 사실은 그렇지 않다. 보편적이지 않을 뿐 예로부터 많은 서정시의 하위 양식들이 내러티브로 쓰여왔기 때문이다. 앞에서 예를 든 발라드나 오드, 찬가, 비가 등이 그러하다. 우리 시사에서는 아마 김동환이 쓴 「국경의 밤」이 그 대표적인 예일 것이다. 따라서 그것은 고대의 장르 체계로서는 서정시의 한 하위 장르에, 현대문학의 장르 체계로서는 시의 한 하위 장르에 속해야 한다. 아마도 70년대의 문제작으로 거론되고 있는 김지하의 내러티브 시 「오적」도 우리가 일반적으로 시라 호칭하고 있지만 엄밀한 의미에서의 시의 하위 양식으로는 좁은 의미에서의 서정시와 구분되는 발라드의 한 유형이다.

다음으로 문제 되는 것은 시에 대한 논의에서 자주 혼란을 야기시켜온 '서정시(lyric)'라는 용어이다. 원래 'lyric'이라는 말에는 두 가지의 뜻이 있었다. 하나는 고대 그리스 문학을 3대 장르로 나누어 서정시, 서사시, 극시라 할 때의 용어요, 다른 하나는 그 하위 개념의 하나를 가리키는 용어이다. 예컨대 고대 서정시 — 앞에서 밝혔듯이 엄밀하게는 '서정문학' — 의 하위 장르에는 찬가, 송가, 장송가, 애가, 발라드…… 등과 더불어 거기에 또 동명의 '서정시', Lyric이 있었다(필자는 오해를 피하기 위하여 전자를 넓은 의미의 서정시, 후자를 좁은 의미의 서정시라 부르고자 한다). 현대시 역시 고대의 서정시를 계승하고 있으므로 그 하위 장르에 당연히 고대 서정시의 하위 장르 대부분이 그대로 계승되어 있고 거기에는 물론 좁은 의미의 서정시도 내포되어 있음이 물론이다.

그리하여 서구 현대시의 하위 장르에는 아직도 고대 서정시의 하위 장르를 이어받은 찬가, 송가, 비가, 장송가, 발라드, 좁은 의미의 이 서정시…… 등과 더불어 중세 이후 새롭게 등장한 소네트, 에피그램, 서간체시, 철학시 등이 포함되어 있다. 그러나 문제는 20세기에 들어 보편적으로 쓰이는 시의 하위 장르가 바로 이 좁은 의미의 서정시라는 점이다. 즉 특별하고도 예외적인 경우나 실험시 창작을 제외하고 오늘날 대부분의 현대 시인들은 이 좁은 의미의 서정시 이외 다른 유형의 하위 장르로는 거의 시를 쓰지 않는다. 그리하여 이제 이 좁은 의미의 서정시는 20세기를 대표하는 시의 하위 장르이면서 그런 까닭에 실질적으로는 시 그 자체와 동일시된 시의 한 유형이 되어버렸다. 이 좁은 의미의 서정시 즉 오늘날 일반화되어 있는 시는 '고조된 감정을 짧은 진술을 통해 극적으로 함축한' 시를 가리키는 용어이다.

따라서 특별한 실험시를 제외할 경우 오늘날의 시는 본질적으로 서정시이다. 그것은 이중적인 의미에서 그렇다. 오늘의 시가 고대 서정시를 계승했다는 점에서 그렇고 그 하위 장르 가운데서 특히 좁은 의미의 서정시만이 쓰인다는 점에서 그렇다. 물론 좁은 의미의 이 서정시는 아니지만 앞에서 예를 든 김동환의 「국경의 밤」이나 김지하의 「오적」 같은 발라드도 넓은 의미에서는 모두 넓은 의미의 서정시에 포함된다. 좋든 싫든 현대의 시는 원칙적인 의미, 넓은 의미에서 고대 그리스의 서정시를 계승 발전시킨 양식이기 때문이다.

7. 한국시의 율격

한국시의 율격에 대해서는 그동안 많은 논의가 있었다. 그리하여 오늘날 한 시행을 구성하는 음보가 일정한 원칙으로 되풀이되는 소위 '음보율'이라는 개념이 보편화되어 있는 듯하다. 우리 시의 율격 논의에서 이처럼 음보율이 제기된 것은 우리 시의 전통 율격이라고 생각해왔던 종래의 음수율이 구체적인 시의 율독에서 항상 정확하게 맞아 떨어지지 않는다는 점과 외국 시의 율격, 특히 영시의 율격에 비해 무언가 좀 미흡하다는 편견에서 비롯한 것 같다. 우리 시의 음수율이 순수음절 율격(pure syllabic metre)인 반면, 영미시의 율격은 복합음절 율격(syllabic prosodic metre)이기 때문이다. 그러나 우리 시의 음수율에 관한 이와 같은 인식은 근본적으로 잘못된 것이다.

첫째, 순수음절 율격인 우리 시의 음수율이 복합음절 율격보다 저열하다고 생각해서는 안 된다. 그것은 문화적 다양성과 각 민족어의 특성에서 이해되어야 할 문제이기 때문이다. 가령 선진국이라 할 프랑스나 이탈리아, 러시아 등의 시의 율격도 모두 순수음절 율격 즉 음수율이다.

둘째, 음수율이란 그 어떤 경우에도 — 다른 어떤 민족문학의 시에서도 — 엄격히 맞아떨어지는 법이 없다. 낭독에는 발음의 장단에 의하여 한두 개 음절의 결여에서 오는 시간의 유격을 어느 정도 메울 수 있기 때문이다.

셋째, 음보율이란 율격의 최소 단위로서 음수율에 대한 논의를 잠정적으로 유보하고 음절 그 자체가 지닌 음성적 특성이 아니라 음절들이 모여 한 시행을 구성하는 어절적 차원 혹은 시행 구성 차원의 원리를 통해 율격을 정하자는 태도에서 만들어진 개념이니 본질적으로 기초 율격의 해명과는 무관하다. 그러므로 그것은 율격 논의에 있어서 부차적인 문제이며 — 설령 음보율의 성립이 가능하다 하더라도 — 기초 율격의 해명과는 아무 관계가 없다. 따라서 소위 음보율로 우리 율격을 해명하자는 주장은 기초 율격에 대한 논의를 폐기시키자거나 유보시키자는 주장 이외 다른 말이 아니다.

넷째, 무엇보다도 우리 시에서는 '음보(foot)'라는 개념 자체가 성립될 수 없다. 음보란 영시英詩와 같은 강약률 즉 '복합음절 율격'에서만이 존재할 수 있는 율격 단위이기 때문이다. 원래 음보란 같은 음성적 특징을 지닌 동수 음절同數音節이 하나의 시행에서 규칙적인 반복을 되풀이할 때 그 반복의 최소 단위를 일컫는 말이다. 예컨대 약약강률(anapest)의 경우 한 시행에서 약음절 두 개 강음절 한 개로 구성된 3음절이 계속 반복하기 마련이며 이때 우리는 그 최소 반복 단위라 할 3음절 군집群集의 하나를 1음보라 부른다. 즉 모든 양약강률의 음보는 정확하게 3음절의 반복으로 되어 있어 그 어느 것도 음절수가 다른 단위가 같은 음보로 불려지거나 사용될 수는 없다. 따라서 우리 시의 경우와 같이 각 단위의 음절수가 다른 3 · 4 · 5조를 3음보로 지칭한다는 것은 있을 수 없는 일이다(한 시행을 구성하는 3개의 단위가 각각 3음절, 4음절, 5음절로 되어 있어 단위를 구성하는 음절수가 동일하지 않기 때문이다). 그럼에도 불구하고 우리 학계에서 이처럼 음수율에서는 있을 수 없는 음보라는 용어를 여전히 사용하고 있는 것은 영미시에 대한 맹목적인 모방이거나 그 콤플렉스를 표현한 것일 뿐이다.

우리 시의 특성과 유사한 프랑스시나 슬라브시에서도 음보라는 개념은 없다. 그들 역시 음수율을 지니고 있기 때문이다. 따라서 그들 시에 있어서 율격은 단지 동수同數의 음절 시행들이 되풀이되는 것을 가리키는 말 이상이 아니다. 가령 우리 시의 경우에는 음수율을 3 · 4조, 4 · 4조, 7 · 5조…… 등과 같은 식으로 명명하지만 프랑스시의 경우에는 한 편의 시를 구성하는 동음절同音節 시행을 가리키는 말로 10음절 시, 11음절 시, 12음절 시…… 따위로 명명한다. 그러나 한 시행 — 특히 긴 시행의 경우 — 을 한 번의 호흡으로 단번에 낭독할 수는 없음으로 휴지의 필요상 몇 개의 단위들을 구분하는 것도 일반적인데 가령 '음절군(groupements syllabiques)' 혹은 '음절집합(menbres)' 따위로 호칭되는 단위가 그것이다. 예컨대 우리 시의 소위 4 · 4조에서 4음절은 프랑스시의 이 '음절군'에 해당하는 것이라고 말할 수 있다. 필자는 — 앞에서 살펴본 바와 같이 우리 시에 '음보'라는 용어를 사용할 수 없어 — 이제 이 음절군을 '마디'로 부르고자 하는데 그러므로 우리 시에서 관행적으로 '2음보 율격'이라 부르는 4 · 4조 시행은 엄밀히 말하자면 2마디로 구성된 8음절 시에 해당하는 것이다.

이와 같은 관점에서 우리 시의 율격은 다음과 같이 정리된다. 첫째, 음보라는 개념은 성립될 수 없다. 당연히 음보율도 없다. 둘째, 우리 시의 율격은 음수율이다. 셋째, 음수율은 한 시행을 구성하는 음절수로 결정된다. 예컨대 7음절 시, 8음절 시 등이다. 넷째, 한 시행은 몇 개의 마디들로 구성된다. 그 마디는 음보를 대신하는 용어로 그 마디가 음보가 될 수 없음은 한 시행의 각 마디를 구성하는 음절수가 동일하지 않기 때문이다. 다섯째, 한 시행은 최소 1마디에서 최대 4마디로 구성된다.

일제강점기하 문인들의 저항과 훼절

1

일제강점기하의 한국문학을 이해함에 있어서는 무엇보다도 문학의 대 사회적 기능이 어떠했는가를 검토해 보는 일이 중요하다. 그것은 문학이 본질적으로 사회적 목적의식을 지녀야 한다는 생각 때문에 그런 것이 아니라 그 문학을 산출한 시대가 일제강점기라는 사실 때문에 그러하다. 이와 같은 관점에서 식민지시대의 우리 문학은 대개 세 가지 유형으로 나누어 살펴볼 수 있으리라 생각한다.

첫째, 식민지 현실에 직접적으로 참여하지 않고 순수하게 예술로서의 창작 활동에만 전념한 문인들,

둘째, 일제의 식민 지배 현실에 맞서 문학으로 저항한 문인들,

셋째, 자의든 타의든 일제의 식민지 지배정책에 야합하여 친일 어용한 문인들 등이다.

이 중 둘째와 셋째의 경우는 저항의 개념이라든가 훼절의 정신적 배경 등에 논란이 없는 것은 아니지만(예컨대 윤동주를 저항시인으로 규정할 수 있을 것인가, 이광수의 문학을 전적으로 매도만 할 수 있겠는가 하는 것 등) 기본적으로 대사회적 의

미에서의 가치평가에 혼란이 있을 수 없다. 그러나 첫 번째의 경우는 좀 복잡하다. 일부에서는 그 같은 처신이 당대의 어두운 현실을 외면한 행동인 까닭에 조국의 일제강점을 묵인 혹은 야합한 것에 지나지 않으며 그러므로 일제에 대한 어용의 다른 얼굴에 지나지 않는다고 주장하고 또 다른 일부에서는 그럼에도 불구하고 그것이 지닌 민족문학으로서의 가치를 부인할 수 없다고 주장하기 때문이다. 가령 "일본 강도 정치하에서 문화운동을 부르는 자 누구냐…… 생존권이 박탈된 민족은 그 종족의 보존도 의문이거늘 하물며 문화발전의 가능성이나 있으랴"라고 말한 신채호의 견해는 전자의 가장 극단적인 경우에 해당할 것이다.

필자로서는 순수문학이 단지 그 내용상에 있어서 일제에 대한 비판을 담지 않았다고 하여(물론 그렇다고 일제에 협력하는 내용도 담지는 않았지만) — 넓은 의미에서든 좁은 의미에서든 — 일제 어용문학으로 폄하시키려 하는 전자의 주장에 동의할 수 없다. 우리가 세계사를 통해 익히 배워 알고 있듯 그 어떤 외세의 침략과 지배 아래 있다 하더라도 자신의 고유한 문화를 보존 계승한 민족은 끝끝내 그만의 정체성을 지켜낼 수 있었기 때문이다. 가령 한민족漢民族을 무력으로 정복한 만주족이 자신의 문화를 잃어버림으로써 오히려 한민족에 동화되어 멸망해버린 것, 반대로 2000여 년 동안 이민족의 지배를 받아온 히브리인들이 자신의 문화를 지킴으로써 오늘날 새 국가의 창설로 부활할 수 있었던 것 등이 그 대표적인 예라 할 수 있다.

사상이나 내용 혹은 이념 전달만이 전부가 아닌, 오히려 언어와 형식이 만들어내는 아름다움, 장르가 지닌 역사성과 전통, 그 안에 내포된 정서와 감수성, 한 개인의 예술적 형상력 그리고 세계관 등이 함께 만들어낸 총체가 문학이라면 이 역시 마찬가지일 터이다. 이상의 제 요소들은 그 원천과 발생 과정에서 필연적으로 민족의 혼을 지닐 수밖에 없고 그런 까닭에 그 자체가 보다 근원적인 의미에서 민족의 생존을 지키는 투쟁의 한 양식이라고 보아야 마땅할 것이기 때문이다. 행동적 혹은 실천적 저항 행위가 아닌 순수문학 행위가 경우에 따라서 훌륭한 민족문학의 일부가 될 수 있는 이유, 식민지시대의 김소월이나 정지용, 이상 등의 문학이 비록 내용상 저항적인 것이 아니었다 하더라도 '저항문학' 이상의 민족문학으로 높이 평가받아야 할 이유가 여기 있는 것이다.

2

일제강점기에는 적지 않은 수의 저항 문인과 또 그보다 훨씬 많은 친일 어용 문인들이 있었다. 가령 신채호, 한용운, 심훈, 이육사, 이상화, 신석정, 김영랑 등이 전자에 속한다면 이광수, 최남선, 백철, 임화, 김동환, 주요한, 한설야, 안회남, 김팔봉, 김남천, 안함광, 이기영, 임학수, 한효, 함대훈, 김종한, 김용재, 김안서, 서정주, 박태원, 박종화, 최재서, 조연현, 노천명 등은 후자에 속한다. 그런데 이들의 행적을 살펴보면 대략 다음과 같은 몇 가지 특징들을 쉽게 발견해낼 수 있다.

첫째, 문단 데뷔 직후부터 앞뒤 가리지 않고 일제 어용에 앞장을 선 문인들이다. 김종한, 김용재, 조연현, 노천명, 기타 40년대에 등장한 신인들을 들 수 있다. 일제의 입장에서 볼 때, 당대 원로들의 경우와 달리, 상대적으로 이용가치가 적었을 이들이 그 누구보다도 스스로 앞장을 서서 적극적으로 반민족 행위를 서슴지 않았던 것은 일제의 강요라기보다 자신의 세속적인 문단 영달 때문이 아니었을까 생각된다. 아마도 신인으로서 얻고 싶었던 문단적 지명도, 역사의식의 결여, 원로문인들의 훼절로부터 배운 속물적 현실주의 등이 크게 작용했을 터이다. 어떻든 이들은 당시 민족문학에 공헌할 수 있는 문학작품을 거의 남기지 못하고 철저하게 친일 어용만을 했다는 점에서 모두 공통점을 지니고 있다.

둘째, 프롤레타리아 문인이거나 한때 여기에 포함되었던 문인들이다. 일제에 부역한 문인들 가운데서는 수적으로 가장 많은 부류가 여기에 속한다. 임화, 김팔봉, 박영희, 백철, 김동환, 임화, 한설야, 안회남, 안함광, 이기영, 김남천, 함대훈 등이다. 이 명단에는 프롤레타리아문학 운동의 선구자와 주창자, 가장 열렬한 추종자들이 총망라되어 있다. 이들은 또 다시 몇 가지 유형으로 나뉜다. 그 하나는 임화, 한설야, 이기영 등과 같이 해방 이후 다시 프롤레타리아문학 운동을 재개한 뒤 월북한 문인들이고 다른 하나는 남한에 남았든 혹은 납북되었든 종전의 프롤레타리아문학 노선을 포기하고 완전히 전향한 문인들이다.

그중에서도 이들 문학의식의 한 단면을 엿볼 수 있게 해주는 예는 임화, 박영희, 김팔봉, 김동환, 백철 등일 것이다. 이들이야말로 당대의 문단 시류를 가장 민감하게 편승해간 족적을 보여주었기 때문이다. 가령 김동환은 민요시 창작이 문단의 이슈가 되어 있을 때는 민요시를, 프롤레타리아문학 운동이 주도권을 잡을 때는 프롤레타리아문학론을, 일제의 소위 '국민문학'이 판을 칠 때는 친일문학을, 그리고 해방 이후 온 국민이 독립의 감격에 들떠 있을 때는 순국 선열께 바치는 애국시를 썼다.

임화 역시 우리 시단에서 다다이즘이 화제가 되었을 때 다다이스트로, 프롤레타리아문학이 문단을 장악할 때는 열렬한 프롤레타리아문학의 투사로, 일제가 문단을 어용화한 국민문학 시기에는 친일 어용 문인으로, 해방이 되어 공산당이 득세할 때는 다시 프롤레타리아 문인의 선도자로 변신하였다. 이는 박영희나 김팔봉, 백철 등 또한 마찬가지이다. 20년대 낭만적 퇴폐주의가 절정을 이루었을 때는 유미주의 문학을, 일본에서 프롤레타리아문학이 기선을 잡자 재빨리 한국에 돌아와 신경향파문학을, 공산주의가 탄압되자 앞장서 전향을, 그리고 일제 어용문학이 횡행하자 친일문학을, 해방 이후에는 순수문학을 했기 때문이다. 이들 문인들에게 공통되는 점은 이렇듯 — 저항이든 어용이든 — 항상 당대의 현실과 시류에 편승하고 있었다는 사실이다.

셋째, 계몽주의적 문학관을 가지고 소위 '민족개조론', '민족부흥운동' 등을 부르짖었던 문인들의 부류이다. 숫자는 많지 않지만 철저하게 친일했던 이광수, 최남선, 등의 경우가 여기에 속한다. 이광수 자신이 자신은 문사가 아니며 따라서 자신의 소설 창작이란 하나의 '여기餘技'로서 오직 조선민족의 계몽을 위한 방편에 지나지 않는다고 공언한 바도 있듯 이들은 모두 문학의 자율성을 부정하고 문학을 사회 개조 혹은 민중계몽의 수단으로 생각하는 문학관을 가졌다는 점에서 프롤레타리아 문인들과 공통점을 지니고 있다. 즉 문학을 이념 전달의 수단으로 받아들였던 사람들이다.

넷째, 문학의 순수성을 옹호했거나 자율성을 강조했던 문인 또는 그와 같은 태도 위에서 작품을 창작했던 문인들의 부류이다. 주요한, 김안서, 박종화, 김동인, 이효석, 김상용, 서정주, 최재서 등이 여기에 속한다. 평론가 최재서, 시인 주요한 등이 그중 적극적으로 가담하고 김안서, 서정주의 역할이 돋보이기는 하지만 프롤레타리아 문인 부류의 활동에 비할 경우는 그래도 양적인 면에서나 질적인 면에서 상대적으로 그 가담 정도가 덜한 문인들이다.

이상 네 가지 유형 중에서 맹목적으로 친일문학만을 전념했던 첫 번째의 신인 그룹을 제외하고(이들의 문단 활동에는 문학적 신념의 훼절 혹은 전향 그 자체를 운위할 만큼의 물리적 시간의 경과가 없었으므로) 나머지 세 그룹을 살펴보면 한 가지 두드러진 특징이 발견된다. 문학의 현실참여적 기능을 강조하는 문학관을 지닌 문인들의 친일 어용 행위가 문학의 자율성을 옹호하는 문인들의 그것보다 더 적극성을 띠었거나 더 주도적이었다는 사실이다. 앞서 두 번째 그룹의 프롤레타리아 문인들과 세 번째 그룹의 계몽주의 문인들이 그 단적인 예이다. 이는 프롤레타리아문학론을 추종했던 문인들이나 민중계몽을 부르짖었던 문인들이나 모두 사회참여를 문학의 본질로 삼았던 데서 연유한 결과가 아닐까 생각한다. 왜냐하면 양자 공히 문학을 이념 전달의 수단으로 생각했기 때문이다.

언뜻 문학을 사회 현실의 개혁수단으로 보는 문인들의 신념 훼절이 그렇지 않은 문학관을 가진 문인들의 그것보다 더 적극성을 띠었다는 것은 역설적이다. 그러나 찬찬히 살펴보면 그 나름의 일관성이 없는 것도 아니다. 이념전달의 수단으로서의 문학을 거부하는 입장에선 문인들의 경우 긍정적이든 부정적이든 문학의 사회참여 같은 행위는 받아들일 수 없는 가치이지만, 문학을 사회개혁의 수단으로 보는 입장에선 문인들의 경우 기본적으로 문학이 현실과의 관계를 끊는다는 것은 자신들의 문학관과 위배되는 가치이기 때문이다. 즉 그들에게 있어 저항이나 어용은 본질적으로 긍정적이든 부정적이든 모두 현실참여 행위에 해당한다. 따라서 그들은 자신의 신념에 변화가 오거나 상황에 따른 자기 합리화가 이루어질 경우 쉽게 역逆 방향의 현실참여 즉 어용을 행동화할 수 있게 되는 것이다.

3

그러나 식민지 시대의 우리 문학에는 일제와 맞서 싸운 저항 문인들 또한 적지 않았다. 그중에서도 대표적인 사람들이 신채호, 심훈, 한용운, 이육사, 이상화, 김영랑, 신석정 등일 것이다. 그런데 이들 역시 앞서 논의한 어용 문인들과 대비시킬 경우 몇 가지 대조되는 특징들을 지니고 있다.

첫째, 대부분의 훼절 또는 일제에 부역한 문인들이 일본 체류나 일본에서의 교육 경험을 가지고 있었던 데 비해서 이들은 대개 국내에 머물러 있거나 중국 체류의 경험, 중국에서의 교육 경험을 가지고 있었다. 만 30세가 되던 해부터, 일제에 의해 체포된 48세에 이르기까지 신채호가 중국과 만주에 머물며 애국계몽운동과 독립운동에 헌신하였다는 것, — 비록 6개월여 동안 일본 여행을 한 적이 있다고는 하나 — 한용운이 우리의 국권이 빼앗긴 1910년에 만주로 건너가 구국을 위한 뼈저린 고행의 1년을 보냈던 것, 심훈이 1920년에 중국 상해의 지강대학之江大學에서 국문학을 공부한 적이 있다는 것, 이육사 역시 1926년에 중국에 건너가 약 7년간을 머물렀던 것 등이다. 특히 이육사는 비록 북경대학 유학설, 북경사관학교 유학설 등 아직 확인되지 못한 부분이 있다 하지만 북경에서 노신魯迅, 호적胡適, 서지마徐志摩 등과 같은 중국 근대작가들과 교유를 했던 것만큼은 분명하다. 이에 비해서 대부분의 친일 어용 문인들은 일본에서 교육을 받았거나 일본문화의 영향을 입었다.

둘째, 문학의 전문성과 비전문성 혹은 문단적인 것과 비문단적인 것의 차이를 보여준다. 저항 문인들은 대개 비전문적, 비문단적인 문인들이었다. 그들 스스로 문인임을 자처하지도, 문단권 안에 들어가기를 바라지도 않았다. 심훈 정도가 예외적으로 뒤늦게 현상문예에 당선하여(1935년 장편소설 『상록수』가 《동아일보》에 당선됨) 공식적인 문단인으로서 추인되긴 했지만 그 나머지는 모두 현상문예라든가 동인지 활동과 같은 당대의 공식적인 문단 데뷔 절차를 밟지 않았다(이육사가 〈자오선〉 동인이라는 설이 있으나 그것은 그가 이 잡지에 작품을 발표한 것을 두고 한 말이지 사실이 그런 것은 아니다). 그러한 의미에서 이들은 당대 국내문단에서는 소외되었거나 인정받지 못한 소수 문인들이라 할 수 있다. 윤동주 역시 같은 경우에 속한다. 그가 만주에서 소년기를 보냈다는 것, 문단권 밖에서 작품을 쓰고 그것이 유작의 형태로 남겨졌다는 것 등이 그 증거이다.

셋째, 이 시기 일제 저항 문인들은 대개 동양정신 혹은 동양사상에 경도된 사람들이다. 이야말로 부역문인들에게서 찾아볼 수 없는 중요한 특성의 하나라 할 것이다. 왜냐하면 후자의 경우는 대개 일본 체류를 통해 근대서구의 현실주의, 실용주의, 합리주의 인생관에 물든 사람들이었기 때문이다. 즉 전자의 경우는 이념지향적이며 동양정신지향적인 데(심훈, 윤동주가 기독교 교인이라 하지만 그의 문학에 내포된 가령 선비정신과 같은 동양정신적 측면을 간과해선 안 될 것이다.) 비해서 후자의 경우는 현실지향적이며 서구정신지향적이었다. 따라서 후자의 이와 같은 훼절은 그들이 일본 체류에서 접한 서구의 합리주의 가치관이 쉽게 현실과 타협할 수 있는 여지를 제공해주었기 때문이 아니었을까 한다. 신채호가 성균관에 입교하여 유학을 공부하고 성균관 박사가 되었다는 것, 이육사가 영남의 대표적인 선비의 가문에서 태어나 학교 교육이란 거의 받지 못하고 조부로부터 한학을 습득했다는 것, 한용운이 우리 불교사에 빼어난 선가禪家의 한 사람이라는 것 등은 이를 잘 설명해준다.

저항 문인과 일제 부역 문인과의 대조에서 드러나는 이 같은 결과는 다음과 같이 해석될 수 있다.

첫째, 문학관에서 현실지향성을 강조할수록 역설적으로 훼절의 편향성이 강했다. 그것은 문학이 갖는 사회적 기능을 포기하는 것보다 이를 지키면서 차라리 자기 합리화를 통해 이념의 전향을 도모했다는 뜻이 된다.

둘째, 전문적 문인일수록 부역에 적극적이었다. 그것은 그들이 문단권 밖에 있었던 저항 문인들과 달리 문단적 명성이나 문단권력에 보다 강한 집착이 있었기 때문이다.

셋째, 그들의 청소년기의 인격형성에 끼친 교육이나 문화체험이 마지막 한계선에선 삶의 태도에 결정적인 역할을 했다. 이는 오늘날에도 외국 유학의 경험을 지닌 지식인이라면 한 번쯤 자신을 성찰해볼 문제라고 생각된다.

넷째, 동양정신의 값진 유산을 전승시켜야 하리라는 점이다.

바보야, 문학 교육이 문제다

1. 새로운 시 100년

올해로 한국 현대시 100주년이 되었다고 한다. 1908년 11월 이 땅 최초의 잡지『소년』창간호에 실린 최남선의「해에게서 소년에게」라는 '신체시' 작품을 두고서 하는 말이다. 그러나 이는 상식적 차원의 편의를 따른 것이지 학술적 차원에서까지 그렇다는 것은 물론 아니다. 학계에서는 아직 많은 논자들이 이에 동의하기를 주저하고 있다. 우선 '현대시'라는 개념이 무엇인지, 그것이 '근대시'와 어떻게 다른 것인지가 불분명하고「해에게서 소년에게」가 과연 '현대성'이나 '근대성'을 지닌 작품인지도 의심스럽다. 무엇보다도 작품의 문학적 수준이 이를 뒤받쳐주지 못한다.

좀 복잡한 논의가 필요하기는 하지만 — 그래서 지면 관계상 여기서는 생략하기로 하지만 — 정확히 하자면「해에게서 소년에게」는 근대시나 현대시는 아니다. 넓은 의미의 근대시라면 18세기 조선의 사설시조, 좁은 의미의 근대시라면 1919년 전후에 쓰인 주요한, 황석우, 김안서 등의 자유시들이 있고, 현대시라면 1926년 전후에 쓰인 정지용의 전위시들이 있기 때문이다. 나아가 '신체시'가 과연 자유시형을 추구하고 있었느냐 문제에 이르러서는 더욱 그렇다.

지금까지 선학들의 공통된 주장은 신체시의 율격이 전통시가 즉 가사나 시조가 지닌 그것과 판이하게 다르다는 점에서 이를 자유시형의 효시로 보는 것이 일반적이었다. 그러나 이에 대한 필자의 견해는 다르다. 최남선의 '신체시'란 자유시 창작을 목적 삼은 것이 아니라 시조와 다른 정형시, 그러니까 전혀 새로운 어떤 정형시형을 확립하기 위한 목적에서 시도된 제3의 개인 창작 정형시라고 생각하기 때문이다. 그러한 의미에서 한국의 자유시는 우리 근대시사近代詩史의 마지막 단계에 등장한 이 반동적 정형시(신체시)형 확립 운동을 극복하면서 완성을 이룬 것이라고 말할 수 있다(졸저, 『20세기 한국시 연구』, 새문사, 1989).

그러나 일반 문학 매스컴이나 소박한 문학 애호가들 사이에서는 기왕에 '현대시 100년'이라는 언급이 보편화되어 있고 또 '현대시'로 보든 '신시'로 보든 「해에게서 소년에게」의 발표가 올해로 한 세기 즉 100년 되는 해인 것만큼은 확실하니 이를 계기로 우리시 지난 100년을 성찰해보는 것은 결코 무의미한 일이 아니라고 생각한다.

2. 교과과정상의 문제

필자가 보기로 지난 백 년 동안, 우리 시 발전을 크게 저해해왔던 요인의 하나는 아이러니하게도 각 학교에서의 문학 교육이 아니었던가 한다. 이는 초·중등학교에서의 문학 교육이 장차 우리 국민들의 인문정신을 함양시키거나 시인, 작가 등 문인들을 배출시키는 모태가 된다는 점에서 매우 심각한 문제라 하지 않을 수 없다.

무엇보다도 교과과정이다. 세계의 선진 여러 나라와 달리 우리 즉 대한민국 교육부는 중·고등학교 국어 교육에서 '문학'을 '국어'가 아닌, — 미술이나 음악과 같은— 예술의 한 분야로 취급하고 있다. 이와 같은 기이한 국어관은 필자가 알기로 제5차 교육과정에서 처음 채택된 이후 오늘에 이르고 있는데 문제는 이렇게 국어로부터 추방된 까닭에 일선 학교에서 문학이 더 이상 필수가 아닌 선택과목이 되고 국어교과서에 문학작품이 거의 추방되다시피 했다는 점이다.

물론 지금의 일선 중 · 고등학교 교육에선 문학을 대부분 교과목으로 채택하고는 있다. 그러나 그것은 수능시험의 언어영역(문학은 어디까지나 언어를 가르치는 도구에 지나지 않으므로 수능고사에 문학이라는 영역은 아예 없고)에서 문학작품을 소재로 한두 문제가 출제되고 있기 때문에 그런 것이지 당위로서 그런 것은 물론 아니다. 만일 수능시험에서 문학을 소재로 한 언어문제의 출제가 제외된다면 일선 학교에서의 문학 교육 채택은 오직 교장의 자비심에 호소할 길밖에 없는 것이 당면한 우리 문학 교육의 현실인 것이다.

이처럼 우리 중등학교 교육과정에서 문학이 국어로부터 추방당하자 이제 국어교과서에서는 더 이상 문학작품을 실을 명분이 사라지고 말았다. 그러니 이 같은 파행 속에서 현행 중등학교 국어교과서가 세계 최초로 문학작품을 거의 수록하지 않게 된 것은 오히려 당연한 귀결일지도 모른다(최근 들어 이에 대한 비판들이 다소 제기되자 최소한의 몇 작품을 형식상 싣고 있기는 하다. 그러나 그렇다고 해서 근본적으로 문학이 국어가 아니라는 교육부의 인식이 바뀐 것은 물론 아니다).

그 결과 우리 중 · 고등학교에서의 문학 교육은 몇 시간 되지 않는 — 경우에 따라서는 다른 학과목의 교육 시간으로 대체될 수도 있는 — '문학' 시간에서 겨우 명목이나 유지하는 학과목으로 전락해버리고 말았다. 이런 환경에서 일선학교에서의 문학 교육이 어찌 제대로 실천될 수 있겠는가?

필자는 언제인가 교육부의 한 회의에서 당국자로부터 문학은 국어가 아니라는 괴변을 다음과 같이 접한 적이 있다. 즉 그들에 의하면 국어란 '말하기', '듣기', '쓰기' 등의 언어 교육인데 문학은 예술이기 때문에 국어가 아니라는 것이다. 그러나 이에 대한 필자의 생각은 이렇다.

① '말하기', '듣기', '쓰기'란 언어의 기능을 지칭하는 것이지, 존재하는 대상으로서 언어 그 자체를 가리키는 말이 아니다. 즉 언어가 먼저 있

고 부차적으로 여기에 이 같은 여러 기능들이 따르는 것이지 기능들이 있고 언어가 있는 것은 아니라는 말이다. 예컨대 인간이라는 존재가 있고 난 다음에 그는 말을 할 수도, 걸을 수도 있다. 그런데 그 걸음마를 가르치면서 그것으로써 바로 그 사람을 알았다고 우길 수는 없는 것 아닌가. 물론 국어 교육에서 말하기, 듣기, 쓰기라는 기능 교육은 중요하다. 그러나 존재로서의 언어에 대한 이해와 수용이 보다 우선해야 한다는 것은 두말할 필요가 없다.

② 언어에는 정보 전달의 수단으로서의 언어와 존재의 언어 두 가지가 있으며 전자는 언어의 실용적 측면으로서의 생활언어에, 후자는 언어의 발생적 측면으로서의 본질적 언어에 관련되어 있다. 이는 언어철학이나 시학의 초보적 지식이기도 하다. 이때 전자는 물론 말하기, 듣기, 쓰기와 같은 기능으로 이루어지고 후자는 세계인식이나 사고思考, 상상력, 의미 창조와 같은 정신활동의 토대가 된다. 그러므로 일선 학교 국어 교육에서 말하기, 듣기, 쓰기만을 목적 삼는다면 이보다 중요한 후자의 가치는 필연적으로 배제될 수밖에 없다.

③ 국어 교육의 목적은 단순히 말하기, 듣기, 쓰기에만 있는 것이 아니라 한 인간의 사고력, 상상력, 창조력을 함양시키는 데 있다. 왜냐하면 궁극적으로 언어란 인간의 사유 그 자체이기 때문이다. 사유가 있으므로 그 사유를 전달 혹은 표현하기 위한 수단으로 언어가 있는 것이 아니라 언어가 있음으로 인간은 사유할 수 있는 것이다. 이는 언어학의 초보적인 명제로 문학은 바로 이 후자의 영역에 속한다. 그럼에도 불구하고 오늘의 학교 교육에선 이 후자는 국어(언어)가 아니라면서 전적으로 국어 과목에서 배제코자 하는 것이다.

④ 국어 교육의 목적은 단순히 말하기, 듣기, 쓰기가 아닌 그 이상의 차원에 있다. 예컨대 한 민족은 언어를 통해 자신의 정체성을 확립한다. 그래서 한 나라의 언어에는 그 민족의 정신 혹은 혼(national Geist)이 내재해 있다고 말하는 것이다. 정치학이나 역사학에서 민족 혹은 민족주의의 본질을

그 민족의 언어 즉 민족어에서 찾는 것도 이 때문이다. 항용 드는 예지만 민족어를 상실한 민족은 존재할 수 없으나(청나라를 세운 만주족) — 비록 영토나 국토를 상실했다 하더라도 — 민족어를 지킨 민족은 영원하다(유태인). 우리가 일선 중·고등학교에서 국어를 가르치는 이유의 중요성도 여기에 있는 것이다. 국어 교육의 일차적 목적은 이렇듯 민족의 정체성 확립에 있으며 이 민족의 정체성을 확립하는 데 있어 중요한 것이 문학작품으로 형상화된 언어 즉 문학이다. 따라서 말하기, 듣기, 쓰기와 같은 기능은 국어 교육의 부차적 차원에 속할 뿐이다.

⑤ '말하기', '듣기', '쓰기'에 얼마나 심오한 이론이 있어 이를 초등학교에서만이 아닌 고등학교 국어 교육에서까지도 하나의 철칙으로 목적 삼아야 하는지는 모르겠지만 설령 그렇다 하더라도 국어교과서에서 문학작품을 추방한다는 것은 그 어떤 경우에도 사리에 맞지 않다. 왜냐하면 모든 유형의 글쓰기(말하기)가 종합된 문학작품이야말로 소위 '말하기', '듣기', '쓰기'의 가장 훌륭한 전범이자 그 같은 교육의 총체적 소재가 되기 때문이다.

가령 황순원의 「소나기」가 국어교과서에 수록되어 있다 하자. 만일 교사가 학생들에게 이를 읽히고 감상문을 쓰게 한다면 그것이 바로 '쓰기' 교육이 될 것이며, 그 감상문을 발표케 하여 학생들과 더불어 토론을 시킨다면 그것이 바로 '말하기'와 '듣기' 교육이 될 터이다. 그러므로 국어 교육이 말하기, 듣기, 쓰기에 본질이 있음으로 국어교과서에서 문학작품을 추방해야 한다는 논리는 괴변 아니면 무지다.

⑥ 고등학교 국어 교육에서 문학작품을 가르치는 것은 예술작품으로서 문학작품을 감상하고 문학의 이론이나 창작, 혹은 시인, 작가 등의 배출과 같은 것만을 위한 교육이 아니다. 물론 이 같은 측면을 배제할 수는 없을 것이다. 그러나 이는 어디까지나 부차적인 문제이며 보다 중요한 것은 오히려 문학작품을 통한 언어 교육 그 자체에 그 목적이 있다고 보아야 한다. 그런데 문학작품이 이 같은 언어 교육에 있어 얼마나 중요한 역할을 맡고 있는지는 앞서 논의한 내용 그대로다.

⑦ 국어 교육 정책 입안자들은 문학을 미술이나 음악 등과 같은 예술과 동등한 장르로 보고 있다. 그러나 그렇지 않다. 문학도 예술의 한 분야인 것만큼은 사실이지만 그 매재라는 측면에서 이외의 예술 장르들과 전혀 다르기 때문이다. 예컨대 미술이나 음악 등의 매재는 물질 그 자체인 반면 문학의 매재는 — 물질 그 자체가 아니라 — 간접적 '기호'(언어)들이다. 즉 붉은 장미꽃을 대상으로 하여 예술작품을 만들 경우 화가는 그 어느 나라 사람이든 그것을 붉은색 물감 그 자체 즉 물질로 표현해 보여주지만 문학은 그가 속한 민족에 따라 이를 대신하는 각기 다른 음성 기호(언어)를 사용한다. 예컨대 한국의 시인은 '붉다'라는 소리로, 영국의 시인들은 '레드red'라는 소리(기호)로 읊는 것 등이다.

그런데 매재로서의 물질 그 자체는 의미를 발생시키지 못하지만 기호는 기호되는 것(signifié)과 기호하는 것(signifiant)의 결합으로 이루어진 까닭에 의미 발생이 필연적이다. 문학작품이 단지 감각만을 제시하지 않고 그 안에 심오한 사상을 내포하는 이유가 여기에 있다. 헤겔이 감각만을 제시하는 다른 물질예술 즉 미술이나 음악과 구별해서 문학을 관념예술이라 규정한 것도 이 때문이다. 즉 문학의 매재는 언어인 까닭에 미술이나 음악과 같은 물질예술과는 그 본질이 다르다. 그 결과 문학은 당연히 언어 교육에서 필수적일 수밖에 없다.

⑧ 국어란 간단히 한국어를 지칭하는 말이다. 그런데 '한국어'라는 말은 어떤 관념이지 별도의 실체로 존재하고 있는 구체적 사물이 아니다. 그것이 만일 실체로 존재한다면 문학작품(넓은 의미의)으로서밖에 다른 형식으로 나타날 수는 없다. 즉 관념어 '한국어'의 구체적 실체는 바로 한국어로 쓰인 문학작품이다. 우리는 다만 문학작품에 내면화되어 있는 어떤 의사소통의 관념적 기호체계를 편의상 한국어라 부르는 것이다. 그러므로 그 어떤 언어도 그것이 내면화되어 있는 문학작품을 통하지 않고서는 실천적 접촉이 불가능하다. 한국 문학작품 그 자체가 바로 한국어가 되는 이유이다.

그럼에도 불구하고 우리 교육의 정책 입안자들은 '한국어'라는 것이 문학

작품 밖에서 존재하는 어떤 가상의 실체라는 착각에 빠져 국어에서 문학을 추방해버리고 말았다. 그러나 과문한 탓인지 필자는 아직까지 미국이나 유럽의 중·고등학교 국어교과서 그 어디에서도 문학작품을 추방, 독립시켰다는 이야기를 들어본 적이 없다. 미국의 국어교과서는 오히려 그들이 전범으로 삼고 있는 고전과 현대의 영문학작품 사화집일 뿐이다. 그들은 이 문학작품 사화집을 교과서로 해서 그들의 국어를 교육시키고 있는 것이다. 미국의 국어 과목은 '문학'과 '문법' 이외의 다른 하위 구분이 없다.

사정이 이러하니 이와 같은 문학 교육을 받고 성장한 우리 청소년들이 어떻게 한국인으로서의 정체성과 창조적 인문정신을 확립할 수 있으며, 이에서 더 나아가 어떻게 바람직한 문학의 독자나 애호가, 작가나 시인, 전인적 인문교양인으로 성장할 수 있을 것인가. 잘못된 오피니언 리더나 잘못된 국어 혹은 문학 교육의 담당자, 잘못된 우리 사회의 문화 관리자가 되어 오히려 우리 문화 혹은 문학발전, 일반 국민의 인문정신을 저해시키는 일에 앞장설 것이 뻔하다.

3. 참담한 국어 교수

국어 교수(수업)의 문제는 더욱 심각하다. 오늘날의 우리 중등학교는 차라리 하지 않는 것이 더 바람직할 문학 교육에 몰두하고 있기 때문이다. 물론 그것은 대체로 대학 입시교육에서 빚어진 결과이므로 실제의 책임은 정부나 국가 더 나아가서는 대통령이 질 일이지 일선 중등학교 교사나 학교가 질 일은 물론 아니다. 어떻든 잘못된 문학 교육의 한 실례를 들어 살펴보기로 한다.

몇 년 전 필자가 현직에 있을 때의 일이다. 소위 명문으로 일컬어지는 이 대학 입시에서 어느 해인가 필자는 전공 학과목 구두시험에 관여하게 되었다. 시험관은 국어국문학의 세 분야 즉 국어학, 고전문학 그리고 현대문학을 대표한 세 분의 교수가 맡게 되었는데 각 교수가 한 문제씩 입시생에게 무언가를 물어보는 형식이었다. 배점은 모두 16점, 그러나 최고 점수는 10점으로 기초 점수 5점은 그냥 주게 되어 있었으므로 학생들은 그 대답에 따라 5점 정도의 점수 편차를 낼 수 있는 중요한 시험이었다. 나는 여러 가지를 고민하다가 입시생 모두에게 시 한 편을 외워보라는 주문을 한 번 해보기로 했다. 그런데 이 웬일인가. 결과는 70여 명의 지원자(정원은 30명이었음) 가운데 제대로 시 한 편을 외운 학생이 불과 6명에 지나지 않았던 것이다.

열댓 명의 학생들은 낭독을 시도하다가 중도에서 탈락했다. 대여섯 명의 학생들은 인터넷에서 유행하는 짧은 소위 낙서시落書詩들을 외웠다. 두세 명의 학생들은 시조를 외웠다. 그런데 놀라운 것은 응시생의 반에 가까운 학생들이 시를 외우지 못하겠다면서 당당하게 문을 박차고 나가버렸다는 사실이다. 문학이 전공인, 그것도 명문대 국문과의 입시생이, 단 1점의 차이로 당락이 결정되는 그 치열한 경쟁에도 불구하고 시 한 편을 외우지 못해 스스로 5점을 포기할 수밖에 없었던 그 문학 실력과 그들을 그렇게 만든 학교 교육의 실체는 과연 어떤 것이었을까. 순간 나는 그것이 바로 우리 중등학교 국어 교육의 문제점이자 평균적 수준이라는 생각이 들었다. 그렇지 않은가. 초중등학교 도합 12년의 국어 교육과 학원의 보충 수업, 과외 등의 피나는 사교육을 받은 내공의 결과가 이처럼 시 한 편 외울 수 없는 실력으로 나타났다면 그런 교육은 받아서 대체 무엇에 쓸 것인가.

물론 국어 혹은 문학 교육에서 시 한 편 외우는 것은 중요한 일이 아닐지도 모른다. 시 한 편 외우는 것보다 더 우선해야 할 어떤 가치가 있을지도 모른다. 그러나 최소한 중 · 고등학교를 졸업한 학생이라면 하나의 교양인으로서 시 한 편 정도는 외울 수 있어야 당연하지 않겠는가. 더욱이 명문대에서 전공으로 수학하여 이 나라의 지도급 인재가 되려는 학생이라면 더 말할 필요가 없을 것이다. 시인이 되기를 바라서가 아니라, 대학의 국문학과 교수가 되기를 바라서가 아니다. 단순히 그저 바람직한 교양인이 되기를 바라서 하는 말이다.

그래서 선진 외국에서는 학생들에게 문학작품의 독서를 장려하고 최소한 몇십 편의 시들은 외울 수 있어야 대학 입시 자격을 부여한다. 프랑스의 대학입시 자격고사(바칼로레아)의 경우 200여 편 이상에 달하는 자기 나라 고전을 외우지 않고서는 합격이 불가능한 것으로 알고 있다. 생각해보라. 설령 그가 장차 기업체의 사장이 되거나, 국회의원이 되거나, 대통령이 된다 한들 그에게 시 한 편 외울 만한 인문교양이 없다면 그가 과연 인간다운 우리 사회를 건설하는 데 있어 무슨 기여를 할 수 있을 것인가. 그리해서 필자는 이 명문대 입시생들에게 시 한 편을 한 번 외워보라고 주문했던 것이다.

우리 중등학교의 국어 교육의 실체가 이렇게 된 이유는 무엇일까? 그 해답은 간단하다. 그것은 대학입시(수능시험) 출제방식이 과목을 가리지 않고 모두 객관식 오지선다형의 문제를 푸는 형식으로 되어 있어 대학입시 준비가 주목적이 된 일선 중·고등학교에서의 문학 교육도 그와 같은 방식의 입시 교육에 따를 수밖에 없기 때문이다. 즉 문학을 문학으로 가르치지 않고 물리나 수학 혹은 역사나 정치 같은 과학으로 가르쳐야 한다는 점이다.

그 결과 우리 일선 중·고등학교에서의 문학 교육은 문학작품을 총체적으로 구조 분석하거나 심미적으로 교감시키는 것과 같은 방식을 통해 학생들에게 창조적 사고력이나 상상력과 같은 것을 배양시키는 인문교육보다는 작품의 한 부분을 채록해서 만든 오지선다형 문제지에다 정답을 찍는 훈련을 통해 부차적이고도 지엽적인 문장 해석이나 단락 차원의 의미 소통 따위의 해결과 같은 과학적 기능주의에 매달려버리고 마는 것이다.

예를 하나 들자면 이렇다. 가령 한용운의 「님의 침묵」을 가르치고자 할 경우 그 총체적인 작품 세계나 미적 감수성, 상상력, 창조적 발상, 미학적 구조나 언어의식 같은 것에는 관심을 기울일 필요가 없다. 객관식 오지선다형의 틀에 갇힌 대학입시에서는 이 같은 내용을 묻는 문제들의 출제가 불가능한 까닭이다. 따라서 시험 문제는 대개 시적 진술 어느 한 부분에 밑줄을 긋고 단편적 수사법에 관한 내용이나 속뜻을 묻는 수준에서 끝나고 만다. 예컨대 '님'이라는 시어에 밑줄을 치고 "여기서 '님'이란 무엇을 가리키나?" 하고 물은 뒤 '부처', '애인', '조국', '무아', '우주만상' 등을 제시하는 방식인데 그 정답은 물론 '조국'이어야 한다. 한용운이 독립운동가인 까닭이다. 교사용 지침서에 그렇게 되어 있다.

그렇다면 그나마 이것은 정답일까. 그렇지 않다. 아니 이 문제만이 그런 것이 아니고 원래 문학작품에는 정답이라는 것이 없다. 정답이 없음으로 우리는 문학을 과학이라 하지 않고 문학이라 부르는 것이다. 왜냐하면 문학적 진리는 종합적, 주관적, 직관적, 비논리적, 다면적인 까닭이다. 그러므로 위의 질문에 대한 답은 '조국'이라 할 수도 있고 '부처'라 할 수도 있고 '애인', '무아', '우주만상' 더 나아가서는 이 모든 것을 함축한 의미라고 말할 수도 있다. 가장 자연스럽게 가장 보편적으로 우리의 가슴을 울리는 진실이 바로 정답이 되기 때문이다. 그러니 이를 어찌 하나만을 콕 집어 대답해야 하는 객관식 오지선다형으로 물을 수 있을 것인가. 앞서 필자가 우리 중등학교 문학 교육은 문학작품을 문학으로 가르치는 것이 아니라 과학으로 가르친다고 말했던 이유가 여기에 있다. 오직 과학에서만이 객관화된 하나의 정답이 존재할 수 있기 때문이다.

이처럼 문학을 과학으로 가르치는 교육은 이미 문학 교육이 아니다. 단지 문학 교육이 아니라는 차원을 넘어서 문학 교육 그 자체를 망치는 행위이다. 그것을 되풀이하면 할수록 또는 강화하면 할수록 역설적으로 문학이 점점 사라지게 되는 결과가 초래될 수밖에 없기 때문이다. 그러니 초·중등 12년의 공교육과 학원 과외 등 그 숱한 사교육을 받고도 시 한 편 외우지 못하는 졸업생들을 배출시키는 것이 당연하지 않겠는가. 따라서 나는 — 진정한 문학 교육을 되살리기 위해서는 — 우선 대학 입시제도나 수능시험 문제 형식을 획기적으로 개혁하지 않으면 안 된다고 생각한다. 그 핵심은, 적어도 문학의 경우만큼은, 그 학과목의 특성상 객관식 문제 출제 방식을 과감히 폐기하고 주관식 출제로 바꾸어야 한다는 것이다.

이 같은 개혁에는 물론 여러 가지 가진 자들의 심각한 저항이 수반될 것임이 틀림없다. 아마도 그 대표적인 예는 — 답안 자체가 주관식 논술 형태를 띨 것임으로 — 당연히 채점 혹은 평가의 객관성이나 관리의 효율성에 대해 붙는 시비일 것이다. 사실은 그래서 대학 수능고사를, 그 학과목의 성격도 고려하지 않고, 모두 하나로 묶어 획일적인 객관식 오지선다형으로 치루는 것이 아니겠는가. 그러나 다른 학과목은 몰라도 문학의 경우만큼은 어쩔 수 없는 일이다. 단순히 대학 입시와 관련된 시비에서 벗어나기 위해 국민 교육을 망칠 수는 없기 때문이다. 무사안일하게 대입 합격자를 선발하기 위해 진실을 오류로 가르칠 수는 없기 때문이다. 교육부 관리들의 철밥통을 지키기 위해 국민 대다수를 붕어빵 찍어내듯 획일적인 사고의 소유자로 찍어내 온 국민의 인문정신을 결여된 기성제품들로 만들 수 없기 때문이다. 아니 그 무엇보다 국민의 창의력 개발이 국가 발전의 원동력이 되기 때문이다.

이런 교육 풍토에서 어찌 또한 세계적인 대문호의 출현을 기대할 수 있을 것인가. 우리 정부는 한국 작가의 노벨문학상 수상이라는, 턱없는 환상을 버리고 우선 이 같은 문제 하나라도 그 해결에 심혈을 기울이는 일이 보다 중요하다. 추측컨대 아마도 그것은 교육부 장관도 손대기 어려운 난제일지 모른다. 그렇다면 대통령이라야 할 수 있는 일이 아닐까. 대통령이 그 직을 목에 걸고 해내야 할 일이 아닐까.

4. 우울한 단상

한국의 국어 교육은 지금 정부의 잘못된 교육철학과 획일화된 대학입시 제도의 도입으로 극히 비정상적인 궤도를 가고 있다. 그것은 교육 과정에서 문학은 국어가 아니라는 전제 아래 문학을 국어로부터 추방시키고 교수 방법에서도 문학을 문학으로서가 아니라 과학으로 가르치는 현행 학교 국어 교육의 파행에서 연유한다. 그 결과 이 나라에서는 시 한 편도 외울 수 없는 국민, 인문정신이 결여된 지식인들이 양산되어 알게 모르게 도구적 가치가 횡행하고 비인간화가 촉진되는 사회로 전락하고 있다. 인간보다도 물질이 우선시되는 사회가 고착되어가고 있다. 우리 민족의 미래를 위해 이 얼마나 참담하고도 무시무시한 상황인가. 한국 현대시 100주년을 맞아 성찰해보는 우울한 단상이다.

현대시조의 위상과 그 가능성

1

한국의 근대 자유시는 어떻게 형성된 것일까? 혹자는 우리 자유시가 온전히 서구문학에서 이식되어온 것이라고 주장하기도 한다. 그러나 과연 그런 것일까? 이 문제에 대한 나의 소견은 이렇다. 부분적으로 서구문학에서 받은 영향을 부인할 수는 없지만 그 역시 본질적으로는 우리 문학의 전통에 뿌리를 두고 성장한 나무라는 것이다. 그렇다면 그 전통의 뿌리란 또 무엇일까. 간단히 우리 문학사에서 700여 년을 유유히 계승 발전시켜온 시조문학이다. 즉 우리 현대 자유시는 직접적이든 간접적이든 시조문학이라는 꽃밭에서 피어난 꽃이라 할 수 있다. 그러므로 오늘의 우리 자유시 형성에 대해 이야기하면서 전통문학인 시조를 논외로 한다는 건 있을 수 없는 일이다.

그 어느 나라의 민족문학도 발생의 원점부터 산문 문학 혹은 자유시가 있었던 것은 아니다. 그것은 애초에 모두 운문으로 쓰여져 노래 불려지거나 낭송되었다. 근대에 이르기까지의 오랜 문학적 관습이 그랬다. 우리가 관념적으로 시(poetry)와 운문(verse)을 같은 개념으로 사용해왔던 것도 이 때문이다. 그러던 것이 근대에 오면서 정형시 혹은 운문시와 별개인 자유시가 새롭게 등장하게 된 것이다.

그 같은 변화를 일으킨 원인은 어디에 있을까? 이 문제에 대한 단순하면서도 원론적인 해답은 이렇다. 바로 장르 유類로서 산문 문학인 소설과 장르 종으로서 산문 형태인 자유시가 근대 시민사회에 적합한 문학양식이었기 때문이라는 것이다. 간단히 오늘의 산문 문학은 근대 시민사회의 문학적 반영이라 할 수 있다. 그렇다면 근대 시민사회란 또 무엇일까? 그것은 이념적으로는 민중주의, 정치적으로는 민주주의, 경제적으로는 자본주의를 지향하는 사회를 일컬음이다. 말하자면 전통적 운문 문학은 민중주의, 민주주의, 자본주의적 삶의 가치, 달리 말해 근대인들이 추구했던 이념, 감수성, 기호嗜好, 세계관, 미의식 등이 문학에 반영되면서 일부는 해체되어 산문 문학양식으로, 일부는 전통양식을 고수하여 그 핵으로서 자리를 굳히게 된 것이다.

여기에는 물론 가치부여라는 문제가 제기될 수 있다. 자유시가 근대 시민사회의 문학적 반영이라면 상대적으로 운문시 혹은 정형시는 이 시대에 비 적합한 문학양식인가? 그렇다고 생각하는 일부 논자들이 없는 것은 아니다. 그러나 운문시와 자유시의 관계를 이와 같은 대립 구도로서만 설명할 수는 없다는 것이 필자의 생각이다. 오히려 운문시 — 민족 전통의 정형시와 그에서 파생된 자유시는 원자의 핵과 양자의 관계에 놓여 있는 것처럼 보인다. 그것은 달리 모태와 자식들의 관계이며, 항구와 선박들의 관계이다. 전통 정형시는 한 시대문학의 핵에 위치하여 무질서하게 부동하는 주변의 산문 문학에 보이지 않은 민족문학의 규범과 질서를 부여하는 구심적 기능을 갖고 있기 때문이다. 그러한 의미에서 산문 문학과 운문 문학은 상호 팽팽한 긴장을 유지시키면서 한 시대의 문화적 소명을 함께 실현해간다고 말할 수 있다.

이제 시야를 우리 문학사로 돌리면 우선 시조가 민족 전통 정형시라는 것을 부인할 사람은 아무도 없을 것이다. 문제는 우리 역사에서도 자생적으로 자본주의 경제, 혹은 근대 시민사회를 지향하는 움직임이 있었느냐

하는 점과 동시에 — 불행히도 우리의 근대화가 파행적이었다는 사실 때문에 — 이에 따라 일반 세계문학사에서 볼 수 있는 바, 우리의 운문(시조)으로부터 과연 우리의 산문인 자유시가 자연스럽게 파생되었느냐 하는 점이다. 이에 관해서는 학계에 많은 주장들이 있고 또 문학, 역사학, 사회학, 정치학, 경제학 등 제 분야에서 매우 민감하게 다루어져야 할 문제이므로 물론 간단히 논의될 문제가 아니다.

그러나 필자의 생각(이 문제에 관한 자세한 논의는 졸저『20세기 한국시 연구』에 수록된「근대시와 현대시」라는 논문을 참조하시기 바람)으로는 — 비록 서구의 그것처럼 본격적인 것은 아니었다 하나 — 우리 역사에도 분명 어느 한 시기에 자본주의 경제를 지향하는 자생적 사회 변화와 근대 시민사회로 나아가는 민중운동의 싹이 있었다. 그것은 대략 18세기경이라고 추측된다. 그리고 이와 같은 사회 변화는 19세기 소위 '개화기'에 들어 우리 사회가 서구문물을 수용하면서 비로소 본격적인 단계에 들어서게 된다는 것이 일반적인 견해이다. 따라서 우리의 근대화 과정을 이렇게 파악한다면 우리 문학사에서도 — 자본주의 경제에 토대를 둔 시민사회의 반영으로서 — 자유시의 등장이 이 시기에 이르러 비로소 동력을 얻게 되었을 것이라고 추측하는 것은 이상스러운 일이 아니다. 필자는 그것을 18세기의 사설시조에서 찾고자 한다.

우리 문학사에서 18세기에 사설시조가 등장하게 된 것은 이 시기 사회적, 경제적 변화의 문학적 반영으로 우리의 전통 정형시 즉 평시조가 일부 해체되어 자유시로 발전해나가는 과정의 그 첫 단계의 현상이라 할 수 있다. 그리하여 평시조는 다시 두 번째 단계로 전통장르 즉 민요, 시조, 가사 등이 상호 침투하는 작용에 의해서, 세 번째 단계로 두 번째 단계에서 이루어진 성과가 창가, 찬송가 등 외래적 요소를 받아들임에 의해서, 네 번째 단계로 마지막 문화적 수구 저항세력이라 할 신체시, 언문풍월, 사행시 등 신판 정형시 창작의 시도를 극복하면서 10년대 말 20년대 초에 완전한 자유시형을 확립하게 된다(이 과정에 대한 자세한 논의는 앞의 졸저 가운데『개화기시의 재인식』을 참조하시기 바람). 그러므로 이 시기의 사설시조 창작은 넓은 의미에서 우리 근대시의 출발의 시발점이라고 말해도 틀리지 않을 것이다.

따라서 우리 자유시 형성 과정은 이렇게 요약될 수 있다. 첫째, 외래 문학에 의해서가 아니라 전통 정형시인 시조의 해체로 이루어졌다. 둘째, 시조의 해체화 과정은 구체적으로 18세기 사설시조의 대두로 시작되었다. 셋째, 전통 정형시인 시조의 해체 역시 다른 모든 세계 문학이 그렇듯 자본주의 경제에 토대를 둔 근대 산업사회의 문학적 반영이었다. 넷째, 우리의 시조는 18세기에 이르러 이후 이원화되는 길을 걸어왔다. 하나는 스스로 해체화 과정을 밟아 오늘날 자유시로 발전해온 길이요 다른 하나는 전통 정형시의 규범을 지켜 자신의 영역을 고수해온 길이다. 다섯째, 시조와 자유시는 대립적 혹은 배타적인 관계가 아니라 상호보완적 관계에 있다. 민족문학의 중심부에 있는 것이 전자라면 그 주변부에 있는 것은 후자이다. 따라서 이 양자 사이의 적절한 긴장 관계에 의해서 우리 시는 민족문학으로서의 소명을 다할 수 있으리라고 생각된다.

2

새삼스러운 이야기가 아니지만 오늘의 우리 문학이 지향해야 할 지점은 한마디로 근대성이어야 한다. 조선조나 고려조가 아닌 근대 산업사회에서 삶을 영위하고자 하는 한 그 삶의 반영인 문학 역시 근대적이어야 함이 당연하기 때문이다. 그것은 또한 자유시가 그러함과 똑같이 시조에게도 요청되는 명제이기도 하다. 다만 시조는 전통적 정형성을 지켜야 한다는 부담 때문에 그 형식적 반영에 있어 보다 운신의 폭이 제한적일 수밖에 없다는 사실이 다를 뿐이다. 물론 형식에 있어서도 어떤 규범이나 원칙만 지켜진다면 — 시조의 본질을 규정할 수 있는 이 같은 규범 혹은 원칙이 무엇인가 하는 문제가 우선 해명되어야 하겠지만 — 오늘의 시조가 굳이 조선조 시조의 그것과 외형적으로 똑같아야 할 이유는 없다.

시조가 무엇인가 하는 질문에는 많은 논의들이 제기될 수 있다. 그러나 그것이 최소한 내용의 차원에서만 규정되어야 할 문제가 아니라는 것은 누구나 동의하리라고 믿는다. 시조라는 명칭 자체가 어떤 형식적 규범을 지키는 시형을 일컫는 용어이기 때문이다. 그러므로 현대시조는 이 형식적 규범의 고수를 전제로 '근대성'의 도입을 지향하는 데 그 명운이 걸려 있다고 하겠다. 한마디로 시조는 그 형식의 틀 안에서 앞서 지적한 바 그 이념이나 주제 면에서, 혹은 소재나, 언어적 감수성이나, 미학적 자질이나, 어법이나, 세계를 인식하는 방법이나, 기법, 수사법 등의 차원에서 이상의 근대 지향성을 반영할 수 있어야 한다.

필자는 앞에서 시조란 어떤 '형식적 규범'을 지키는 정형시형을 일컫는 것이라고 말한 바 있다. 그럼에도 불구하고 오늘의 시조는 그 형식적 측면 또한 근대성과 발을 맞추면서 나름으로 어떤 변혁을 시도하는 것이 바람직해 보인다. 가령 개화기에 시조와 민요, 시조와 가사를 결합시켜 만든 일탈逸脫 시형, 20년대 들어 이은상 등이 시도한 양장兩章 시형, 연시조 시형 등의 창작 등은 아마도 그러한 노력의 소산일 것이다. 그러한 관점에서 오늘의 우리 시조에는 그 형식상 두 가지의 유형이 존재한다고 말할 수 있다.

첫째, 정통적인 형식 즉 3(4) · 4 · 3(4) · 4/ 3(4) · 4 · 3(4) · 4/ 3 · 5 · 4 · 3(4)의 율격과 3장 6구의 구성을 엄격히 고수하는 시형이다. 전통적인 시조는 모두 이 유형에 속하는 것이니 이에 관해서는 별도의 논의가 필요 없을 듯하다.

둘째, 이 같은 형식의 엄격성에서 벗어나 이를 보다 유연하게 대처하려는 시형이다. 앞서 지적한 제 시형들이 그것이다.

가령 조지훈의 「승무」는 이 후자의 대표적인 예 가운데 하나라고 생각된다. 모두 9연 18행으로 된 이 작품은 평시조 세 편이 연속되는 형식을 지니고 있지만 종장 첫 구의 3 · 5 율격은 첫 번째 시조와 세 번째 시조에서만 지켜지고 있으며 그 외 4 · 4조 율격도 거의 자유스럽다. 두 번째 시조에서는 중장에 해당되는 부분이 생략되어 있고, 세 번째 시조에서는 초장에 해당되는 부분이 중장에서 중복되는 형태를 취한다.

그 이외에도 '엄격성을 벗어나 느슨해진 시조 시형'의 또 다른 형태의 하나는 시조 그 자체가 자유시 가운데 일부로 포함되거나 혹은 녹아 있는 경우를 들 수 있다.

이제 아무도 그것을 시조라 생각지 않을 것 같은 조지훈의 자유시에서—끝의 여섯 연만을 인용해—이 두 가지 유형을 살펴보도록 하겠다.

> 옛날의 명동거리를/ 찾아간다.
> 숨었다가 겨우 산/ 옛벗을 만난다.
> 껴안을 수가 없다./
> 말조차 없는 그 대면
>
> 저무는 거리에서 추럭을 타고
> 우이동 C.P를 찾아간다.
>
> 가족의 생사를 아직 모르는 목월木月을 보내고
> 내가 혼자 이밤을 거기서 자리라
>
> 사단장 R준장이 웃으며 맞아준다.
> 〈오늘 저녁에는 안 오실 줄 알았는데
> 죽다가 산 사람끼리 하소연이 많을 텐데〉
>
> 무기도 하나 없이 암호를 외우며
> 어두운 밤길을 혼자서 걸어온다.
>
> 돈암리 길가에서 줏어 업은 전쟁고아는
> 이름을 물어도 나이를 물어도 대답이 없다.
>
> —「서울에 돌아와서」 부분

첫째 유형은 인용된 부분 중 1연과 2연이다. 느슨해진 평시조 형식이 마치 자유시처럼 진술되어 있다. 그러나 좀 꼼꼼히 독해한 독자들이라면 1연이 시조의 초장과 중장에, 2연이 종장에 해당하는 시행이라는 것은 쉽게 유추할 수 있을 것이다. 물론 4 · 4조 율격에 변조가 심하며 종장 첫 구에 해당하는 "저무는 거리에서"도 3 · 5조 율격이 다소 무시되고 있기는 하다. 그러나 이 정도의 파격은 우리 정통시조에서도 흔히 발견할 수 있는 특징들이므로 별 문제가 되지 않을 듯싶다.

둘째 유형은 엄격히 지켜진 평시조 형식이 자유시의 일부로 수용되어 있는 경우이다. 즉 전체 시는 자유시와 평시조가 결합된 형태이다. 이는 평시조가 자유시화되어 그 안에 녹아 있는 앞의 경우와 다르다. 인용된 부분의 넷째 연이 그렇다. 그러므로 누구나 이 네 번째 연만을 떼어 읽어본다면 그것이 평시조 형식으로 되어 있다는 사실을 쉽게 알게 될 수 있으리라 믿는다. 다음과 같은 율독이 가능하기 때문이다.

> 사단장/ R준장이/ 웃으며 맞아준다.
> 오늘/ 저녁에는/ 안 오실줄/ 알았는데
> 죽다가/ 산 사람들끼리/ 하소연이/ 많을텐데

음수율에서 1음절 내외의 오차가 발견되는 곳이 한두 군데 없는 것은 아니지만 이 정도의 파격이라면 전형적인 평시조라 하지 않을 수 없다.

3

차제에 시조의 형식에 대한 필자의 소견을 밝히고 싶다. 시조의 원칙적인 규범이 지켜지기만 한다면 꼭 엄격한 음수율을 강요할 필요는 없다는 것이다. 물론 여기서 음수율과 구분되는 의미로서의 "원칙적인 규범"이 무엇인가 하는 문제는 많은 논란을 불러일으킬 수 있을 것이다. 그러나 필자가 감히 시도하고자 하는 견해는 이러하다.

첫째, 시조는 한 마디(Colon: 소위 음보 혹은 귀)를 발음하는 시간의 길이라는 측면에서 세 개의 서로 다른 마디들로 구성된다. 발음하는 시간의 길이가 긴 마디(A), 발음하는 시간의 길이가 중간치인 마디(B), 그리고 발음하는 시간의 길이가 짧은 마디(C) 등이다. 여기서 최장 혹은 최단 길이의 음절수는 모두 한 호흡 단위(프랑스 율격의 용어로 예로 들자면 하나의 'groupements syllabiques'이나 'membres'에 해당하는 것임) 이내의 것이어야 한다.

둘째, 시조의 초장과 중장은 길이가 중간치인 마디(B)가 각각 네 번 중복되는 형식을 취한다. BBBB의 형식이다.

셋째, 시조의 종장은 첫 마디에 길이가 짧은 마디, 둘째 마디에는 길이가 긴 마디, 그리고 그 다음의 두 마디는 각각 길이가 중간치인 마디로 구성된다. 즉 CABB의 형식이다. 이를 도식으로 표현하면 다음과 같다.

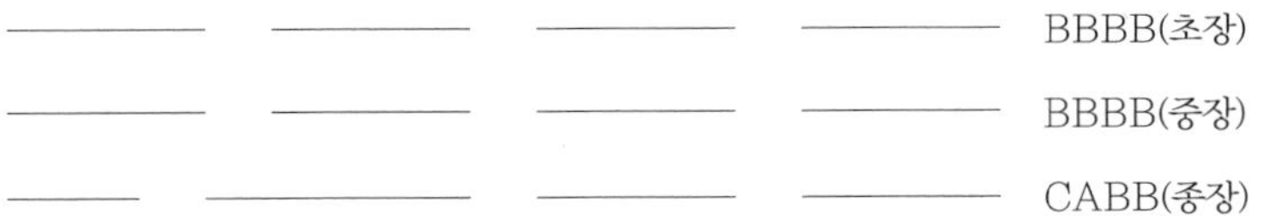

———— ———— ———— ———— BBBB(초장)
———— ———— ———— ———— BBBB(중장)
——— —————— ———— ———— CABB(종장)

시조의 원칙적 규범을 이와 같이 파악할 경우, 음보 길이의 상대적 등장성等長性만 지켜진다면, 그리고 한마디를 발음하는 호흡이 자연스럽기만 하다면(여기에는 물론 의미적인 요소의 정체성을 지키는 것이 필수적이다.) 이제 현대에 든 새로운 시조는 3 · 5 혹은 4 · 4조의 음절수에 꼭 집착할 필요가 없지 않을까.

그러한 관점에서 만일 B를 5음절로 한다면 상대적으로 A는 7음절, C는 4음절이 될 수도 있으며 전체 시 형식은 5 · 5 · 5 · 5/ 5 · 5 · 5 · 5/

4 · 8 · 5 · 5와 같은 음수율, B를 3음절로 한다면 A는 5음절, C는 2음절이 되어 결국 3 · 3 · 3 · 3/ 3 · 3 · 3 · 3/ 2 · 5 · 3 · 3과 같은 음수율의 평시조의 창안도 가능하지 않을까 싶다.

> 색깔이라면/ 흰색일거다./ 음악이라면/ 저음일거다.
> 꽃나무라면/ 백합일거다./ 바람이라면/ 미풍일거다.
> 내 영혼의/ 현끝에서 이슬 맺는/ 그리움이여,/ 기다림이여.

작위적으로 한 번 시도해본 필자식 새로운 평시조의 창작이다. 이 같은 실험 시조는 물론 전통 정형시로서의 평시조가 지닌 음수율을 지키지는 않지만 나름대로 평시조의 감수성을 그대로 드러내 있다고 본다. 그러한 관점에서 필자는 감히 우리의 현대시조는 엄격하게 정통 정형시조의 음수율에 집착하지 말고 시조가 지닌 '원칙적 규범'을 지키는 한도 내에서 다양한 변조를 추구하기를, 그리하여 전통 정형시로서의 형식과 이에 토대를 둔 새로운 시형의 개발이라는 두 날개로 비상할 수 있기를 바란다.

사실의 시와 망상의 시
—현 우리 시단의 진단

1

올 가을에 출간된 시 전문 계간지들을 뒤적이다가 우연히 한 지면에 실린 두 편의 시를 읽었다. 등단한 지 2~3년 된 신인들의 작품들이다.

① 외가집에 갔던 아이들이 돌아와
오랜만에 가족이 다 모였다
파 송송 묵은지도 송송 써는 동안
아내 콧등에 땀방울이 맺힌다
참치 통조림 뚜껑 따는 소리에
고양이가 귀를 쫑긋거리고
아이들의 방문도 자꾸만 부엌을 힐끔거린다
큰애가 며칠 전부터 먹고 싶다던 김치찌개
찌개 냄새가 시큼하게 익어가고
냄비는 오랜만에 맛보는 불 맛에
식탁을 건너와 보글보글 입맛을 다시고

숟가락 부딪치며 찌개를 먹는
아이들 콧등에 땀방울이 송송 맺힌다

—강성우, 「김치찌개」 전문

② 이것이 너의 슬픔이구나 이 딱딱한 것이 가끔 너를 안으며 생각한다

이것이 플라스틱이다

몸의 안쪽을 열 때마다 딱딱해지는 슬프고 아름다운

플라스틱

하지만 네가 부엉이라고 말해서 나는 운다

피와 부엉이 그런 것은 불가능한 슬픔 종이와 철사 인디언보다 부드러운 것
그런 것을 떠올리면 슬픔은 가능하다

지금은 따뜻한 저녁밥을 생각한다
손으로 밥그릇을 만져보는 일은 부엉이를 더듬는 일 불가능한 감각

상처에 빨간 머큐로크롬을 바르고 너를 안으면 철사와 부엉이가 태어난다

철사로 너를 사랑할 수 있다

종이에서 흰 것을 뽑아내는 투석 그러나 너를 안으며 생각한다 이것

은 플라스틱이다

다른 몸을 만질 때 슬픔이 가능해지는

불가능한 플라스틱

—여성민, 「불가능한 슬픔」 부분

비록 임의적으로 선택한 것들이기는 하지만 필자가 이 두 편의 시를 굳이 인용한 것은 이들 시가 보여주는 시적 경향이 우리 신인 시단의 주류를 이루고 있다고 생각하기 때문이다. 사실이 그렇다. 매월 혹은 매 계절 발간되는 우리 문학지들에 수록된 시들을 한 번 주의 깊게 살펴보라. 분위기 파악을 제대로 하지 못한 초심자들이 가끔 선보이는 감상적 연가풍의 시들 — 우리 문단에서는 이들을 가리켜 일명 서정시라 규정하여 매도한다 — 이 아니라면 아마 대부분 이 같은 유형의 시들이라는 사실을 쉽게 발견할 수 있을 것이다.

이 두 경향의 시들은 여러 가지 관점에서 서로 대척적인 특징들을 보여준다. ①이 이야기체 내용을 담고 있다면 ②는 해체된 의식을 보여준다. ①이 메시지 전달적이라면 ②는 무의미를 지향한다. ①이 일상적 사건을 다루고 있다면 ②는 관념적 유희를 다루고 있다. ①이 외적 현실을 사실적으로 그리고 있다면 ②는 내면 풍경을 환상적으로 제시하고 있다. ①이 통사론적 질서를 지키고 있다면 ②는 통사론적 질서를 부정한다. ①이 의미론적 완결성을 지향하고 있다면 ②는 의미론적 논리를 부정한다(요즘 유행하는 말로). ①이 의식세계를 지향한다면 ②는 무의식의 세계를 지향한다. 간단히 말해 ①이 지나치게 쉬운 시라면 ②는 지나치게 난해한 시이다.

2

누구나 인정하겠지만 ①은 이해하기 매우 쉬운 작품이다. 굳이 '이해'랄 것도 없다. 의미를 간접화시키는 그 어떤 시적 전략도 없기 때문이다. 시론에서 시의 본질의 하나로 규정되고 있는 애매성도, 반어법이나 역설적 표현, 아이러니도 없다. 시적 구성의 근간이라 할 전복(reverse)의 구조도 보이지 않는다. 무엇보다도 산문적 진술에 의존하고 있다. 시적 표현의 기본이라 할 이미지나 은유, 상징 같은 수사어들도 아예 없다. 모든 언어는 일상적이며, 직설적이며, 사실적이며, 논리적이다. 마치 수필의 한 토막을 읽는 듯한 느낌이다. 그러니 독자들인들 이해하기 어려울 이유가 없다.

그도 그럴 것이 애당초 이 시는 일상생활의 한 컷을 그대로 베껴놓았다. 설령 그것이 창작된 에피소드라 해도 마찬가지이다. 본격 시처럼 상상력에 굴절시키거나 간접화시키지 않고 에피소드를 날 에피소드 그 자체로 그냥 보고하고 있기 때문이다. 그래서 사실적이다. 그러니 더 이상 무슨 시적 장치를 찾아볼 수 있겠는가. 시인이 체험(혹은 상상적인 체험)한 한 특정한 사건의 기술 이상이 아니다. 그 사건의 개요는 이렇다.

(1) 외갓집에 갔던 아이들이 모두 집으로 돌아왔다.
(2) 오랜만에 온 가족이 모인 기쁨으로 아내는 저녁 만찬을 준비한다.
(3) 만찬의 메뉴는 참치김치찌개이다. 큰애가 며칠 전부터 김치찌개를 먹고 싶어 했기 때문이다.
(4) 김치찌개를 만드는 아내의 콧등에 땀방울이 송송 맺힌다.
(5) 완성된 김치찌개를 먹는 아이들의 콧등에도 땀방울이 송송 맺힌다.

이상으로 살펴보건대 위 시에는 우선 주인공(아내)과 기타 인물(나, 아이들)이 등장한다. 그리고 그 내용은 3인칭적 시점의 이야기와 시간의 계기성

(sequence) — 온 가족이 모여 찌개를 끓이고 그 요리된 찌개를 먹기까지의 시간의 지속성 — 에 의해서 전개된다. 진술 또한 과거 시제("외가집에 갔던 아이들이 돌아와/ 오랜만에 가족이 다 모였다")로 되어 있다. 뿐만 아니다. 전형적 서사(narrative)에 해당하는, 시작(애들이 다 모였다)과 중간(찌개요리를 하고 있다)과 종결(만든 찌개를 맛있게 먹었다)이라는 서사 구성의 초보적 원리도 지키고 있다. 따라서 이 시는 하나의 작은 이야기 혹은 사건을 간략하게 기술하여 '시'라는 렛텔을 붙여놓은 것에 지나지 않는다. 요즘 유행하는 일명 **이야기체 시**라 명명할 수 있는 작품이다.

그렇다면 이 같은 유형의 시 즉 이야기체 시라는 것은 무엇인가. 한마디로 시의 본질과는 거리가 먼, 일종의 예외적인 시, 혹은 일탈逸脫의 시라 할 수 있다. 왜냐하면 전형적인 시는 이미지, 은유 중심의 언어와 1인칭 현재 시제의 자기 독백체로 쓰이기 때문이다.

문학이란 원래 인간이란 무엇이냐 하는 명제에 해답을 내리고자 하는 언어적 노력을 일컫는 용어이다. 우리는 그것을 간단히 아리스토텔레스의 용어를 빌려 자연 혹은 인간의 모방(mimesis)이라 부른다. 따라서 문학작품에서 그 형상화의 대상이 인간인 것은 두말할 필요가 없다. 설령 인간이 아닌 자연이나 인공물일 경우라도 궁극적으로 탐구하는 바는 이를 통해 인간의 어떤 의미에 관한 것이다. 꽃을 노래한 자연시 역시 결과적으로 제시하고자 하는 것은 인간적 진실이다. 김춘수의 「꽃」도, 김소월의 「산유화」도, 서정주의 「국화」도 결국은 인간의 이야기가 아니라면 무엇이던가.

그런데 문학이 인간을 탐구하는 방법 즉 인간을 모방하는 방식에는 크게 세 가지가 있다. 하나는 '존재하는 인간의 모방'이다. 행위 이전의 인간 본원적 실상을 탐구하는 방식이 이에 해당한다. 인간은 일차적으로 우선 존재하고 그 다음에 행동하는 것이다. 우리는 모방 가운데서 이와 같이 인간을 존재 그 자체로 모방하는 양식을 특별히 시라 부른다.

한편 문학에는 '인간의 행위'를 모방하는 유형도 있다. 아리스토텔레스가 '행위의 모방(mimesis praxis)'이라 불렀던 그것이다. 그런데 이는 다시 두 가지 유형으로 나뉘어진다. 하나는 '지속되는 행위(sequent action)'이며 다른 하나는 '상황 속의 행위(action in situation)'이다. 지속되는 행위란 시간상의 제약을 받지 않고 개진되는 행위 즉 연속되는 사건들을 가리키는 말이다. 우리는 이를 언어로 기술할 경우 서사(이야기, narrative)라 하며 이를 경험적 공간에서 기술할 때 역사나, 전기, 허구적(상상적) 공간에서 기술할 때 소설이라 부른다.

'상황 속의 행위'란 시간적, 공간적으로 제약된 어떤 특별한 상황 속의 단일한 인간 행위를 가리키는 말이다. 이때 특정한 상황이란 특별한 의미를 지닌 그러면서도 생의 진실을 압축 긴장된 상태로 보여주는 것으로서의 어떤 상황이다. 그것은 '지속되는 행위'가 보여줄 수 있는 한 생애적 혹은 시대적 진실을 시간적, 공간적으로 제한된 틀 속에서 단일하고도 순간적인 행위를 통해 함축적으로 보여주는 방식이라 할 수 있다. 우리는 이와 같은 인간의 한 특별한 상황의 모방을 드라마라 부른다.

이처럼 '지속되는 행위'의 모방(이야기 즉 내러티브에 의한 모방)에 소설, '상황의 모방'(상황 속의 한 특정한 사건에 의한 모방)에 드라마가 있다면 '존재 그 자체를 모방'하는 것으로서의 문학에는 시가 있다. 시란 본질적으로 인간 행위의 모방이 아닌 인간 존재의 모방 양식인 것이다.

이상의 논의를 간단히 정리하면 이렇다. 가령 여기 '순이'라 불리는 처녀가 있어 그가 누군가를 물었다 하자. 그에 대한 해답은 크게 세 가지 방식밖엔 없다. 첫째, 순이가 태어나서 지금까지 살아온 인생의 역정을 모두 기술하는 것, 이는 소설의 양식이다. 둘째, 순이의 일생을 세세하게 기술하기에는 여러 가지 복잡한 문제가 있으므로 그중에서 순이의 삶을 가장 극적으로 드러내 보여주는 한 특정한 상황 속의 사건 하나만을 골라 제시함으로써 그의 인생 전체를 추정케 하는 것, 이는 드라마의 형식이다. 셋째, 이마저도 장황하고 고루하다고 생각하여 간단히 "순이는 꽃뱀 같은 여자다"라고 은유적으로 말하는 것(가령 서정주의 「화사」), 이것이 시의 양식이다.

이상과 같은 전차로 시는 서사나 극적 상황을 가능한 배제하고 그 대신 대상을 직관적으로 깨우치는 주관적 진술을 지향한다. 시가 대상을 은유적으로 환치하거나, 역설적으로 인식해서 일인칭 현재 시제로 독백하는 이유가 여기에 있다. 그러므로 인용시 ①이 — 앞서 살핀 바와 같이 — 서사(이야기)를 시로 담았다는 것은 그만큼 시의 보편적 규범에서 벗어나 있다는 것을 의미한다. 그러한 관점에서 ①의 시와 같은 내용은 시보다는 소설이나 수필의 형식에 담는 것이 훨씬 자연스럽고 또한 본질적이다. 하물며 아무런 시적 장치가 전제되어 있지 않은 사건의 사실적 기록임에랴.

3

한편 우리 시단에는 ②와 같은 유형의 시들도 유행하고 있다. 아니 압도적이다. 그런데 ②의 유형은 우선 난해하다. 무엇에 대해서 쓴 것인지부터가 요령부득이다. 첫 부분부터 살펴보자. 제1연은 '이것'이라는 3인칭으로부터 시작해서 '너'라는 2인칭이 두 번 나오니 좀 당황스럽다. 그래도 이 1연은 그 아래 이어지는 시행들에 비해 그 뜻하는 바가 그렇게 종잡을 수 없지는 않다. 예컨대 첫 번째 '이것'은 그 다음에 동격으로 등장한 '딱딱한 것'을, '너'는 — 제4, 5연에 "플라스틱// 하지만 네가 부엉이라고 말해서 나는 운다"라는 진술이 있는 것으로 보아서 — '플라스틱'을 대신하는 것 같다. 다만 둘째 연 '이것'은 문맥상으로 보아 첫째 연 전체를 받고 있는 것 같은데 그 첫째 연 문장이 제대로 되어 있지 않으니 그 뜻을 해독하기가 어렵다.

그런데 내용의 진전을 따라가다 보면 이 시의 '플라스틱'은 밥그릇의 환유(metonymy)로 쓰이고 있음이 드러난다. 즉 '플라스틱'은 '밥그릇'이다. 제7연에서 시인이 "손으로 밥그릇을 만져보는 일은 부엉이를 더듬는 일"이라고 했기 때문이다. 따라서 대명사의 무분별한 사용으로 좀 애매해지긴 했지만 그 첫 행은 — 대명사가 지시하는 사물을 염두에 둘 경우 — 문법적으로 다음과 같이 정리될 수 있다. '딱딱한 것은 플라스틱 밥그릇(너)의 슬픔이구나 이 딱딱한 것이 가끔 플라스틱 밥그릇(너)을 안으며 생각한다'. 그렇다면 이는 무슨 주문 같은 말인가? 무언가 그럴듯하기는 하지만 의미론적으로는 도무지 요령부득이다. 도대체 무슨 말을 하고 있는 것인가?

그 다음 시행들은 보다 첩첩산중이다. 나의 어리석은 소견으로는 아무리 추리해도 이해하기 힘들다. 이제 그 해독되지 않는 부분을 한 번 적시해 보면 이렇다.

(1) "딱딱한 것이 플라스틱(밥그릇)을 안으며 생각한다"는 것은 무슨 뜻인가. (1연)

(2) "딱딱한 것이 가끔 너를 안으며 생각한다// 이것이 플라스틱이다"라는 구문이 통사론적으로나 의미론적으로 성립 가능한 문장인가. (1, 2연)

(3) 진술대로 하자면 1연은 '플라스틱(밥그릇 즉 '너')이 플라스틱(밥그릇 즉 '너')의 슬픔이 된다'고 해석된다. 그렇다면 의미론적으로 왜 그것이 슬픔이 되는가? (1연)

(4) '딱딱한 것'은 '너'(플라스틱 밥그릇)를 안으면서 무엇을 생각한다는 것인가. (2연)

(5) 플라스틱에 안쪽 문이 있을 수 있는가?(물질로서의 플라스틱에는 안과 밖이 있을 수 없다). 이 '플라스틱'이 환유로 쓰여 — 앞에서 해독한 바와 같이 — 플라스틱 밥그릇을 지칭하는 것이라 해도 마찬가지이다. 보다 비약해 이것이 혹 밥그릇의 뚜껑을 가리키는 말이라 해도 뒤에 오는 진술들과 전혀 연결이 되지 않는다. (3연)

(6) 플라스틱 밥그릇 몸체의 안쪽 문이라는 시구가 해명되지 않으니 왜 그것이 '딱딱해지고 슬프고 아름다운'지는 아무도 모른다. (3연)

(7) 플라스틱 밥그릇은 왜 자신을 '피와 부엉'이라고 하고 그 말을 들은 화자는 또 왜 울어야 하는가? 도대체 플라스틱 밥그릇이라는 이미지와 피

그리고 부엉이에는 어떤 의미론적 유사성이 있는가? (5,6연)

이만이 아니다. 시 전체를 놓고 본다면 또 이렇다.

(8) "피와 부엉이 그런 것은 불가능한 슬픔 종이와 철사 인디언보다 부드러운 것/ 그런 것을 떠올리면 슬픔은 가능하다"라는 시행에서 피와 부엉이는 왜 불가능한 슬픔이며, 종이와 철사 인디언보다 부드럽다는 말의 뜻은 무엇이며, 왜 그 같은 것들을 떠올리면 '불가능한 슬픔'이 '가능한 슬픔'이 되는지, 도대체 피와 부엉이 종이 철사, 인디언 등은 플라스틱 밥그릇과 어떤 환유적 혹은 은유적 관계를 맺고 있는지 알 수 없다. (6연)

(9) 손으로 밥그릇을 만져보는 일은 왜 부엉이를 더듬는 일이 되는가? 그리고 그 같은 일이 왜 불가능한 감각인가? (7연)

(10) 무엇에 상처가 왜 났는가? (8연)

(11) '너(플라스틱 밥그릇)를 안으면' 왜 '철사와 부엉이가 태어나는가? (8연)

(12) "철사로 너(플라스틱 밥 그릇)를 사랑할 수 있다"는 말은 무슨 뜻인가? (9연)

(13) 앞에 제시된 기호들과 아무 관련이 없는 '종이'는 여기서 왜 돌연히 등장했으며 '종이'에서 '흰 것을 뽑아내는 투석'이란 무슨 뜻인가?('흰 것'이라는 추상적 시어도 무엇을 가리키는 말인지 알 수 없다.)(10연)

(14) "종이에서 흰 것을 뽑아내는 투석"이 "다른 몸을 만질 때 슬픔이 가능해지는 불가능한 플라스틱"이 된다라는 말은 또 무슨 뜻인가? 아니 그 자체로서 문장이 되어 있는가? (10, 11, 12연)

이와 같이 인용시는 종잡을 수 없는 — 독자들로서는 전혀 이해가 되지 않는, 혹은 시인 자신만이 알고 있는, 혹은 시인 자신도 알고 있지 못하는 — 진술들의 나열로 점철되어 있다. 그것은 앞서 지적한 것처럼 시인이 자신의 내면에서 야기되는 어떤 이질적이며 상호 단절된 의미들이나 관념군觀念群들을 무책임하게 그저 토설해내고 있는 데서 연유하는 것이다. 여기서 무책임하다는 말은 두 가지 뜻을 지니고 있다.

첫째, 화자(혹은 시인) 자신이 그 관념들의 부유浮游를 통제하지 못하고 있다(혹은 통제하지 않고 있다). 시인은 자신의 내면 의식 속에서 즉흥적으로 각자 충돌, 병치, 착종錯綜되는 어떤 단편적, 파편적인 이미지, 환영, 단어, 사유, 발상 등을 그 자체로 다만 그려 보여주고 있을 뿐이다. 그러니 의미화 이전의 어떤 혼돈된 내면의 심리 상태를 있는 그대로 보고한 것이라 할 수도 있다.

둘째, 화자(시인)는 청자(독자)에게 무책임하다. 아무리 시가 자기 독백체의 언어를 구사한다 하더라도 시 역시 하나의 언어 형식인 한 거기에는 그것을 향수할 독자가 전제되지 않을 수 없다. —시는 자기 독백체의 언어인 까닭에 소설이나 음악처럼 그 향수자(독자)가 작가의 전면에 서 있는 것이 아니라 어딘가에 숨어 있다(이러한 관점에서 독자는 시인의 자기 독백을 엿듣는 모양새를 취한다). 즉 어떤 형식으로든 독자가 전제되어 있는 까닭에 시도 독자들과의 소통이 가능해지는 것이다. — 그럼에도 불구하고 ②는 그 같은 독자의 존재를 깡그리 무시하고 있다는 점에서 무책임하다. 한마디로 소통 그 자체를 거부하고 있는 것이다. 상대방이 알아듣든 말든 자신의 내적 관념들을 일방적으로 내쏟고 있을 뿐이다.

그런데 우리 문단에서는 이와 같은 시들을 일명, '해체시', '포스트모더니즘 시', '무의미의 시' 혹은 '비대상의 시' 등으로 부르고 이렇게 불리는 당사자들은 자신들의 시가 이 세상에서 가장 첨단적인 현대시라고 주장한다. 과연 그런 것일까. 이 문제에 대한 논의는 조금 뒤로 미루기로 하고 여기서는 우선 그들의 주장부터 일단 짚어보도록 하자.

그들이 자신들의 시작을 합리화하는 상투적 변명을 살펴보면 대체로 이렇다. 그 같은 현상들은 포스트모던한 시대의 휴머니즘의 종언과 이성중심적 세계관의 붕괴가 야기시킨 여러 다양한 문명사적 징후들이 시에 고스란히 반영된 결과 필연적으로 그렇게 나타났다는 설명이다. 그리하여 그들은 그들 시의 주된 특징으로 주체의 해체 혹은 소멸, 무의미, 허무주의 지향, 정신분열적 사고, 언어와 형식 그리고 장르의 해체, 꿈, 비전, 환영과 환상적 세계의 추구, 전통의 파괴와 우연의 합리화, 키치(kitsch), 패러디, 혼성모방(pastiche)과 같은 저속低俗 미학에의 탐익, 의미 사슬의 파괴, 모방의 거부와 자기 반영의 표출, 비대상의 시 등을 거론한다.

그러나 서구에서 '포스트모더니즘 시'라는 명칭은 분명 없다. 다만 하나의 문화 현상으로서 포스트모던하다고 말할 수 있는 시가 있을 뿐이다. 그것을 우리 시단에서는 — 앞서 지적한 바와 같이 — 혹은 포스트모더니즘 시, 해체시, 무의미시, 비대상의 시라 부르는 것이다. 그러나 그 무엇이라 이름하든 원론적인 의미에서 이를 한마디로 규정할 경우 그것은 간단히 무의식을 지향하는 시이다. 이 모두는 근본적으로 무의식을 표출하거나, 무의식을 전제하는 태도에서 쓰지 않으면 불가능한 것들이라 할 수 있기 때문이다. 해체시는 의식 혹은 의미를 해체하는 시이니 이미 의식을 초월했다는 점에서 무의식을 지향한다고밖에 할 수 없으며, 무의미시란 바로 무의식 시의 다른 명칭일 뿐이며(이 문제에 대해서는 졸고 「무의미시의 정체」, 『20세기 한국시인론』, 월인, 2005 참조), — 다음에 설명이 되겠지만 — 비대상의 시 역시 결과적으로 무의식을 표현하는 시 유형의 다른 이름과 다르지 않다는 점에서 그러하다.

20세기 초 아방가르드들에 의해서 처음 이 용어가 사용된 '비대상'이란, 원래 그들 이전의 시들이 모방론이나 반영론에 준거하여 창작한 것임에 반해서 자신들은 어떤 대상의 전제 없이 오직 자기반영(self reflexion)의 방식으로 창작한다는 것을 뜻하는 말이다. 그러나 이 용어에는 아방가르드건 포스트모더니즘이건 — 쉬르레알리슴이나 다다 이외에는 공개적으로 드러내지 않았지만 — 그 안에 하나의 비의가 숨어 있다. 곧 무의식이라는 단어이다. 왜냐하면 무의식의 세계를 지향하지 않는 비대상이란 존재할 수 없기 때문이다. 그 이유는 다음과 같다.

인간의 의식은 꽃이나 별이나 볼펜과 같은 하나의 사물이 아니라 주체가 어떤 대상을 향해 나아가는 일종의 정신현상(Phenomenon)이다. 인간은 '꽃'에 대해서, '돌'에 대해서(객관적 대상) 혹은 '문명'이나 '사랑'이나 '정치제도'에 대해서(관념적 대상), 그러니까 싫든 좋든 필연적으로 어떤 '대상'에 '대해서' 생각한다. 아무 대상 없이 생각할 수는 없다. 그래서 인식론에서는 의식의 본질을, 대상으로 향해 나아가는 어떤 정신적 지향성(intentionalität) 그 자체라고 말한다.

비유컨대 그것은 '화살'과 같은 사물이 아니라 현재 진행형으로 '날아가고 있는 화살의 움직임' 그 자체이다. 그런데 그 날아가는 화살이란 항상 과녁이라는 대상을 전제하고 있으므로 과녁 없이 날아가는 화살은 상상할 수 없다. 이렇듯 시를 생산하는 인간의 정신현상=사유, 다른 말로 의식은 대상 없이 활동할 수 없다. 그럼에도 불구하고 그들이 대상 없이 시를 쓴다고 주장하는 근거는 무엇일까? 그것은 앞서 지적한 바와 같이 한마디로 '무의식' 이외에는 없다. 무의식이란 문자 그대로 의식의 저 밑바탕, 따라서 의식으로서는 인지될 수 없는 어떤 미지의 정신현상을 가리키는 말이므로 그 무의식을 있는 그대로(그들의 용어로 말하자면 자동기술로) 받아 쓸 수만 있다면 이론적으로 대상 없이 쓰이는 시도 가능할지 모르기 때문이다. 그러나 이는 분명 일종의 속임수에 불과하다, 이유는 다음과 같다.

첫째, 소위 비대상의 시를 포함하여 그 어떤 것이든 이 세상의 시는 기본적으로 언어화言語化의 산물이다. 즉 언어를 매재로 하지 않은 시란 없다. 따라서 비록 무의식이라는 정신현상 그 자체에는 사유의 대상이 없을지 몰라도 그것을 언어화하는 과정에서조차 대상이 없을 수는 절대로 없다. 언어화란 고도의 의식 행위인데 앞에서 살펴보았듯이 대상 없는 의식이란 있을 수 없기 때문이다. 이 말은 비대상의 시 역시 **무의식 그 자체를 대상으로 삼는** 일종의 의식 행위(언어 행위)라는 뜻이다. 그러한 의미에서 소위 비대상의 시라는 것도 엄밀한 의미에서는 대상이 없을 수는 없는 것이다. 그들은 다만 '무의식을 대상으로 한 시 쓰기'를 — 그것이 의식의 대상이 아닌 까닭에 — 그럴듯하게 '비대상의 시'라는 말로 포장하고 있을 뿐이다.

둘째, 무의식의 시 쓰기(비대상의 시 쓰기)가 과연 가능한가의 문제이다. 엄밀한 의미에서 비대상의 시 쓰기란 그 자신이 무의식의 상태에 빠진 내용—예컨대 꿈을 꾸었다든지 정신을 잃고 헛소리를 했다든지 하는 것—을 추후에 기억해서 쓰는 경우를 제외할 때 그 스스로 자신의 무의식을 현재적으로 그 자신이 기술하지는 못한다. 따라서 무의식의 시 쓰기에는 두 가지 방식 이외에 다른 것이 있을 수 없다.

하나는 앞에서 지적한 바와 같이 시인이 그 자신 무의식 상태에 빠진 체험을 추후 기억해 되살리는 경우요, 다른 하나는 제3자가 그를 옆에서 지켜보고 있다가 그가 토로하는 무의식의 내용을 고스란히 대신 기술해주는 경우이다. 그러나 물론 이 두 가지 역시 모두 엄밀한 의미에서 비대상의 시 쓰기가 될 수는 없다. 전자는 비록 추후의 기억이라 하더라도 언어화하는 과정 자체가 의식 활동이기 때문이요, 후자는 시의 작자가 무의식의 상태에 빠진 자인지 아니면 그것을 기술해주는 제3자인지 불분명하기 때문이다.

그런데 우리는 여기서 한 가지 주목해야 할 사항이 있다. 무의식의 상태에 빠진 내용을 추후 기억해 되살리는 전자의 경우나 제3자가 무의식의 상태에 빠진 자의 내용을 옆에서 대신 기술해주는 후자의 경우나 모두 의식의 도움 없이는 실행 가능한 행위가 아니라는 사실이다. 전자는 기억과 그 기억을 되살리는 행위 자체가 의식의 활동이고 후자는 제3자의 기술 그 자체가 온전한 의식 활동이기 때문이다. 그러므로 진정한 의미에서의 비대상의 시 쓰기란 가능한 일도 필요한 일도 아니다. 그럼에도 불구하고 무의식의 시 쓰기 즉 비대상의 시 쓰기가 가능하다는 그들의 주장은 무엇인가. 이는 다음과 같은 해답 이외에는 있을 수 없다.

의식 활동의 소산을 마치 무의식의 결과물이나 되듯 작위적으로 해체시키거나, 착종시키거나, 조작하는 것이다. 그러나 그 역시 분명 무의식의 활동은 아니다. '작위적'이라는 말 그 자체가 이미 '의식적'이라는 뜻이니 '작위적으로 해체시킨다'는 것은 곧 의식 활동을 가리키는 말이 될 수밖에 없기 때문이다. 그렇다고 해서 그것은 정상적인 의식 활동도 아니다. 상상력의 논리성이나 실재성(리얼리티) 없이 무의미한 것들을 어떤 우연과 즉흥성으로 그저 나열시킨 것에 지나지 않기 때문이다. **대상에 근거하지 않거나 실재성이 없는 상상력은 진정한 의미의 상상력이 아닌 것이다. 그러므로 그것은 상상력(의식)도 무의식도 아닌 일종의 망상妄想, phantom의 작용이라 할 수 있다.**

그러므로 소위 그들이 무의미, 비대상, 해체 혹은 포스트모던한 시 쓰기라고 주장하는 것들의 정신 작용의 실체란, 상상력도, 건전한 이성적 사유도 아닌 **망상**(妄想: 포스트모더니즘 논자 레슬리 피들러(Leslie Fiedler)는 '환각(illusion)'이라는 용어를 쓰고 있다.)에 지나지 않는다. 포스트모더니스트 자신들도 스스로 자신들의 창작을 정신분열적 사고라고 고백하지 않았던가?(Leslie Fiedler, 「새로운 돌연변이」, 이영주 역, 『포스트모더니즘의 이해』, 김욱동 편, 문학과 지성사, 1990; Charles A. Jenks, *The Language of Post-modern Architecture*(N. Y.: Rizzoli, 1977), p. 97; Fredric Jameson, *Post-modernism*(Durnham: Duke Univ. Press, 1991), p. 34. 등) 그러므로 우리 젊은 시단을 압도하고 있는 ②와 같은 유형의 난해시들은 결국 정상적 사유도 상상력도 아닌 일종의 망상에 의지해서 쓰여진 결과물들이라 할 수 있다.

4

우리 문단에서는 왜 이 같은 유형의 시들이 홍수를 이루고 있는 것일까. 이는 물론 시대 조류로부터 영향을 받은 바 적지 않을 것이지만 이보다 우리에겐 간과할 수 없는 측면이 하나 더 있다. 우리 시사의 한 특별한 상황과 거기에 관련된 문학 권력의 상호작용이다.

우선 ①의 유형은 누가 보아도 지난 30여 년 동안 우리 문단을 풍미했던 소위 민중시의 잔재임이 분명하다. 그러므로 이 유형은 소위 '창비그룹'(계간 『창작과비평』의 동인들)이 지향하는 시적 경향을 추수한 결과로 이루어진 것이라 할 수 있다. 그렇다면 ①의 유형의 시들은 민중시와 어떤 연관을 맺고 있는가? 우선 양자는 그 시형이 같다. ①의 유형의 시나 민중시는 모두 이야기 — 서사를 그 근본으로 삼고 있기 때문이다. 우리는 ①의 유형에서 이야기 혹은 서사(narrative)가 어떤 역할을 하고 있는지는 앞에서 상세하게 살펴본 바 있다. 그런데 이는 소위 민중시의 경우도 예외가 아니다.

많은 논의가 있을 수 있으나 한마디로 규정하라면 민중시란 어떤 특정한 정치 이념의 실현이나 사회 개혁을 위해서 그야말로 민중을 의식화 내지 선전 · 선동하는 것을 목적 삼는 시를 가리키는 말이다. 그런데 이 같은 목적 즉 사회의식의 고취는 필연적으로 인간의 이야기가 아니면 아니 된다. 인간과 인간의 관계가 바로 사회이고 인간의 행위가 전제되지 않은 내용은 사회 혹은 정치성을 띨 수 없기 때문이다. 이 시기 그들이 항용 사랑을 노래하는 시들을 '사랑 타령', 자연을 노래하는 시들을 '음풍농월'이라 매도하여 그들의 시 창작에서 금기시했던 이유가 바로 여기에 있었다.

그 결과 민중시의 전형은 주인공의 등장과 그 주인공에 얽힌 사회적 문제들이 하나의 사건을 구성할 수밖에 없게 된다. 이 같은 방식은 한마디로 이야기 — 서사의 제시를 뜻한다. 즉 민중시는 본질적으로 이야기가 아니면 성립될 수 없는 시의 한 유형이다. 민중시의 뿌리로 여겨지는 2, 30년대 프롤레타리아시 운동에서 그 기수라 할 김팔봉이 소위 단편서사시(짧은 이야기가 중심이 된 일종의 담시(譚詩)의 창작을 적극 권장한 이유도 여기에 있었던 것이다.

이렇듯 ①의 유형이나 민중시는 모두 이야기체 시들이다. 다만 다른 점이 있다면 후자와 달리 전자의 경우, 그 내용이 되는 이야기에서 정치적 이념이나 사회적 목적의식이 대부분 배제되어 있다는 것뿐이다. 그도 그럴 것이 소위 민중시가 우리 문단을 압도했던 지난 7, 80년대와 달리 오늘의 우리 정치 사회적 환경은 — 이미 정치적으로 민주화를 이루고 있어 — 더 이상 이념적 차원의 어떤 정치적 혹은 사회적 변혁을 요구할 상황이 아니기 때문이다. 그러한 관점에서 ①의 유형의 시는 민중시에서 사회적 목적성 내지 정치 이념을 배제시킨 시라 할 것이다. 다만 지적할 것 하나가 있다면 '창비그룹'의 문학 권력에 오랫동안 매몰되어왔던 우리 문단이나 이를 전범으로 여기고 한 시절을 문학 수업으로 보낸 젊은 시인들의 시 창작이 아직도 그 민중시의 잔재를 하나의 큰 유산으로 받아 이처럼 변형된 이야기체 시로 확대 재생산하고 있다는 점이다.

한편 ②의 유형의 시는 같은 시대에 문학 권력을 양분하고 있었던 다른 한 축, 소위 '문지그룹'(계간지 『문학과지성』과 『문학과사회』를 중심으로 형성된 동인 집단)의 비호와 그 영향 아래서 확장된 시형이라 할 것이다. 물론 이 ②의 유형은 서구에서 논의되었거나 논의되고 있는 문학 조류 즉 아방가르드나 포스트모더니즘에서 영향을 받은 바 크다. 그러나 결과적으로는 마찬가지라 할 수 있다. 왜냐하면 소위 '문지그룹'을 지탱하고 있는 비평가들 대부분이 이 같은 서구 문학사조에 맹목적인 추종을 하고 있었거나 이들의 한국적 수용을 전담하고 있었기 때문이다.

예컨대 이 그룹의 맹주로 일컬어지는 김현이 쉬르레알리슴이 중심이 된 프랑스 아방가르드의 열렬한 지지자였다는 것, 그가 초기에 그 같은 경향의 한국적 모델이라고 생각했던 김구용이나 김춘수의 시들을 높이 평가했던 것, 이 그룹을 리드했던 이 시기 시인들의 초기 시들이 또한 같은 경향을 답습하고 있었던 것, 그들 스스로 김현을 계승했다고 자처하는 이 그룹의 소위 2대, 3대 비평가들 역시 동일한 문학적 취향을 보여주었다는 것은 누구나 아는 바와 같다.

이와 같은 '문지그룹'의 문학적 편향성은 그들이 옹호하는 문학적 취향에서뿐만 아니라 그들이 의도적으로 계획하고 편집해서 발간하는 이 그룹의 일련의 시집들 — 특히 '문학과지성 시선'이 웅변해주는 특징들이기도 하다. 문학과지성사가 펴낸 시집들의 거의 대부분이 한결같이 바로 이 같은 ②의 유형의 시들을 담고 있지 않은가.

그러한 관점에서 오늘의 우리 젊은 시단에서 유행하고 있는 ②의 유형의 시들은 이 그룹이 형성될 당시 이 그룹이 상징적으로 내세웠던 김춘수의 소위 무의미시를 필두로 이 그룹이 수십 년 동안 옹호해왔던 문학적 경향을 추수하거나, 계승하거나, 발전시키거나 그 아류로서 창작된 것들이다. 이는 마치 ①의 유형이, '창비그룹'이 대부로 추켜세운 김수영을 필두로 이 그룹이 지향했던 민중시들을 소중한 유산으로 받아들인 것과 다를 바 없다. 그러한 의미에서 ①의 유형의 정점에 김수영이 있다면 ②의 유형의 정점에는 이상이나 김춘수가 있다고 하겠다.

요즘 우리의 젊은 시단 — 나아가서는 시단 전체의 분위기 — 은 대부분 이 두 가지 유형의 시들을 쓰고 있다. ①의 유형과 같은 이야기체 시가 아니면 ②의 유형과 같은 난해한 해체 즉 무의식 지향의 시들이다. 그런데 이를 간단히 요약하자면 전자가 일상생활의 한 에피소드를 — 경험적이든 상상적이든 — **사실적**으로 묘사해 보여주는 시의 유형이라면 후자는 주관적 관념들을 **망상**의 정신 작용으로 해체해 보여주는 시의 유형이라 할 수 있다.

이 틈바구니에서 오늘의 한국 시단은 — 비록 손택수나 문태준, 박형준, 유홍준, 장석남, 도종환, 안도현, 공광규, 이재무, 정일근, 나희덕, 정끝별, 김선우 등과 같은 좋은 시인들이 있어 아직 그 시적 위상에 손상을 받고 있지는 않다고 하나 — 시의 정도를 걷는 정통시들의 입지가 적어도 양적인 면에서만큼은 위축되고 있는 것이 사실이 아닌가 한다. 이제 우리 시의 앞날은 ①의 유형과 같은 **사실** 묘사나 ②의 유형과 같은 **망상**의 제시가 아니라 건전한 상상력에 토대한 정통시의 창작에 걸려 있으리라고 생각한다.

시는 사실의 묘사도 망상의 제시도 아니다. 한마디로 그것은 상상력의 형상화이다. 그것도 참신하고, 건강하고, 아름답고, 인간답고, 의미 있고, 가치 있는 상상력으로 쓰이고 또 쓰여야만 한다. 누가 뭐래도 그것이 원래 시의 본령이기 때문이다.

* 이 글은 2014년 김준오비평상 수상 기념 연설문임.

국보에서 발견한 성聖과 속俗의 양가성

1

국보國寶란 '학술적, 예술적, 기술적인 가치가 커서 보물로 지정될 가치가 있는 것들 중 문화재 위원회의 심의를 거쳐 지정된, 제작 연대가 오래되고 시대를 대표하거나 유례가 드물면서 우수하여 역사적 인물과 관련이 있는 문화재'(『두산 백과사전』)를 일컫는 용어이다. 따라서 모든 국보는 기본적으로 가시적可視的, 유형적有形的인 사물에 국한된다. 2009년 7월 현재 우리 정부가 지정한 국보는 모두 311개로 대개 목조건축, 탑, 부도浮屠, 불상佛像, 석조물, 금속제품, 탈, 전적典籍 및 회화, 토기 및 자기 등이다. 이 중 상당 부분은 불교와 관련되어 있고 분량상으로는 금속 제품이나 토기土器, 자기瓷器 류類가 많다.

국보는 모두가 유형有形이면서 그 안에 우리 민족의 미적 감수성이나 세계관 등이 자연스럽게 반영되어 있으므로 사실 그 어떤 것들보다 문학적 상상력을 자극하기에 충분한 자산이다. 그럼에도 불구하고 그것이 지금까지 시 창작의 소재로 그리 많이 활용되지 못했던 것은 아마도 두 가지 이유 때문이 아니었을까 한다.

첫째, 해방 이후 오늘에 이르기까지 한국인들의 문화의식이 절대적으로 서구지향적이어서 우리 것의 소중함을 간과해 왔다는 점이다. 그중에서도 특히 서구 문화에 사대주의적이었던 학교 교육과 한국전쟁 직후 우리 사회에 팽배해진 구미적歐美的 가치관이 이를 부채질했던 것은 두말할 필요가 없다. 눈이 밖으로만 열려 있으니 안의 것을 바라보기가 힘들었던 것이다.

둘째, 근대 이후 우리 문학을 지배해온 정치적 담론이다. 우리의 근대문학은 한시도 정치의식에 매어 있지 않은 적이 없었다. 문학사 시기 설정의 아펠레이션이 말해주는 바이지만 10년대 '계몽주의문학', 2~30년대 '민족주의문학'과 '프롤레타리아문학', 40년대 '국민문학'과 '민족문학', 50년대 '전쟁문학', 60년대 '참여문학', 70년대 이후 오늘에 이르기까지의 소위 '민중문학'이란 명칭이 모두 그러하다. 사정이 이러하니 어찌 한가롭게 민족문화나 전통에 관심을 가질 겨를이 있었겠는가. 만일 이 시기에 국보를 예찬하거나 전통에 천착하는 시인이 있었다면 아마도 그들은 ― 항용 7~90년대 민중문학이 사랑을 탐구하는 문학은 '사랑 타령', 자연을 노래하는 시를 '음풍농월'로 지탄했던 것처럼 ― 퇴폐적 현실도피주의자 혹은 은일주의자로 비판받아 마땅했을 것이다. 실제로 미당未堂의 신라 정신 등으로 대변되는 50년대 전통주의자들이 당대 문단에서 토속적 자폐주의 혹은 묘혈墓穴지기 시인으로 폄하되었던 것은 널리 알려진 바와 같다.

그럼에도 불구하고 우리 근대문학사를 유심히 살펴보면 국보를 노래하는 시인들이 아주 없었던 것은 아니다. 특히 20년대와 50년대의 경우가 그렇다. 그러나 이들 역시 본질적으로 정치의식과 맞물려 있었다는 것은 두말할 필요가 없다. 가령 '청자기'나 '사찰' 등을 노래한 20년대의 이은상이나 이광수, 정인보, 박종화 같은 소위 '국민문학파' 시인들이 그러하다. 이들 역시 문화적 민족주의를 통해 국가의 정체성을 확립코자 했던 민족주의 문인들의 일원이었던 까닭에 국보와 같은 민족 문화재를 보는 눈 역시 이에서 크게 벗어날 수 없었을 것이다. 한편 50년대 전통주의 시인들은 ― 그들이 지향했던 문학적 경향 자체가 그러했지만 ― 한국전쟁 직후의 사회적 불안과 암울했던 정치적 상황에 대한 반동으로 유토피아 의식과 같은 관념적 세계를 국보 등의 문화재에서 찾곤 했다.

그러나 90년대 이후에 들자 국보에 관한, 시인들의 관심은 한결 증대된다. '한국시인협회'와 같은 문학단체가 이를 하나의 시 창작 운동으로까지 승화시킨 것은 아마도 그 단적인 증거의 하나일 것이다. 사정이 이렇게 달라진 이유 가운데 하나는 7~80년대의 민주화 운동을 겪는 과정에서 우리 사회가 반외세 민족 발견이라는 큰 틀로 민족의 정체성을 모색하기 시작한 결과가 아닐까? 어떻든 밖으로만 지향하던 우리 문인들이 이제 안과 밖 양쪽 모두를 균형 있게 바라보기 시작한 것은 우리 민족문학의 확립을 위해서 다행스러운 일이 아닐 수 없을 것이다.

311개나 되는 국보의 수량에서 기인하는 것만은 아니겠지만 우리 국보를 바라보는 시인들의 시선은 다양하다. 시인들의 독특한 개성이나 관심, 그리고 미적 감수성 자체가 각기 다르기 때문이다. 따라서 필자는 이를 편의상 두 범주로 나누어서 살펴보기로 하겠다. 하나는 국보를 통해 성스러운 세계(sacred)를 발견한 시들이요 다른 하나는 세속적인 세계(secular)를 발견한 시들이다.

2

정확한 통계를 내보지는 못했으나 우리 국보의 대다수는 일반적으로 불교에 관련된 것들이다. 따라서 엄밀히 말하자면 그 어떤 것인들 성스러운 세계와 관련되지 않은 국보란 거의 찾아보기 힘들다.

따라서 국보를 통해 성스러운 세계를 노래한 작품들은 많다. 시적 대상으로서 사찰이나 탑, 불상, 부도, 불구佛具, 탱화 등의 회화, 불경 등의 전적과 같은 것들이다. 그러나 문화재로서의 위상이나, 시인의 관심도나, 문학적 형상화라는 측면에서 볼 때 가장 대표적인 시적 대상이 된 국보는 단연 국보 제24호인 석굴암石窟庵일 것이다. 필자 자신이 임의적으로 찾아본 결과로도 석굴암에 관련된 작품들은 무려 열댓 편이 넘는다. 그중에서도 먼저 눈에 띄는 것들이 깨달음의 세계 즉 정각正覺의 경지를 찬미한 작품들인데 이는 완성된 삶에 대한 시인 자신의 소원을 간접적으로 투영한 것이라고도 생각해볼 수도 있다. 즉 석굴에 모신 석가모니불이나 관음보살처럼 이승의 덧없는 바다를 건너 영원한 피안의 세계에서 거듭나고자 하는 바람 그것이다.

토함이 떠갑니다 동해 푸르름에
편주의 사공인 양 대불은 졸립니다
하 그리 바라가 멀어
깨실 날이 없으신 듯

허공에 던진 원념願念 해를 지어
밝혔느니
밤이면 명명한 수평
달을 건져 올립니다
진토에 뜨거운 말씀을 솔씨처럼
묻으시고

사모思慕의 깃털 뽑아 보내 논 갈매기는
오늘도 어느 바다
길을 잃고 도는 걸까
무량심無量心 파도로 밀려 무릎까지
오릅니다

—조오현, 「석굴암 대불」 전문

얼마나 많은 밤들이 있었더냐

그 얼마나 많은
바람부는 날들이 있어야 하였더냐

천년을 울어
또 천년을 울어

여기 찬 돌덩어리 속 울음으로
이토록 숭고한 아침 해돋이더냐

고개 숙여 흐느끼어라

그 언젠가 그대 여기 앉아
환히 환히 달 떠오르리라

—고은, 「석굴암」 전문

이 두 편의 시에 공통된 주제는 영원한 생에 대한 희원과 그 깨달음에서 얻은 환희이다. 그리고 그것을 적절하게 문학적으로 형상화시킨 것이 이 시의 어둠과 빛의 상상력 즉 “얼마나 많은 밤들이” “밤이면 명명한 수평/ 달을” “해를 지어/ 밝혔느니” “아침 해돋이더냐” 등과 같은 시행들에서 찾아볼 수 있는 ‘밤’, ‘아침’, ‘해’ 등의 이미지들이다. 여기서 어둠은 무명無明 그리고 밝음은 절대 자유를 상징하는 세계라 할 수 있기 때문이다. 미혹한 중생은 마치 깜깜한 밤에 길을 잃어버린 나그네 같은 존재인 것이다.

그런데 우매한 중생이 그 절대 자유의 경지에 다다르기 위해서는 누구나 자신에게 길을 인도해줄 어떤 안내자가 필요하다. 불교에서는 그것을 법 혹은 무루지혜[無漏知]라 한다. 중생은 법이라는 방편에 의지해서 종국적으로 깨달음에 이를 수 있다는 것이다. 이 두 편의 시에 공히 등장하는 달의 의미론적 기능이 여기에 있다. 자고로 불교 상상력에 있어서 ‘달’은 부처의 가르침 혹은 법의 상징으로 사용되어 왔기 때문이다. '월인천강月印千江'이나 '월광태자月光太子: 석가세존이 과거세過去世에 국왕의 태자로 있었을 때의 이름와 같은 아펠레이션에서 암시되는 의미가 그것이다. 그러므로 이 시에서 어둠과 밝음 그리고 달이라는 상상력의 삼각구도는 각각 중생계와 천상계 그리고 불법佛法을 상징하는 이미지들이라 할 수 있다. 문제는 그것이 어떻게 석굴암과 관련되는가 하는 점이다.

원형 상상력에 있어서 '동굴'은 어느 민족에게서나 탄생과 창조의 의미를 지니고 있다. 소우주인 인간에 유추하여 대우주인 자연을 이해하고자 할 때 생명체를 키우는 대지란 여성에, 동굴은 여자의 자궁에 비유될 수 있기 때문이다. 그리하여 모든 신화 속의 동굴은 대개 생명창조의 원형적 의미들과 관련되어 있다. 가령 단군신화에서 인간은 굴속에서 태어났으며 기독교 신화에서도 예수는 골고다의 한 동굴에서 부활 승천하셨다고 한다. 그리스 신화에서도 제우스는 크레타 섬의 동굴, 헤르메스(hermes)는 아르카디아의 큘레네 동굴에서 탄생하였다.

그런데 동굴은 사방이 밀폐된 곳이므로 어둠 그 자체의 공간이다. 마치 자궁 안이나 알 속의 세계와 진배없다. 따라서 그 어둠이 단순한 어둠이 아니라 밀폐된 어둠이라면 동굴은 창조 혹은 탄생을 예비하는 공간적 상징이라 해석해도 무방할 것이다. 여기서 우리는 필자가 앞서 밝힌 두 시의 공통된 상상력 즉 어둠과 밝음 그리고 달의 상상력이 어떻게 석굴암과 관련되고 있는지를 이해할 수 있으리라 생각한다. 시인은, 무명 속 중생들은 석굴암의 상징과 같은 알 속의 재생 체험을 통해서만이 광명의 세계에 다다를 수 있다는 것을 이야기하고 싶었던 것이다. 그리고 이 과정에서 주목했던 것이 달의 신비한 재생 능력이었다. 신화적 상상력에서 밤의 재생 동력은 오로지 달의 생명력을 흡인하는 데서 가능할 수 있기 때문이다. 불교에서 달을, 무명을 제거하는 불성佛性의 원천적 힘으로 여기는 것도 같은 맥락이다.

다음으로 지적될 수 있는 것은 석굴암 불상을 통해 형상화시키고자 하는 '영원한 여성(Eternal Female)'으로서의 원형상상력이다. 그것은 본존불보다도 주실 벽면에 양각된 십일면 관음상의 경우에서 더 그렇다.

그리움으로 여기 섰노라
호수와 같은 그리움으로,
이 싸늘한 돌과 돌 사이
얼크러지는 칡넝쿨 밑에
푸른 숨결은 내 것이로다.
세월이 아주 나를 못 쓰는 티끌로서
허공에, 허공에, 돌리기까지는
부풀어 오르는 가슴속에 파도와
이 사랑은 내 것이로다.
오고가는 바람 속에 지새는
땅속에 파묻힌 찬란한 서라벌.
땅속에 파묻힌 꽃 같은 남녀들이여.
오- 생겨났으면, 생겨났으면,
나보다도 더 나를 사랑하는 이
천년을, 천년을, 사랑하는 이
새로 햇볕에 생겨났으면
새로 햇볕에 생겨나와서
어둠 속에 날 가게 했으면,
사랑한다고…… 사랑한다고……
이 한 마디 말 님께 아뢰고, 나도,
이제는 바다에 돌아갔으면!
허나 나는 여기 섰노라.
앉아 계시는 석가의 곁에
허리에 쬐그만 향낭을 차고
이 싸늘한 바위 속에서

날이 날마다 들이쉬고 내쉬이는
푸른 숨결은
아, 아직은 내 것이로다.

—서정주, 「석굴암 관세음의 노래」 전문

의젓이 연좌蓮座위에 발돋음하고 서서
속눈썹 조으는 듯 동해를 굽어보고
그 무슨 연유 깊은 일 하마 말씀하실까.

몸짓만 사리어도 흔들리는 구슬 소리
옷자락 겹친 속에 살결이 꾀비치고
도도록 내민 젖가슴 숨도 고이 쉬도다.

해마다 봄날 밤에 두견이 슬피 울고
허구헌 긴 세월이 덧없이 흐르건만
황홀한 꿈속에 쌓여 홀로 미소하시다.

—김상옥, 「십일면관음」 전문

원래 영원한 여성으로서의 원형 상징은 생명의 잉태에 관련된 신화적 모티브에서 형성되었다. 여성은 아이를 생산할 수 있는 까닭에 우주적 모성을 지닌 여신으로 간주되기 때문이다. 그리하여 어느 민족의 문화적 감성에서든 어떤 특정한 여성은 생명력의 화신, 나아가서 자기희생을 통한 우주적 구원의 상징으로 여겨져 왔다. 그러므로 '영원한 여성'이란 상징적으로 자기희생과 다함 없는 사랑으로 인간을 어떤 완전한 삶에 이르도록 인도해주는 어떤 성스러운 여성성의 존재를 일컫는 말이다. 예컨대 종교의 경우 주신主神을 보좌해주는, 예컨대 기독교의 경우 성모 마리아, 불교의 경우 관음보살 같은 분이 이에 해당한다. 그러한 관점에서 영원한 여성은 나를 낳

아주신 어머니이기도 하고, 플라톤적 사랑의 대상이기도 하고, 또 구원의 여신 같기도 한 존재라 할 수 있다. 그 결과 신화의 반영이라 할 문학작품에서 이로부터 변형된 수많은 파생 상징들을 거느리게 된 것은 자연스럽다 할 것이다. 서구의 경우 파우스트의 '그레첸'이라든가, 신곡의 '베아트리체' 같은 여성, 국문학의 '심청' 같은 여성이 바로 그러하다.

불교의 원형상상력에서는 관세음보살이 이에 해당한다. 원래 관세음보살觀世音菩薩이란 '대자대비大慈大悲를 근본서원으로 하는 보살들 중의 하나이다. 중생이 괴로워할 때 자신의 이름을 외우면 그 음성을 듣고 그들을 고통으로부터 곧 구제해주는 보살이라고 한다. 현세에서는 때로 거사, 비구 혹은 비구니가 되어 나타나기도 하고 그 현시하는 형상에 따라 6관음 혹은 32관음으로 모습을 바꾸는 것이 일반적인데(『한국불교대사전』), 물론 그를 성별性別로 여성이니 남성이니를 구분하는 것은 무의미하다. 그럼에도 불구하고 세상을 구원하고 중생을 보살피는 것과 같은 그의 역할, 불상으로 새겨진 외형적 자태를 볼 때 중생의 눈에 비치는 그의 모습이 일반적으로 여성적인 것만큼은 분명하다.

인용시에서도 석굴암 관세음보살은 여성적 혹은 여성성의 존재로 그려져 있다. 다음과 같은 진술들을 볼 때 그러하다. "오- 생겨났으면, 생겨났으면,/ 나보다도 더 나를 사랑하는 이/ 천년을, 천년을, 사랑하는 이/ 사랑한다고……사랑한다고…… / 이 한 마디 말 님께 아뢰고, 나도,/ 이제는 바다에 돌아갔으면!"(「석굴암 관세음의 노래」), "몸짓만 사리어도 흔들리는 구슬 소리/ 옷자락 겹친 속에 살결이 꾀비치고/ 도도록 내민 젖가슴 숨도 고이 쉬도다"(「십일면관음」). 인용시들은 이처럼 석굴암 관음보살상을 영원한 여성성의 상징으로 제시하여 삶의 고통과 마음의 번뇌 특히 사랑에서 연유되는 존재론적 괴로움으로부터 구원을 받고자 희원한다.

한편 「십일면관음」이 그려 보여주는 세계는 석굴암이 지닌 어떤 절대적 아름다움이다. 인간 정신이 지향하는 세 가지의 상대적인 가치 즉 '진眞', '선善', '미美' 중 하나로서 아름다움이 아니라 이 모두를 아우르는, 또는 이

삼자가 일체로 합일된 차원으로서의 아름다움, 선악이나 진위의 개념 구분 자체가 무의미해진 아름다움이 바로 그것이다. 종교에서는 이를 일러 흔히 황홀경 즉 엑스터시의 체험이라고 말하는데 고대 원시 종교나 밀교, 현대 신비주의 혹은 사이비 종파에서 흔히 성적 황홀경을 강조했던 이유도 이같이 진정한 아름다움 속에선 모든 이성적 시비 판단이 속절없이 사라져버린다고 생각했기 때문이다. 그러한 의미에서 '절대적 아름다움'이 지배하는 공간은 적어도 일상적 현실 즉 속俗을 초월한 어떤 신성성이 지배하는 세계라고 말해도 될 것이다.

…(중략)…

당신 앞에선 말을 잃습니다.
미美란 사람을 절망케 하는 것
이제 마음 놓고 죽어가는 사람처럼
절로 쉬어지는 한숨이 있을 따름입니다.

…(중략)…

다만 어리석게 허나 간절히 바라게 되는 것은
저도 그처럼 당신을 기리는 단 한 편의
완미한 시를 쓰고 싶은 것입니다. 구구절절이
당신의 지극히 높으신 덕과 고요와 평화와
미가 어리어서 한 궁필窮畢의 무게를 지니도록
그리하여 저의 하찮은 이름 석자를 붙이기엔
너무도 아득하게 영묘靈妙한 시를

—박희진, 「관세음상에게」 부분

누가 돌을 깨서 한 생生을 풀어놨나.
동그란 어깨선에 깍은 듯 고운 얼굴
반쯤 입술에 머금은 천년 미소 신비롭다.

지존至尊이라 하기에는 오히려 아름답고
미인美人이라 하기에는 너무나 고결하다.
떨리는 마음을 추스려 멀리 두고 봄이여.

미풍에 스칠라면 파르르 흩날릴 듯
비단 가사袈裟 얇은 천에 살풋 비친 속살이여
돌에도 더운 피 돌아 숨 쉬는 듯하구나.

—오세영, 「석굴암 석불」 전문

3

국보를 통해서 본 시인의 통찰에는 물론 앞서 살펴본 성聖의 세계와 달리 속俗의 세계에 관련된 것들도 있다. 인간이 머리를 두고 지향하는 공간이 하늘 즉 성의 세계라면 그가 두 다리로 확고히 버티고 서 있는 공간 즉 대지는 속의 세계인 까닭이다. 그리고 일반적으로 성의 세계를 대표하는 것이 종교 혹은 신화적 차원이라면 속의 세계를 대표하는 것은 역사 혹은 정치적 차원이다. 시인이 국보를 통해 또한 우리의 역사와 정치를 직시하는 것도 이 때문이다. 그 대표적인 것이 바로 왕궁에 관련된 국보들이다. 사찰이 성스러운 우주의 축소라면 왕궁은 세속적 세계를 축소한 공간인 것이다.

벌레 먹은 두리기둥 빛 낡은 단청 풍경소리 날러간 추녀 끝에는 산새도 비들기도 둥주리를 마구 쳤다. 큰 나라 섬기다 거미줄 친 옥좌 위엔 여의주 희롱하는 쌍용 대신에 두 마리 봉황새를 틀어 올렸다. 어느 땐들 봉황이 울었으련만 푸르른 하늘 밑 추석甃石을 밟고 가는 나의 그림자 패옥 소리도 없었다. 품석 옆에서 정일품 종구품 어느 줄에도 나의 몸 둘 곳은 바이 없었다. 눈물이 속된 줄을 모르량이면 봉황새야 구천에 호곡하리라.

—조지훈, 「봉황수」 전문

해마다 봄마다 새 주인은
인정전 벚꽃 그늘에 잔치를 베풀고
이화의 휘장은 낡은 수레에 붙어
티끌만 날리는 폐허를 굴러다녀도
일후日後란 뉘 있어 길이 설어나 하랴마는……

오오 쫓겨가는 무리여
쓰러져버린 한낱 우상 앞에 무릎 꿇지 말라!
덧없는 인생 죽고야 마는 것이 우리의 숙명이어니
한 사람의 돌아오지 못함을 굳이 설어하지 말라.

—심훈, 「통곡 속에서」 부분

원래 왕궁은 하늘의 집 즉 신이 사는 곳을 지상으로 옮겨온 공간, 우주의 중심을 지상에 현시한 장소이다. 그러므로 고대의 모든 왕궁들은 또한 신전을 겸하기도 했다. 왕은 신의 뜻에 따라 지상의 인간들을 통치하는 자로 여겨졌기 때문이다(뤽 본느와, 『징표, 상징, 신화』). 자고로 어느 시대 어느 나라든지 왕이 스스로를 신 혹은 신의 아들이라 주장했거나 자신의 권력이 신으로부터 물려받은 것(소위 왕권신수설王權神授說)이라고 주장하는 이유도 여기에 있었다. 그러나 고대의 신정정치(theocracy)가 막을 내리고 근대에 들어 정치가 종교로부터 분리되면서 신전=사찰은 초월적 세계 즉 성스러운 세계를, 궁전은 일상 인간의 세계 즉 속의 세계를 관장하게 되었다.

인용된 두 편의 시는 모두 국보, 궁궐을 통해서 몰락한 조선왕조를 회고한 작품들인데 여기서 그들이 본 것은 물론 역사의 허무이다. 그것은 두 가지 관점을 지니고 있다. 하나는 그 어떤 정치 권력도 영원한 것은 없다는 인식이고 다른 하나는 역사의 올바른 방향이란 무엇인가 하는 물음이다. 가령 조지훈은 더 이상 울지 않은 봉황에 대하여 애도의 눈물을 흘린다. 이는—봉황이 왕권의 상징이므로—조선이라는 정치 질서의 붕괴를 안타까워하는 시인의 심정을 표현한 것이라 할 수 있다. 그러나 우리가 주목할 부분은 그 조선왕조의 붕괴로 인하여 시인 자신의 삶 그 자체가 이제 설 자리를 잃게 되었다는 자각이다("품석 옆에서 정일품 종구품 어느 줄에도 나의 몸 둘 곳은 바이 없었다").

심훈 역시 경복궁을 통해 조선왕조의 무능과 위선을 질타한다. 그러나 그가 결론적으로 이야기하고자 하는 것은 이 같은 역사의 아이러니를 통해 더 이상 과거와 같은 우를 범하지 말자는 결의이다("오오 쫓겨가는 무리여/ 쓰러져버린 한낱 우상 앞에 무릎 꿇지 말라!"). 다만 전자가 다소 소극적이고 후자가 보다 적극적일 뿐 두 시인 모두 역사의 올바른 방향에 대한 자신들의 성찰을 고백한 작품이라는 것만큼은 모두 동일하다.

이처럼 국보를 통해 과거를 회억하는 시들이 있는가 하면 다음과 같이 우리들의 현실 삶과 미래를 지시한 작품들도 많다.

백의민족에게 안겨
숱한 교훈을 남긴
경복궁 근정전勤政殿
배달겨레의 문화사적 의의와
민족정서를
온 누리에 전파하여
인류애의 귀감이 되고자 한다.

한때 이웃나라에 짓밟혀
언어마저 묵살당하고
성씨도 잃었지만

끝내 가슴 깊이 간직한
무궁화 정신만은 되살아나

이제 남북의 겨레가 하나되게
활짝 열린 광화문
삼천리 방 방 곳 곳
한마음 한뜻으로
만세를 외쳐 될 날은
그 언제일까

—김광림, 「근정전에서 만세 외칠 그날」 전문

사월의 이 거리에서면
내 귀는 소용도는 해일

그 날 동해를 딩굴며
허옇게 부셔지던 포효

그 소리
네 목청에 겹쳐
이 광장을 넘친다.

정작 발길 덤덤해도
한 가슴 앓는 상흔

차마 바레일[漂白] 수 없는
녹물 같은 얼룩마다

천千이요
만萬의 푸른 눈매가
나를 불러 세운다.

—이영도, 「광화문 네거리에서」 전문

「근정전에서 만세 외칠 그날」과 「광화문 네거리에서」는 더 이상 과거적인 것의 허무에 좌절하고 역사의 아이러니를 통탄하는 데 초점을 맞추지 않는다. 오히려 과거를 딛고 일어나 앞으로 도래할 미래의 어떤 비전에 대해 이야기하고자 한다. 그러한 의미에서 이들 시의 소재로 동원된 국보는 앞에서 살펴본 작품들과 달리 영광과 자존의 상징물로 제시되어 있다. 예컨대 「봉황수」, 「통곡 속에서」와 같은 작품들이 과거지향적, 허무적, 애상적, 자조적, 염세적, 자폐적인 데 반하여 「근정전에서 만세 외칠 그날」과 「광화문 네거리에서」와 같은 작품들은 현실지향적, 실제적, 진취적, 낙관적, 역동적 정서를 보여준다. 시인은 국보 속에서 민족에 내재된 불굴의 에너지와 그것이 성취하게 될 미래에의 가능성을 발견한 것이다.

「근정전에서 만세 외칠 그날」은 다만 스러져간 왕조만을 본 것이 아니다. 외침과 분열, 몰락과 쇠퇴 속에서도 오히려 세계의 중심에 우뚝 버티고 선 수만 년 우리 민족의 혼과 만나고 있다. 시인은 그것을 혹독한 계절에도 굴하지 않고 면면히 꽃대를 피워 올리는 '무궁화 정신'으로 설명하면서("끝내 가슴 깊이 간직한/ 무궁화 정신만은 되살아나……"), 일제의 모진 탄압에도 죽지 않고 기적처럼 소생한 민족의 자존이 언제인가는 통일 조국을 당당히 실현시킬 수 있으리라 노래한다. 그리하여 이 같은 민족혼의 산실이라 할 경복궁 근정전에서 그날이 오면 부를 만세를 준비하고 있는 것이다. 뿐만 아니다. 시인은 또한 「광화문 네거리에서」 민족의 역동적인 에너지와 홍익인간의 이상을 발견한다. 그리고 그 실천적 행동의 하나가 바로 민족사의 대변혁이라 할 4 · 19혁명이었던 것을 지적하고 있다.

국보 궁궐을 소재로 하여 쓰인 작품들 가운데에는 바람직한 공동체의 이상을 노래한 것들도 있다.

명정전 처마 끝에
새들이 깃을 들이고 살았는데
새들이 조선 팔도
양지며 그늘까지 골고루 날면서
햇볕은 따사로우며
우물에 물은 잘 고이는지
백성들은 베갯머리 편히
잠들고 깨어나는지
살피고 돌아와
어전에 세세히 아뢰곤 하여서
눈 밝고 귀 맑은 임금께선
명정전 처마 끝에 걸리는
하늘만 바라보고도
흙 위에 떨어진 마른 씨앗들이
초록빛 싹들을 불러
햇살 속에 잘 밀어 올리는지 어떤지
산골짝 마을의 어느 백성이 아픈지 어떤지까지
소상히 헤아리고 계셨다.
눈 밝고 귀 맑은 명정전이
백성들을 향해 늘 열려 있었는데,
명정전 처마 끝에
새들이 깃을 드리고 살았는데……

—이건청, 「창경궁 명정전에서」 전문

인용시는 앞의 예들처럼 과거에 대한 회고나 미래에 의한 비전을 내용으로 담고 있지는 않다. 다만 국보 창경궁에 빗대어 바람직한 공동체의 삶에 관한 시인 자신의 이상을 담담히 술회하고 있을 뿐이다. 그것은 인간과 인간의 관계, 혹은 — 이 시에서는 소재가 궁궐인 까닭에 그것을 임금과 백성의 관계로 표현하고 있지만 — 공동체의 중심부와 주변부의 관계를 어떻게 원만히 유지할 것인가 하는 명제로 제시하고 있다. 원래 정치란 인간과 인간의 관계를 뜻하는 말인 까닭이다. 그렇다면 시인이 말하는 그 바람직한 인간의 관계란 무엇인가. 그것은 한마디로 — 생각이나 사상이든 혹은 말이나 행동이든 — 그 소통이 원만하게 이루어질 수 있는 관계라 할 수 있다. 인간과 인간 사이의 소통이 단절되어 있다면 그 공동체는 이미 죽어가고 있거나 병들어가고 있는 것을 의미하기 때문이다. 그것은 국가나 민족 역시 마찬가지일 터이다.

그리하여 시인은 이 원만한 소통을 위해서 '열려 있는 귀'와 '열려 있는 입'의 중요성에 대하여 이야기한다. "백성들은 베갯머리 편히/ 잠들고 깨어나는지/ 살피고 돌아와/ 어전에 세세히 아뢰곤 하여서" "눈 밝고 귀 맑은 명정전이/ 백성들을 향해 늘 열려 있었는데"라는 진술이 그것이다. 뿐만 아니다. 더 밝고 아름다운 사회 건설을 위해서 인간은 단지 인간에게만 귀를 여는 것만이 아닌, 자연의 말에도 귀를 기울여야 한다고 말한다. 왜냐하면 그 어떤 통치자든 인간 공동체의 이상을 실현하기 위해서는 인간이 발을 딛고 사는 자연 환경의 건강성 또한 지켜져야 하기 때문이다. 그리하여 그는 "하늘만 바라보고도/ 흙 위에 떨어진 마른 씨앗들이/ 초록빛 싹들을 불러/ 햇살 속에 잘 밀어 올리는지 어떤지" "햇볕은 따사로우며/ 우물에 물은 잘 고이는지"에 대하여 관심을 갖고 그들의 불만을 해소시켜 주어야만 하는 왕의 소임에 대하여 이야기한다. 요즘 말로 하자면 소위 생태 환경의 중요성에 대한 피력이다. 이처럼 시인은 인간 삶의 바람직한 이상은 인간과 인간의 관계와 인간과 자연의 관계, 이 양자가 원만한 소통을 이루어야 할 것임을 역설하고 있다.

그러한 관점에서 인용시는 국보 궁궐을 통해서 과거도 미래도 아닌 현재의 이상을 이야기한다. 그리고 그 '현재'는 어느 때나 소중한 가치로 지켜져야 할 현재인 까닭에 또한 '보편적인 현재' 혹은 '영원한 현재'라 할 수 있다. 우리는 이처럼 시를 통해 국보 궁궐을 바라보는 시인들의 세속적 삶에 대한 통찰이 과거, 미래 그리고 보편적 현재 모두에 골고루 미치고 있음을 발견한다.

4

필자는 지금까지 311개로 지정된 국보들 가운데서 석굴암과 궁궐을 대상으로 한 창작시들을 통해 그들의 상상력이 개진한 세계를 살펴보았다. 그 결과 성의 세계를 대변한 시적 상징은 석굴암, 속의 세계를 대변한 시적 상징은 궁궐이었다. 시인들이 석굴암을 통해서 본 성스러움의 실체는 완전한 삶에의 깨달음, 영원한 여성성 그리고 절대적 아름다움의 경지였고 궁궐을 통해서 본 세속 질서의 이상은 죽음과 재생으로 거듭나는 민족혼의 다이내믹한 힘과 인간과 인간의 관계가 추구해야 할 소통의 가치였다.

사물이건 인간이건 시적 대상이 될 수는 있지만 그것이 지닌 의미는 다양하다. 문제는 그것을 바라보는 시인의 눈과 통찰일 것이다. 그 보는 시각에 따라서 어떤 시인이 죽음을 보는 사물에서 다른 시인은 생명을 볼 수도 있기 때문이다. 그것이 바로 시적 대상으로서 자연과 역사가 지닌 아이러니이다. 그런 까닭에 한 민족의 선지자이자 예언자인 시인은 이미 그 실용적 가치가 사라진 유물 속에서도 민족의 건강한 미래와 인류의 보편적 가치들을 찾아내야 하며 또한 찾아낼 수 있어야 한다. 우리가 국보를 소중히 지키고 노래하는 이유의 일단도 아마 여기에 있을지 모른다.

한국의 근현대시와 정치

1. 머리말

우리의 근현대시사는 한마디로 시가 정치와 밀접하게 관련을 맺어온 역사이다. 그것은 정치현실에 직접적으로 뛰어든 계열의 시든 혹은 정치현실과 무관한 시의 계열이든 마찬가지이다. 물론 60년대 이후 소위 '순수시'라는 개념으로 일반화되기 시작한(용어의 등장은 이미 30년대이지만) 후자는 정치현실을 거부하는 시로 알려져 있어 이 같은 필자의 견해에 동의하지 않을 논자들도 많이 있을 것이다. 그러나 이 역시 정치현실을 전제로 만들어진 장르적 명칭이라는 점에서 어차피 정치와 무관할 수 없다. 즉 이를 비판하는 측의 주장과 같이 설령 그것이 문학의 정치참여를 반대하는 문학이라 하더라도 바로 그 사실 때문에 — 순수시는 정치의식의 대타 개념으로 성립되었다는 뜻에서 — 본질적으로 정치적이었다. 우리 시사에서는 순수문학이라는 용어조차 정치를 전제하지 않고서는 성립될 수 없는 개념이었던 것이다.

따라서 우리가 한국의 근현대시를 이해하기 위해서라면 무엇보다 우리 시가 당대의 정치현실에 어떻게 반응하고 있는지를 밝혀내는 일이 무엇보다 중요하다. 이제 필자는 이 같은 관점에서 근대시 백 년의 우리시가 그

비평적 담론이나 시 창작에 있어서 과연 정치와 어떤 관련을 맺어왔는지를 살펴보고자 한다.

2. 정치와 시 비평

우리의 근현대 시사에서 시의 정치적 반영이라는 명제는 물론 시 창작과 더불어 비평 담론까지도 포함해서 하는 말이다. 특히 후자의 경우가 더 문제라 할 수 있는데 그것은 어느 시대나 당대 작품의 가치 평가는 비평에 의해서 결정되고 그런 까닭에 — 예외가 없는 것은 아니나 — 좋든 싫든 시인들이 그 시대의 비평적 경향에 추수할 수밖에 없는 운명에 처해지기 때문이다. 그리하여 일백 년 한국의 근현대시는 긍정적이든 부정적이든 혹은 적극적이든 소극적이든 정치를 배제하고 설명하기는 어려운 문학사를 노정하게 되었다.

이 같은 관점에서 보면 10년대를 이끌었던 계몽주의 비평이나, 20년대의 민족주의('국민문학') 비평, 이로부터 30년대 중반까지 이어지는 프롤레타리아트 비평, 40년대 초반의 친일 어용문학론(국민문학: 명칭은 같으나 20년대 민족주의를 지향했던 국민문학과 달리 일제에 어용했던 문학), 40년대 후반의 민족문학론(계급주의와 순수문학을 포함하여), 50년대의 전쟁문학론, 60년대를 전횡한 참여문학론, 7~80년대를 독점하다시피 한 소위 민중문학론이 모두 그러하다. 비록 색채는 조금씩 다르다 하더라도 기본적으로 이 모두 문학을 정치 혹은 이념중심의 담론으로 이끌어가면서 이를 규준으로 시에 대한 가치평가를 자행해왔기 때문이다. 다만 10년대 계몽주의 비평과 20년대 민족주의 문학론에 대해서만큼은 다소의 이론이 없을 수 없다. 그러나 이 역시 넓게 보아 정치주의 문학론에서 크게 벗어나지 못한다는 것이 필자의 생각이다.

물론 계몽주의 비평은 어떤 특정한 정치 투쟁을 목적으로 한 문학담론은 아니다. 그럼에도 문학을 통해 일종의 사회개혁을 실천코자 했다는 사실만큼은 확실하다. 가령 이 시대를 주도했던 최남선과 이광수의 민족 개량 계몽주의는 문학을 사회 개혁의 수단으로 이용했다는 점에서, 신채호, 박은식, 장지연 등은 문학을 통해 반외세 민중 계몽운동을 지향했다는 점에서, 이인직 등은 친일 친외세를 추구했다는 점에서, 안국선, 이해조 등은 사회고발을 목적 삼았다는 점에서 넓은 의미의 정치의식을 반영했다고 말해도 무리는 아닐 것이다.[1] 20년대 국민문학론 역시 마찬가지이다. 비록 현실성과 거리를 둔 것이었다 해도 문학을 통해 민족주의 이념의 확립과 그 확산을 도모했기 때문이다.[2] 문학사에서 이를 '낭만적 민족주의의 문화적 실천운동'이라고 정의하는 이유가 여기에 있다.

한편 40년대 후반에 들어 김동리 등이 주장한 소위 순수문학으로서의 민족문학론도 이와 별반 다르지 않다. 비록 문학의 정치도구화를 거부하고 인간성의 옹호 내지 휴머니즘을 추구했다 하지만 그들이 그것을 민족 단위의 민족정신에서 찾았다는 점[3]과 이를 문학가동맹 측이 지향했던 마르크스주의 유물사관과 대척적인 지점에서 설정했다는 바로 그 점 때문이다. 그 누가 무어라 해도 마르크스주의에 대한 반대 담론 그 자체는 본질적으로 정치적이다. 그러한 관점에서 그들의 문학적 태도는 30년대 후반의 백철, 김오성 등이 주장한 휴머니즘 비평과 크게 다를 바 없다. 그들 역시 40년대 김동리 등의 '순수문학으로서의 민족문학론'과 같이 마르크스주의에 대한 대타적 자리에 서 있었기 때문이다.[4]

60, 70년대의 순수문학론에 대해서는 무어라 확실하게 언급하기 힘들다. 그것은 '순수문학' 논자들 스스로가 이론적 체계를 세운 것이라기보다 이를 공격한 '참여문학파'와 '민중문학파'들이 비판적으로 만들어낸 문학론에 가

1 권영민, 『한국근대문학과 시대 정신』, 문예출판사, 1983, 226쪽.

2 오세영, 「20년대 한국민족주의 문학연구」, 『20세기 한국시 연구』, 새문사, 1989.

3 권영민, 『해방직후의 민족문학운동연구』, 서울대학교출판부, 1986, 100쪽.

4 오세영, 「30년대 휴머니즘 비평과 '생명파'」, 앞의 책.

깝기 때문이다. 물론 논쟁의 와중에서 — 순수문학의 본질과 개념에 대해서는 우리 문단에서 논쟁다운 논쟁이 아직껏 없었으므로 그 외의 잡다한 부차적 논쟁들을 가리킨다 — 순수문학을 주장하는 사람들의 견해가 다소 대두되기는 했다. 그러나 그 역시 수동적인 자기 방어 논리의 범주를 벗어나지 못했다. 그러므로 순수문학을 정치와 무관한 문학이라고 말하는 것에는 일견 타당한 측면이 있으나 꼭 그렇지만은 않다. 그 뿌리가 40년대 후반의 소위 '순수문학으로서의 민족문학론'에 닿아 있으며 후에는 발생론적으로 참여문학과 민중문학이라는 양 정치주의 문학의 대타 개념으로 성립된 문학론이라는 점 때문이다.

80년대 이후에 논의되기 시작한 페미니즘이나 생태문학 비평 역시 본질적으로 정치 및 문명사적 문제에서 야기된 문학적 담론이라는 것은 두말할 필요가 없다.

물론 우리 근현대문학사에는 이상에서 거론하지 않은 몇몇 소수의 비평적 경향들이 없지는 않았다. 예컨대 김환태, 김문집 등이 추구한 예술지상주의 비평, 김기림 등이 주장한 영미 모더니즘(신비평까지 포함하여) 비평, 〈3 · 4문학〉이 주동이 된 아방가르드(소위 포스트모더니즘론까지 포함하여) 비평, 50년대의 전통론, 70년대에 잠깐 비쳤다가 사라진 신화 비평, 형식주의 및 구조주의 비평 등이다. 그러나 이 모두는 우리 근현대문학이 지닌 정치 지향 의식을 논하는 데 그리 중요한 이슈가 되지 못하리라는 것이 필자의 생각이다. 모더니즘 및 아방가르드에 대한 논의를 제외할 경우 대부분이 대체로 주류 비평담론으로부터 벗어나 있었고 문단 비평에서도 동시대의 문학 창작이나 가치평가 등에 별다른 영향을 주지 못했기 때문이다.

이렇게 볼 경우 우리의 근현대문학 백 년을 지배해왔던 비평 담론은 어느 시대를 막론하고 항상 정치적이었다. 그것은 긍정적으로 문학은 정치의 수단이라는 주장까지 포함하여 정치참여를 독려하던 비평이든 혹은 문학은 정치로부터 초연해야 한다는 주장까지를 포함하여 정치참여를 거부하던 비평이든 마찬가지이다. 우리가 이를 이렇게 말할 수 있는 논거는 이렇다. 우리 문학사에서는 이 양자의 존립이 순기능으로서든(politicism), 역기능으로서든(counter-politicism) 항상 정치를 전제하고서야 가능했다는 바로 그 이유 때문이다. 이러한 관점에서 10년대 계몽주의 비평, 2~30년대 프롤레타리아트 비평, 40년대 전반의 친일 어용 국민문학론, 40년대 후반의 마르크스주의 민족문학론, 50년대 전쟁문학론, 60년대 참여문학론, 7~80년대 민중문학론, 80년대 이후의 페미니즘과 생태문학비평이 모두 전자의 범주에 든다면 20년대 민족주의 지향의 국민문학론, 30년대 휴머니즘 비평, 40년대 후반의 순수문학으로서의 민족문학론, 60년대 이후의 순수문학론 등은 모두 후자의 범주에 속한다고 보아야 할 것이다.

이처럼 매 시대를 지배한 비평 담론이 그러했던 까닭에 한국 근현대 백년의 시 창작 역시 긍정적이든 부정적이든 혹은 적극적이든 소극적이든 항상 당대의 정치 이념 혹은 정치의식으로부터 자유스러울 수 없는 환경 속에서 전개될 수밖에 없었다. 이야말로 한국근대시 백 년의 특징이자 그 한계성이라 할 수 있을 것이다.

3. 정치와 시 창작

우리 문학사에서 19세기 전후에, 애국계몽과 외세에 대한 저항의 목적으로 쓰이기 시작했던 근대시는 점차 자유시의 틀을 갖추어나가다가 20년대에 들어오자 — 애초의 출발이 그러했던 것처럼 — 주류적으로 문학의 정치적 기능을 중시하는 전통을 굳혀가기 시작한다. 이상화, 한용운 등의 저항시는 오히려 예외적이라고 할 수 있을지 모르나 이 시기에 대두해서 30년대 전반기까지 문단을 풍미한 프롤레타리아트 시와 20년대 후반에 등장한 국민문학파의 시가 그것이다. 물론 자유시보다는 시조에서 그 성격이 보다 뚜렷하게 나타난 후자의 경우는 프롤레타리아트 시처럼 직접적, 선동적으로 정치의식을 표출하지는 않았다. 그러나 이 유파가 적어도 민족주의의 고취라는 이념적 목적의식을 가졌다는 점만큼은 부인할 수 없다.

그리하여 이후 우리의 근현대시는 다음과 같은 세 가지 유형의 정치성을 지향하게 된다. 정치의 수단으로서 시, 긍정적(positive)인 정치의식의 반영시, 부정적(negative)인 정치의식의 반영시 등이다.

첫째, 정치 수단으로서의 시

이 유형의 시들은 현실을 바라보는 관점에 따라 다시 두 가지 형태로 나뉜다. 하나는 현실을 거부하는 시요, 다른 하나는 현실을 옹호하는 시이다. 전자를 일컬어 저항 혹은 비판시, 후자를 일컬어 어용시라 부르고 있다는 것은 다 아는 바와 같다. 어용시에는 특별히 '시류시'라 부를 만한 경향의 시들이 있다. 비록 친체제적 혹은 친제도권적 주장을 선전 선동하는 도구로까지 전락하지는 않았다 하더라도 시류의 흐름에 편승한 내용을 작품으로 써서 정치 권력 혹은 문학 권력과 영합하는 시가 그것이다. 예컨대 4 · 19혁명으로 이승만 정권이 물러간 후 모두가 이승만에게 돌을 던질 때 이에 동조하여 이승만의 독재를 비판하고 민주주의를 외친 김수영의 시들과 같은 작품들이 — 일반적으로 문단에서는 이를 참여시라 주장하지만 — 그 대표적이다.[5] 여기에는 물론 여러 형태의 행사시, 기념시 등도 포함된다.

우리 시사에서 현실비판적인 정치 도구의 시들로는 개화기의 애국계몽시, 항일저항시, 20년대 프롤레타리아트 시, 해방기 민족문학을 표방한 임화, 권환 등 마르크스주의자들의 시, 5~60년대의 참여시, 7~80년대의 민중시(여기에는 물론 당대에 소위 노동해방시나, 분단시, 통일시 등으로 불려졌던 시들이 포함된다.) 등이 있고 어용시로서의 정치도구 시에는 30년대 후반과 40년대 전반에 쓰인 친일시('국민문학'), 해방기에 등장한 애국시, 50년대의 전쟁독려

5 오세영, 「우상의 가면」, 『20세기한국시인론』, 월인, 2005.

시, 4 · 19 직후 정치적 공백기에 유행했던 사후 독재규탄 시, 해방 후 역대 독재 정권을 찬양했던 어용시 등을 들 수 있다. 이상 지적한 제 유파들은 그 문학적 태도가 너무도 분명해서 다만 해방기에 등장한 애국시, 5~60년대의 참여시, 그리고 7~80년대의 민중시를 예외로 둘 때 특별히 문제될 것은 없다.

해방기의 애국시는 해방의 감격을 노래한 일련의 기념시들을 가리키는 말이다.

> 탑골 공원 인사당 처마끝만 쳐다보며
> 기미만세 부르던 옛 이야기 되풀이하면 무얼하며
> …(중략)…
> 새나라 백성은 이래서는 안 된다.
> 어서 환상을 버리고 농사군으로 국방군으로 삽과 총자루를 들고 나서자
> 우리는 빨리 소생하지 않으면 안 된다.
> 강대국가로 자유민족으로
>
> —김동환, 「소생의 노래」 부분

소위 '애국시'의 한 예이다. 권환, 박세영, 조벽암, 조영출, 김동환, 노천명, 김용호, 윤곤강 등이 이 같은 시들을 썼다. 모두 시를 통해서 일정한 정치적 메시지를 전달코자 한다는 점에서 첫째 유형에 속하지만 현실을 찬양 또는 옹호한다는 점에서는 어용시라 부르는 것이 자연스러울 것이다. 특히 김동환이나 노천명, 김용호 등의 경우는 일제강점기하에서 친일시를 많이 쓴 전력이 있으므로 더욱 그러하다.

참여시와 민중시는 동시대 우리 주류 비평 담론의 대상이었지만 그 많은 논의에도 불구하고 아직 그 본질과 개념에 대해 명확한 정의가 내려져 있지 않아 선불리 언급할 경우 예기치 못할 논란에 휩싸일 가능성도 크다. 그러

나 참여시론 혹은 민중시론이 지닌 이 같은 애매성은 그들 자신의 입장에선 꼭 비판받아 마땅할 특성은 아니듯, 그들의 문학운동에 유리한 측면도 적지 않았다. 바로 그 점이 이들로 하여금 당대의 실천 운동에서 — 마르크스주의자들이나 링컨식 자유민주주의자들을 가리지 않고 널리 포섭하여 — 대중적 확산을 도모하는 데 큰 도움이 되어주었기 때문이다. 그렇게 보면 지금까지 참여시 혹은 민중시의 개념이 불분명한 것은 어떤 계산된 정략적 목적에 따라 그들 스스로가 의도적으로 추구한 장막일지도 모른다.

따라서 필자는 이 양자에 대해 일단 이렇게 정의해두고 논의를 전개토록 하겠다.

① 정치 혹은 사회개혁을 목적으로 하는 목적시이다.

② '시'란 그와 같은 목적을 이루기 위한 도구라 할 수 있다. 예컨대 80년대 민중시의 담론을 이끌었던 김정환이나 최광석 등은 시가 정치의 도구라는 주장을 공공연히 선언했으며 우리가 익히 경험한 노동해방시나, 주사파시 등에 대해서는 여기서 새삼 논의의 필요가 없으리라 생각한다.

③ 시의 내용은 정치와 사회 혹은 경제 문제 등에 국한된다. 즉 자연이나 인생과 같은 문제를 언급한 시는 민중시나 참여시가 될 수 없다. 실제로 참여시나 민중시의 주창자들은 자연을 노래하거나 사랑을 노래한 시를 가리켜 '음풍농월'이나 '사랑 타령'이라고 공격한 바 있다. 그러므로 그들이 만에 하나 설령 자연이나 사랑, 죽음 따위의 소재를 빌려 시를 썼다 하더라도 그 중심 메시지는 항상 정치 혹은 사회개혁이라는 목적에 초점이 맞추어진다.

④ 그 시작의 구체적 실천은 사회나 정치 개혁을 위한 고발, 선동 그리고 독자들의 이념적 의식화로 나아갔다.

그러나 물론 60년대의 참여시와 7~80년대의 민중시는 다르다. 이 역시 그들 스스로 분명히 이야기한 적은 없지만 필자는 그들이 그 구체적인 시작詩作을 통해서 다음과 같은 차이점을 드러내 보여주었다고 생각하기 때문이다. 민중시에는 참여시에 없었던 특정한 이념이나 이데올로기가 제시되어 있었다는 바로 그 점이다. 즉 민중시와 참여시는 그 지향하는 바 특정한 이념이나 이데올로기의 유무에 따라 그 구분이 가능하다. 그렇다면 민중시가 지향하는 이념 혹은 이데올로기란 무엇일까.

나는 그것을 잘 모른다. 그들 자신이 그것을 분명히 언급하지 않았기 때문이다. 다만 서구 좌파 리얼리즘의 소위 '시민'이라는 용어에서 빌려왔을 것임이 틀림없는[6] '민중'이라는 — 막연한 — 개념이 그것인 것만큼은 분명하다. 그렇다면 한국의 경우 이 '민중'의 정확한 실체는 또 무엇일까. 이 역시 나는 잘 모른다. 그들 자신이 또한 분명히 언급하지 않았기 때문이다(사실 7~80년대 민중문학 논쟁의 대부분은 바로 이 '민중'의 개념 혹은 실체에 관한 논의였지만 별 소득 없이 민중주의자들의 전략적 유보로 실없이 끝났음은 다 아는 바와 같다). 다만 추론할 수 있는 것은 '민중'의 개념이 분명 국민 혹은 민족과 일치하지는 않는다는 것, 거기에는 '반외세 반봉건'을 지향하는 여러 이질적인 집단 혹은 계급이 포진하고 있다는 것, 이 중에는 심지어 상호 적대적인 이념의 집단까지도 함께하고 있었다는 것 등이다. 예컨대 여기에는 주사파나, 자생적 사회 혹은 공산주의자, 링컨주의자, 혹은 자유민주주의 신봉자 등이 모두 포함되어 있었다. 그러니 그것을 또한 '막연히' 민중이라 말할 수밖에[7] 없지 않겠는가.

이와 같은 관점에서 참여시나 민중시 등은 대체로 첫째 유형의 정치 지향시 즉 정치수단으로서의 시에 해당된다고 보는 것이 옳다. 예컨대 이승만 독재 권력에 저항했던 조지훈, 유치환 등의 50년대 시, 60~70년대 박정희 군사정권에 대항했던 김지하, 이농의 참상을 고발한 신경림의 시 기타 고은, 박노해, 김사인, 이시영, 최두석, 김정환, 김남주 등 7~80년대 노동해방시나 농민시, 민중시 등의 운동에 투신한 대부분의 시인들을 들 수 있다.

6 백낙청, 「시민문학론」, 『창작과비평』 1969년 여름호.

7 오세영, 「80년대 한국의 민중시」, 『우상의 눈물』, 문학동네, 2005.

둘째, 긍정적인 정치의식의 반영시

특정한 정치 이념 혹은 이데올로기이든 아니든 작품에 일정 부분 정치 혹은 사회의식을 반영한 시를 가리킨다. 이 계열의 시들이 첫째 유형 즉 '정치 수단으로서의 시'와 다른 점은 시가 그 정치 혹은 사회 의식의 실천 도구로까지 이용되지는 않는다는 점에 있다. 즉 단순한 정치 수단으로서의 시는 아닌 것이다. 그렇다 하더라도 이 유형의 시는 최소한 정치의식을 반영했다는 측면에서 정치와 무관한 것은 아니다.

> 첫 새끼를 낳느라고 암소가 몹시 혼이 났다. 얼결에 산길 백리를 돌아 서귀포로 달아났다. 물도 마르기 전에 어미를 여읜 송아지는 움매- 움매- 울었다. 말을 보고도 등산객을 보고도 마구 달렸다. 우리 새끼들도 모색毛色이 다른 어미한테 맡길 것을 나는 울었다.
>
> —정지용, 「백록담」 제6연

인용시는 순수 자연시로 알려진 정지용의 대표작이다. 그러나 이 시에서도 시인의 정치의식은 분명히 반영되어 있다. "우리 새끼들도 모색毛色이 다른 어미한테 맡길 것을 나는 울었다"라는 시행, 바로 그것이다. '모색이 다른 어미란' 파시즘의 일본을, '우리 새끼'란 우리 후손 즉 한민족을 가리키는 알레고리임이 분명하기 때문이다. 지용의 또 다른 자연시 가령 「장수산長壽山」의 마지막 행, "오오 견디랸다. 올연兀然히 슬픔도 꿈도 없이 장수산 속 겨울 한밤 내"라는 싯귀 역시 마찬가지이다. '슬픔도 꿈도 없이' 겨울 한밤 깊은 산속에 묻혀 지새고자 하는 화자의 삶이야말로 식민지치하 지식인의 좌절을 그린 것이 아니고 무엇이겠는가. 우리가 흔히 정치와 무관하게 생각하는 순수시 혹은 자연시도 이렇듯 우리 시사에서는 일정 부분 정치에 빚을 지고 있는 셈이다. 다음은 사회적 관심과는 먼, 흔히 목가시인으로 알려진 신석정의 시를 예로 들어보도록 한다.

…(중략)…

태양이 가고
빛나는 모든 것이 가고
어둠은 아름다운 전설과 신화까지도 먹칠하였습니다.
어머니
옛 이야기나 하나 들려주서요
이밤이 너무나 길지 않습니까.

—신석정, 「이 밤이 너무나 길지 않습니까」 부분

어머니
당신은 그 먼 나라를 알으십니까?
…(중략)…
그 나라에 가실 때에는 부디 잊지마서요
나와 같이 그 나라에 가서 비둘기를 키웁시다.

—신석정, 「어머니 그 먼 나라를 알으십니까」 부분

그의 처녀시집『촛불』에 수록된 작품들이다. 시인은 '이제 태양과 빛나는 모든 것들이 사라졌으며 아름다운 전설과 신화까지도 먹칠해버린 이 밤'이 자신에겐 너무나 길다고 절규하며 이 같은 현실을 벗어나 그 어떤 먼 나라에 가서 비둘기나 키우며 살자고 호소한다. 그렇다면 그 '밤'과 '먼 나라'란 무엇을 상징하는 것일까. 그의 전체 시들을 일별할 때 더욱 확실해지는 것이지만 인용시 자체만을 놓고 보더라도 그것은—마치 지용의 시가 그러하듯—일제에 강점된 당대 조국현실과 식민지 질곡으로부터 해방된 어떤 세계라는 것은 분명하다. 이렇듯 흔히 우리들이 일반적으로 목가적 경향의 시들이라고 치부한 순수시에도 시인의 살아 있는 현실의식 혹은 정치의식은 내면화되어 있다. 그럼에도 불구하고 그것이 표면적으로 그렇게 보이지 않은 것은 그 반영된 현실이 시에서 '낭만적 아이러니'로 제시되어 있기 때문이다. 즉 현실 너머의 그 어떤 완전한 세계에 대한 그리움의 절실함을 역설함으로써 암시적으로 그 반대편에 있을, 당면한 현실의 비극성을 유추시키고자 하는 방식이다. 그러므로 이들의 시에서 현실은 소위 전제(presupposition)의 형식을 빌려 간접화되어 있다고 보아야 한다.

예를 하나 더 들어보겠다. 이 역시 순수시인으로 알려진 백석의 작품이다.

차디찬 아침인데
묘향산행 승합자동차는 텅하니 비어서
나이 어린 계집아이 하나가 오른다.
…(중략)…
계집아이는 몇 해고 내지인內地人 주재소장駐在所長 집에서
밥을 짓고 걸레를 치고 아이보개를 하면서
이렇게 추운 아침에도 손이 꽁꽁 얼어서
찬물에 걸레를 쳤을 것이다.

—백석, 「팔원八院」 부분

여기서 내지가 일본, 주재소장이 일제하 경찰서 지서장을 가리킨다는 것은 두말할 필요 없다. 그런데 시인은 이를 배경으로 추운 겨울 새벽 버스에 오르는 한 시골 소녀를 등장시켜 당대 조국의 식민지 현실을 간접적으로 고발하는 시를 쓰고 있다. 백석의 시에 짙은 허무주의와 어두운 유랑의식이 깔려 있다는 것은 이미 지적된 사실이지만[8] — 인용 작품과 같은 시작詩作으로 미루어 짐작컨대 이 역시 당대 현실을 직시한 백석의 정치의식에서 비롯한다는 것은 굳이 설명할 필요가 없을 것이다.

이렇듯 우리 근현대시사에서 '긍정적 정치의식의 반영은 우리가 흔히 순

8 오세영, 「떠돌이와 고향의 의미」, 『한국현대시인연구』, 월인, 2003.

수시라고 생각하는 작품의 경우에도 널리 보편화되어 있는 특징이었다.

셋째, 부정적인 정치의식의 반영시

그 자체로서는 어디에도 정치의식이 반영되어 있지 않지만 — 그리하여 정치나 사회로부터 초월해 있는 것처럼 보이지만 — 이 정치의식의 배제가 역설적으로 정치를 전제하고 있다고 생각되는 시들을 가리키는 용어이다. 말하자면 비정치가 곧 정치의식이 되는 역설이다. 흔히 순수시에 대한 비판에서 그런 것처럼 일반 문단 비평에서 현실 도피라 매도할 때의 시 대부분이 이에 속한다. 사실이 그렇지 아니한가. 현실(정치) 도피란 이미 현실(정치)을 전제한 용어인 것이다. 따라서 이 유형의 시들은 비록 그 내용상 정치를 다루고 있지는 않다 하더라도 본질적으로 정치와 무관한 것은 아니다. 보다 적극적으로 표현하자면 오히려 정치의 영향 혹은 정치에의 구속 아래서만 그 해석이 가능한 시들이다. 필자는 한국 근현대시사에서 소위 순수시의 대표라 할 수 있는 서정주나 박목월, 김춘수의 예를 들어 각각 살펴보기로 한다.

머언 산 청운사靑雲寺
낡은 기와집

산은 자하산紫霞山
봄눈 녹으면

느릅나무
속잎 피어가는 열두 구비를

청노루

맑은 눈에

도는
구름

—박목월, 「청노루」 전문

위의 시 어디에도 — 공개적인 것이든 암시적인 것이든 — 당대 사회나 정치에 대한 언급은 없다. 아니 그렇게 해석할 수 있는 근거도 없다. 순수 자연시일 뿐이다. 그리하여 학계에서는 이들 시를 가리켜 우리 근현대 시 문학사에 있어서 자연을 객관적 대상으로 인식한 최초의 시도라고 평가하기도 한다.[9] 그럼에도 불구하고 시작詩作에 있어서 시인의 의식이 정치를 전제하고 있었다는 것은 이 작품에 대한 시인 자신의 다음과 같은 해설이 웅변해주고 있다.

> 나는 그 무렵에 나대로의 지도地圖를 가졌다. 그 어둡고 불안한 세대에서 다만 푸군히 은신하고 싶은 '어수룩한 천지'가 그것이다. 그러나 한국의 천지에는 어디에나 일본 치하의 불안하고 바라진 땅이었다. 강원도를 혹은 태백산을 백두산을 생각해보았다. 그러나 그 어느 곳에도 우리가 은신할 한 치의 땅이 있는 것 같지가 않았다. 그래서 나 혼자의 깊숙한 산과 냇물과 호수와 봉우리와 절이 있는 '마음의 자연' — 지도를 간직했던 것이다.[10]

그러한 관점에서 위의 시는 식민지 현실에 대한 시인 자신의 일종의 정치적 대응 방식을 보여준다. 즉 감당할 수 없는 당대의 가혹한 현실을 그가

---

9 오세영, 「영원탐구의 시학」, 『한국현대시인연구』, 월인, 1998.
10 박목월, 『보라빛 소묘』, 신흥출판사, 1958, 83쪽.

참여나 저항 대신 '반정치의 정치'라는 역설을 통해 모면코자 했다는 사실이다. 이와 같은 태도는 소위 생명파를 주도하고 후에 신라정신으로 귀의한 서정주의 경우 역시 마찬가지일 터이다. 그의 시가 민중 혹은 참여시인들에 의해서 순수시의 한 전형으로 매도되어 왔던 것은 누구나 아는 사실이므로 필자가 여기서 굳이 그의 작품을 예로 들어 이야기하지는 않겠다. 다만 서정주의 순수시 역시 본질적으로 당대 정치현실과 연루되어 있다는 것만큼은 다음과 같은 그의 회고를 통해 어느 정도 짐작할 수 있다는 것을 지적하는 것으로 만족코자 한다. 그가 그의 시작의 출발이 된 소위 '생명파'의 결집에 대해 다음과 같이 언급한 적이 있기 때문이다.

> 사람의 가치의식 그 권한의식…… 이런 것 때문에 질주하고 저돌하고 향수하고 원시 회귀하는 시인들의 한때가 왔다. 그들은 왜 그러는지의 역사적 의의를 두루 체득하고 그런 것이라고는 생각되지는 않지만 마치 자연히 그리된 것처럼 1930년대 후반기의 일정치하 민족의 최후 질곡이 시작될 무렵 나체로서 일어서 있었던 것이다.[11]

물론 위의 인용문에서 서정주는 생명파의 시 창작이 식민지 비극에 대한 자각적인 문학적 대응이었다고 말하지는 않았다. 그러나 그가 현실을 버리고 시를 통해 생명의 원형을 이야기하고자 한 동기에는 어떤 형식이든 '30년 후반의 민족 최후의 질곡'이 관련되어 있었다는 것을 은연중 암시하고 싶었던 것만큼은 읽혀진다. 7~80년대 순수시인의 대명사로 불렸던 김춘수의 소위 '무의미시'의 경우도 이 범주에서 크게 벗어날 수 없다. 그 스스로 다음과 같이 그의 시의 무정치無政治: 무의미 시가 사실은 정치를 전제한 현실도피였음을 언급했기 때문이다.

---

11 서정주, 『서정주 문학전집 2』, 일지사, 1972, 134쪽.

시의 차원에서는 어떤 절박한 사태를 놓친 그런 차원에서의 참여가 실은 도피보다는 덜 성실하다는 그 역설을 왜 모르는 체하는가…… 민족으로부터 계급으로부터 도피하고 싶을 뿐이다.…… 도피의 시적 적극적 의의가 여기에 있다고 생각해본다. 완전을 꿈꾸고 불완전과 역사를 무시해버린다.[12]

이와 같은 그의 현실 대응 태도는 그 스스로가 종종 언급했듯(「의미와 무의미」 등과 사석에서의 대화) 그의 소위 '무의미시'가 의도적으로—그 자신 문학적 라이벌이라고 생각했던—김수영에 대한 대타의식에서 창작되었다는 사실[13]과 관련지을 때 매우 시사적이다. 왜냐하면 그에게 있어 김수영이란, 사실이야 어떻든, 틀림없는 정치참여 시인이었던 까닭에 위의 언급 또한 탈정치의 정치의식을 고백한 증거가 되기 때문이다. 그 외에도 김춘수는 그가 시에서 역사 혹은 정치를 사상해버린 동기의 하나가 대학 시절 일제에 의해서 잠깐 강제당한 그의 감옥 체험에서 비롯했다는 것도 밝힌 적이 있다.

이렇듯 우리의 근현대시는, 민중 참여시는 물론 소위 순수시라는 것조차도, 본질적으로 정치를 전제하지 않고 이야기하기는 힘들게 되어 있다. 이는 긍정적이든 부정적이든, 적극적이든 소극적이든 이 모든 경우를 아우르는 말이다. 물론 우리 문학사에 정치와 전혀 상관없이 쓰인 일련의 작품계보가 일정 부분 한 자리를 차지해왔던 것도 부인할 수는 없다. 그러나 그것은 항상 문학의 중심부나 비평의 주류적 담론에서 벗어나 있었던 까닭에 당대 문단에서는—사후에는 모르나—큰 비중을 지니지 못했던 것이 사실이다. 아마도 이는 다른 민족문학에서는 유례를 찾아보기 힘든 우리 시만의 특성이자 전통이라 할 것이다.

12 김춘수, 「의미와 무의미」, 『김춘수 전집 2』, 문장, 1982.

13 오세영, 「무의미시의 정체」, 『우상의 눈물』

4. 정치주의가 한국시에 남긴 유산

그렇다면 이와 같은 우리 근현대시의 전통은 결과적으로 어떤 유산을 남겼을까. 나는 물론 이들이 문학 외적으로 한국 사회 변혁에 기여했던 공로를 무시하거나 훼손할 의도가 전혀 없다. 거기에는 옹호해야 할 가치도 많이 있었으며 이는 별도의 주제로 보다 진지하게 논의되어야 할 명제임이 당연하다. 나는 다만 이 자리를 빌려 이로 인해 야기된 우리 문학의 왜곡 현상—즉 부정적인 측면을 지적함으로써 후세의 한 교훈을 얻고자 할 따름이다.

첫째, 시란 정치의 수단 혹은 정치의식의 반영이라는 견해가 널리 확산되거나 보편화되었다.

둘째, 시의 가치평가가 작가(혹은 작품)의 정치의식으로 재단된다는 점이다. 예컨대 반독재 투쟁의 시, 항일 저항시, 특정한 정치적 이데올로기에 봉사하는 시, 사회 고발 및 비판시는 무조건 훌륭하다는 선입견을 대중 독자나 문단에 널리 확산시켰다.

셋째, 시인은 특정한 정치의식을 지녀야 하며 이를 현실적으로 실천할 수 있어야 한다는 생각이다. 그리하여 정치적으로 문제가 된 작품, 정치와 연루되어 박해받거나 수형受刑된 전력이 있는 시인이 훌륭하다는 문학 풍토가 암암리에 조성되었다.

넷째, 시인은 지사나 열사 혹은 투사를 겸해야 하고 그것이 불가능하다면 최소한 이들을 지향하는 삶을 살아야 한다는 생각이다. 그런 까닭에 우리 문단에서는 공연히 지사연하는 시인들이 많고 또 이들이 훌륭한 시인으로 대접받는다.

다섯째, 작품에 대한 비평 담론이 대부분 주제나 내용에 대한 시빗거리에서 끝난다는 점이다. 편내용주의적인 이 같은 비평 태도—그 전형적인 예는 아마도 20년대 계급문학파들의 소위 '내용과 형식' 논쟁일 것이다—가 작품의 총체적 문학성을 외면할 수밖에 없다는 것은 굳이 지적할 필요가 없다.

여섯째, 작품 해석에 있어서 도식성을 만들어내고 이를 전형화시켰다는 점이다. 예컨대 일제강점기시대의 시는 항상 조국과 일제 혹은 프롤레타리아트와 자본가라는 도식의 틀 안에서, 해방 이후의 시에서는 민중과 독재세력 혹은 가지지 못한 자와 가진 자라는 도식의 틀 안에서 해석되는 것이 당연하다는 고정관념이다. 일선 중등 교과서에서조차 한용운 시의 '임'은 조국이며 김수영의 「풀」에서 '풀'은 민중으로 해석해야만 정답인 것으로 되어 있다. 그렇지 않은 것은 오답이다(교사용 학습지도서가 그러하다).

일곱째, 모든 훌륭한 시는 정치적 이념의 전달시라는 명제가 전제되어 있는 까닭에 이 같은 당위에 맞추어 그 정치성의 반영 유무와는 별개로 — 정치의식이 전혀 없음에도 불구하고 — 훌륭하다고 생각되는 시는 정치의식의 반영시로 치켜세워지거나 합리화되는 코미디가 자연스럽게 연출되었다. 그것은 다음과 같은 연역적 방식을 취한다. 민중 참여시는 훌륭하다. 그런데 그 작품(혹은 시인)도 훌륭하다. 그러므로 그 작품은 당연히 민중의 삶을 담은 민중시이거나 참여시이다(혹은 민중시나 참여시가 되어야 한다).

그 결과 우리 문단에서는 저항시가 아닌 저항시, 민중시가 아닌 민중시, 참여시가 아닌 참여시가 많이 생기게 되었다. 예컨대 윤동주의 「서시」는 저항시가 아님에도 저항시로, 김수영의 「풀」이나 김광섭의 「성북동 비들기」는 참여시나 민중시가 아님에도 참여시나 민중시로 해석되어야만 했던 저간의 사정이 그러하다.[14] 뿐만 아니다. 정치란 항상 인적 조직이 필연인 까닭에 정략적으로 필요한 시인 — 대부분은 작고한 분들이지만 문단에서 영향력을 가졌거나 이미 훌륭하다고 평가된 현존 시인 — 일 경우 본질은 그렇지 않음에도 불구하고, 자신들과 같은 정치적 노선을 추구하는 시인으로 합리화해 이용하는 경우도 흔해졌다.

14 오세영, 「우상의 가면을 벗겨라」, 『우상의 눈물』

여덟째, 정치는 본질적으로 당파적이다. 따라서 시가 정치주의를 지향할 경우 필연적으로 당파적일 수밖에 없다. 그러한 관점에서 한국의 근현대시사를 보면 우리 시인들 역시 항상 이념을 내건 당파들의 계보를 형성해왔다. 그 결과 문단 혹은 문학은 파당을 지은 시인들의 갈등의 장이 되었다.

아홉째, 미학적 구조나 장르적 특성을 감안해서 비평을 전개시킬 경우 문학의 정치 기능 우선주의는 장르에 따라 필연적으로 비판될 수밖에 없다. 그런 까닭에 이념 전달이나 정치적 선전선동이 중시되는 비평에서는 의도적으로 시의 장르적 특성에 대한 언급은 배제하기 마련이다. 문학의 정치적 기능 즉 이념 전달이나 선전선동은 언어의 전달적 기능에 의해서만 가능한데 시란 이와 달리 언어의 존재론적 기능으로 존립하는 장르이기 때문이다. 동서를 막론하고 모든 정치이념 전달 및 선전선동시가 문학적으로 성공할 수 없었던 이유, 문학의 현실참여를 고창했던 사르트르조차도 그의 참여론에서 시만큼은 제외했던 이유가 여기에 있다.

열째, 시의 정치적 기능을 강조한 결과 우리의 시는 다음과 같이 특정한 정형을 갖게 되었다. 메시지 전달 중심의 서술, 산문화, 자연이나 인생 문제 등의 배제, 필연적으로 사건이나 생활의 한 단면을 내용으로 담아야 한다는 생각, 따라서 이야기체 형식, 그 중심에는 항상 어떤 정치의식이 자리 잡아야 한다는 강박관념 등의 특성을 지닌 시, 즉 오늘의 우리 시단에서 유행하고 있는 시가 바로 그것이다. 그러나 이같이 반산문화半散文化 혹은 산문 그 자체가 되어버린 시가 시의 본질과 거리가 멀다는 것은 두말할 필요가 없다.

그렇다면 우리 근현대시사에서 이렇듯 문학의 정치적 기능주의가 보편화하게 된 이유는 어디에 있는 것일까. 다른 요인들도 많이 있겠지만 필자는 특히 두 가지 즉 조선조 문학 전통의 답습과 특수한 우리 근대사의 정치적 상황에서 설명될 수 있으리라 생각한다.

첫째, 근대의 전 시기라 할 조선조의 문학전통을 들 수 있다.[15] 다 아는 바와 같이 조선은 성리학을 정치 이데올로기로 삼았던 이념 국가였다. 그러므로 여기에는 몇 가지 절대 명제가 따랐다. ① 무엇보다 이념 혹은 명분이 중요하다. ② 성리학 이외의 다른 이념은 결코 허락될 수 없었다. 즉 유일사상이 지배하였다. ③ 모든 통치는 성리학의 정치 이상 혹은 실천 윤리에 의해서 이루어지므로 전체 구성원에 대한 이 같은 이념의 의식화 작업이야말로 국가적 필수 사업이 된다. ④ 백성에 대한 이념의 의식화가 통치의 토대가 되는 까닭에 그를 위해서는 삶의 모든 분야가 동원될 수밖에 없었다.

그런데 성리학의 정치 이데올로기란 간단히 삼강오륜三綱五倫이라는 말로 요약되듯 한마디로 충忠, 효孝, 열烈이며 그것은 또한 군사부일체君師父一體라는 말이 있듯 결국 충, 즉 임금에 대한 충성으로 귀결된다. 백성은 마땅히 왕에게 충성해야 된다는 이 맹목적 정치 윤리의 신봉과 그 실천이야말로 성리학 유일사상의 봉건국가였던 조선왕조가 자신의 체제를 유지시키는 기본 토대였던 것이다. 그러므로 우리가 이미 알고 있는 바와 같이 조선은 왕조를 지키기 위하여 삶의 모든 분야를, 그리고 할 수 있는 모든 방법을 동원해서 백성들을 이념적으로 의식화하는 작업에 온 노력을 기울일 수밖에 없었다. 한 생명이 태어나면 유년 시절부터 가정에서, 청소년이 되면 서당에서, 성인이 되면, 향교나 성균관 등의 교육기관에서 그리고 국민적으로는 도덕적인 수련 과정, 생활 철학, 국가적 캠페인(가령 충신 효자 열녀를 기리는 정문을 세운다든가 이들에게 특별한 시혜를 베푸는 것 등)을 통해서 이 같은 이념적 의식화를 철저히 시행하게 하는 것 등이다. 이 모든 행위들을 포괄하여 결정적으로 조선 사회를 특징지어주는 것이 바로 과거시험이라는 제도이다. 과거란 조선 사회에서 입신양명 혹은 계급 상승의 유일한 관문인데 그 시험 내용이 또한 이 성리학의 이념을 테스트하는 시 창작 형식을 빌리

15 오세영, 「잘못된 유산과 우리 지식인」, 『우상의 눈물』

고 있었기 때문이다.

그 결과 조선시대의 문학은 이미 문학이라는 범주를 벗어나 본질적으로 정치 이념의 시녀 혹은 그 전달매체로 전락할 수밖에 없게 된다. 우리가 쉽게 문학사에서 찾아볼 수 있듯 최소한 상민 혹은 서민을 제외할 경우 입신양명을 꿈꾸는 양반 내지 상류지식계층 대부분의 문학작품이 그러하다. 그것은 한문으로 쓴 문학작품이나 한글로 쓴 문학작품을 통틀어 예외 없이 마찬가지이다.

그리하여 조선왕조의 주류 문학은 본질적으로 정치에 종속되어 있었으며, 문인은 곧 정치인이었으며, 문학 창작의 동기 역시 입신양명 — 좋게 표현하면 출사하여 성리학적 정치이상의 실현 — 에 있거나 치사해서 정치적 숨 고르기의 한 방편으로서의 환담 즉 음풍농월로 끝나는 것이 대부분이었다. 사실 우리 고전문학사를 일별할 경우 조선조 문학 중에서 정치와 독립한 순수문학이란 대개 — 여기에서도 물론 특별히 김만중과 같은 예외가 없는 것은 아니지만 — 피지배계급 즉 양민이나 상민, 서출, 기생 그것도 아니라면 허균이나 김시습과 같은 반제도권 인물들의 문학작품이었다. 조선왕조를 대표할 수 있는 시 장르라 할 시조가 이 시기 수천 편 쓰였음에도 불구하고 오늘의 관점에서 제대로 된, 문학작품 하나 남기지 못한 이유가 여기에 있다.

앞에서 살펴본 바처럼 우리 근현대문학사에서 시와 시인의 정치주의는 이와 같은 조선 왕조의 문학 유산을 — 의식했든 의식하지 못했든 — 하나의 유전인자로 계승, 답습한 결과가 아닐까 한다.

둘째, 근대화 과정에서 겪은 우리 민족의 특별한 역사적 굴곡이다. 19세기 이후 한반도를 둘러싼 국제 정세와 이념 갈등 그리고 국내외의 정치 상황이 시인으로 하여금 문학에만 전념할 수 없도록 강제했던 바로 그것이다. 다 아는 바와 같이 우리 근대사의 전개는 세계의 다른 민족사와는 비교될 수 없는 비극적 파행성의 연속이었다. 일제에 의한 국권 침탈, 36년간의 피식민지 지배, 한국전쟁, 자유당 독재, 군사독재, 20세기의 가장 첨예한 이데올로기의 갈등, 남북 분단 등으로 점철된 근대사 100년이 문학의 현실 정치 참여를 암묵적으로 강요하고 있었다는 것은 누구도 부인할 수 없다. 그러니 우리의 근현대시가 — 비록 편향성을 띠기는 했으나 — 이 같은 시대적 요청에 외면할 수 없었던 것도 어찌 보면 당연한 귀결이었을 것이다. 나는 여기서 우리의 근현대시가 왜 정치주의를 지향할 수밖에 없었는가 하는 이유의 일단이 해명될 수 있으리라고 생각한다.

5. 맺는 말

한국의 근현대시 백 년은 본질적으로 정치와 밀접히 관련되어 있었다. 그것은 긍정적인 측면에서나 부정적인 측면 혹은 적극적인 측면이나 소극적인 측면 모두를 포함해서 하는 말이다. 정치 참여시들은 직접적인 정치개입의 시라는 점에서, 순수시들은 정치의 대타적 개념으로 쓰인 시라는 점에서 그러하다. 그러므로 이 시기 한국의 근현대시를 이해하기 위해서는 무엇보다도 시와 정치의 함수관계를 살펴보는 일이 중요하다. 그 결과 우리의 근현대시는 다음과 같은 특징들을 갖추게 되었다.

시란 정치의 수단 혹은 정치의식의 반영이라는 견해의 확산, 정치의식으로 재단되는 가치평가. 지사나 열사와 같은 시인상의 확립, 주제나 내용에 관한 시비가 중심이 된 비평 담론,작품 해석의 도식성, 필요로 하는 시나 시인에 대한 정치적 합리화, 문단의 파당화, 장르적 특징이 무시된 시 비평, 메시지 전달 중심의 서술, 산문화된 시의 유행 등이다.

한국의 근현대시가 이렇듯 정치와 밀접히 관련을 맺을 수밖에 없었던 이유는 크게 두 가지로 설명될 수 있다. 첫째, 과거의 문학유산을 답습하였다. 전 시대 즉 조선왕조 500년 동안의 우리 문학이 본질적으로 정치의 수단이었던 까닭에 이와 같은 문학 태도가 우리의 근현대문학에서도 그대로 유전된 것이라 할 수 있다. 둘째, 우리 근대사 100년이 다른 어떤 민족의 그것보다도 정치적 파행의 연속이어서 그 어느 때나 항상 지식인의 정치 참여를 요구하였고 문학 역시 이로부터 자유스러울 수 없었다는 점이다. 그리하여 이에 반응한 우리의 시는 즉자적으로 정치에 개입하거나 대타적으로 정치를 거부하는 두 가지의 대립되는 경향으로 전개될 수밖에 없었다.

그러나 이 모두는 최소한 정치를 전제한 창작 태도라는 점에서 본질적으로 정치적이다. 우리의 근현대시 백 년은 이처럼 결코 정치로부터 자유스러울 수 없었던 것이다.